CAVALHEIROS
&
JOGADORES

Joanne Harris

CAVALHEIROS & JOGADORES

Tradução de
ALYDA SAUER

Título original
GENTLEMEN & PLAYERS

Todos os personagens deste livro são fictícios, e qualquer semelhança
com pessoas reais, vivas ou não, é mera coincidência.

Copyright © Frogspawn Limited, 2005

Os direitos de Joanne Harris de ser identificada como autora desta obra foram assegurados por ela
em conformidade com seções 77 e 78 do Copyright, Designs and Patents Act, 1988.

Todos os direitos reservados. Nenhuma parte desta obra pode ser reproduzida
ou transmitida por qualquer forma ou meio eletrônico ou mecânico, inclusive fotocópia, gravação
ou sistema de armazenagem e recuperação de informação, sem a permissão escrita do editor.

Extrato de 'When an Old Cricketer Leaves the Crease' *by* Roy Harper,
usado com autorização de Roy Harper.
Extrato de *Down with Skool! by* Geoffrey Willans, © Geoffrey Willans, 1992.
Reproduzido com a autorização de Chrysalis Books Group plc.

Edição brasileira publicada mediante acordo com a Grandi & Associati.

Direitos para a língua portuguesa reservados
com exclusividade para o Brasil à
EDITORA ROCCO LTDA.
Av. Presidente Wilson, 231 – 8º andar
20030-021 – Rio de Janeiro – RJ
Tel.: (21) 3525-2000 – Fax: (21) 3525-2001
rocco@rocco.com.br
www.rocco.com.br

Printed in Brazil/Impresso no Brasil

preparação de originais
SÔNIA PEÇANHA

CIP-Brasil. Catalogação na fonte.
Sindicato Nacional dos Editores de Livros, RJ.

H266c   Harris, Joanne, 1964-
    Cavalheiros & jogadores/Joanne Harris; tradução de Alyda Sauer.
    – Rio de Janeiro: Rocco, 2013.
    14x21 cm

    Tradução de: Gentlemen and players.
    ISBN 978-85-325-2773-8

    1. Ficção inglesa. I. Sauer, Alyda Christina. II. Título.

12-2515
                                     CDD-823
                                     CDU-821.111-3

Para Derek Fry
Um da velha escola

When an old cricketer leaves the crease you never know whether he's gone
If sometimes you're catching a fleeting glimpse of a twelfth man a silly mid-on
And it coud be Geoff, and it could be John, with a new-ball sting in his tail
And it could be me and it could be thee...

> Roy Harper, *When an Old Cricketer Leaves the Crease*

Qualquer escola é meio bagunçada.

> Geoffrey Willans, *Down with Skool!*

PEÃO

1

♟

Se tem uma coisa que aprendi nos últimos quinze anos, é o seguinte: assassinato não é grande coisa. É apenas uma fronteira, sem sentido e arbitrária como todas as outras, uma linha traçada na terra. Como a gigantesca placa PROIBIDA A ENTRADA na estrada para St. Oswald's, escarrapachada no ar como uma sentinela. Eu tinha nove anos na época em que nos encontramos pela primeira vez, e ela pairou sobre mim como o ronco ameaçador de um valentão da escola.

PROIBIDA A ENTRADA
SEM AUTORIZAÇÃO A PARTIR DESTE PONTO
POR ORDEM.

Outra criança talvez ficasse impressionada com a ordem. Mas, no meu caso, a curiosidade superou o instinto. Por ordem de *quem*? Por que *naquele* ponto e não em outro? E o mais importante, o que aconteceria se eu cruzasse aquela linha?

Claro que eu já sabia que a escola era território proibido. Vivia à sombra dela havia seis meses, e esse dogma já se destacava entre os mandamentos da minha curta vida, como estipulados por John Snyde. *Pare de frescura. Fique na sua. Trabalhe muito, brinque muito. Beber um pouco nunca fez mal a ninguém. E o mais importante: Fique longe de St. Oswald's*, de vez em quando enfatizado com um *Não chegue nem perto, se sabe o que é melhor para você*, ou um soco no braço de aviso. Os socos deviam ser amigáveis, eu sabia disso. Só que doíam. Ser pai não era uma das habilidades de John Snyde. Mesmo assim, nos primeiros meses obedeci sem questionar nada. Papai estava muito orgulhoso com o novo emprego de porteiro. Uma escola antiga e tão boa, com excelente reputação, e íamos morar na velha casa da portaria, onde gerações de porteiros tinham morado antes de nós. Tomaríamos chá no gramado nas noites de verão e seria o início de algo maravilhoso. E quem sabe, quando visse como estávamos bem agora, mamãe resolvesse vir para casa.

Mas semanas se passaram e nada disso aconteceu. A velha casa da portaria era uma construção de categoria 2, com minúsculas janelas de treliça que mal deixavam passar a luz. O cheiro de mofo era constante, e não podíamos ter uma antena parabólica porque não ficaria bem. A maior parte da mobília pertencia à St. Oswald's, pesadas cadeiras de carvalho e cômodas poeirentas, e ao lado delas as nossas coisas, salvas do antigo apartamento da prefeitura na Abbey Road, pareciam ordinárias e fora de lugar. Todo o tempo do meu pai era tomado pelo novo emprego, e rapidamente aprendi a contar só comigo – e não pedir nada como refeições ou lençóis limpos, classificados como frescura –, a não incomodar meu pai nos fins de semana e a sempre trancar o meu quarto nos sábados à noite.

Mamãe nunca escreveu. Se eu a mencionasse, também contava como *frescura*, e depois de um tempo fui me esquecendo de como ela era. Meu pai tinha, no entanto, um vidro do perfume dela escondido embaixo do colchão e, quando ele saía em suas rondas, ou ia para o Engineers' com os amigos, às vezes eu entrava sorrateiramente no quarto dele e punha um pouco do perfume – que tinha o nome de Cinnabar – no meu travesseiro, e fingia que mamãe estava assistindo à TV na sala ao lado, ou que tinha ido até a cozinha pegar um copo de leite, e que voltaria para ler uma história para mim. Uma bobagem, porque ela nunca fez nada disso quando estava em casa. De qualquer modo, depois de um tempo, papai deve ter jogado fora o vidro, porque um dia não estava mais lá, e eu nem me lembrava mais do cheiro dela.

O Natal estava chegando, trazendo mau tempo e mais trabalho ainda para o porteiro, por isso nunca chegamos a tomar chá no gramado. Por outro lado, eu estava bem feliz. Uma criança solitária, encabulada na presença de outras pessoas, invisível na escola. No primeiro semestre fiquei na minha, fora de casa, brincava na neve da floresta nos fundos da St. Oswald's e explorava cada centímetro em volta da escola, sempre tomando cuidado de não cruzar a linha proibida. Descobri que a maior parte da St. Oswald's era protegida da vista do público. O prédio principal por uma longa fileira de tílias – agora sem folhas – que ladeavam a entrada, e a propriedade cercada por todos os lados de muros e cercas vivas. Mas pelos portões dava para ver os gramados – perfeitamente aparados pelo meu pai –, o campo de críquete com as sebes bem podadas, a capela com sua ventoinha e inscrições em latim. Fora isso, era um mundo tão estranho e remoto aos meus olhos como Nárnia ou Oz, um mundo ao qual eu jamais pertenceria.

O nome da minha escola era Abbey Road Juniors. Um prédio pequeno e baixo em propriedade da prefeitura, com um pátio de recreio acidentado, construído numa ladeira, e com dois portões de entrada que tinham escrito em cima, em pedra, MENINOS e MENINAS. Jamais gostei de lá. Mas, mesmo assim, temia a minha chegada a Sunnybank Park, o enorme grupo escolar que era meu destino frequentar.

Desde o meu primeiro dia na Abbey Road, já observava os alunos da Sunnybank – blusões verdes baratos com o emblema da escola no peito, mochilas de náilon, franjas, fixador no cabelo –, cada vez com mais desânimo. Eles iam me odiar, eu sabia. Iam olhar para mim uma vez e me odiar. Senti isso imediatamente. Eu era magricela, uma criança franzina, aquela que sempre entregava o dever de casa. Sunnybank Park ia me engolir.

E infernizei meu pai.

– Por quê? Por que a Park? Por que lá?

– Para de frescura. Não há nada de errado com a escola Park, cara. É apenas uma escola. São todas iguais.

Bem, *isso* era uma mentira. Até eu sabia disso. Tive curiosidade. E me aborreci. Agora, quando a primavera começava a aquecer a terra nua, e os brotos brancos floresciam nas sebes de ameixeira, olhei mais uma vez para aquele aviso de ENTRADA PROIBIDA, escrito com muito esmero pelo meu pai, e me perguntei: ORDEM de quem? Por que *naquele* ponto e não em outro? E com uma sensação crescente de urgência e impaciência: O que aconteceria se eu cruzasse aquela linha?

Não havia muro nessa parte, nenhuma fronteira visível de qualquer tipo. Nem precisava. Havia apenas a estrada, com a sebe de ameixeira paralela e, alguns metros à esquerda, o aviso. Ficava lá arrogante, impávido, certo de sua autoridade. Além dele, do outro lado, eu imaginava um território desconhecido e perigoso. Qualquer coisa poderia estar lá à espera – minas terrestres, armadilhas, guardas de segurança, câmeras escondidas.

Ah, mas *parecia* bastante seguro, não diferente, na verdade, da parte mais próxima. Mas esse aviso me informava outra coisa. Além dali, havia Ordem. Havia autoridade. Qualquer violação dessa ordem resultaria em punição, que tinha tanto de misteriosa quanto de terrível. Eu não duvidava disso nem um minuto; o fato de não darem nenhum detalhe simplesmente reforçava a atmosfera de ameaça.

Por isso, eu sentava a uma distância respeitável e observava a área restrita. Era estranhamente tranquilizador saber que ali, pelo menos, a Ordem estava sendo imposta. Tinha visto carros da polícia do lado de fora de Sunnybank Park. Vira também grafite nas laterais dos prédios e os meninos jogando pedras nos carros na rua. Ouvi quando gritaram para os professores na saída da escola e vi as linhas generosas de arame farpado por cima do estacionamento dos funcionários da escola.

Uma vez, tinha presenciado um grupo de quatro ou cinco encurralar um menino sozinho. Ele era pouco mais velho do que eu e estava vestido com muito mais esmero do que a maioria dos *sunnybankers*. Eu sabia que ele seria espancado assim que vi os livros da biblioteca que carregava embaixo do braço. Leitores são sempre presa fácil num lugar como Sunnybank.

St. Oswald's era outro mundo. Ali eu sabia que não haveria grafite, nenhum lixo, nada de vandalismo – nem uma janela quebrada. A placa dizia isso, e senti uma repentina convicção inarticulada de que era a *esse* lugar que eu realmente pertencia. O lugar em que as árvores novas podiam ser plantadas sem que alguém quebrasse os galhos durante a noite, onde ninguém era deixado perdendo sangue no meio da estrada. Onde não havia visitas surpresa do policial da comunidade, nem cartazes avisando os alunos para deixar as facas em casa. Ali haveria mestres sérios com becas pretas antiquadas, porteiros ríspidos como meu pai, inspetores altivos. Ali quem fazia o dever de casa não era um *fresco, filhinho de papai*, um *bicha*. Ali era seguro. Ali era um lar.

Eu estava só. Ninguém mais tinha se aventurado até aquele ponto. Pássaros iam e vinham no território proibido. Nada acontecia com eles. Algum tempo depois, um gato se esgueirou por baixo da sebe e sentou na minha frente, lambendo uma pata. E nada.

Então cheguei mais perto, ousei primeiro passar da sombra, depois me abaixar entre os dois postes que seguravam a placa. A minha sombra avançou sorrateiramente. Minha sombra invadiu a propriedade.

Por um tempo, isso já foi bastante emoção. Mas não durou. Eu já era muito rebelde e não me satisfazia com uma infração técnica. Com o pé, chutei de leve a grama do outro lado, depois recuei com um arrepio delicioso, como uma criança entrando pela primeira vez no mar. É claro que eu nunca tinha visto o mar, mas o instinto estava lá, e a sensação de ter entrado num elemento estranho onde qualquer coisa podia acontecer.

Nada aconteceu.

Dei mais um passo e dessa vez não recuei. Nada ainda. A placa se avolumava em cima de mim como um monstro de um filme na madrugada, mas estava estranhamente paralisada, como se ultrajada pela minha audácia. Percebi que aquela era a minha chance, parti em disparada pelo campo cheio de vento e fui para a sebe, correndo com o corpo curvado para baixo, tenso e pronto para um ataque. Cheguei à sebe e me joguei na sua sombra, sem ar e com muito medo. Feito. Agora eles viriam.

Havia uma falha na sebe a poucos metros de onde eu estava. Parecia o melhor recurso. Avancei lentamente para ela, sempre na sombra, e me enfiei no espaço minúsculo. Eles podem vir me pegar pelo outro lado, pensei. Se viessem pelos dois lados, eu teria de correr. Tinha observado que com o tempo os adultos costumavam esquecer as coisas, e confiei que, se pudesse fugir bem depressa, talvez escapasse da punição.

Com muita ansiedade, esperei. O aperto na garganta foi diminuindo aos poucos. Meu coração passou a bater mais devagar, quase num ritmo normal. Tomei conhecimento do que havia em volta, primeiro com curiosidade, depois com um mal-estar crescente. Havia espinhos que me espetavam nas costas através da camiseta. Senti cheiro de suor e de terra e o cheiro azedo da sebe. De algum ponto próximo ouvi o canto de um pássaro, um cortador de grama distante, um ruído sonolento como o de insetos na grama. E nada mais. No início dei um largo sorriso de prazer – eu tinha invadido e escapado de uma provável captura –, depois tomei consciência de uma sensação de desprazer, uma pontada de ressentimento sob as costelas.

Onde estavam as câmeras? As minas terrestres? Os guardas? Onde estava a ORDEM, tão confiante e determinada que precisava ser escrita em letras maiúsculas? E o mais importante, *onde estava o meu pai?*

Eu me levantei, ainda hesitante, e saí da sombra da sebe. O sol bateu no meu rosto e ergui a mão para proteger os olhos. Dei um passo no campo aberto, depois mais outro.

Certamente *agora* eles viriam, os mantenedores da lei, aquelas figuras misteriosas da ordem e da autoridade. Mas segundos se passaram, depois minutos, e nada aconteceu. Ninguém veio, nenhum inspetor, nenhum professor nem mesmo o porteiro.

Então uma espécie de pânico me dominou e corri para o meio do campo abanando os braços, como alguém numa ilha deserta tentando chamar a atenção de um avião de resgate. Eles não se importavam? Aquilo era uma invasão. Será que não estavam me *vendo*?

– Aqui! – eu delirava de indignação. – Aqui estou eu! Aqui! *Aqui!*

Nada. Nenhum ruído. Nem mesmo o latido de um cão ao longe nem o toque mais fraco de uma sirene de aviso. Foi então que compreendi, com raiva e certa excitação pegajosa, que tudo aquilo não passava de uma grande mentira. Não havia nada naquele campo além da grama e das árvores. Era apenas uma linha na terra que me desafiava a cruzá-la. E enfrentei o desafio. Eu desafiei a ORDEM.

Ao mesmo tempo, tive a impressão de que alguém me enganava, como muitas vezes acontecia quando eu encarava as ameaças e as convicções do mundo adulto, que promete tanto e oferece tão pouco.

Eles mentem, cara. Era a voz do meu pai, só um pouco arrastada, na minha cabeça. *Eles prometem o mundo, cara, mas são todos iguais. Eles mentem.*

– Não mentem não! Nem sempre...

Então experimente. Vá em frente. Eu duvido. Veja até onde você vai.

Por isso avancei mais, segui a sebe subindo uma pequena colina, na direção de um grupo de árvores. Havia uma outra placa ali: INVASORES SERÃO PROCESSADOS. É claro que a essa altura o primeiro passo já fora dado, e a ameaça implícita não chegou a afetar meu ímpeto.

Mas depois das árvores havia uma surpresa. Eu esperava ver uma estrada, talvez uma linha de trem, um rio... alguma coisa para mostrar que havia um mundo do lado de fora de St. Oswald's. Mas de onde eu estava, até onde a vista alcançava, era tudo St. Oswald's. A colina, o pequeno bosque, as quadras de tênis, o campo de críquete, os gramados com cheiro doce e as grandes extensões de relva mais além. E ali atrás das árvores eu vi gente. Dali pude ver os meninos. Meninos de todas as idades. Alguns quase da minha idade, outros perigosa e arrogantemente adultos. Alguns usavam o uniforme branco do jogo de críquete, outros shorts de corrida e camisetas coloridas com números. Num quadrado de areia a certa distância, alguns praticavam saltos. E atrás deles, vi um prédio grande de pedra amaciada pela fuligem, com muitas janelas em arco que refletiam o sol, um telhado de ardósia pontuado por claraboias, uma torre, um cata-vento, outros prédios espalhados em volta, uma capela, uma escada graciosa que descia para um gramado, árvores, canteiros de flores, pátios asfaltados separados uns dos outros por balaustradas e passagens em arco.

Ali também havia meninos. Alguns sentados nos degraus. Outros de pé, conversando embaixo das árvores. Uns de blazer azul-marinho e calça cinza, outros com roupas esportivas. O barulho que eles faziam, um som que eu não havia registrado até agora, me atingiu como um bando de pássaros exóticos.

Compreendi imediatamente que eles eram de uma raça diferente da minha. Dourados não só pelo sol e pela proximidade com aquele prédio encantador, mas por algo menos tangível, um ar esperto de confiança, um brilho misterioso.

Mais tarde, claro, vi o que realmente era. A sutil decadência por trás das linhas graciosas. A podridão. Mas aquele primeiro vislumbre proibido de St. Oswald's me pareceu a glória inatingível na hora. Era Xanadu, era Asgard e Babilônia, tudo num lugar só. Dentro da propriedade, jovens deuses curtiam o ócio e brincavam.

Compreendi então que aquilo era muito mais do que uma linha na terra, afinal de contas. Era uma barreira que, com nenhum nível de ousadia ou de desejo, eu poderia atravessar. Eu era um intruso, e subitamente fiquei consciente demais da minha calça jeans suja, dos meus tênis gastos, do meu rosto cheio de espinhas e do meu cabelo grudado na cabeça. Não me sentia mais como um explorador audaz. Eu não tinha o direito de estar ali. Tinha me tornado algo *baixo*, ordinário, um espião, um gatuno, um xereta sem vergonha com olhos famintos e dedos leves. Invisível ou não, era assim que eles sempre me veriam. Eu era isso. Um *sunnybanker*. E sabe, já tinha começado. *Aquilo* era St. Oswald's. Era isso que fazia com as pessoas. A fúria explodiu em mim como uma úlcera. Raiva e o princípio de uma revolta.

Então eu não pertencia àquele mundo. E daí? Qualquer regra pode ser quebrada. Invasão, como qualquer crime, fica impune quando ninguém vê. Palavras, por mais que sirvam de talismãs, são sempre apenas palavras.

Na época eu não sabia, mas foi naquele momento que declarei guerra contra St. Oswald's. Não me aceitavam? Então eu tomaria. Eu ia tomar aquele lugar e ninguém, e nada, nem mesmo meu pai, ia poder me impedir. Aquela linha estava traçada. Mais uma fronteira para ser atravessada, um blefe mais sofisticado dessa vez, seguro em sua arrogância antiga, sem saber que lá dentro existia a semente da destruição. Mais uma linha que me desafiava a cruzá-la.

Como assassinato.

REI

1

♖

Escola de St. Oswald's para meninos
Segunda-feira, 6 de setembro,
Período da festa de São Miguel

São noventa e nove pelas minhas contas, cheirando a madeira, pó de giz velho, desinfetante e o cheiro incompreensível, mistura de biscoito e hamsters, dos meninos. Noventa e nove períodos enfileirados nos anos como lanternas de papel empoeiradas. Trinta e três anos. Como uma sentença de prisão. Faz lembrar a antiga piada do prisioneiro condenado por assassinato.
– Trinta anos, Vossa Excelência – protesta ele. – É demais! Não vou conseguir!
E o juiz diz:
– Bem, cumpra quantos você puder...
Pensando melhor, isso não tem graça. Vou completar sessenta e cinco em novembro. Não que isso tenha alguma importância. Não há aposentadoria compulsória em St. Oswald's. Seguimos nossas próprias leis. Sempre fizemos isso. Mais um período de aulas e terei completado meu Centenário no Magistério. Um para o Quadro de Honra finalmente. Posso ver agora, com letras góticas, Roy Hubert Straitley (bacharel), Antigo Centurião da Escola.
Tenho de rir. Nunca imaginei que acabaria aqui. Terminei os estudos de dez anos seguidos em St. Oswald's em 1954, e o que me-

nos esperava então era me ver aqui de novo, e um mestre, além de tudo, mantendo a ordem, determinando limites e detenções. Mas, para surpresa minha, descobri que aqueles anos me deram uma espécie de bom senso natural para o negócio do ensino. Agora não existe um truque que eu não conheça. Afinal, eu mesmo pratiquei a maior parte deles. Como homem, menino e no meio, entre um e outro, também. E aqui estou eu de novo, de volta à St. Oswald's para mais um período de aulas. Até parece que não consegui me afastar.

Acendo um Gauloise. Minha única concessão à influência das línguas modernas. Tecnicamente, é claro, não é permitido. Mas hoje, na privacidade da minha sala, ninguém deve prestar muita atenção. O dia de hoje é por tradição livre dos meninos e reservado a questões administrativas, contagem de cadernos, distribuição de artigos de papelaria, revisões de última hora dos horários, recolhimento de formulários e listas, instruções para novas equipes, reuniões de departamento.

É claro que eu mesmo sou um departamento. Um dia coordenador das línguas clássicas, encarregado de um setor com muitos empregados respeitosos, agora relegado a um canto empoeirado do novo setor de línguas, como uma primeira edição muito maçante que ninguém tem coragem de jogar fora.

Todos os meus ratos abandonaram o navio... isto é, exceto os meninos. Ainda leciono em tempo integral, para espanto do sr. Strange – o terceiro mestre, que considera latim irrelevante – e para o constrangimento dissimulado do novo diretor. Mesmo assim, os meninos continuam a optar pela minha matéria irrelevante, e os resultados são em geral bastante bons. Gosto de pensar que se deve ao meu carisma pessoal.

Não que não goste muito dos meus colegas de línguas modernas, apesar de ter mais afinidade com os gauleses subversivos do que com os teutônicos destituídos de humor. Tem o Pearman, coordenador de francês, redondo, alegre, de vez em quando brilhante, mas irremediavelmente desorganizado; e Kitty Teague, que às vezes divide seus biscoitos comigo na hora do lanche com uma xícara de chá; e Eric Scoones, um meio-centurião animado (também ex-aluno) de sessenta e dois anos que, quando inspirado, apresenta uma assombrosa memória de algumas das mais extremas aventuras da minha distante juventude.

E há também Isabelle Tapi, decorativa, mas completamente inútil, de uma forma gaulesa e pernuda, alvo de boa parte dos grafites de admiradores na coleção das fantasias nos armários do vestiário.

No geral, um departamento bem animado, cujos membros toleram as minhas excentricidades com paciência elogiável e bom humor, e que raramente interferem nos meus métodos pouco convencionais.

Os alemães são menos simpáticos como um todo. Geoff e Penny Nations ("a Liga das Nações"), uma dupla confusa que cobiça minha sala; Gerry Grachvogel, um chato bem-intencionado que tem predileção por cartões com palavras e imagens; e finalizando o dr. "Uvazeda" Devine, chefe do departamento que acredita piamente na expansão do Grande Império, que me vê como subversivo e ladrão de alunos, que não tem interesse nenhum pelas línguas clássicas e que sem dúvida pensa que *carpe diem* quer dizer "o peixe do dia".

Ele tem o hábito de passar pela minha sala com fingida pressa, espiando desconfiado por cima dos óculos, como se quisesse verificar sinais de conduta imoral, e sei que hoje, de todos os dias, será apenas uma questão de tempo para eu avistar a sua cara triste me espionando.

Ah. O que foi que eu disse?

Bem na hora.

– Bom-dia, Devine!

Controlei a vontade de bater continência, ao mesmo tempo escondi meu Gauloise meio fumado embaixo da mesa e ofereci meu maior sorriso por trás da porta de vidro. Notei que ele carregava uma grande caixa de papelão cheia de livros e papéis. Ele olhou para mim com o que mais tarde descobri que era um convencimento mal disfarçado, depois seguiu em frente com a pose de alguém que tem assuntos importantes para resolver.

Curioso, levantei-me e espiei no corredor para o lado que ele foi, bem a tempo de ver Gerry Grachvogel *e* a Liga das Nações desaparecendo furtivamente no rastro dele, todos carregando caixas de papelão parecidas.

Intrigado, sentei à minha mesa antiga e avaliei meu modesto império.

Sala 59, meu território nesses últimos trinta anos. Muito disputado, mas jamais rendido. Agora só os alemães continuavam a tentar. É uma sala grande, simpática ao seu jeito, eu acho, apesar de ter mais degraus para galgar do que gostaria por causa da sua localização no alto da torre do sino, e fica a cerca de oitocentos metros em linha reta do meu pequeno escritório no corredor superior.

Você já deve ter notado que com o passar do tempo os cães e seus donos ficam muito parecidos, e o mesmo acontece com professores e salas de aula. A minha se enquadra comigo como um velho paletó de tweed, e o cheiro também é quase o mesmo, uma composição confortante de livros, giz e cigarros proibidos. Um enorme e venerável quadro-negro domina a sala – o empenho do dr. Devine de introduzir o termo "lousa de giz" não teve, folgo em informar, sucesso nenhum. As carteiras são antigas e cheias de cicatrizes de batalhas, e resisti a todas as tentativas de trocá-las pelas ubíquas mesas de plástico.

Se fico entediado, sempre posso ler as grafitagens. Uma quantidade lisonjeira desses rabiscos é dirigida a mim. O meu favorito do momento é *Hic magister podex est*, escrito, por um menino ou outro, ah, há mais tempo do que eu gostaria de lembrar. Quando eu era menino, ninguém ousaria se referir a um mestre como um *podex*. Vergonhoso. No entanto, por algum motivo, sempre me faz rir.

A minha mesa mesmo não é menos vergonhosa. Uma coisa enorme empretecida pelo tempo, com gavetas profundíssimas e muitas coisas escritas. Fica sobre um pódio elevado, originalmente construído para um professor de línguas clássicas mais baixo ter acesso ao quadro-negro, e desse tombadilho superior posso olhar de cima com benevolência para os meus protegidos, e fazer as palavras cruzadas do *Times* sem ser visto.

Há camundongos morando atrás dos armários. Sei disso porque nas tardes de sexta-feira eles saem em bando e farejam em volta dos canos dos aquecedores enquanto os meninos fazem a prova semanal de vocabulário. Não reclamo. Até gosto dos ratinhos. O velho diretor uma vez experimentou usar veneno, mas só uma vez. O fedor do rato morto é muito mais nocivo do que qualquer coisa viva poderia ter a pretensão de gerar, e durou semanas até que finalmente John Snyde, o porteiro principal na época, teve de ser chamado para arrancar as tábuas dos armários e remover o morto fedido.

Desde então, os camundongos e eu adotamos uma prática confortável de viver e deixar viver. Se ao menos os alemães pudessem fazer a mesma coisa...

Saí da minha divagação e vi o dr. Devine passando novamente pela minha sala, com seu séquito. Ele batia no pulso com insistência, como se indicasse a hora. Dez e meia. Ah. É claro. Reunião da equipe. Relutantemente fiz que entendi, joguei a guimba do cigarro no cesto de papel e fui caminhando devagar para a sala comum, só parando para pegar a beca surrada que estava pendurada num cabide ao lado da porta do armário de material.

O velho diretor insistia sempre que usássemos becas nas ocasiões formais. Hoje em dia, sou praticamente o único que ainda usa a beca para reuniões, mas no dia do discurso quase todos usam. Os pais gostam. Dá uma impressão de tradição. Gosto porque é uma boa camuflagem e economiza ternos.

Gerry Grachvogel trancava a porta da sala dele quando saí da minha.

– Oh, oi, Roy.

Ele exibiu um sorriso mais nervoso do que de costume. É um jovem sem graça, com boas intenções e controle fraco da turma. Quando a porta fechou, vi uma pilha de caixas de papelão desmontadas, encostadas na parede.

– Muito trabalho hoje? – perguntei para ele, apontando para as caixas. – O que é? Vão invadir a Polônia?

Gerry estremeceu.

– Não, ah... estou só fazendo a mudança de algumas coisas. Ah... para a nova sala do departamento.

Olhei bem para ele. Aquela frase tinha conotações sinistras.

– *Que* nova sala do departamento?

– Ah... desculpe. Tenho de ir. Instruções do diretor. Não posso me atrasar.

Isso é uma piada. Gerry se atrasa para tudo.

– *Que* nova sala é essa? Alguém morreu?

– Ah... sinto, Roy. Falo com você depois.

E ele se mandou como um pombo-correio para a sala de reuniões. Vesti a beca e fui atrás dele, com um passo mais dignificante, perplexo e sob o peso de um mau pressentimento.

Cheguei à sala comum bem na hora. O novo diretor estava chegando, com Pat Bishop, o segundo mestre e sua secretária, Marlene, ex-mãe-de-aluno que se juntou a nós quando o filho morreu. O novo diretor é frágil, elegante e um pouco sinistro, como Christopher Lee no *Drácula*. O velho diretor tinha péssimo humor, era despótico, grosseiro e dogmático. Exatamente o que eu gostava mais num diretor. Quinze anos após sua partida, ainda sinto saudade dele.

A caminho do meu lugar, parei para me servir de uma caneca de chá. Notei e aprovei que, apesar de a sala de reuniões estar apinhada de gente e de alguns membros mais jovens da equipe estarem de pé, o meu assento não tinha sido ocupado. A terceira poltrona do lado da janela, bem embaixo do relógio. Equilibrei a caneca nos joelhos quando afundei nela e notei que minha poltrona parecia mais apertada. Acho que devo ter ganhado alguns quilos nas férias.

– Arram, arram.

Uma tosse seca do novo diretor que quase todos ignoraram. Marlene, cinquenta e poucos anos, divorciada, cabelo louro branco e presença wagneriana, olhou para mim e franziu a testa. Sentindo a irritação dela, o pessoal se aquietou. É claro que não é nenhum segredo que Marlene manda no lugar. O novo diretor é o único que não percebeu.

– Bem-vindos de volta, todos vocês.

Esse era Pat Bishop, considerado por todos o rosto humano da escola. Corpulento, alegre, ainda absurdamente jovial aos cinquenta e cinco anos de idade, ele mantém o charme meio tosco, de nariz quebrado, de um aluno grandalhão. Mas é um bom homem. Generoso, trabalhador, totalmente leal à escola, onde também foi aluno um dia... mas não muito inteligente, apesar de ter estudado em Oxford. Um homem de ação, o nosso Pat, compassivo, não intelectual. Combina melhor com sala de aula e camaradagem de rúgbi do que com comitês de administração e reunião de diretoria. Mas não o condenamos por isso. Há inteligência mais do que suficiente em St. Oswald's. O que realmente precisamos é de mais humanidade do tipo de Bishop.

– Arram, arram.

O diretor de novo. Não é surpresa nenhuma haver uma tensão entre eles. Bishop, por ser Bishop, se esforça muito para que isso não transpareça. Mas a popularidade dele com os meninos e com a equipe sempre foi maçante para o novo diretor, cujas qualidades sociais não são nada óbvias.

– Arram, arram!

A cor de Bishop, sempre viva, ficou um pouco mais forte. Marlene, que tem sido devota de Pat (secretamente, ela pensa) nesses últimos quinze anos, parecia aborrecida.

Sem perceber, o diretor prosseguiu:

– Item um: captação de recursos para o novo Pavilhão de Jogos. Ficou decidido que será criado um segundo posto administrativo para tratar dessa questão da captação de recursos. O candidato bemsucedido será escolhido de uma lista de seis e receberá o título de Executivo de Relações Públicas Encarregado de...

Consegui apagar quase tudo que veio depois, deixando o ruído relaxante da voz do novo diretor fazendo o sermão ao fundo. A ladainha de sempre, imagino. Falta de recursos, o ritual *post-mortem* dos resultados do último verão, o inevitável novo esquema para recrutamento de alunos, mais uma tentativa de impor conhecimentos de informática a toda a equipe docente, uma proposta em tom otimista da escola de meninas para um empreendimento conjunto, uma proposta (temida demais) de inspeção escolar em dezembro, uma breve condenação da política do governo, um tímido gemido sobre disciplina em sala de aula e aparência pessoal (nesse ponto, Uvazeda Devine olhou muito sério para mim) e os litígios de sempre (três até a data, nada mau para setembro).

Matei o tempo olhando em volta e procurando caras novas. Esperava ver algumas naquele período. Um pessoal mais velho finalmente jogou a toalha no verão passado e achei que teria de ser substituído. Kitty Teague piscou para mim quando olhei para ela.

– Item onze. Realocação de salas de aula e particulares. Devido à renumeração das salas depois da criação da nova ala de ciência da computação...

Arrá. Um novato. Sempre dá para distingui-los pela postura deles. Empertigados em posição de sentido, como cadetes do Exército. E os ternos, é claro, sempre muito bem passados e virgens de pó de giz. Não que isso durasse muito, o pó de giz é uma substância pérfida, que persiste mesmo naquelas áreas politicamente corretas da

escola onde o quadro-negro – e sua prima presunçosa, a lousa de giz – foram ambos abolidos.
O novato estava junto dos cientistas de computador. Mau sinal.
Na St. Oswald's, todos os cientistas de computador usam barba. Essa é a regra. Exceto o diretor desse setor, o sr. Beard, que, indiferente à convenção, usa apenas um bigodinho.

– ... E o resultado é que as salas de número 24 a 36 receberão nova numeração, serão salas 114 a 126, a sala 59 passará a ser a 75, e a sala 75, a falecida sala das línguas clássicas, será realocada como oficina do departamento de alemão.

– *Como é?*

Uma outra vantagem de usar beca nas reuniões do corpo docente: o conteúdo de uma caneca de chá, intempestivamente derrubada no colo, quase não deixa marca.

– Diretor, acredito que deve ter lido errado esse último item. A sala de línguas clássicas ainda está sendo usada. E certamente não é *falecida*. E eu também não – disse a *sotto voce*, olhando feio para os alemães.

O novo diretor lançou-me aquele olhar gelado.

– Sr. Straitley – disse –, todas essas questões administrativas já foram discutidas na reunião da equipe do último período e quaisquer observações que o senhor tivesse para fazer deviam ter sido feitas na época.

Vi os alemães olhando para mim. Gerry – péssimo mentiroso – fez a fineza de parecer encabulado.

Dirigi-me ao dr. Devine.

– O senhor sabe perfeitamente bem que não estive naquela reunião. Eu estava supervisionando as provas.

Uvazeda deu um sorriso zombeteiro.

– Enviei eu mesmo as minutas para o senhor por e-mail.

– O senhor sabe muito bem que não uso e-mail!

O diretor parecia mais gelado do que nunca. Ele gosta de tecnologia (pelo menos é o que diz), ele se orgulha de estar atualizado.

Culpo Bob Strange, o terceiro mestre, que deixou claro que não há espaço no sistema educativo de hoje para os analfabetos virtuais, e o sr. Beard, que o ajudou a criar um sistema de comunicação interna tão intrincado e elegante que acabou de vez com a palavra falada. Dessa forma, qualquer um, em qualquer sala, pode contatar qualquer outro em qualquer sala sem todo aquele esforço infeliz de levantar, abrir a porta, andar pelo corredor e *conversar* realmente com alguém (uma ideia muito pervertida, com todo o nojento contato humano que inclui).

Os doidos que recusam o computador como eu são uma raça em extinção e, no que diz respeito à administração, cegos, surdos e mudos.

– Cavalheiros! – O diretor chamou a atenção. – Este não é o momento adequado para debater isso. Sr. Straitley, sugiro que o senhor escreva qualquer objeção que tenha e envie por e-mail para o sr. Bishop. Agora, vamos continuar?

Eu me sentei.

– *Ave, Caesar, morituri te salutant.*

– O que foi, sr. Straitley?

– Eu não sei. Talvez o senhor tenha escutado o lento esfacelamento do último posto avançado da civilização, diretor.

Não foi um início auspicioso daquele período. Uma reprimenda do novo diretor eu podia aturar, mas a ideia de que Uvazeda Devine tinha conseguido roubar a minha sala bem embaixo do meu nariz era intolerável. Em todo caso, pensei com meus botões, eu não ia tombar fácil. Pretendia tornar a ocupação muito, mas muito difícil, mesmo para os alemães.

– E agora, para dar as boas-vindas aos nossos novos colegas. – O diretor permitiu que uma fração de simpatia colorisse a voz dele.

– Espero que vocês os façam se sentir em casa e que eles provem ser tão dedicados à St. Oswald's como vocês são.

Dedicados? Eles deviam ser trancafiados.

– O senhor disse alguma coisa, sr. Straitley?

– Um som inarticulado de aprovação, diretor.
– Hum.
– Exatamente.

Ao todo eram cinco novatos. Um cientista de computação, como eu temia. Não escutei o nome dele, mas Barbas são intercambiáveis, como os Ternos. De qualquer modo, é um departamento no qual, por motivos óbvios, eu raramente me aventuro. Uma jovem de línguas modernas (cabelo preto, dentes bons, bastante promissora até o momento). Um Terno de Geografia, que parecia estar iniciando uma coleção. Um Professor de Jogos com um short berrante e perturbador de lycra, e ainda um jovem bem arrumado de inglês que, até o momento, ainda não incluí em nenhuma categoria.

Quando você vê tantas salas de reunião como eu vi, passa a reconhecer a fauna que se reúne nesses lugares. Cada escola tem seu próprio ecossistema e mistura social, mas as mesmas espécies tendem a predominar em todas. Ternos, é claro (há mais e mais desses desde a chegada do novo diretor – eles caçam em bandos), e o inimigo natural deles é o *Paletó de Tweed*. Animal solitário e territorial, o *Paletó de Tweed*, apesar de gostar de uma farra de vez em quando, tende a não se acasalar com muita frequência, daí nossos números estarem diminuindo. E há o Animadinho, meus colegas alemães Geoff e Penny são espécimes típicos; o Vale o Emprego, que lê o jornal *Mirror* nas reuniões da equipe, raramente é visto sem uma xícara de café e sempre chega atrasado para as aulas; o Iogurte Baixa-Caloria (invariavelmente fêmea, este animal, e muito preocupado com fofocas e regimes para emagrecer); o Coelho dos dois gêneros (que se enfia num buraco ao primeiro sinal de encrenca), e mais alguns Dragões, Docinhos, Esquisitões, Velha Guarda, Jovens Atiradores e excêntricos de todos os tipos.

Em geral, consigo encaixar qualquer novato na categoria apropriada poucos minutos depois de conhecê-lo. O geógrafo, sr. Easy, é um Terno Típico. Inteligente, alinhado e feito para burocracia. O homem dos jogos, Deus nos ajude, é um clássico Vale o Emprego.

O sr. Meek, o homem do computador, é leporino por baixo da barba fofa. A linguista, srta. Dare, podia ser estagiária de Dragão se não fosse a inclinação humorística da boca; devo lembrar-me de testá-la, para ver do que é feita. O novo professor de inglês, o sr. Keane, talvez não seja tão típico, não é bem um Terno, não é tão Animadinho, mas é jovem demais para o grupo Tweed.

O novo diretor dá muito valor à sua procura de Sangue Jovem. O futuro da profissão, diz ele, está no influxo de novas ideias. O pessoal mais velho, como eu, claro, não se deixa enganar. Sangue jovem é mais barato.

Eu disse isso a Pat Bishop mais tarde, depois da reunião.

– Dê-lhes uma chance – disse. – Pelo menos deixe que se instalem antes de ir para cima deles.

Pat gosta do pessoal jovem, é claro. Faz parte do charme dele. Os meninos sentem isso. Ele se torna acessível. Mas também se torna imensamente crédulo, e sua incapacidade de ver o lado ruim de qualquer pessoa muitas vezes provocou problemas no passado.

– Jeff Light é um esportista bom e correto – disse.

Pensei no professor de jogos com o shortinho de lycra.

– Chris Keane vem muito bem recomendado.

Nisso eu podia acreditar com mais facilidade.

– E o professor de francês parece ter muito bom senso.

É claro, pensei, Bishop devia ter entrevistado todos.

– Bem, vamos torcer – afirmei, indo para a torre do sino.

Depois daquele ataque frontal do dr. Devine, não queria mais problemas do que já tinha.

2

♟

Está vendo, foi quase simples demais. Assim que viram minhas credenciais, caíram. É engraçado a confiança que algumas pessoas têm em pedaços de papel: certificados, diplomas, títulos, referências. E na St. Oswald's é pior do que em qualquer outro lugar. Afinal de contas, toda a máquina funciona com papelada. E funciona bem mal também, pelo que posso ver, agora que o lubrificante essencial está em falta. É o dinheiro que engraxa as engrenagens, meu pai costumava dizer. E ele estava certo.

Nada se alterou muito desde aquele primeiro dia. As quadras estão menos abertas agora que os novos conjuntos habitacionais começaram a se espalhar. E há uma cerca alta, arame em postes de concreto, para garantir as placas de PROIBIDA A ENTRADA. Mas a essência de St. Oswald's praticamente não mudou nada.

O caminho correto para chegar lá é pela frente, claro. A fachada, com a entrada de carro imponente e portões de ferro fundido, foi construída para impressionar. E impressiona mesmo – ao toque de seis mil por aluno em cada ano – aquela mistura de arrogância em estilo antigo e consumo conspícuo nunca falha, sempre atrai os grandes apostadores.

St. Oswald's continua a se especializar em títulos sentenciosos. Aqui o vice-diretor é o segundo mestre. A sala dos professores é a sala comum dos mestres. Até os faxineiros são tradicionalmente chamados de camareiros, embora a St. Oswald's não tenha alunos internos – e, portanto, não tenha camas também – desde 1918. Mas os pais adoram esse tipo de coisa. Na antiga língua oswaldiana (ou "ozzie", como reza a tradição), dever de casa vira preparatório; o antigo salão de jantar ainda é chamado de novo refeitório, e os próprios prédios, por mais dilapidados que estejam, são subdivididos em inúmeros nichos e cantos com nomes estapafúrdios: a rotunda, a despensa, aposentos dos mestres, a *portcullis*, o observatório, a *porte-cochère*. Hoje em dia, claro, quase ninguém usa mais os nomes oficiais, mas eles ficam muito bem nos folhetos.

Meu pai, devo dizer, tinha um orgulho extraordinário do título de porteiro principal. Era um serviço de zelador, pura e simplesmente. Mas aquele título, com sua autoridade implícita, deixava meu pai cego para todas as afrontas e os insultos mesquinhos que recebia nos seus primeiros anos na escola. Ele largou os estudos com dezesseis anos, sem nenhuma qualificação acadêmica, e para ele a St. Oswald's representava o ápice a que ele nem ousava aspirar.

O resultado era que ele via os meninos dourados da St. Oswald's com admiração e desprezo ao mesmo tempo. Admiração pela excelência física deles. A garra nos esportes. A ossatura superior. A ostentação de dinheiro. Desprezo pela suavidade deles. Pela complacência. Pela existência protegida. Eu sabia que ele nos comparava e, à medida que fui crescendo, passei a ter cada vez mais consciência da minha inadequação aos olhos dele e da sua silenciosa, mas cada vez mais amarga, decepção.

Meu pai, entenda, gostaria de ter um filho criado à sua própria imagem. Um rapaz que compartilhasse a sua paixão por futebol, raspadinhas e peixe com fritas, sua desconfiança com as mulheres, seu amor pela vida ao ar livre. Se não tivesse nada disso, que fosse um menino da St. Oswald's. Um jogador e cavalheiro, capitão do time de críquete, um menino com coragem para transcender sua classe e ser alguém, mesmo se isso significasse abandonar o pai.

Em vez disso, ele tinha a mim. Nem uma coisa nem outra. Alguém inútil que vivia sonhando, lendo livros e assistindo a filmes alternativos, uma criança introvertida, magricela, pálida e insípida que não se interessava por esportes e com personalidade solitária, tanto quanto a dele era de uma pessoa gregária. Mas ele fez o melhor que pôde. Ele tentou, mesmo quando não estava tentando. Levou-me para assistir a partidas de futebol, que me entediavam muito. Comprou uma bicicleta para mim, que usei com regularidade obediente, rodando em volta dos muros da escola. E o mais importante foi que em todo o primeiro ano da nossa vida lá ele se manteve razoável e conscienciosamente sóbrio. Imagino que eu devia agradecer por isso. Mas não agradeci. Assim como ele teria gostado de ter um filho igual a ele, eu desejava desesperadamente um pai que fosse como eu. Já tinha o modelo na minha cabeça, tirado de centenas de livros e revistinhas. Acima de tudo, ele seria um homem com autoridade, firme, mas justo. Um homem com coragem física e grande inteligência. Um leitor, acadêmico, um intelectual. Um homem que compreendesse.

Ah, eu procurava por ele em John Snyde. Uma ou duas vezes, cheguei até a pensar que o tinha encontrado. A estrada para a maturidade é cheia de contradições, e eu ainda era suficientemente jovem para acreditar em parte nas mentiras com as quais essa estrada é pavimentada. *Papai sabe mais. Deixe comigo. Os mais velhos são melhores. Faça o que mandam.* Mas no meu coração eu já podia ver o abismo crescente entre nós. Em toda a minha juventude tive ambições, enquanto John Snyde, apesar de toda a sua experiência, nunca seria mais que um porteiro.

Mesmo assim, eu via que ele era um bom porteiro. Ele executava bem as obrigações. Trancava os portões à noite, fazia a ronda no fim da tarde, regava as plantas, capinava os gramados de críquete, cortava grama, recebia os visitantes, cumprimentava os professores, organizava consertos, limpava as calhas de chuva, informava os danos, limpava as grafitagens, movia mobília, distribuía as chaves dos armários, separava a correspondência e levava mensagens. Em troca, alguns professores o chamavam de John, e meu pai ficava todo orgulhoso e agradecido.

Hoje há um novo porteiro, um homem chamado Fallow. Ele é pesado, insatisfeito e preguiçoso. Escuta o rádio na portaria em vez de vigiar a entrada. John Snyde jamais faria isso.

A minha entrevista foi marcada ao estilo da St. Oswald's, isolada. Nunca encontrei os outros candidatos. Quem me entrevistou foi o diretor do setor, o diretor da escola e o Segundo e o Terceiro Mestres. Reconheci os quatro na mesma hora, claro. Em quinze anos, Pat Bishop tinha engordado, ficara mais vermelho e mais animado, como uma versão de desenho animado do que ele era antes, mas Bob Strange estava igual, apesar de ter menos cabelo, um homem elegante com as feições marcadas, olhos pretos e pele ruim. É claro que antes ele era apenas um ambicioso e jovem professor de inglês, com uma queda para administração. Agora ele é a eminência parda da escola, o mestre dos horários, manipulador experiente, veterano de incontáveis dias de INSERÇÃO e de cursos de treinamento.

Nem é preciso dizer que reconheci o diretor. O novo diretor, que era naquela época. Trinta e tantos anos, mas com cabelos brancos prematuros mesmo na época, alto, rijo e digno. Ele não me reconheceu – e afinal, por que deveria? –, mas apertou minha mão com dedos gelados e moles.

– Espero que tenha tido tempo para andar pela Escola e ver tudo. – A letra maiúscula estava implícita na voz dele.

Sorri.

– Ah, sim. É impressionante. Especialmente o novo departamento de tecnologia da informação (TI). Ferramentas novas e dinâmicas num ambiente acadêmico tradicional.

O diretor fez que sim com a cabeça. Eu o vi arquivando a frase mentalmente, talvez para o prospecto do próximo ano. Atrás dele, Pat Bishop emitiu um som que poderia ser escárnio ou aprovação. Bob Strange só ficou me observando.

– O que chamou mais minha atenção... – parei de falar.

A porta abriu, e a secretária entrou com uma bandeja de chá. Interrompeu-me no meio da frase – a surpresa de vê-la mais que tudo, eu acho; não tive medo de que *ela me* reconhecesse. Então continuei.

– O que chamou a minha atenção especialmente foi o modo fluido com que a modernidade se juntou ao antigo para criar o melhor dos dois mundos. Uma escola que não teme passar o recado de que, apesar de possuir as mais recentes inovações, não sucumbiu simplesmente às modas populares e sim usou-as para reforçar a tradição de excelência acadêmica.

O diretor balançou a cabeça concordando novamente. A secretária, pernas compridas, anel de esmeralda, um toque de Número Cinco, serviu o chá. Agradeci a ela com uma voz que foi ao mesmo tempo distante e de reconhecimento. Meu coração batia acelerado. Mas, de certa forma, eu estava me divertindo.

Foi o primeiro teste, e eu sabia que tinha passado.

Bebi meu chá observando Bishop enquanto a secretária retirava a bandeja.

– Obrigado, Marlene.

Ele bebe o chá como meu pai fazia. Três cubos de açúcar, talvez quatro, e o pegador de prata parecia uma pinça em seus dedos grandes. Strange não disse nada. O diretor esperou, com os olhos que pareciam pedrinhas redondas.

– Muito bem – disse Bishop olhando para mim. – Vamos ao que interessa, certo? Já ouvimos você falar. Todos sabemos que você sabe recitar o jargão numa entrevista. A minha pergunta é: como você é numa sala de aula?

O bom e velho Bishop. Meu pai gostava dele. Via-o como um dos rapazes e deixava completamente de ver a verdadeira esperteza do homem. *O que interessa.* Expressão típica de Bishop. Quase dá para esquecer que há um diploma de Oxford (mesmo sendo apenas de um curso técnico) por trás do sotaque de Yorkshire e a cara de jogador de rúgbi. Não. Não é nada bom subestimar Bishop.

Sorri para ele e larguei a xícara.

– Tenho meus próprios métodos em sala de aula, senhor, como o senhor certamente deve ter. Fora dela, trato de conhecer todos os jargões que aparecem no meu caminho. Acredito que, se você souber falar e se obtiver os resultados, então, se seguiu ou não as orientações do governo passa a ser coisa irrelevante. A maioria dos pais não conhece nada dos métodos de ensino. Tudo que eles querem é ter certeza de que estão recebendo tudo que o dinheiro deles comprou. Não concorda?

Bishop grunhiu. Franqueza, verdadeira ou fingida, é uma moeda que ele entende. Senti uma admiração contrariada em sua expressão. Segundo teste – passei também.

– E onde pensa estar daqui a cinco anos?

Quem fez essa pergunta foi Strange, que permanecera calado a maior parte da entrevista. Homem ambicioso, eu sabia, inteligente por baixo da aparência afetada, ansioso por salvaguardar seu pequeno império.

– Na sala de aula, senhor – respondi na mesma hora. – É o meu lugar. É disso que eu gosto.

A expressão de Strange não se alterou, mas ele meneou a cabeça uma vez, mais tranquilo de saber que eu não era uma pessoa usurpadora. Teste número três. Passei mais esse.

Eu não tinha dúvida nenhuma de que superava todos os outros candidatos. As minhas qualificações eram excelentes. Minhas referências de primeira linha. Tinham de ser mesmo. Gastei muito tempo com as falsificações. O melhor de tudo era o nome, cuidadosamente selecionado de um dos menores Quadros de Honra do Corredor Central. Acho que combina comigo e, além disso, tenho certeza de que meu pai ficaria satisfeito de eu tê-lo recriado como um ozzie – da velha guarda da St. Oswald's.

A história do John Snyde foi há muito tempo. Nem mesmo os mais velhos como Roy Straitley ou Hillary Monument devem lembrar-se dela agora. Mas o meu pai ter sido da velha guarda justifica a minha familiaridade com a escola, meu afeto pelo lugar, meu desejo de lecionar lá. Mais ainda do que o Primeiro de Cambridge, o sotaque que renova a confiança e as roupas discretamente caras me tornam uma pessoa adequada.

Inventei alguns detalhes convincentes para validar a história, uma mãe suíça, a infância em outro país. Depois de praticar tanto tempo, consigo visualizar meu pai com bastante facilidade: um homem correto e preciso, com mãos de músico e paixão por viagens. Aluno brilhante de Trinity – na verdade, foi lá que ele conheceu minha mãe – e que mais tarde tornou-se um dos homens mais importantes na sua profissão. Ambos mortos tragicamente num acidente com um bondinho aéreo perto de Interlaken, no último Natal. Acrescentei dois irmãos para completar: uma irmã que mora em St. Moritz, um irmão numa universidade em Tóquio. Fiz o ano de estágio na Escola de Harwood, em Oxfordshire, antes de resolver mudar para o Norte, com um posto mais permanente.

Como eu disse, foi quase fácil demais. Algumas cartas em papel com timbre chamativo, um currículo incrementado, uma ou duas referências fáceis de falsificar. Eles nem verificaram os detalhes, o que foi uma decepção, porque tive muito trabalho para validar tudo. Até os nomes combinam com cursos oferecidos no mesmo ano. Não para mim, é claro. Mas essas pessoas são ludibriadas com muita facilidade. Maior ainda do que a estupidez delas é a arrogância, a certeza de que ninguém poderia cruzar a linha.

Além do mais, é um jogo que se joga blefando, não é? Tem tudo a ver com as aparências. Se eu tivesse me formado no Norte, tivesse um sotaque comum e um terno barato, poderia ter as melhores referências do mundo que jamais teria uma chance.

Eles me telefonaram na mesma noite.

Minha admissão fora aprovada.

3

Escola de St. Oswald's para meninos
Segunda-feira, 6 de setembro

O que fiz logo depois da reunião foi procurar Pearman. Encontrei-o na sala dele, com a nova linguista, Dianne Dare.

– Não ligue para Straitley – disse Pearman para ela alegremente quando nos apresentou. – Ele tem essa mania de nomes. Vai adorar o seu, sei que vai.

Ignorei o comentário imerecido.

– Você está deixando o seu departamento ser dominado pelas mulheres, Pearman – disse eu muito sério. – Daqui a pouco, você vai começar a escolher *chintz*.

A srta. Dare olhou para mim com ar satírico.

– Já soube de tudo a seu respeito – disse ela.

– Tudo de ruim, imagino.

– Não seria profissional da minha parte comentar.

– Hum.

Ela é uma jovem elegante, tem olhos castanhos inteligentes.

– Bem, é tarde demais para recuar agora – disse eu. – Quando St. Oswald's te pega, você fica aqui a vida inteira. Ela mina o espírito, sabe? Olhe só para Pearman, apenas uma sombra do que era antes. Ele entregou a minha sala para os boches.

Pearman deu um suspiro.

– Pensei mesmo que você não iria gostar disso.

– Ah, pensou?

– Era isso, Roy, ou então perder a sala 59. E como você nunca usava sua sala particular...

– De certa forma, ele tinha razão, mas eu não ia dizer isso.

– O que quer dizer com perder a sala 59? Ela foi minha sala de aula por trinta anos. Sou praticamente parte dela. Você sabe como os meninos me chamam? De Quasímodo. Porque pareço uma gárgula e vivo na torre do sino.

A srta. Dare continuou séria, mas quase riu.

Pearman balançou a cabeça.

– Olha, vá reclamar com o Bob Strange, se quiser. Mas isso foi o melhor que pude fazer. Você continua com a sala 59 a maior parte do tempo e há ainda a sala do silêncio, se alguém mais estiver dando aula lá, e você quiser corrigir algumas provas.

Aquilo parecia horrível. Sempre corrigi as provas na minha própria sala quando tinha um tempo livre.

– Está querendo dizer que eu vou *dividir* a sala 59?

Pearman parecia querer se desculpar.

– Bem, a maioria divide – disse. – Não temos espaço se não for assim. Você não viu o seu horário?

Ora, é claro que eu não tinha visto. Todos sabem que nunca olho para aquilo, só quando preciso. Soltando fumaça pelas ventas, remexi no meu escaninho e tirei de lá uma folha de papel de computador amassada e um memorando de Danielle, secretária do Strange. Preparei-me para más notícias.

– Quatro pessoas? Estou dividindo a minha sala com quatro emergentes e uma reunião geral?

– É pior ainda, eu acho – disse a srta. Dare humildemente. – Uma das emergentes sou eu.

Um ponto importante a favor de Dianne Dare é o fato de ela ter me perdoado pelo que eu disse depois. Claro que foi tudo com a emoção do momento, palavras ditas com pressa e tudo o mais. Mas qualquer outra pessoa, Isabelle Tapi, por exemplo, poderia ter ficado ofendida. Eu sei. Já aconteceu antes. Isabelle sofre de nervos delicados e qualquer alegação – de trauma emocional, por exemplo – é levada muito a sério pelo tesoureiro da escola.

Mas a srta. Dare ficou firme. E para ser justo com ela, devo dizer que ela nunca deixou a minha sala em desordem quando dava aula lá nem desarrumava os meus papéis nem gritava quando via os ratos nem condenava a garrafa de xerez medicinal no fundo do armário, por isso achava que não tinha me dado tão mal com ela.

Mesmo assim, fiquei ressentido com esse ataque ao meu pequeno império. E não tinha dúvida de quem estava por trás disso. O dr. Devine, coordenador de alemão e, talvez o mais relevante, diretor da Casa Amadeus: coincidentemente, essa Casa agora tinha reunião marcada na minha sala de aula, toda quinta-feira de manhã.

Deixe-me explicar. Há cinco casas na St. Oswald's. Amadeus, Parkinson, Birkby, Christchurch e Stubbs. Elas tratam principalmente de acessórios esportivos, clubes e da capela, por isso não tenho muito a ver com elas. Uma casa cujo sistema funciona principalmente na base da capela e de banhos frios não tem prestígio na minha cartilha. Mesmo assim, nas manhãs de quinta-feira, essas casas se reúnem nas maiores salas disponíveis para discutir os eventos da semana, e fiquei muito aborrecido com essa escolha da minha sala como local de reunião delas. Para começo de conversa, isso significava que Uvazeda Devine teria oportunidade de bisbilhotar todas as gavetas da minha mesa e, em segundo lugar, aquilo viraria uma bagunça horrorosa com cem meninos tentando se espremer numa sala destinada a trinta.

Disse para mim mesmo, com muita tristeza, que era só uma vez por semana. Mesmo assim, fiquei apreensivo. Não gostei do jeito apressado do Uvazeda de enfiar o pé na porta.

Os outros intrusos, devo dizer, me preocupavam menos. A srta. Dare eu já conhecia. Os outros três eram todos emergentes: Meek,

Keane e Easy. Não é incomum um novo membro da equipe lecionar em doze ou mais salas diferentes. Sempre houve falta de espaço em St. Oswald's e, este ano, a conversão da ala de ciência de computação tinha levado as coisas a uma crise. Relutantemente me preparei para abrir a minha fortaleza ao público. Previ poucas dificuldades com os novos membros da equipe. Tinha de ficar de olho no Devine.

Passei o resto do dia no meu santuário, remoendo aquilo enquanto cuidava da burocracia. Meu horário foi uma surpresa. Apenas vinte e oito períodos de aula por semana, comparados com trinta e quatro do ano passado. Minhas turmas também pareciam ter diminuído. Menos trabalho para mim, claro. Mas não tive dúvida de que eu seria vigiado todos os dias.

Algumas pessoas apareceram. Gerry Grachvogel pôs a cabeça na porta e quase a perdeu (perguntou quando eu planejava desocupar minha sala particular). Fallow, o porteiro, foi trocar o número da porta para 75. Hillary Monument, coordenador de matemática, foi fumar um cigarro em silêncio, longe da condenação de seus assistentes. Pearman passou para deixar alguns cadernos e para ler para mim um poema obsceno de Rimbaud. Marlene, para levar a minha chamada. E Kitty Teague para perguntar como eu estava.

– Bem, eu acho – disse de mau humor. – Não são nem os Idos de Março ainda. Deus sabe o que vai acontecer então.

Acendi um Gauloise. Devia mesmo fazer isso enquanto ainda podia, pensei. Tive poucas chances de fumar tranquilamente depois que Devine entrou para lá.

Kitty parecia simpatizar comigo.

– Venha até o salão comigo – sugeriu. – Vai se sentir melhor depois de comer alguma coisa.

– O quê, e ter Uvazeda debochando de mim enquanto almoça? Na verdade, eu tinha a intenção de dar um pulo no Acadêmico Sedento para beber uma cerveja, mas agora não tinha mais vontade.

— Faça isso — insistiu Kitty quando contei para ela. — Vai se sentir melhor fora deste lugar.

O Acadêmico é, pelo menos teoricamente, proibido para os alunos. Mas fica apenas a quatrocentos metros subindo a estrada da St. Oswald's, e alguém teria de ser o mais completo inocente para acreditar que a metade da sexta série não vai lá na hora do almoço. Apesar dos sermões desagradáveis do diretor, Pat Bishop, que impõe disciplina, tende a ignorar a infração. E eu também, desde que eles tirem suas gravatas e blazers. Assim, tanto eles como eu podemos fingir que não os reconheço.

Aquela hora do almoço estava tranquila. Havia pouca gente no bar. Vi de relance Fallow, o porteiro, com o sr. Roach, um historiador que deixa o cabelo comprido e gosta que os meninos o chamem de Robbie, e com Jimmy Watt, o faz-tudo da escola, muito habilidoso com as mãos, mas de pouco intelecto.

Ele ficou radiante ao me ver.

— Sr. Straitley! Teve boas férias?

— Tive, obrigado, Jimmy.

Aprendi a não sobrecarregá-lo com palavras compridas. Algumas pessoas não são tão bondosas, quando veem seu rosto de lua e boca aberta, fica fácil esquecer sua natureza boa.

— O que está bebendo?

Jimmy se animou de novo.

— Meia de *shandy*, obrigado, patrão. Tenho de trocar uns fios esta tarde.

Levei a bebida dele e a minha para uma mesa vazia. Notei Easy, Meek e Keane sentados juntos num canto com Light, o novo homem dos jogos, Isabelle Tapi, que sempre gostava de confraternizar com as novas equipes, e a srta. Dare, um pouco desligada, em outra mesa mais adiante. Não me surpreendi de vê-los juntos. Grupos dão

segurança, e a St. Oswald's pode ser bem intimidante para o recém-chegado.
Deixando a bebida de Jimmy na mesa, fui andando devagar para a mesa deles e me apresentei.

– Parece que alguns de vocês vão compartilhar comigo a minha sala – eu disse. – Só não sei como vão ensinar computação nela. – Isso foi para o barbudo Meek. – Ou será que esse é apenas mais um estágio nos seus planos de herdar a terra?

Keane deu um sorriso generoso. Light e Easy apenas fizeram cara de quem não estava entendendo.

– E... Eu trabalho apenas meio expediente – disse Meek nervoso. – Eu... e... ensino m... matemática às s... sextas-feiras.

Ih, meu Deus. Se eu o amedrontava, a turma 5F ia comê-lo vivo sexta-feira à tarde. Detestava pensar na bagunça que iam fazer na minha sala. Anotei mentalmente para estar alerta se houvesse algum sinal de rebelião.

– Mas esse é um ótimo lugar para ter um bar – disse Light, bebendo a cerveja. – Eu podia me acostumar com isso na hora do almoço.

Easy ergueu uma sobrancelha.

– Você não vai estar nos treinos, ou supervisionando alguma atividade extracurricular, ou rúgbi, alguma coisa assim?

– Todos temos direito a um intervalo para o almoço, não temos?

Não era apenas um Vale o Emprego, ele era também homem do Sindicato. Meus deuses. Era tudo que precisávamos.

– Ah. Mas o diretor estava... Quero dizer, eu disse que ficaria encarregado da Sociedade de Geografia. Pensei que todos deviam assumir alguma atividade extracurricular.

Light deu de ombros.

– Bem, ele ia mesmo dizer isso, não ia? E eu estou dizendo que de jeito nenhum vou dar esportes depois das aulas, partidas nos fins de semana e, além disso, desistir da minha cervejinha na hora do almoço também. O que é isso, uma Colditz?

– Bem, você não tem de preparar as aulas nem corrigir provas e dar notas... – ia dizendo Easy.
– Ah, mas isso é típico – disse Light, com o rosto vermelho. – Tipicamente acadêmico. Se você não tiver as coisas no papel, não conta, não é isso? Vou dizer uma coisa sem cobrar. Aqueles rapazes terão mais proveito nas minhas aulas do que teriam se aprendessem a capital do Cazistão, ou seja lá o que for...
Easy fez cara de espanto. Meek enfiou a dele na limonada e se recusou a sair de lá. A srta. Dare ficou olhando fixo pela janela. Isabelle lançou um olhar de admiração para Light por baixo dos cílios enfumaçados.
Keane deu um enorme sorriso. Ele parecia estar se divertindo com o tumulto.
– E você? – disse eu – O que está achando de St. Oswald's?
Ele olhou bem para mim. Vinte e cinco a trinta anos. Magro. Cabelo escuro, com uma franja. Camiseta preta por baixo de um terno escuro. Ele parece muito seguro para um jovem tão novo, e a voz dele, apesar de agradável, tem um certo tom de autoridade.
– Quando era menino, morei um tempo aqui perto. Passei um ano na escola primária daqui, a Sunnybank Park. Comparada com aquilo, a St. Oswald's é outro mundo.
Bem, *isso* não me surpreendeu muito. Sunnybank Park come criancinhas vivas, especialmente as inteligentes.
– Ainda bem que você escapou – disse eu.
– É. – Sorriu. – Nós nos mudamos para o Sul e troquei de escola. Tive sorte. Mais um ano e aquele lugar ia acabar comigo. Mesmo assim, posso me inspirar em Barry Hines. Tudo é bom material, se um dia eu escrever um livro.
Ai minha nossa, pensei. Um projeto de escritor, não. De vez em quando eles aparecem, especialmente na equipe de inglês e, apesar de não serem tão constrangedores como o homem do Sindicato, ou o Vale o Emprego, raramente contribuem com alguma coisa que não seja encrenca. Robbie Roach era poeta na juventude. Até

Eric Scoones já escreveu uma peça. Nenhum dos dois se recuperou direito.
— Você é escritor? — perguntei.
— É apenas um passatempo — disse Keane.
— É, bem, compreendo que o gênero horror não é mais lucrativo como era antes — disse eu, olhando de lado para Light que exibia o desenho do bíceps para Easy com a ajuda da caneca de cerveja. Olhei de novo para Keane, que tinha seguido o meu olhar. Assim, à primeira vista, ele parecia ter potencial. Esperava que ele não acabasse se tornando um outro Roach. Professores de inglês muitas vezes têm aquela tendência fatal, aquela ambição frustrada de ser algo mais, algo diferente de um simples professor ou diretor de escola. É claro que isso costuma acabar em lágrimas. Escapar de Alcatraz parece definitivamente coisa de criança se comparado com escapar de dar aulas. Olhei para Keane à procura de sinais de podridão. Devo dizer que à primeira vista não notei nenhum.
— Já escrevi um e-book uma vez — disse Meek. — Chamava-se *Javascript e outros...*
— Uma vez eu *li* um livro desses — disse Light com um sorriso debochado. — Mas não achei grande coisa.
Easy deu risada. Parecia ter superado o seu *faux pas* inicial com Light. Na mesa ao lado, Jimmy sorriu e chegou mais para perto do grupo, mas Easy, com o rosto meio virado para o outro lado, conseguiu evitar o contato olho no olho.
— Agora, se você falasse da *internet...*
Light moveu a cadeira alguns centímetros, bloqueando Jimmy, e estendeu o braço para pegar a cerveja consumida até a metade da caneca.
— Aqui tem bastante coisa para ler, se não tiverem medo de ficar *cegos*, sabem o que eu quero dizer...
Jimmy bebia o *shandy* e parecia meio desanimado. Ele não é tão lerdo como algumas pessoas pensam e, além do mais, a afronta foi bastante clara, para todo mundo ver. De repente, lembrei-me de

Anderton-Pullitt, o solitário da minha turma, comendo os sanduíches, sozinho na classe enquanto os outros meninos jogavam futebol na quadra.

Olhei de lado para Keane que observava, não aprovava nem desaprovava, mas tinha um brilho de satisfação nos olhos cinza. Ele piscou para mim, sorri para ele, achando engraçado que o mais promissor dos nossos novatos até ali tinha sido um de Sunnybanker.

4

♟

O primeiro passo é sempre o mais difícil. Entrei muitas outras vezes na St. Oswald's, fui ganhando confiança, chegando mais perto do terreno, dos pátios e finalmente dos prédios mesmo. Os meses passaram, os períodos das aulas, e pouco a pouco a vigilância do meu pai diminuiu. As coisas não aconteceram exatamente como esperávamos. Os professores que o chamavam de John continuaram desprezando meu pai do mesmo jeito que os meninos que o chamavam de Snyde. A velha casa da portaria era muito úmida no inverno e, entre a cerveja, o futebol e sua paixão pelas raspadinhas, nunca havia dinheiro suficiente. Apesar de suas grandes ideias, St. Oswald's tinha se revelado apenas mais um trabalho de zelador, cheio de humilhações diárias. Consumia toda a sua vida. Nunca tinha tempo para tomar chá no gramado, e mamãe nunca voltou para casa.

Em vez disso, meu pai se arrumou com uma garota atrevida de dezenove anos chamada Pepsi, dona de um salão de beleza na cidade, que abusava de brilho labial e gostava de farras. Tinha a casa dela, mas muitas vezes ficava na nossa, e de manhã meu pai estava com cara de sono e mal-humorado, e a casa cheirava a pizza fria e cerveja. Nesses dias – e em outros –, eu ficava fora do seu caminho.

As noites de sábado eram as piores. A agressividade do meu pai ficava exacerbada com a cerveja e, de bolsos vazios depois de uma noite nos bares, ele em geral me escolhia como alvo do seu ressentimento.

— Pestinha — dizia com a voz arrastada pela porta do quarto. — Como é que vou saber se você é mesmo cria minha, hein?

E se eu fosse inocente o bastante para abrir a porta, ele começava a empurrar, a berrar, a xingar e acabava com o grande soco de corpo inteiro que, nove em dez vezes, acertava a parede, e o bêbado se estatelava no chão.

Eu não tinha medo dele. Antes sim, mas podemos nos acostumar com qualquer coisa com o tempo, sabe, e hoje em dia eu quase não dava atenção aos seus acessos de fúria, como os habitantes de Pompeia ao vulcão que um dia dizimou todos eles. Quase todas as coisas, quando muito repetidas, podem se tornar rotina. E a minha era simplesmente trancar a porta do quarto, acontecesse o que acontecesse, e ficar bem longe dele na manhã seguinte.

No início, Pepsi tentou me levar para o lado dela. Às vezes, me trazia pequenos presentes, ou queria fazer o jantar, embora não fosse boa cozinheira. Mas eu continuava obstinadamente distante. Não que não gostasse dela — com as unhas postiças e sobrancelhas muito finas, eu a considerava burra demais para não gostar dela — e também não tinha raiva nenhuma. Não, era sua terrível *sem-gracice* que me irritava, a sugestão de que nós pudéssemos ter algo em comum, que um dia, talvez, pudéssemos fazer amizade.

Foi nesse ponto que a St. Oswald's se tornou meu playground. Ainda era oficialmente proibido entrar lá, mas, a essa altura, meu pai já tinha começado a perder seu evangelismo inicial pelo lugar e ficava feliz de fingir que não via quando eu, de vez em quando, descumpria as regras, desde que mantivesse a discrição e não chamasse atenção.

Mesmo assim, no que dizia respeito a John Snyde, eu só brincava no terreno. Mas as chaves do porteiro eram todas cuidadosamente etiquetadas, cada uma no seu lugar na caixa de vidro atrás da porta da casa da portaria e, quando minha curiosidade e obsessão aumentaram, passei a achar cada vez mais difícil resistir àquele desafio.

Um pequeno furto, e a escola era minha. Agora não havia mais portas trancadas para mim. De posse da chave mestra, vagava pelos prédios vazios nos fins de semana, enquanto meu pai assistia à TV ou ia para o bar com os amigos. O resultado foi que, quando completei dez anos de idade, eu conhecia a escola melhor do que qualquer aluno e conseguia entrar – invisível e inaudível – sem levantar nem um pouco de poeira.

Conhecia os armários onde ficava o equipamento de limpeza, a sala do médico, as tomadas elétricas, os arquivos. Conhecia todas as salas de aula, as salas de geografia da parte sul, insuportavelmente quentes no verão, as salas de ciências mais frescas, com painéis de madeira nas paredes, as escadas que rangiam e estalavam, as salas com formas irregulares na torre do sino. Conhecia os escaninhos, a capela, o observatório com o teto redondo de vidro, os minúsculos estúdios com as fileiras de armários de metal. Eu lia frases fantasmas de quadros-negros mal apagados. Conhecia a equipe, pelo menos a reputação deles. Abria os armários com a chave mestra. Sentia o cheiro do giz, do couro, da cozinha e do lustra-móveis. Eu experimentava conjuntos de jogos dos quais se desfaziam. Eu lia livros proibidos.

Melhor ainda, e mais perigoso, eu explorava o telhado. O telhado da St. Oswald's era uma coisa imensa e ampla, com uma crista igual à de um brontossauro, em placas de pedra sobrepostas. Era uma pequena cidade, com torres e pátios retangulares que espelhavam as torres e os pátios da escola lá embaixo. Grandes chaminés, com coroas imperiais, se erguiam sobre as cumeeiras acentuadas. Havia ninhos de pássaros, sabugueiros desgarrados afundavam as raízes em frestas molhadas e floresciam contra as probabilidades, derramando brotos nas fendas entre as placas. Havia canais, calhas e saliências por cima do telhado, claraboias e varandas perigosamente acessíveis dos parapeitos mais altos.

No início, eu tomava muito cuidado, lembrando que nunca tive muita habilidade nem destreza nas aulas de ginástica da escola. Mas livre, por minha conta, ganhei segurança, aprendi a me equilibrar, aprendi por conta própria a me mover silenciosamente sobre placas lisas e vigas expostas. Aprendi a usar uma guarda de metal para me lançar num salto de uma laje no alto para uma pequena varanda e dali descer por um ramo folhoso de trepadeira até uma chaminé amarelada de hera e musgo.

    Eu adorava o telhado. Gostava do cheiro apimentado. Da umidade no tempo chuvoso. Das flores de líquen amarelo que cresciam e se espalhavam pelas pedras. Ali, por fim, eu tinha liberdade para ser do meu jeito. Havia escadas de manutenção saindo de várias aberturas, só que de modo geral estavam em condições precárias, algumas reduzidas a filigranas letais de ferrugem e metal que eu sempre evitava, descobria minhas entradas para o reino do telhado soltando as janelas que estavam emperradas com tinta havia décadas, amarrando pedaços de corda em chaminés para ajudar na subida, explorando os poços, e os espaços, e os grandes escoadouros de pedra com caixilhos de chumbo. Não tinha medo de altura nem de cair. Para surpresa minha, descobri que era naturalmente ágil. No telhado, minha constituição leve era grande vantagem e lá em cima não havia valentões para zombar das minhas pernas muito finas.

    Claro que eu sabia havia muito tempo que cuidar do telhado era uma tarefa que meu pai detestava. Ele consertava uma placa quebrada (desde que fosse acessível por alguma janela), mas o isolamento de chumbo que selava as canaletas e calhas era outra história. Para chegar até ele, era preciso engatinhar numa inclinação de ardósia até a extremidade do telhado onde havia um parapeito de pedra que circundava a calha e dali ir ajoelhado, com cem metros do ar azul-esverdeado de St. Oswald's entre ele e o chão, para verificar o isolamento. Ele nunca cumpriu essa obrigação necessária. Dava muitos motivos para não fazer isso, mas depois que as desculpas acabaram eu, por fim e com alegria, adivinhei a verdade. John Snyde tinha medo de altura.

Eu já tinha fascínio por segredos. Uma garrafa de xerez no fundo do armário de material, um maço de cartas numa lata atrás de um painel, algumas revistas num gabinete trancado de arquivos, uma lista de nomes num velho livro de contabilidade. Para mim, nenhum segredo era desprezível, nenhum detalhe pequeno demais para escapar do meu interesse. Eu sabia quem enganava a mulher, quem sofria dos nervos, quem era ambicioso, quem lia novelas românticas, quem usava ilicitamente a copiadora. Se conhecimento é poder, aquele lugar era meu.

A essa altura, eu estava no último ano da Abbey Road Juniors. Não fui um sucesso. Eu me esforcei, não me meti em encrencas, mas fracassei seguidamente quando tentava fazer amigos. Num esforço para combater as vogais nortistas do meu pai, procurei – desastrosamente – imitar as vozes e os maneirismos dos meninos da St. Oswald's, e acabei merecendo por isso o apelido de "Esnobe Snyde". Até alguns professores me chamavam assim. Eu escutava quando falavam na sala dos professores, quando a porta pesada se abria e liberava uma nuvem de fumaça de cigarro e risos. *Esnobe Snyde*, uma voz de mulher dizia rindo. *Ah, essa é demais. Esnobe Snyde.*

Eu não me iludia de achar que Sunnybank Park seria melhor. A maioria dos alunos que ia para lá era da propriedade Abbey Road, um quarteirão deprimente de casas salpicadas de cascalho e barracos de compensado com roupas nas varandas e escadas escuras que fediam a mijo. Eu morei lá. Eu sabia o que esperar. Havia um quadrado de areia cheio de cocô de cachorro. Um playground com balanços e uma quantidade letal de estilhaços de vidro, muros cobertos de grafite, gangues de meninos e meninas de boca suja e rostos encardidos. Os pais deles bebiam com meu pai no bar Engineers', suas mães tinham frequentado a danceteria Cinderela com Sharon Snyde nas noites de sábado.

– Você deve se esforçar, criatura – disse meu pai. – Dê-lhes uma chance e logo você se enturma.

Mas eu não queria me esforçar. Eu não queria me enturmar na Sunnybank Park.

– Então o que você quer?

Ah. *Essa* era a questão.

Absolutamente só pelos corredores da escola cheios de eco, eu sonhava com o meu nome no Quadro de Honra, queria trocar piadas com os meninos da St. Oswald's, aprender latim e grego em vez de marcenaria e desenho técnico, fazer os trabalhos em vez do dever de casa nas grandes carteiras de madeira. Em dezoito meses, a minha invisibilidade tinha mudado de talento para maldição. Eu desejava que me vissem. Lutava para me encaixar. Fazia um esforço enorme para assumir riscos cada vez maiores com a esperança de que um dia, quem sabe, St. Oswald's me reconheceria e me levaria para casa.

Por isso, deixei minhas iniciais gravadas ao lado daquelas gerações de antigos oswaldianos nos painéis de carvalho no refeitório. Eu via o equipamento dos esportes de fim de semana de um esconderijo nos fundos do pavilhão de jogos. Subia com dificuldade até o alto do sicômoro no centro do Velho Pátio e fazia caretas para as gárgulas na ponta do telhado. Depois das aulas, voltava correndo o mais rápido que podia para St. Oswald's e ficava espiando os meninos saindo da escola. Ouvia as risadas e reclamações, espiava as brigas, respirava os gases do escapamento dos carros caros dos pais deles como se fosse incenso. A biblioteca da nossa escola era pobre, a maior parte dos livros eram brochuras e revistas, mas na imensa biblioteca da St. Oswald's eu lia avidamente *Ivanhoé, Great Expectations, Schooldays de Tom Brown, Gormenghast, The Arabian Nights* e *As minas do rei Salomão*. Muitas vezes, levava os livros escondidos para casa, e alguns deles não eram tirados da biblioteca desde os anos 1940. O meu favorito era *O homem invisível*. Caminhando só pelos corredores da St. Oswald's à noite, sentindo o cheiro do giz e os leves aromas da cozinha, escutando o eco morto de vozes alegres e observando as sombras das árvores sobre o piso recém-encerado, eu sabia exatamente, e com uma carência e um desejo profundos, como ele se sentira. Tudo que eu queria era *fazer parte*. Abbey Road Juniors era precária e negligenciada, um tributo fracassado ao liberalismo dos anos 1960. Mas Sunnybank Park era infinitamente pior. Eu levava surras com frequência por causa da minha pasta de couro (todos naquele ano tinham bolsas Adidas); por causa do meu desprezo por esportes, pela minha boca grande, porque adorava livros, pelas minhas roupas e pelo fato do meu pai trabalhar *naquela escola besta* (não importava que ele fosse apenas o porteiro). Aprendi a correr muito rápido e a manter a cabeça abaixada. Eu me imaginava no exílio, longe dos outros, achava que um dia seria chamado de volta para o lugar a que pertencia. Lá no fundo eu pensava que se passasse por aquela *prova*, se conseguisse suportar as provocações e as humilhações mesquinhas, então St. Oswald's um dia me receberia.

Quando tinha onze anos e o oftalmologista resolveu que eu precisava de óculos, meu pai culpou a leitura. Mas secretamente eu sabia que tinha chegado a mais um marco no caminho para St. Oswald's, e apesar do Esnobe Snyde ter rapidamente se transformado em Snyde Quatro Olhos, senti uma misteriosa satisfação. Eu me examinava no espelho do banheiro e achava que estava quase igual ao personagem.

E ainda acho. Embora os óculos tenham sido substituídos por lentes de contato (por precaução). Meu cabelo está um pouco mais escuro do que era e com um corte melhor. Minhas roupas também, são bem cortadas, mas não formais demais – não quero parecer que estou me esforçando além da conta. Estou especialmente contente com a minha voz. Não há nem lembrança do sotaque do meu pai, mas o refinamento falso que fez de Esnobe Snyde uma espécie terrível de emergente desapareceu. Meu novo personagem é simpático sem ser intrometido, é bom ouvinte. Exatamente as qualidades necessárias para um assassino e para um espião.

No geral, eu estava contente com o meu desempenho hoje. Talvez alguma parte de mim ainda espere ser reconhecida, pois a emoção do perigo foi muito vívida em mim o dia inteiro, quando procurei não parecer conhecer demais os prédios, as regras, as pessoas. A parte de ter de lecionar, surpreendentemente, é a mais fácil.

Tenho todas as turmas do primeiro ano, graças aos exclusivos métodos de horários de Strange (os professores mais experientes invariavelmente pegam as melhores turmas, e os novos contratados ficam com a ralé), e isso significa que, apesar de estar com todos os horários preenchidos, meu trabalho não é nenhum desgaste intelectual. Conheço o suficiente da minha matéria para enganar os meninos, pelo menos. Quando tenho alguma dúvida, uso os livros dos professores para me ajudar.

E isso basta para o meu objetivo. Ninguém suspeita. Não tenho nenhuma turma de sextanistas mais espertos para me desafiar. E tampouco imagino que terei qualquer problema disciplinar. Esses meninos são bem diferentes dos alunos da Sunnybank Park, e tenho a infraestrutura disciplinar inteira da St. Oswald's para impor a minha posição, caso precise.

Mas sinto que nunca vou precisar. Esses meninos são clientes pagantes. Estão acostumados a obedecer aos professores. O mau comportamento deles se limita a algum trabalho que de vez em quando deixam de fazer, ou a cochichos na sala de aula. A vara não é mais usada. Não é mais necessária diante da ameaça maior e indistinta. Na verdade, chega a ser cômico. Cômico e ridiculamente simples. É um jogo, claro. Uma guerra de vontades entre mim e a ralé. Todos sabemos que não há nada que eu possa fazer se todos eles resolverem sair da sala ao mesmo tempo. Todos nós sabemos disso, mas ninguém ousa pagar para ver o meu blefe.

Ao mesmo tempo, não posso ser complacente. Meu disfarce é bom, mas até um pequeno passo em falso nesse estágio pode ser desastroso. Aquela secretária, por exemplo. Não que a presença dela mude alguma coisa. Mas serve apenas para mostrar que não podemos prever todos os movimentos.

Também estou desconfiado de Roy Straitley. O diretor, Bishop e Strange, nenhum deles olhou para mim duas vezes. Mas Straitley é diferente. Os olhos dele são tão ativos como eram quinze anos atrás – seu cérebro também. Os meninos sempre o respeitaram, mesmo se os colegas dele não respeitassem. Muitas fofocas que ouvi naquele tempo em St. Oswald's eram, de certa forma, ligadas a ele e, embora seu papel no que aconteceu tenha sido pequeno, mesmo assim foi significativo.

Ele envelheceu, é claro. Deve estar perto da aposentadoria agora. Mas não mudou. Continua com os mesmos trejeitos, a beca, o paletó de tweed, as frases em latim. Quase gostei dele hoje, como se fosse um velho tio que eu não via fazia anos. Mas posso vê-lo atrás do seu disfarce, mesmo que ele não me veja. Conheço o meu inimigo.

Quase esperava ouvir falar da aposentadoria dele. De certa forma, teria tornado as coisas mais fáceis. Mas, depois de hoje, fico feliz por ele ainda estar aqui. A situação fica mais excitante. Além disso, no dia em que eu acabar com St. Oswald's, quero que Roy Straitley esteja presente.

5
♟

Escola de St. Oswald's para meninos
Terça-feira, 7 de setembro

Há sempre um tipo especial de caos no primeiro dia. Meninos atrasados, meninos perdidos, livros para serem recolhidos, material a ser distribuído. As mudanças de salas de aula não ajudaram nada. O novo horário deixou de levar em conta a renumeração das salas e teve de ser seguido por um memorando que ninguém leu. Várias vezes interceptei filas de meninos marchando para a sala do novo departamento de alemão em vez da torre do sino, e tive de reencaminhá-los.

O dr. Devine parecia estressado. Eu ainda não tinha esvaziado a minha sala antiga, claro. Todos os arquivos estavam trancados, e só eu tinha a chave. Havia também registros, trabalhos das férias para serem recolhidos, cheques de taxas para serem enviados ao escritório do tesoureiro, chaves dos armários para distribuir, ajustes de lugares, leis a serem impostas.

Por sorte, não tenho nenhuma turma nova este ano. Meus meninos, trinta e um ao todo, são velhos conhecidos, e eles já sabem o que esperar. Eles se acostumaram comigo, e eu com eles. Tem o Pink, um rapaz calado e cheio de cacoetes, com um senso de humor estranho de tão adulto, e seu amigo Tayler. Há também meus Brodie Boys, Allen-Jones e McNair, dois piadistas extravagantes que receberam menos detenções do que mereciam porque me faziam rir. O ruivo

Sutcliff. Niu, um menino japonês, muito ativo na orquestra da escola. O Knight, em quem não confio; o pequeno Jackson, que tem de se afirmar diariamente puxando brigas; o grande Brasenose, que cai em todas as provocações; e Anderton-Pullitt, um menino inteligente, solitário e ponderado que tem muitas alergias, inclusive uma forma muito especial de asma, se é para acreditar nele, que faz com que seja dispensado de todo tipo de esportes, assim como matemática, francês, estudos religiosos, dever de casa nas segundas-feiras, reuniões das casas, assembleias e capela. Ele também tem o hábito de ficar me seguindo – o que fez com que Kitty Teague inventasse piadas a respeito do meu *Amiguinho Especial* – e de alugar o meu ouvido para seus diversos entusiasmos (aviões da Primeira Guerra Mundial, jogos de computador, música de Gilbert e Sullivan). Via de regra, não me importo muito. Ele é um menino estranho, excluído pelos colegas, e acho que pode se sentir solitário, mas, por outro lado, preciso trabalhar e não tenho vontade nenhuma de passar o tempo livre que tiver socializando com Anderton-Pullitt.

É claro que paixões de alunos são um fato para os professores, e aprendemos a lidar com isso da melhor forma possível. Todos nós já fomos alvo disso em algum momento, até pessoas como Hillary Monument e eu mesmo que, temos de reconhecer, somos uma das duplas mais feias que se pode encontrar fora de cativeiro. Mas todos nós temos nossos jeitos de lidar com isso. Creio que Isabelle Tapi deve encorajar os meninos. Certamente ela tem muitos *Amiguinhos Especiais*, assim como Robbie Roach e Penny Nation. Quanto a mim, acho que uma atitude mais seca e uma política de negligência benevolente costumam desencorajar o excesso de familiaridade nos Anderton-Pullitt deste mundo.

Mesmo assim, no frigir dos ovos, não é um grupo ruim, a 3S. Eles cresceram nas férias. Alguns parecem quase adultos. Isso devia fazer com que me sentisse velho, mas não faz. Ao contrário, sinto uma espécie de orgulho relutante. Gosto de pensar que trato todos esses meninos igualmente, mas adquiri um carinho especial por essa turma que está comigo nos últimos dois anos. Gosto de pensar que nos entendemos.

– Ah, *senhoooooor*! – Gemidos quando entreguei provas de latim para todos.

– É o primeiro dia, senhor!

– Não podemos fazer um jogo de perguntas e respostas, senhor?

– Podemos brincar de forca em latim?

– Depois que ensinar tudo que sei para vocês, sr. Allen-Jones, então talvez possamos encontrar tempo para essas coisas mais triviais.

Allen-Jones deu um enorme sorriso, e vi que no lugar em que estava escrito "Número da Sala", na capa do livro dele de latim, ele escrevera "Sala anteriormente conhecida como 59".

Alguém bateu à porta, e o dr. Devine enfiou a cabeça na sala.

– Sr. Straitley?

– *Quid agis, Medice?*

A turma toda riu. Uvazeda, que nunca estudou línguas clássicas, ficou irritado.

– Desculpe incomodá-lo, sr. Straitley. Podemos trocar uma palavrinha, por favor?

Fomos para o corredor e fiquei de olho nos meninos pela janela da porta. McNair já estava começando a escrever alguma coisa na carteira dele, e chamei sua atenção batendo no vidro.

Uvazeda olhou para mim com ar de reprovação.

– Eu realmente esperava reorganizar a sala de trabalho do departamento esta manhã – disse. – Os seus arquivos...

– Ah, vou cuidar deles – respondi. – Pode deixar comigo.

– E tem a mesa... e os livros... sem falar de todas aquelas *plantas* enormes...

– Fique à vontade – disse num tom despreocupado. – Não ligue para as minhas coisas. – Havia trinta anos de papéis naquela mesa.

– Talvez possa transferir algumas pastas para o arquivo, se tiver um tempo livre – sugeri, muito solícito.

– Eu não faria isso – retrucou Uvazeda. – E por falar nisso, talvez possa me dizer quem tirou o novo número 59 da porta da sala de trabalho do departamento e trocou por esse.

– Ele me deu um pedaço de cartolina onde alguém tinha escrito: "Sala anteriormente conhecida como 75" com uma letra jovem, exuberante (e bastante familiar).

– Desculpe, dr. Devine. Não tenho a menor ideia.

– Bem, isso não passa de um furto. Aquelas pobres placas custaram quatro libras cada uma. O que perfaz um total de cento e treze libras pelas vinte e oito salas, e seis delas já desapareceram. Não sei do que o senhor está rindo, Straitley, mas...

– Rindo, o senhor disse? De jeito nenhum. Trocar os números das salas? É deplorável.

Dessa vez, consegui ficar sério, mas Uvazeda não se convenceu.

– Bem, vou investigar e agradeceria se me ajudasse a ficar de olho para descobrir o culpado. Não podemos deixar esse tipo de coisa acontecer. É um horror. A segurança dessa escola está a maior bagunça, há anos.

O dr. Devine quer câmeras no corredor central, ostensivamente pela segurança, mas na verdade é porque quer poder observar o que todos estão fazendo: quem deixa os meninos assistirem aos testes de críquete em vez de fazer revisão para a prova, quem faz palavras cruzadas durante as aulas de interpretação de leitura, quem está sempre vinte minutos atrasado, quem dá uma fugida para tomar café, quem permite indisciplina, quem prepara o material de trabalho adiantado, quem cria à medida que dá a aula.

Ah, ele *adoraria* ter todas essas coisas em filme. Para ter provas concretas dos nossos pequenos erros, nossas pequenas incompetências. Para poder demonstrar (numa inspeção da escola, por exemplo) que Isabelle muitas vezes chega atrasada às aulas, que Pearman, às vezes, esquece completamente de chegar. Que Eric Scoones perde a paciência e que de vez em quando dá um piparote na cabeça de um aluno, que eu raramente uso ferramentas visuais e que Grachvogel, apesar dos métodos modernos, tem dificuldade de controlar a turma. Sei de todas essas coisas, claro. Devine apenas suspeita.

Também sei que a mãe de Eric está com o mal de Alzheimer e ele está lutando para mantê-la em casa. Que a mulher de Pearman está com câncer. E que Grachvogel é homossexual e medroso. Uvazeda não faz ideia dessas coisas, fechado como é em sua torre de marfim na antiga sala das línguas clássicas. Além disso, ele não se importa. Informação, e não compreensão, é o nome desse jogo.

Depois da aula, usei discretamente a chave mestra para abrir o armário de Allen-Jones. Obviamente as seis placas das portas estavam lá, além de um conjunto de pequenas chaves de fenda e os parafusos. Peguei tudo. Pediria a Jimmy para repor as placas nos lugares na hora do almoço. Fallow faria perguntas e talvez até contasse para o dr. Devine.

Parecia não haver sentido em fazer qualquer outra coisa. Se Allen-Jones tivesse um pouco de juízo, ele também não falaria no assunto. Quando fechei o armário, vi de relance um maço de cigarros e um isqueiro escondidos embaixo de uma cópia de *Julius Caesar*, mas resolvi não tomar conhecimento.

Estava livre a maior parte da tarde. Eu gostaria de ficar na minha sala, mas Meek estava lá dando aula de matemática para a turma da terceira série, por isso fui para a sala do silêncio (infelizmente área de não fumantes) para bater um papo tranquilo com os meus colegas que estivessem livres também.

A sala do silêncio tem, é claro, o nome equivocado. Uma espécie de sala comunitária com mesas no meio e armários em volta, é ali que todas as fofocas da equipe da escola têm suas raízes. Ali, sob o pretexto de corrigir provas, notícias são disseminadas, rumores espalhados. E possui a vantagem extra de ficar exatamente *embaixo* da minha sala, e essa coincidência feliz significa que, se for preciso, posso deixar a turma trabalhando em silêncio, enquanto vou tomar um chá ou ler o *Times* num ambiente agradável. Qualquer barulho do andar de cima é perfeitamente audível, inclusive vozes individuais, e é coisa de um instante eu subir, ver o que está acontecendo e em curto espaço de tempo castigar qualquer menino que crie tumulto. Dessa forma, criei uma reputação de onisciente, que é muito útil para mim.

Na sala do silêncio, encontrei Chris Keane, Kitty Teague, Robbie Roach, Eric Scoones e Paddy McDonaugh, o mestre de estudos religiosos. Keane estava lendo e, de vez em quando, fazia anotações num caderno de capa vermelha. Kitty e Scoones verificavam boletins. McDonaugh bebia chá, enquanto folheava as páginas de *A enciclopédia de demônios e demonologia*. Às vezes penso que aquele homem leva o trabalho um pouco a sério demais.

Roach se concentrava na leitura do *Mirror*.

– Ainda faltam trinta e sete – disse.

Fez-se silêncio. Ninguém perguntou nada sobre aquela afirmação e ele resolveu desenvolvê-la.

– Trinta e sete dias de trabalho – disse. – Até as férias do meio do período.

McDonaugh bufou com desprezo.

– E desde quando *você* alguma vez já trabalhou?

– Eu já fiz a minha parte – disse Roach, virando uma página do jornal. – Não se esqueçam de que estive no acampamento desde agosto.

O acampamento de verão é a contribuição de Robbie para o programa extracurricular da escola: três semanas por ano, ele vai para o País de Gales em um miniônibus com os meninos para fazer caminhadas, canoagem, paintball e corrida de kart. É disso que ele gosta, passa a usar jeans todos os dias e faz os meninos se dirigirem a ele pelo primeiro nome, mas, mesmo assim, ainda insiste que é um grande sacrifício e é seu direito ter vida mansa o resto do ano.

– Acampamento – debochou McDonaugh.

Scoones lançou um olhar de reprovação para os dois.

– Acho que isso aqui era para ser a sala do *silêncio* – observou num tom gelado e voltou a se concentrar nos boletins.

Fizeram silêncio um tempo. Eric é um cara bom, mas de lua. Outro dia, ele poderia estar tagarelando. Hoje estava sorumbático. Devia ser por causa da nova adição ao departamento de francês, pensei. Srta. Dare é jovem, ambiciosa e inteligente – mais uma para se tomar cuidado. Além do mais, é mulher, e um veterano como Scoones não gosta de trabalhar ao lado de uma mulher trinta anos mais jovem que ele. Esperou sua promoção a qualquer momento nesses últimos quinze anos, mas agora não vai ter. Está velho demais... e não ficou mais tratável nem a metade do que deveria ficar. Todos sabem disso, menos o próprio Scoones, e qualquer mudança no pessoal do departamento só serve para ele lembrar que não está ficando mais jovem.

Kitty fez cara de quem estava se divertindo, o que confirmou minhas suspeitas.

– Muita papelada para pôr em dia – cochichou ela. – No último período, houve uma certa confusão e, por algum motivo, esses registros foram negligenciados.

O que ela quer dizer é que *Pearman* deixou de fazê-los. Eu vi a sala dele – abarrotada de burocracia esquecida, arquivos importantes mergulhados naquele mar de memorandos não lidos, preparações das aulas perdidas, cadernos, xícaras de café sujas, provas, fotocópias de textos e rabiscos intrincados que ele faz quando está ao telefone. A minha sala pode *parecer* igual, mas, pelo menos, sei onde está tudo. Pearman ficaria completamente perdido se Kitty não estivesse lá para quebrar o galho dele.

– Como vai a nova funcionária? – perguntei, em tom de provocação.

Scoones bufou.

– Esperta demais da conta.

Kitty deu um sorriso arrependido.

– Novas ideias – explicou ela. – Tenho certeza de que ela vai se enquadrar.

– Pearman acha que ela é uma maravilha – disse Scoones com um sorriso de desdém.

– Ele deve achar mesmo.

Pearman tem um modo bem animado de apreciar a beleza feminina. Dizem que Isabelle Tapi jamais seria admitida em St. Oswald's, se não fosse o minivestido que ela usou na entrevista. Kitty balançou a cabeça.

– Tenho certeza de que ela vai se dar bem. Ela é cheia de ideias.

– Eu posso dizer do que ela é cheia – resmungou Scoones. – Mas ela é *vulgar*, não é? E mais dia, menos dia, estarão trocando todos nós pelos novatos com espinhas na cara e diplomas de dez centavos. Vão economizar uma porra de uma fortuna.

Dava para ver que Keane prestava atenção. Ele sorria de orelha a orelha enquanto fazia anotações. Mais material para o Grande Romance Inglês, imaginei. McDonaugh estudava seus demônios. Robbie Roach meneava a cabeça, aprovando com amargura.

Kitty estava conciliadora como sempre.

– Bem, todos nós teremos de economizar – disse ela. – Até o orçamento dos livros...

– Nem me fale! – interrompeu Roach. – História perdeu 40%, minha sala de aula está uma desgraça, tem água pingando do teto, estou trabalhando sem parar e o que eles fazem? Gastam trinta mil em computadores que ninguém quer. Que tal consertar o telhado? Que tal uma pintura no corredor central? Que tal aquele DVD player que tenho pedido só Deus sabe desde quando?

McDonaugh grunhiu.

– A capela também precisa de obras – lembrou ele. – Tem de aumentar a anualidade novamente, só isso. Dessa vez, não há como escapar.

– As taxas não vão subir – disse Scoones, esquecendo-se da sua necessidade de paz e sossego. – Perderíamos a metade dos alunos se fizéssemos isso. Há outras escolas de ensino fundamental, sabiam? E melhores do que esta, se querem saber.

– *Existe um mundo em algum outro lugar* – citei baixinho.

– Ouvi falar que há certa pressão para a venda de parte das terras da escola – disse Roach, terminando de beber o café.

– O quê, os campos dos jogos? – Scoones, homem forte do rúgbi, ficou chocado.

– O campo de rúgbi não – explicou Roach, acalmando Scoones.

– Só o terreno atrás das quadras de tênis. Ninguém usa mais aqueles campos, exceto quando os meninos querem dar uma escapada para fumar. São inúteis para os esportes de qualquer jeito... estão sempre alagados. Poderíamos muito bem vendê-los para a construção de centros comerciais, ou algo parecido.

Centros comerciais. Isso soava terrível. Uma loja da Tesco, talvez, ou um Superbowl para onde os *sunnybankers* poderiam ir depois das aulas para a dose diária de cerveja e boliche.

– Sua Majestade não vai gostar dessa ideia – disse McDonaugh secamente. – Ele não quer ficar para a história como o homem que vendeu St. Oswald's.

– Quem sabe não viramos uma escola mista? – sugeriu Roach otimista. – Pensem só... todas aquelas meninas de uniforme.

Scoones estremeceu.

– Eca! Acho melhor não.

Na calmaria que veio depois, subitamente me dei conta de um barulho em cima da minha cabeça. Batidas de pés, arrastar de cadeiras e vozes altas. Olhei para cima.

– Isso é na sua sala?

Balancei a cabeça.

– É o novo Barba de Computador. Meek [submisso] é o nome dele.

– Está parecendo mesmo – disse Scoones.

As batidas e os pisoteios continuaram e aumentaram, sempre crescendo, e no meio da barulheira pensei ter ouvido os balidos fraquinhos da Voz do Mestre.

– Acho que é melhor dar uma olhada.

É sempre um pouco embaraçoso ter de impor disciplina na aula de outro mestre. Normalmente eu não faria isso – costumamos cuidar das nossas vidas em St. Oswald's –, mas era a minha sala e me sentia de certo modo responsável. Subi a escada da torre do sino apressado e suspeitei que não seria a última vez.

No meio da subida, encontrei o dr. Devine.

– É a sua turma lá dentro, fazendo essa algazarra louca?

Fiquei ofendido.

– Claro que não – bufei. – É o coelho Meek. É isso que acontece quando se tenta trazer estudos de computador para as massas. Frenesi do tipo tabloide Anorak.

– Bem, espero que esteja indo cuidar disso – disse Uvazeda. – Deu para escutar o barulho lá do corredor central.

Que audácia do cara.

– Só estou recuperando o fôlego – disse eu com dignidade. Aquelas escadas ficavam mais íngremes a cada ano.

Devine deu um sorriso maldoso.

– Se você não fumasse tanto, aguentaria alguns lances de escada.

E ele foi embora, ligeiro como sempre.

O encontro com Uvazeda não melhorou em nada o meu humor. Entrei na sala imediatamente, ignorando o pobre coelho à mesa do mestre, e fiquei furioso quando descobri que havia alguns dos meus alunos no meio deles. O chão estava coalhado de aviões de papel. Tinha uma carteira de cabeça para baixo. Knight estava perto da janela, provavelmente desempenhando alguma farsa, porque o resto da turma se esbaldava de rir.

Quando entrei, eles ficaram em silêncio quase na mesma hora – escutei um sibilo – *Qua!* –, e Knight tentou, tarde demais, tirar a beca que estava vestindo.

Knight me encarou e se endireitou logo, parecendo amedrontado. E devia estar mesmo. Pego usando a *minha* beca, na *minha* sala, fingindo que era *eu*, pois não havia dúvida de quem aquela expressão simiesca e andar bamboleante devia representar. Ele devia estar rezando para ser engolido pelo inferno.

Tenho de dizer que fiquei surpreso com Knight. Garoto dissimulado e inseguro, se contentava em deixar os outros assumirem a liderança enquanto ele aproveitava o show. O fato de até *ele* ter ousado comportar-se mal era o maior desfavor à disciplina de Meek.

– Você. Fora. – Um sussurro ruidoso nesses casos é muito mais eficaz do que um grito.

Knight hesitou um segundo.

– Senhor, eu não estava...

– *Fora!*

Knight se escafedeu. Virei para o resto do grupo. Deixei o silêncio reverberar um pouco entre nós. Ninguém olhava para mim.

– Quanto ao resto de vocês, se eu tiver de vir aqui assim mais uma vez, se eu escutar uma voz que seja, um pouco mais alta nesta sala, prendo vocês todos aqui depois das aulas, culpados, associados e apoiadores tácitos, sem distinção. Entenderam?

Cabeças subiram e desceram. Entre os rostos, vi Allen-Jones e McNair, Sutcliff, Jackson e Anderton-Pullitt. Metade da minha turma. Balancei a cabeça revoltado.

– Tinha uma opinião melhor de vocês, 3S. Pensei que eram cavalheiros.

– Sinto muito, senhor – murmurou Allen-Jones, olhando fixo para a tampa da carteira.

– Acho que é o sr. Meek que deve receber pedidos de desculpas – disse eu.

– Sinto muito, senhor.

– Senhor.

– Senhor.

Meek estava de pé, completamente ereto, em cima do pódio. Minha mesa enorme fazia o homem parecer ainda menor e mais insignificante. Sua expressão desconsolada parecia só olhos e barba, nem tanto um coelho, mas um macaco-prego.

– Eu... hum... muito obrigado, sr. Straitley. Eu... acho que po-posso cu-cuidar disso agora. Rapazes... ah, hum...

Quando saí da sala, virei para fechar a porta com janela de vidro. Peguei num segundo Meek me observando do seu poleiro. Ele desviou os olhos quase instantaneamente, mas não tão rápido para eu deixar de ver a expressão dele.

Não havia dúvida nenhuma – eu tinha feito um inimigo hoje. Um inimigo calado, mas mesmo assim inimigo. Mais tarde, ele ia me procurar na sala dos professores e agradecer a minha intervenção, mas nem todo o fingimento do mundo por parte de nós dois seria capaz de ocultar o fato de que ele foi humilhado na frente da classe e fui eu que providenciei isso.

Mas aquele olhar me espantou. Foi como se um rosto secreto se abrisse por trás da cômica barbinha e olhos grandes e redondos de gálago. O rosto de um fraco, mas com ódio implacável.

6
♟

Estou me sentindo como uma criança numa loja de balas no dia em que recebeu a mesada. Por onde devo começar? Será com Pearman, ou Bishop, ou Straitley, ou Strange? Ou será que devo começar mais embaixo, com o gordo Fallow, que tirou o lugar do meu pai com tanta arrogância e insensibilidade? Com aquele burro retardado do Jimmy? Um dos novatos? O próprio diretor?

Tenho de admitir que gosto da ideia. Mas seria fácil demais. Além disso, quero atacar o coração de St. Oswald's, não a cabeça. Quero destruir *tudo*. Abater apenas algumas gárgulas não vai servir. Lugares como St. Oswald's têm o hábito de recobrar a vida. Passam as guerras. Escândalos se perdem. Até assassinatos são esquecidos com o tempo.

Enquanto aguardo a inspiração, acho que vou aproveitar o tempo. Descobri que sinto o mesmo prazer de estar aqui que sentia quando era criança: aquela sensação deliciosa de transgredir. Pouca coisa mudou. Os novos computadores estão lá constrangidos nas novas carteiras de plástico enquanto os nomes dos antigos oswaldianos olham carrancudos para eles do Quadro de Honra. O cheiro do lugar está um pouco diferente – menos repolho e mais plástico, menos poeira e mais desodorante –, apesar de a torre do sino (graças ao Straitley) ainda apresentar a receita original de camundongos, giz e treinadores quentes de sol.

Mas as salas continuam as mesmas. E as plataformas sobre as quais ficavam os mestres, como bucaneiros em seus tombadilhos, também. E o assoalho de madeira, manchado de roxo com o tempo e polido até adquirir um brilho letal toda sexta-feira à noite. A sala comum é a mesma, com as poltronas dilapidadas. O salão também, e a torre do sino. É uma refinada decrepitude que St. Oswald's parece saborear com prazer – e, o que é mais importante, que murmura *tradição* para os pais que pagam as taxas.

Quando era criança, senti o peso dessa tradição como uma dor física. St. Oswald's era muito diferente da Sunnybank Park, com as salas de aula brancas e cheiro abrasivo. Não me sentia à vontade em Sunnybank, os outros alunos me evitavam, eu desprezava os professores que usavam calça jeans e nos chamavam pelo primeiro nome. Queria que eles me chamassem de Snyde, como teriam feito em St. Oswald's. Queria usar uniforme e chamá-los, de uma maneira formal, pelo sobrenome. Os mestres de St. Oswald's ainda usavam a vara e, em comparação, a minha escola parecia leniente e permissiva. O professor da minha turma era uma mulher, Jenny McCauleigh. Ela era jovem, boa-praça e bastante atraente (muitos meninos eram apaixonados por ela), mas eu só sentia um profundo ressentimento. Não havia professoras mulheres em St. Oswald's. Mais uma vez eu recebia uma opção de segunda categoria.

Passei meses sendo alvo de provocações, deboches, professores e alunos zombavam de mim. Roubavam o meu dinheiro para o almoço; rasgavam minhas roupas; jogavam meus livros no chão. Em pouco tempo Sunnybank Park ficou insuportável. Eu não precisava fingir que estava doente, tive gripe com muito mais frequência no meu primeiro ano lá do que em toda a minha vida antes. Sofria de dores de cabeça. Pesadelos. Toda segunda-feira de manhã eu era vítima de doenças tão violentas que até meu pai começou a notar.

Lembro que uma vez tentei conversar com ele. Era sexta-feira à noite, e ele tinha resolvido ficar em casa, para variar. Essas noites eram raras para ele, mas Pepsi tinha arrumado um emprego de meio expediente num bar da cidade, eu estava com uma gripe de novo havia dias, então ele ficou em casa e preparou o jantar – nada especial, só um prato pronto congelado e batatas fritas de saquinho, mas, para mim, provou que estava se esforçando. E pela primeira vez também ficou calmo. O pacote de seis garrafas de cerveja pela metade ao lado dele parecia ter aparado um pouco as arestas de sua fúria permanente. A TV estava ligada – um episódio de *The Professionals* – e assistíamos em silêncio, só que esse silêncio, diferente dos outros, foi amigável e não irascível. Tinha o fim de semana pela frente – dois dias inteiros sem Sunnybank Park –, e eu também estava em paz, quase contente. Havia dias assim também, sabe? Dias em que eu quase acreditava que ser Snyde não era o fim do mundo, quando pensava que podia ver uma espécie de luz no fim de Sunnybank Park, um tempo em que nada daquilo teria mais importância. Olhei para o meu pai e vi que ele me observava com uma expressão curiosa, segurando uma garrafa com os dedos grossos.

– Posso beber um pouco? – disse, me enchendo de coragem.

Ele olhou pensativo para a garrafa.

– Está bem – disse e deu a garrafa para mim. – Mas é só isso. Não quero que você fique de porre.

Eu bebi e curti o gosto amargo. Já tinha bebido cerveja antes, é claro. Mas nunca com a aprovação do meu pai. Dei um grande sorriso para ele e, para minha surpresa, ele sorriu de volta, e achei que pareceu bem jovem, para variar, quase como o menino que deve ter sido um dia, quando ele e a mãe se conheceram. E passou pela minha cabeça, pela primeira vez mesmo, que, se eu o conhecesse naquela época, talvez até gostasse daquele menino, tanto quanto ela – o menino grande, calmo, brincalhão –, que ele e eu talvez pudéssemos ser amigos.

– Nós nos viramos bem sem ela, não é? – disse meu pai, e senti um tranco de espanto no fundo do estômago. Ele tinha lido a minha mente.

– Eu sei que tem sido duro – disse ele. – Sua mãe e tudo isso... e agora essa escola nova. Aposto que está difícil se acostumar, hein?

Fiz que sim com a cabeça e mal ousei ter esperança.

— As dores de cabeça e tudo. Os bilhetes de ausência por doença. Você tem tido problemas na escola? É isso? As outras crianças andam te maltratando?

Mais uma vez fiz que sim com a cabeça. Agora eu sabia que ele desistiria. Meu pai desdenhava os covardes. *Bata primeiro e com rapidez*, era o mantra pessoal dele, junto com *Quanto maiores eles são, maior é a queda*, e *Paus e pedras podem quebrar meus ossos*. Mas dessa vez ele não desistiu de mim. Em vez disso, olhou bem nos meus olhos e disse:

— Não se preocupe. Vou resolver isso. Prometo.

E aí aquilo explodiu, espantosamente, no meu coração. O alívio, a esperança, o princípio de uma alegria. Meu pai tinha adivinhado. Meu pai tinha compreendido. Ele prometeu resolver. Eu tive uma visão súbita e surpreendente dele indo a passos largos para o portão de Sunnybank Park, meu pai, com cinco metros de altura e esplêndido em sua fúria e determinação. Eu o vi se aproximando dos meus principais torturadores e batendo uma cabeça na outra, correndo para derrubar o sr. Bray, o professor de jogos. O melhor e mais delicioso de tudo foi imaginá-lo encarando a srta. McCauleigh, minha professora, e dizendo: *Pode enfiar sua porra de escola, querida, nós encontramos outra*.

Meu pai ainda me observava com aquele sorriso feliz.

— Talvez você nem imagine, mas eu já passei por isso, igual a você. Encrenqueiros, rapazes grandalhões, eles estão sempre por aí, sempre prontos para experimentar. E eu também não fui muito grande quando era garoto. No início, não tinha muitos amigos. Pode acreditar, eu sei como você se sente. E sei o que fazer a respeito disso tudo.

Eu me lembro daquele momento até hoje. Aquela sensação abençoada de confiança, da ordem restabelecida. Naquele instante, voltei aos seis anos de idade, uma criança confiante, com a segurança de saber que papai sabe tudo.

— O quê? — disse eu, com a voz quase inaudível.

Meu pai piscou um olho.
— Aulas de caratê.
— Aulas de caratê?
— Isso. Kung fu, Bruce Lee, sabe? Conheço um cara, eu o vejo lá no bar de vez em quando. Ele dá aula nas manhãs de sábado. Vamos lá — disse ao ver a minha expressão. — Umas duas semanas de aulas de caratê e você estará no ponto. Bata primeiro e com rapidez. Não aceite merda nenhuma, de ninguém.

Fiquei olhando para ele sem conseguir dizer nada. Lembro da garrafa de cerveja na minha mão, do suor gelado do vidro. Na tela da TV, Bodie e Doyle não aceitavam merda de ninguém. Do outro lado do sofá, John Snyde ainda olhava para mim animado, como se esperasse minha inevitável reação de prazer e gratidão.

Então era essa sua maravilhosa solução? Aulas de caratê. De um homem lá do bar. Se meu coração não estivesse partido, eu poderia ter dado risada. Já estava até vendo aquela aula no sábado: duas dúzias de machões do conjunto habitacional, desmamados à base de *Street Fighter* e *Kick Boxer II*... com um pouco de sorte, talvez até desse de cara com alguns dos meus principais torturadores de Sunnybank Park para que eles tivessem uma chance de me espancar num ambiente completamente diferente.

— E então? — disse meu pai.

Ele continuava com aquele sorriso enorme e sem muito esforço eu ainda conseguia ver o menino que ele foi, lerdo para aprender, o projeto de valentão. Ele estava tão absurdamente satisfeito com ele mesmo e tão longe da verdade que senti uma pena profunda e madura, não o desprezo e a raiva que esperava.

— É, está bem — acabei dizendo.
— Eu disse que ia dar um jeito nisso, não disse?

Fiz que sim com a cabeça e senti um gosto amargo na boca.
— Venha aqui, dê um abraço no seu velho pai.

E eu fui, ainda com aquele gosto no fundo da garganta, sentindo o cheiro dos cigarros dele, do suor, do bafo de cerveja e da naftalina do suéter de lã. Quando fechei os olhos, pensei: *estou por minha conta*.

Para surpresa minha, não doeu tanto quanto eu tinha pensado. Depois disso nos concentramos de novo em *The Professionals* e fingi por um tempo que ia para as aulas de caratê, pelo menos até meu pai prestar atenção em outra coisa.

Os meses passaram e a minha vida na Sunnybank Park virou uma rotina horrível. Enfrentei da melhor forma que pude, em geral e cada vez mais procurava evitar a escola. Na hora do lanche gazeteava e ia furtivamente para a St. Oswald's. À noite voltava correndo para assistir aos jogos depois das aulas ou para espionar pelas janelas. Às vezes até entrava nos prédios no horário de aula. Conhecia todos os esconderijos que existiam. Eu sempre conseguia ficar invisível, ou então vestia um uniforme montado com peças perdidas ou furtadas, e nos corredores até conseguia me fazer passar por um aluno.

Com o passar dos meses minha ousadia foi aumentando. Juntava-me à plateia no Dia de Esportes da escola, usando um uniforme da escola grande demais que furtei de um armário no Corredor Superior. Eu me perdia no meio da multidão e arriscava mais temerário por causa do sucesso. Cheguei a participar de uma corrida de 800 metros da primeira série como aluno da Casa Amadeus. Nunca me esquecerei da vibração e dos aplausos dos meninos quando cruzei a linha de chegada nem de quando o mestre de plantão – que era Pat Bishop, mais jovem na época, todo atlético com o short de corrida e blusão da escola – passou a mão no meu cabelo curtinho e disse: *Muito bem, rapaz, dois pontos para a Casa e apresente-se à equipe na segunda-feira!*

É claro que eu sabia que fazer parte da equipe estava fora de cogitação. Fiquei tentado, mas nem eu ousaria ir tão longe assim. Minhas visitas à St. Oswald's já eram tão frequentes quanto podiam ser, e, apesar de o meu rosto ser comum a ponto de me tornar invisível, eu sabia que se não tomasse cuidado, um dia me reconheceriam. Mas aquilo era um vício. Com o passar do tempo eu corria riscos cada vez maiores. Entrava na escola na hora do recreio e comprava doces na cantina. Assistia a partidas de futebol, acenando com meu cachecol da St. Oswald's para os torcedores da escola rival. Sentava à sombra do pavilhão de críquete, um perpétuo décimo segundo homem. Cheguei a participar da fotografia anual de toda a escola quando me meti num canto junto dos calouros.

No meu segundo ano, descobri uma maneira de visitar a escola no horário das aulas, e faltava aos meus períodos de jogos para fazer isso. Era fácil. Segunda-feira à tarde sempre tínhamos uma corrida *cross-country* de oito quilômetros e passávamos por trás das quadras de St. Oswald's para voltar para a nossa escola. Os outros alunos detestavam. Era como se o terreno por si só fosse um insulto para eles, provocava vaias e assobios. Às vezes aparecia grafitagem nos muros de tijolos da St. Oswald's depois que eles passavam por lá, e eu sentia uma vergonha enorme e profunda de achar que alguém que nos observasse pudesse imaginar que eu estava entre esses irresponsáveis. Depois descobri que se me escondesse atrás de um arbusto até todos os outros passarem, podia facilmente voltar pelo campo e ter uma tarde inteiramente livre na St. Oswald's.

No início tomava muito cuidado. Eu me escondia e marcava o tempo da chegada da turma dos jogos. Planejava tudo meticulosamente. Tinha umas boas duas horas antes de a maior parte dos corredores retornar para os portões da escola. Seria bem fácil trocar de roupa de novo e me juntar ao grupo no fim da fila, sem que ninguém notasse.

Dois professores nos acompanhavam, um na frente e um atrás. O sr. Bray era um esportista fracassado dono de uma vaidade colossal, inteligência agressiva que favorecia meninos atléticos e meninas bonitas e desprezava completamente todo o resto. A srta. Potts era aluna-professora, em geral ficava no fim da fila, cercada por um pequeno grupo de meninas que a admiravam, que ela chamava de "grupo de aconselhamento". Nenhum dos dois prestava muita atenção em mim e não notaria a minha ausência.

Escondi o uniforme da St. Oswald's que roubei – blusão cinza, calça cinza, gravata da escola, blazer azul-marinho (com o símbolo da escola e o moto – *Audere, agere, auferre* – bordado no bolso com linha dourada) – sob os degraus do pavilhão de jogos e troquei de roupa lá. Ninguém me viu, as tardes dos jogos da St. Oswald's eram às quartas e quintas-feiras, por isso não me incomodariam. E desde que voltasse para o fim das minhas aulas, minha ausência continuaria despercebida.

No início a novidade de estar na escola nos horários de aulas já bastava. Andava pelos corredores sem que ninguém me incomodasse. Algumas turmas eram uma barulheira só. Outras, sinistramente silenciosas. Eu espiava pelo vidro das portas e via cabeças abaixadas sobre as carteiras, aviõezinhos de papel jogados sub-repticiamente pelas costas do professor, bilhetinhos passados às escondidas. Encostava a orelha nas portas trancadas e nos gabinetes fechados.

Mas meu canto preferido era a torre do sino. Um aglomerado de salas pequenas, a maior parte raramente usada – quartos de guardados, compartimentos no sótão, armários de almoxarifado –, com duas salas de aula, uma grande e uma pequena, ambas pertencentes ao departamento de línguas clássicas, e uma varanda de pedra precária que era meu acesso ao telhado, onde ficava deitado invisível nas placas quentes, ouvindo o murmúrio das vozes das janelas abertas ao longo do corredor central e escrevendo anotações nos meus cadernos roubados. Foi assim que acompanhei furtivamente algumas aulas de latim do primeiro ano do sr. Straitley, de física do segundo ano do sr. Bishop, de história da arte do sr. Langdon. Li *O senhor das moscas* com o terceiro ano de Bob Strange e até deixei umas duas redações no escaninho dele no corredor central (no dia seguinte tirei as duas corrigidas do armário de Strange, com as notas e a anotação NOME?? rabiscada no alto com caneta vermelha). Finalmente encontrei meu lugar, pensei. Era um lugar solitário, mas não fazia mal. St. Oswald's e todos os seus tesouros estavam à minha disposição. O que mais eu podia querer? Então conheci Leon. E tudo mudou.

Foi num dia modorrento e ensolarado no final da primavera, um daqueles dias em que minha paixão por St. Oswald's era tão violenta que nenhum reles aluno poderia imitar, em que me sentia especialmente imprudente. Desde o nosso primeiro encontro, a minha guerra de um lado só contra a escola tinha passado por vários estágios. Ódio, admiração, raiva, perseguição. Mas naquela primavera chegamos a uma espécie de trégua. Enquanto rejeitava Sunnybank Park, passei a sentir que St. Oswald's começava a me aceitar, lentamente. Meus movimentos por suas veias não eram mais uma invasão, eram quase uma amizade, como a inoculação de algum elemento aparentemente tóxico que mais tarde se revela útil.

Claro que minha fúria persistia com a injustiça de tudo, com as taxas que meu pai jamais poderia pagar, com o fato de saber que, com ou sem taxas, jamais poderia esperar que me aceitassem. Mas apesar disso, tínhamos um relacionamento. Uma simbiose benigna talvez, como do tubarão com a lampreia. Passei a compreender que não precisava ser um parasita, que podia deixar St. Oswald's me usar, como eu a usava. Ultimamente tinha começado a registrar as coisas que tinham de ser feitas na escola, janelas rachadas, ladrilhos soltos, carteiras quebradas. Copiava os detalhes no Livro de Consertos da Casa da Portaria e assinava com as iniciais de vários professores para evitar suspeitas. E meu pai, obedientemente, cuidava de tudo. Eu me orgulhava de fazer a diferença daquele jeito, com coisas pequenas. St. Oswald's me agradecia, me aprovava.

Era segunda-feira. Eu tinha perambulado pelo corredor central, escutando nas portas. Minha aula de latim à tarde tinha acabado, e pensei em ir à biblioteca, ou ao bloco de arte, para me misturar aos meninos que estudavam lá. Ou então podia ir ao refeitório, a equipe da cozinha já devia ter ido embora, para pegar alguns biscoitos que serviam na reunião dos professores depois das aulas.

Minha concentração nos meus pensamentos era tanta que quando dobrei a esquina para o corredor superior quase esbarrei num menino parado, com as mãos nos bolsos, de cara para a parede, embaixo do Quadro de Honra. Ele tinha uns dois anos mais que eu – imaginei que devia ter catorze –, um rosto marcante e inteligente, olhos cinzentos e brilhantes. Observei que seu cabelo castanho era bem comprido para os padrões da St. Oswald's e que a ponta da gravata, pendurada indecorosamente para fora do blusão, tinha sido cortada com tesoura. E concluí, com certa admiração, que estava olhando para um rebelde.

– Olha por onde anda – disse o menino.

Era a primeira vez que qualquer menino da St. Oswald's se dava ao trabalho de falar comigo diretamente. Fiquei olhando para ele, com fascinação.

– Por que você está aqui?

Eu sabia que a sala no final do corredor superior era de professor. Já tinha até entrado lá uma ou duas vezes, um lugar pequeno e sem ventilação, com pilhas de papéis e algumas plantas imensas e indestrutíveis que se espalhavam ameaçadoramente de uma janela alta e estreita.

O menino deu um largo sorriso.

– O Quas me mandou para cá. Vou me safar com uma advertência, ou ficar retido depois da aula. O Quas nunca castiga ninguém com a vara.

– Quas?

O nome não me era estranho, tinha escutado em conversas dos meninos depois das aulas. Sabia que era um apelido, mas não sabia de quem.

– Sabe o que mora na torre do sino? Que parece uma gárgula?
– O menino sorriu novamente. – Ele é meio *podex*, mas até que não é tão mau assim. Levo no papo.

Continuei olhando para ele com deslumbramento crescente. Admirei sua segurança. Aquele modo de falar sobre um professor – não como uma criatura com autoridade aterradora, mas como alvo de diversão – me emudeceu de tanta admiração. Melhor ainda, aquele menino, aquele rebelde que ousava zombar de St. Oswald's, falava comigo como se eu fosse um igual, *e não tinha a menor ideia de quem eu era*!

Até então, eu nem imaginava que pudesse encontrar um aliado ali. Minhas visitas a St. Oswald's eram sempre muito solitárias. Não tinha nenhum colega da escola para quem contar. Confiar no meu pai ou na Pepsi era impensável. Mas aquele menino...

Finalmente achei a minha voz.

– O que é um *podex*?

O nome do menino era Leon Mitchell. Falei que o meu era Julian Pinchbeck e disse que era do primeiro ano. Minha estatura era baixa para a minha idade e achei que seria mais fácil passar por aluno de outra série. Assim Leon não questionaria minha ausência nas assembleias de turma nem nos jogos.

Quase tive uma coisa com a enormidade do meu blefe, mas também senti prazer. Era muito fácil mesmo. Se um menino podia ser convencido, por que não os outros também? Talvez até os mestres?

De repente imaginei que podia frequentar clubes, times, assistir abertamente às aulas. E por que não? Conhecia a escola melhor do que qualquer um dos alunos. Eu usava o uniforme. Por que alguém duvidaria de mim? Devia haver milhares de meninos na escola. Ninguém, nem mesmo o diretor, podia conhecer todos. Melhor ainda, eu tinha todas as preciosas tradições de St. Oswald's do meu lado.

Ninguém jamais tinha ouvido falar de uma farsa como a minha. Ninguém jamais suspeitaria de algo tão ultrajante.

– Você não deveria ir para a aula? – Havia um brilho malicioso nos olhos cinzentos do menino. – Vão te ferrar se chegar atrasado.

Percebi que aquilo era um desafio.

– Não estou nem aí – retruquei. – O sr. Bishop pediu para eu levar um recado para a administração. Posso dizer que a secretária estava ao telefone e que eu tive de esperar.

– Nada mau. Vou me lembrar dessa.

A aprovação de Leon me deu coragem.

– Eu mato aula o tempo todo – disse. – Ninguém nunca me pegou.

Ele meneou a cabeça, com um sorriso de orelha a orelha.

– E qual é a de hoje?

Eu quase disse jogos, mas parei bem a tempo.

– Estudos religiosos.

Leon fez uma careta.

– *Vae!* Não o culpo. Sempre prefiro os pagãos. Esses podiam fazer sexo, pelo menos.

Dei uma risadinha debochada.

– Quem é o professor responsável pela sua turma? – perguntei. Sabendo isso, podia descobrir com certeza em que ano ele estava.

– Nojento Strange. Inglês. Um verdadeiro *cimex*. E o seu?

Hesitei. Não queria dizer para Leon qualquer coisa que pudesse ser facilmente desmascarada. Mas, antes de responder ouvi um súbito barulho de passos no corredor atrás de nós. Era alguém chegando.

Leon se endireitou imediatamente.

– É o Quas – avisou em voz baixa e urgente. – É melhor sumir.

Virei na direção dos passos que se aproximavam, com um misto de alívio por não ter de responder à pergunta dele sobre o professor e decepção pela nossa conversa ter sido tão curta. Procurei gravar a cara de Leon na memória. O cacho de cabelo que caía naturalmente na testa, os olhos claros, a boca irônica. Era ridículo imaginar que o veria novamente. Era perigoso até tentar.

Fiquei com uma expressão neutra quando o mestre entrou no Corredor Superior.

Só conhecia Roy Straitley pela voz. Seguia suas aulas, ria de suas piadas, mas o rosto dele só tinha visto rapidamente, de longe. Agora eu estava vendo a silhueta curvada, a beca surrada e os mocassins de couro. Abaixei a cabeça quando ele se aproximou, mas devia estar com cara de culpa, porque ele parou e olhou muito sério para mim.

– Você, menino. O que está fazendo aqui, fora da sala de aula?

Resmunguei alguma coisa sobre o sr. Bishop e o recado.

O sr. Straitley não pareceu convencido.

– A administração fica no corredor inferior. Você está a quilômetros de distância!

– Sim, senhor. Tive de ir até o meu armário, senhor.

– O quê, na hora da aula?

– Senhor.

Percebi que ele não acreditou em mim. Meu coração disparou. Ousei dar uma espiada e vi a cara do Straitley, o rosto feio, inteligente e afável olhando sério para mim. Fiquei com medo, mas por trás da minha apreensão havia uma outra coisa, uma sensação irracional, sufocante, de esperança. Será que ele me viu? Será que alguém finalmente me viu?

– Como é seu nome, filho?

– Pinchbeck, senhor.

– Pinchbeck, é?

Eu sabia que ele estava pensando no que faria. Se continuava me interrogando, como mandava o instinto, ou se simplesmente deixava para lá e cuidava do aluno dele. Ele me estudou mais alguns segundos – os olhos eram azul-amarelados, feito brim sujo – e então senti o peso daquele escrutínio diminuir. Straitley concluiu que eu não era muito importante. Um garoto do primeiro ano, fora da sala de aula sem permissão, nenhuma ameaça, era problema de outra pessoa. Por um segundo a minha raiva obscureceu a cautela natural. Eu não era ameaça, não é? Não valia o esforço? Ou será que eu, com todos aqueles anos que andei furtivamente me escondendo, finalmente tinha me tornado completa e irremediavelmente invisível?

– Está bem, filho. Não quero vê-lo aqui outra vez. Agora suma.

E foi o que eu fiz, agora tremendo de alívio. Enquanto corria, escutei distintamente a voz de Leon atrás de mim, sussurrando.

– Ei, Pinchbeck! Depois das aulas. Está bem?

Virei e vi quando ele piscou para mim.

7
♚

Escola de St. Oswald's para meninos
Quarta-feira, 8 de setembro

Drama embaixo do convés. A grande fragata equivocada que é a St. Oswald's bateu no recife no início deste ano. Primeiro, a data da iminente inspeção da escola tinha sido anunciada para 6 de dezembro. Isso sempre provoca turbulência em escala maciça, especialmente entre os escalões mais altos da equipe administrativa. Segundo, e no meu ponto de vista muito mais turbulento, os aumentos das taxas do próximo ano tinham sido anunciados esta manhã pelo correio comum, provocando consternação nas mesas do café da manhã de todo o país.

Nosso capitão continua afirmando que isso é perfeitamente normal para se manter em dia com a taxa de inflação, embora ele esteja no momento indisponível para tecer comentários. Estão dizendo que alguns depravados andaram resmungando que, se nós da equipe tivéssemos sido informados desse aumento planejado, talvez não tivéssemos sido pegos tão de surpresa pelo influxo de telefonemas irados esta manhã.

Bishop, quando questionado, apoia o diretor. Mas ele não sabe mentir. Em vez de enfrentar a sala comum esta manhã, ele foi correr na pista de atletismo até a hora da assembleia, dizendo que se sentia fora de forma e que precisava do exercício. Ninguém acreditou nisso, mas, quando subi os degraus para a sala 59, eu o vi pela janela da torre do sino, ainda correndo e reduzido a proporções lastimáveis graças à elevada perspectiva.

Minha turma recebeu a notícia do aumento da taxa anual com o habitual cinismo saudável.

– Senhor, então quer dizer que vamos ter um professor decente este ano?

Allen-Jones parecia inabalado pelo incidente com os números das salas ou com as minhas ameaças terríveis do dia anterior.

– Não, apenas quer dizer que haverá um estoque melhor de bebidas no armário do escritório secreto do diretor.

Risinhos da classe. Só Knight parecia estar de mau humor. Depois da situação desagradável da véspera, aquele era seu segundo dia de castigo, e ele já tinha sido alvo de ridículo quando caminhava pelo terreno da escola com um macacão cor de laranja, catando papéis e enfiando num enorme saco plástico. Vinte anos atrás, teria sido a vara e o respeito de seus colegas. Isso serve para provar que nem todas as inovações são ruins.

– Minha mãe diz que é uma vergonha – disse Sutcliff. – Há outras escolas por aqui.

– Sim, mas qualquer zoológico teria prazer de aceitá-lo – disse eu vagamente, procurando a lista de chamada na minha mesa. – Droga, onde está a lista de chamada? Eu sei que estava aqui.

Sempre guardo a lista na minha primeira gaveta. Posso parecer desorganizado, mas costumo saber onde está tudo.

– Quando é que o *seu* salário vai subir, senhor? – Esse foi Jackson.

– Ele já é milionário. – Sutcliff.

– É porque ele nunca desperdiça dinheiro com roupas. – Allen-Jones.

– Nem com sabão. – Knight, em voz baixa.

Eu me empertiguei e olhei para Knight. Não sei como a expressão dele conseguia ser ao mesmo tempo insolente e de medo.

– Você gostou da sua ronda de lixeiro ontem? – disse eu. – Quer se oferecer para mais uma semana?

– O senhor não disse isso para os outros – resmungou Knight.

– Porque os outros conhecem a linha que separa o humor da grosseria.

– O senhor me persegue. – A voz de Knight estava mais baixa do que nunca. Ele não olhava nos meus olhos.

– O quê? – espantei-me de verdade.

– O senhor me persegue. O senhor me persegue porque...

– Porque o quê? – retruquei irritado.

– Porque sou judeu, senhor.

– O quê?

Eu estava aborrecido comigo mesmo. Estava tão preocupado com o sumiço da lista de chamada que caí no logro mais antigo de todos e permiti que um aluno me atraísse para um confronto público.

O resto da turma ficou em silêncio, observando nós dois para ver o que aconteceria.

Recuperei minha pose.

– Bobagem. Não persigo você por ser *judeu*. Persigo porque você não consegue calar essa matraca e tem *stercus* no lugar do cérebro.

McNair, Sutcliff ou Allen-Jones teriam rido disso, e tudo ficaria bem. Até Tayler teria dado risada e ele usa um *yarmulke*, ou quipá, na sala de aula.

Mas Knight não mudou de expressão. Em vez disso, vi alguma coisa ali que nunca havia notado antes. Um novo tipo de teimosia. Pela primeira vez Knight me encarou. Por um segundo pensei que fosse dizer mais alguma coisa, então ele baixou os olhos do jeito antigo e conhecido e resmungou algo que não deu para ouvir, bem baixinho.

– O que disse?

– Nada, senhor.

– Tem certeza?

– Tenho certeza, senhor.
– Ótimo.

Virei de novo para a minha mesa. A lista de chamada podia ter sumido, mas eu conhecia todos os meus meninos. Na hora em que entrei na sala, eu saberia se algum deles estivesse ausente. Fiz a chamada de qualquer maneira, o mantra do mestre-escola, e isso sempre funciona para acalmá-los.

Depois olhei para Knight, mas ele estava de cabeça baixa, e nada na sua expressão emburrada sugeria revolta. A normalidade tinha sido restabelecida, concluí. A pequena crise havia terminado.

8

Pensei muito tempo antes de comparecer ao encontro marcado com Leon. Eu *queria* encontrá-lo, queria que fôssemos amigos mais que tudo no mundo, embora aquela fosse uma linha que eu jamais cruzara antes, e nessa ocasião havia mais em jogo do que nunca. Mas eu gostava de Leon, gostei dele de cara, por isso fiquei imprudente. Na minha escola, qualquer um que falasse comigo arriscava ser perseguido pelos meus torturadores do pátio. Leon era de outro mundo. Apesar do cabelo comprido e da gravata mutilada, ele era da St. Oswald's.

Não participei de novo do grupo de *cross-country*. No dia seguinte, falsificaria uma carta do meu pai, dizendo que tive um ataque de asma durante a corrida, o que me impedia de participar outra vez.

Não lamentei. Eu odiava os jogos. Odiava especialmente o sr. Bray, meu professor, com aquele bronzeado falso e o cordão de ouro, ostentando o humor de neandertal para aquele pequeno círculo de puxa-sacos, às custas dos fracos, dos desajeitados, dos inarticulados, dos perdedores como eu. Por isso me escondi atrás do pavilhão, ainda com a roupa de St. Oswald's e esperei, com certa apreensão, o toque do sino do fim das aulas.

Ninguém olhou para mim. Ninguém questionou meu direito de estar ali. À minha volta os meninos, alguns de blazer ou em mangas de camisa, alguns ainda com o uniforme esportivo, entraram nos carros, tropeçaram em bastões de críquete, trocaram piadas, livros, anotações das aulas. Um homem corpulento e com jeito agitado se encarregou da fila do ônibus – era o sr. Bishop, mestre de física –, enquanto outro homem, mais velho, de roupa preta e vermelha, ficava no portão da capela. Esse eu sabia que era o dr. Shakeshafte, o diretor. Meu pai falava dele com algum respeito e certa admiração. Afinal, foi ele que lhe deu o emprego. *Um da velha escola*, dizia meu pai, aprovando. *Duro mas justo. Esperemos que o novo homem seja a metade do que ele era.* É claro que oficialmente eu não sabia nada dos acontecimentos que levaram à indicação do novo diretor. Meu pai podia ser estranhamente puritano em relação a certas coisas, e suponho que achava que seria deslealdade com a St. Oswald's discutir o assunto comigo. Só que alguns jornais locais já tinham farejado aquilo e fiquei sabendo do resto pelas observações de conversas que eu tinha escutado do meu pai com a Pepsi. Para evitar publicidade negativa, o antigo diretor devia ficar até o fim do ano letivo, aparentemente para empossar o novo diretor, para ajudá-lo a se instalar, e depois disso deixaria a escola com uma confortável pensão dada pela curadoria. St. Oswald's cuida dos seus. E haveria um acordo generoso fora dos tribunais para as partes prejudicadas, sob a condição, claro, de que não se fizesse nenhuma menção às circunstâncias.

Resultado disso, passei a observar o dr. Shakeshafte da minha posição perto dos portões da escola com certa curiosidade. Com ossos bem definidos na face, cerca de sessenta anos, não tão corpulento como Bishop mas com a mesma constituição de ex-jogador de rúgbi, ele pairava sobre os meninos como uma gárgula. Era um defensor zeloso da punição com vara, soube disso pelo meu pai, que dizia, *E é bom mesmo, impor um pouco de disciplina a esses meninos.* Na minha escola, a vara já tinha sido abolida havia anos. No lugar dela, pessoas como srta. Potts e srta. McCauleigh preferiam a abordagem empática, pela qual valentões e encrenqueiros eram estimulados a debater seus sentimentos antes de serem liberados com uma advertência.

O sr. Bray, ele mesmo um valentão veterano, preferia a abordagem direta, como meu pai, e recomendava ao queixoso *Pare de choramingar para mim e enfrente as suas batalhas, pelo amor de Deus.* Ponderei a natureza exata da batalha que resultou na aposentadoria involuntária do diretor e fiquei imaginando como foi a luta. Ainda estava pensando nisso quando, dez minutos depois, Leon apareceu.

– Oi, Pinchbeck.

Ele segurava o blazer por cima de um ombro e estava com a camisa para fora da calça. A gravata cortada despontava impudentemente do colarinho como uma língua.

– O que está fazendo?

Engoli em seco e procurei ser natural.

– Nada de mais. Como foi com o Quas?

– *Pactum factum* – disse Leon, com um largo sorriso. – Detido na sexta-feira, como previ.

– Que azar. – Balancei a cabeça. – E o que você fez?

Ele gesticulou, dispensando o assunto.

– Ah, nada – disse. – Um pouco de autoexpressividade básica na tampa da minha carteira. Quer ir até a cidade?

Fiz um cálculo mental rápido. Eu podia me atrasar uma hora. Meu pai tinha de fazer as rondas, portas para trancar, recolher chaves, e não estaria de volta em casa antes das cinco. Pepsi, se estivesse lá, ia assistir à TV ou talvez fazer o jantar. Havia muito tempo que Pepsi tinha parado de tentar ser minha amiga. Eu estava livre.

Procure imaginar essa hora, se puder. Leon tinha algum dinheiro, tomamos café e comemos sonhos na pequena casa de chá perto da estação do trem, depois percorremos as lojas de discos. Leon menosprezou meu gosto musical, disse que era "banal" e demonstrou preferência por bandas como Stranglers e Squeeze. Tive um mau momento quando passamos por um grupo de meninas da minha escola e foi pior ainda quando o Capri branco do sr. Bray parou no sinal quando atravessávamos a rua, mas logo me dei conta de que com o uniforme da St. Oswald's eu ficava invisível mesmo.

O sr. Bray e eu estivemos alguns segundos muito perto um do outro, a ponto de podermos nos tocar. Imaginei o que aconteceria se eu desse uma batidinha na janela e dissesse: "O senhor é o mais completo e absoluto *podex*."

A ideia me fez rir tanto e tão de repente que mal conseguia respirar.

– Quem é? – perguntou Leon, notando para quem eu estava olhando.

– Ninguém – disse logo. – Um cara aí.

– A *garota*, seu mongol.

– Ah.

Ela estava no banco do carona, meio virada para ele. Reconheci. Era Tracey Delacey, dois anos mais velha do que eu, a atual garota da capa da oitava série. Ela usava um saiote de tênis e estava com as pernas cruzadas bem para cima.

– Banal – respondi, usando a palavra do Leon.

– Eu pegaria – disse ele.

– Pegaria?

– E você, não?

Pensei na Tracey com seu cabelo eriçado e cheiro de chiclete de frutas.

– É... talvez – disse eu, sem entusiasmo nenhum.

Meu novo amigo era da Casa Amadeus. Os pais dele, um professor universitário e uma funcionária pública, estavam divorciados ("mas tudo bem, recebo duas mesadas"). Ele tinha uma irmã mais nova, Charlotte, um cachorro chamado Capitão Sensato, um terapeuta particular, uma guitarra elétrica e me parecia que tinha liberdade ilimitada.

— Minha mãe diz que preciso ter um aprendizado que vai além dos limites do sistema patriarcal judaico-cristão. Ela não aprova realmente St. Oz, mas é meu pai que paga a conta. Ele foi de Eton. Acha que quem estuda em escolas de meio período são os proletários.

— Certo.

Pensei em alguma coisa sincera para dizer sobre os meus pais, mas não consegui. Em menos de uma hora de convivência, eu já sentia que aquele menino tinha mais espaço no meu coração do que John ou Sharon Snyde jamais tiveram.

Sem compaixão, eu os reinventei. Minha mãe tinha morrido. Meu pai era inspetor de polícia (o cargo mais importante do qual consegui lembrar no momento). Eu vivia com o meu pai uma parte do ano e o resto do tempo com meu tio na cidade.

— Tive de vir para a St. Oswald's no meio do ano — expliquei. — Estou aqui há pouco tempo.

Leon fez que sim com a cabeça.

— É mesmo? Bem que achei que você era um novato. O que aconteceu na outra escola? Você foi expulso?

A sugestão me agradou muito.

— Era uma porcaria. Meu pai me tirou de lá.

— Eu fui expulso da minha última escola — disse Leon. — Papai ficou furioso. Três mil por ano que eles recebiam, e me expulsaram na primeira ofensa. Por falar em banal. Era de imaginar que eles deviam se esforçar um pouco mais, não é? De qualquer modo, poderíamos estar pior do que na St. Oz. Especialmente agora que Shakeshafte está indo embora, o velho safado...

Vi minha oportunidade.

— Por falar nisso, por que ele vai embora?

Leon arregalou os olhos.

— Você é mesmo um novato, não é? — Abaixou a voz. — Digamos que foi mais ou menos assim: eu soube que ele estava fazendo um pouco mais do que balançar sua vara...

As coisas mudaram desde então, até na St. Oswald's. Naquela época, era só jogar dinheiro num escândalo para ele desaparecer. Tudo isso mudou agora. Não nos deslumbramos mais com o brilho das torres: enxergamos a corrupção por baixo do lustro. E é frágil. Uma pedra com boa mira pode derrubá-las. Uma pedra, ou alguma outra coisa.

Posso me identificar com um menino como Knight. Pequeno, sem graça, inarticulado, evidentemente um pária. Os colegas de turma o evitam, não por qualquer questão de religião, mas por um motivo mais básico. É algo que ele não pode alterar, está no contorno do seu rosto, na ausência de cor do seu cabelo sem brilho, no tamanho dos seus ossos. A família dele pode ter dinheiro agora, mas há gerações de pobreza entranhadas nele. Eu sei. St. Oswald's aceita tipos como ele com relutância, em época de crise financeira, mas um menino como Knight jamais fará parte de St. Oswald's. Seu nome nunca aparecerá no Quadro de Honra. Os mestres vão esquecer sempre o nome dele. Jamais será escolhido para os times. Suas tentativas de ser aceito terminarão sempre em desastre. Ele tem um olhar que reconheço bem demais. É o olhar desconfiado e ressentido de um menino que parou de tentar ser aceito há muito tempo. A única coisa que pode fazer é odiar.

Claro que eu soube da cena com Straitley quase na mesma hora. O correio das fofocas é muito rápido em St. Oswald's. Qualquer incidente é informado no mesmo dia. Hoje foi um dia especialmente ruim para Colin Knight. Na hora da chamada, a discussão com Straitley. No intervalo, um incidente com Robbie Roach por causa de um dever de casa que faltava. Na hora do almoço, uma briga com Jackson, também da 3S, cujo resultado foi Jackson mandado para casa de nariz quebrado e Knight suspenso a semana inteira.

Eu estava a postos quando aconteceu. Pude ver Knight carrancudo com o macacão protetor, catando lixo do canteiro de rosas.

Uma punição inteligente e cruel. Bem mais humilhante do que advertência por escrito ou detenção. Até onde sei, só Roy Straitley usa isso. É o mesmo tipo de macacão que meu pai costumava usar e que o retardado do Jimmy usa agora. Grande, num tom de laranja bem vivo, visível do outro lado dos campos de esportes. Qualquer um que use vira presa fácil.

Knight tinha tentado, sem sucesso, esconder-se atrás de uma esquina do prédio. Um grupo de meninos menores se reuniu ali e começou a zombar dele, apontando o lixo que ele tinha deixado passar. Jackson, um garoto pequeno e agressivo que sabe que só a presença de um perdedor como Knight evita que ele seja provocado, estava por perto, com dois outros meninos do terceiro ano. Pat Bishop também, mas num ponto em que não dava para ouvir, rodeado de meninos, do outro lado do campo de críquete. Roach, o mestre de história, era outro que estava lá, mas parecia mais interessado na conversa com um grupo de alunos da quinta série do que na disciplina.

Eu me aproximei de Knight.

– Isso não pode ser muito divertido.

Knight balançou a cabeça irritado. Seu rosto estava pálido e sem vida, tinha apenas um ponto vermelho em cada face. Jackson, que me observava, separou-se do pequeno grupo e foi se aproximando desconfiado. Vi que ele me avaliava com os olhos, como se quisesse determinar a ameaça que eu representava. Os chacais fazem exatamente isso quando rodeiam um animal à morte.

– Quer se juntar a ele? – perguntei com voz firme, e Jackson voltou correndo para o seu grupo.

Knight lançou-me um olhar de furtiva gratidão.

– Não é justo – disse em voz baixa. – Eles estão sempre me perseguindo.

Meneei a cabeça com simpatia.

– Eu sei.

– Você sabe?

– Ah, sim – respondi calmamente. – Andei observando.

Knight olhou para mim. O olhar dele era intenso e absurdamente esperançoso.
– Escute aqui, Colin. Esse é seu nome, não é?
Ele fez que sim.
– Você precisa aprender a reagir, Colin – disse. – Não se faça de vítima. Faça com que eles paguem.
– Pagar? – Knight parecia espantado.
– Por que não?
– Eu ficaria encrencado.
– E já não está?
Ele olhou para mim sem dizer nada.
– Então, o que tem a perder?
A campainha do fim do recreio tocou e não tive tempo de dizer mais nada, mas de qualquer modo nem precisei. Tinha plantado as sementes. O olhar esperançoso de Knight me seguiu pelo pátio da escola e na hora do almoço estava tudo consumado. Jackson no chão, Knight em cima dele e Roach correndo para eles com o apito batendo no peito, e os outros parados atônitos, boquiabertos, vendo a vítima que finalmente resolveu revidar.

Preciso de aliados. Não entre os meus colegas, mais abaixo, nos substratos de St. Oswald's. Ataque a base que a cabeça acaba caindo. Senti uma etérea pontada de piedade por Knight que não suspeitava de nada, que seria o meu sacrifício, mas não posso esquecer que em qualquer guerra há vítimas e que, se as coisas corressem de acordo com o plano, deveria haver muito mais antes de St. Oswald's soçobrar num estrondo de ídolos quebrados e sonhos estilhaçados.

CAVALO

1

♔

Escola St. Oswald's para meninos
Quinta-feira, 9 de setembro

A turma estava atipicamente contida esta manhã quando fiz a chamada (o registro continuava desaparecido) numa folha de papel. Jackson ausente, Knight suspenso e três outros implicados no que rapidamente se configurava em um incidente muito complicado.

O pai de Jackson reclamou, é claro. E o de Knight também, segundo o filho, a única coisa que ele fez foi reagir à provocação intolerável dos outros, com cumplicidade – assim afirmou o menino – do tutor da turma.

O diretor, ainda abalado pelas numerosas reclamações sobre as taxas, respondeu debilmente, prometeu investigar o incidente, e o resultado foi que Sutcliff, McNair e Allen-Jones passaram a maior parte do tempo da minha aula de latim de pé, do lado de fora da sala de Pat Bishop, acusados de serem os principais torturadores de Knight, e recebi uma convocação via dr. Devine para ir explicar a situação para o diretor assim que pudesse.

Claro que ignorei. Alguns de nós têm de dar aulas, deveres a cumprir, trabalhos para ler, sem mencionar a retirada dos arquivos da nova sala de alemão, como observei para o dr. Devine quando ele me deu o recado.

Mesmo assim, fiquei irritado com a interferência injustificada do diretor. Aquilo era assunto doméstico, coisa que podia e devia ser resolvida por um tutor de turma. Que os deuses nos preservem de um administrador com tempo livre demais. Quando um diretor começa a se envolver em questões de disciplina, os resultados podem ser catastróficos.

Allen-Jones disse isso para mim na hora do almoço.

– Nós estávamos apenas provocando ele – disse o menino, parecendo constrangido. – Fomos um pouco longe demais. O senhor sabe como é.

E eu sabia. Bishop também sabia. E eu sabia ainda que o diretor não sabia. Aposto dez por um que ele suspeita de algum tipo de conspiração. Já antevejo semanas de telefonemas, cartas para casa, muitas detenções, suspensões e outros aborrecimentos administrativos antes de o assunto morrer. Isso me incomoda. Sutcliff tem uma bolsa que pode ser cancelada em caso de mau comportamento grave. O pai de McNair é brigão e não se submeterá docilmente a uma suspensão. E Allen-Jones pai é do Exército, e a exasperação dele com o filho brilhante e rebelde muitas vezes tende à violência.

Se coubesse só a mim, eu teria lidado com os culpados rápida e eficientemente, sem a necessidade de intrusão dos pais. Porque, apesar de dar ouvidos aos meninos já ser bem ruim, dar ouvidos aos pais é fatal, só que agora é tarde demais para isso. Eu estava de mau humor quando desci a escada para a sala comum e, quando o idiota do Meek deu um encontrão em mim no caminho, quase me derrubando, despachei-o com um epíteto especial.

– Porra, quem foi que chacoalhou a sua jaula? – disse Jeff Light, o professor de jogos, escarrapachado embaixo do exemplar do *Mirror*.

Virei para onde ele estava sentado. Terceiro a partir da janela, embaixo do relógio. É burrice, eu sei, mas o Paletó de Tweed é uma criatura territorial, e eu já estava sendo contrariado quase além do que posso tolerar. Claro que não esperava que os recém-chegados soubessem, mas Pearman e Roach estavam lá, bebendo café, Kitty Teague fichava livros ali perto, e McDonaugh estava no lugar habitual, lendo. Os quatro olharam para Light como se ele fosse algo derramado que alguém tinha esquecido de limpar.

Roach tossiu, querendo ajudar.

– Acho que você está na poltrona do Roy – disse.

Light deu de ombros mas não se mexeu. Ao lado dele, Easy, o geógrafo com cara de lixa, comia arroz-doce frio num pote Tupperware. Keane, o futuro escritor, espiava pela janela de onde eu pude ver a figura solitária de Pat Bishop dando voltas na pista.

– Olha, companheiro, é verdade – disse Roach. – Ele sempre senta aí. É praticamente uma peça da mobília.

Light esticou as pernas intermináveis e conquistou uma olhada fulminante de Isabelle Tapi no canto do iogurte.

– Latim, não é? – disse ele. – Veados de toga. Desafio para um *cross-country* qualquer dia.

– *Ecce, stercus pro cerebro habes* – disse para ele.

McDonaugh franziu a testa, e Pearman balançou a cabeça com ar distante, como se fosse uma citação que ele conhecesse vagamente. Penny Nation lançou-me um daqueles sorrisos de piedade e deu tapinhas no assento ao lado dela.

– Tudo bem – respondi. – Não vou ficar.

Pelos deuses, eu não estava assim tão desesperado. Em vez disso, pus a chaleira para ferver e abri o armário da pia para pegar a minha caneca.

Podemos dizer muita coisa sobre a personalidade de um professor pela sua caneca de café. Geoff e Penny Nation têm canecas gêmeas com CAPITAINE e SOUS-FIFRE escrito nelas. Roach tem uma com Homer Simpson. Grachvogel tem do seriado *X-Files*. A imagem malhumorada de Hillary Monument é confrontada diariamente por uma caneca gigante onde tem escrito O MELHOR AVÔ DO MUNDO com letras serpenteantes e jovens. A de Pearman foi trazida de uma viagem pela escola para Paris e tem uma fotografia do poeta

Jacques Prévert fumando um cigarro. O dr. Devine desdenha completamente a humilde caneca e usa a porcelana do diretor, privilégio reservado para visitas, os de Terno mais antigos e o próprio diretor. Bishop, sempre popular com os meninos, tem um personagem de desenho animado diferente a cada ano letivo (neste, é o Zé Colmeia), presentes da turma dele.

A minha é a caneca do jubileu da St. Oswald's, edição limitada, de 1990. Eric Scoones tem uma, como também alguns da velha guarda, mas a minha tem a alça lascada, e isso me permite diferenciá-la das outras. Construímos o pavilhão de jogos com o que arrecadamos com as canecas e uso a minha com orgulho. Ou usaria, se a encontrasse.

– Maldição. Primeiro a maldita lista de chamada, agora a maldita caneca.

– Pode pegar a minha – disse McDonaugh (Charles e Diana, meio lascada).

– A questão não é essa.

E não era mesmo. Tirar a caneca de um mestre do lugar onde fica guardada é quase tão sério como tirar a poltrona. A poltrona, a sala, a sala de aula e agora a caneca. Eu estava começando a me sentir definitivamente sob cerco.

Keane olhou ironicamente para mim quando servi chá em outra caneca.

– É bom saber que não sou o único que está tendo um dia ruim – disse ele.

– Ah, é?

– Perdi meus dois períodos livres hoje. 5G. Turma de literatura inglesa do Bob Strange.

Ai. Claro que todo mundo sabe que o sr. Strange tem muito o que fazer. Ser terceiro mestre e encarregado dos horários, nesses anos todos ele conseguiu construir para ele mesmo um sistema de cursos, deveres, reuniões, períodos administrativos e outras necessidades, o que faz com que não sobre tempo algum para contato com os alunos. Mas Keane parecia bastante capaz – afinal, tinha sobrevivido a Sunnybank Park –, e vi homens fortes reduzidos à geleia por aqueles garotos da quinta série.

– Vou ficar bem – disse Keane quando demonstrei a devida simpatia. – Além do mais, isso tudo é bom material para o meu livro.

Ah, sim, o livro.

– Se te agrada... – disse e fiquei pensando se ele falava sério ou não.

Há um certo ar de zombaria discreta em Keane, uma pontinha de arrogância, que me dá vontade de questionar tudo que ele diz. Mesmo assim, prefiro infinitamente ele ao musculoso Light, ou ao bajulador Easy, ou ao temeroso Meek.

– A propósito, o dr. Devine estava procurando você – continuou Keane. – Alguma coisa sobre uns arquivos velhos?

– Ótimo.

Foi a melhor notícia que recebi o dia inteiro. Só que depois do tumulto na 3S, até atormentar alemão perdeu um pouco da graça.

– Ele pediu ao Jimmy para pôr os arquivos no pátio – disse Keane. – Disse para tirá-los de lá o mais depressa possível.

– *O quê?*

– Estão obstruindo a passagem, acho que foi o que ele disse. Falou de saúde e segurança.

Soltei um palavrão. Uvazeda devia querer muito aquela sala. A manobra de saúde e segurança é aquela em que só alguns poucos ousam afundar. Terminei o chá e fui a passos largos e decididos para a ex-sala de línguas clássicas e encontrei Jimmy, com a chave de fenda na mão, prendendo um tipo de aparelho eletrônico na porta.

– É uma campainha, patrão – explicou Jimmy, ao ver a minha surpresa. – Para o dr. Devine saber quando tem alguém na porta.

– Entendo.

Na minha época, bastava bater.

Mas Jimmy estava encantado.

– Quando acender a luz vermelha, é porque ele está com alguém – disse. – Se estiver verde, ele aperta o botão para a porta abrir.

– E a luz amarela?

Jimmy franziu a testa.

– Se estiver amarela – disse depois de um tempo –, o dr. Devine aperta a campainha para ver quem é – ele parou um pouco e juntou as sobrancelhas – e se for alguém importante, então ele deixa entrar.

– Muito teutônico.

Passei por ele e entrei na minha sala.

Lá dentro reinava uma conspícua e desagradável ordem. Novos arquivos com separação por cores, um belo bebedouro, uma grande mesa de mogno com um computador, mata-borrão alvíssimo e uma fotografia num porta-retratos da sra. Uvazeda. O tapete tinha sido lavado. Minhas plantas, aquelas com cicatrizes e empoeiradas, veteranas de secas e negligência, todas no lixo. Havia uma placa de PROIBIDO FUMAR e um horário em cartaz laminado exibindo reuniões de departamento, compromissos, clubes e grupos de trabalho, pendurados na parede.

Por algum tempo, fiquei sem nada para dizer.

– Estou com as suas coisas, patrão – disse Jimmy. – Quer que eu leve para a sua sala?

Para quê? Eu sabia quando era derrotado. Saí arrastando os pés de volta para a sala comum para afogar as mágoas em chá.

2

♟

Nas semanas seguintes, Leon e eu nos tornamos amigos. Não foi tão arriscado como parece, em parte porque estávamos em Casas diferentes – ele na Amadeus, e eu dizia que era da Birkby –, e cada um numa série diferente. Encontrava com ele de manhã – usando minha roupa por baixo do uniforme da St. Oswald's – e chegava atrasado para as minhas aulas, com uma série de desculpas engenhosas.

Deixava de participar dos jogos – o esquema da asma funcionou muito bem – e passava os intervalos e o recreio na St. Oswald's. Comecei a pensar que eu era um ozzie genuíno. Por meio de Leon, sabia quais mestres estavam dando aulas, as fofocas, e aprendia as gírias. Com ele eu ia à biblioteca, jogava xadrez, ficava conversando nos bancos do pátio como qualquer outro aluno. Com ele, eu pertencia à St. Oswald's.

Nada disso teria funcionado se Leon fosse um aluno mais sociável, mais popular. Mas logo percebi que ele também era desajustado, só que diferente de mim, porque se distanciava por opção e não por necessidade. Em Sunnybank Park, ele teria morrido em uma semana. Mas St. Oswald's dá valor à inteligência acima de qualquer outra coisa, e ele era suficientemente esperto para usar isso em seu favor. Com os mestres, ele era educado e respeitoso, pelo menos na presença deles, e eu achava que isso representava uma imensa vantagem para ele quando se metia em encrencas, que eram muitas. Pois Leon parecia *atrair* ativamente os problemas onde quer que fosse. Ele era especialista em pegadinhas, pequenas vinganças bem armadas, atos dissimulados de provocação. Raramente o pegavam. Se eu fosse o Knight, ele seria o Allen-Jones, cativante, trapaceiro, rebelde dissimulado. E mesmo assim ele gostava de mim. E mesmo assim éramos amigos. Eu inventava histórias de outras escolas para diverti-lo, atribuía a mim mesmo o papel que percebia que ele esperava que eu desempenhasse. De vez em quando apresentava personagens da minha outra vida. Srta. Potts, srta. McCauleigh, sr. Bray. Falava de Bray com verdadeiro ódio, lembrava seu jeito de zombar, suas atitudes, e Leon ouvia com um ar atento que não era exatamente simpatia.

– Pena que você não pode se vingar desse cara – comentou uma vez. – Pagar com a mesma moeda.

– O que você sugere? – perguntei. – Vodu?

– Não – disse Leon, pensativo. – Isso não.

Aí eu já conhecia Leon havia mais de um mês. Já dava para sentir o cheiro do fim do período de aulas do verão, de grama cortada e de liberdade. Mais um mês e todas as escolas concederiam férias (oito semanas e meia, um tempo ilimitado e inimaginável), e não haveria mais necessidade de trocar de uniforme nem de correr riscos fazendo gazeta, forjando bilhetes ou desculpas.

Já tínhamos feito planos, Leon e eu. De irmos ao cinema, caminhar na floresta, passear pela cidade. Em Sunnybank Park, as provas já tinham terminado. As aulas eram um fiasco, a disciplina negligenciada. Alguns professores dispensavam os alunos de uma vez e mostravam Wimbledon na televisão, enquanto outros dedicavam seu tempo aos jogos e a estudos particulares. Escapar para Oz nunca foi tão fácil. Foi o tempo mais feliz da minha vida.

E então aconteceu o desastre. Jamais devia ter acontecido. Uma estúpida coincidência, só isso. Mas fez ruir o meu mundo, ameaçou tudo que eu sempre quis, e quem provocou isso foi o professor de jogos, o sr. Bray.

Com aquela excitação toda, eu tinha quase esquecido o sr. Bray. Eu não ia mais às aulas de jogos – de qualquer modo, nunca tive aptidão mesmo – e supus que ninguém notava a minha falta. Mesmo sem ele aquelas aulas eram um tormento semanal. Minhas roupas jogadas no chuveiro, meu equipamento esportivo escondido ou roubado. Quebravam meus óculos. Meus esforços nada animados para participar eram saudados com risos e desprezo.

O próprio Bray tinha sido o principal instigador dessas sessões de zombaria, pois repetidamente me chamava para "demonstrações" nas quais todas as minhas limitações físicas eram destacadas com precisão implacável.

Minhas pernas eram finas demais, com joelhos proeminentes. E quando eu tinha de pegar emprestado da escola o equipamento esportivo (o meu tinha "desaparecido" inúmeras vezes e meu pai se recusou a comprar um novo), Bray arranjava para mim um short de algodão gigantesco, que balançava ridiculamente quando eu corria, e que inspirou o apelido de "calção trovejante" que deram para mim.

Os admiradores dele achavam isso muito divertido e virei Calção Trovejante. Isso fez com que todos os outros alunos achassem que eu tinha um problema de flatulência. Snyde Esnobe virou Snyde Cheiroso. Eu era bombardeado diariamente com piadinhas sobre comer feijão e nos jogos entre turmas (nos quais eu era sempre o último a ser escolhido para os times) Bray gritava para os outros jogadores: *Cuidado, time! Snyde andou comendo feijão de novo!*

Como disse, eu já conhecia esse assunto e pensava que conhecia o professor também. Mas eu tinha deixado de levar em conta a malícia essencial do homem. Para ele não bastava agradar a pequena claque de admiradores e puxa-sacos. Não bastava nem despir as meninas com os olhos (e, de vez em quando, ousar umas rápidas apalpadelas protegido por uma "demonstração"), ou humilhar os meninos com seu humor grosseiro. Todo ator precisa de plateia. Mas Bray precisava de mais. Bray precisava de uma vítima.

Eu já tinha perdido quatro aulas de jogos. Imaginei os comentários.
Onde estará Calção Trovejante, meninos?
Não sei, senhor. Na biblioteca, senhor. No banheiro, senhor. Dispensado dos jogos, senhor. Asma, senhor.
Babaquice é mais provável.
Isso teria sido esquecido com o tempo. Bray encontraria outro alvo, havia muitos por lá. A gorda Peggy Johnsen, ou o espinhento Harold Mann, ou a cara de broa Lucy Robbins, ou Jeffrey Stuarts, que corria como uma menina. No fim, ele teria prestado atenção em um *deles*... e eles sabiam, olhavam para mim com hostilidade crescente nas aulas e assembleias, eles me odiavam porque eu tinha escapado.

Foram eles, os fracassados, que não deixaram o assunto morrer. Que perpetuaram as piadas do Calção Trovejante. Que não paravam de falar de feijão e asma, até que cada aula sem mim parecia um circo dos horrores sem o horror, e o sr. Bray acabou desconfiando de alguma coisa.

Não sei bem onde ele me viu. Talvez tenha mandado alguém me vigiar quando fugi da biblioteca. Eu estava me descuidando. Leon já preenchia a minha vida. Bray e a sua classe, em comparação, não passavam de sombras. Em todo caso, ele estava à minha espera na manhã seguinte. Descobri mais tarde que tinha trocado seus horários de supervisão com outro professor para se certificar de que me pegaria.

– Ora, ora, você está parecendo muito animado para alguém com uma asma tão terrível – disse quando cheguei correndo pela entrada dos atrasados.

Fiquei só olhando para ele, imóvel, com medo. Seu sorriso era cruel, como o de um totem brônzeo de algum culto sacrifical.

– E então? O gato comeu sua língua?

– Estou atrasado, senhor – gaguejei, ganhando tempo. – Meu pai estava...

Senti o desprezo quando ele cresceu para cima de mim.
- Quem sabe seu pai pode me contar mais sobre essa sua asma - disse. - Zelador, não é? Da St. Oswald's? Aparece no nosso bar de vez em quando.

Eu mal conseguia respirar. Por um segundo, quase acreditei que realmente *tinha* asma. Que meus pulmões iam explodir com aquele terror. E torci para isso acontecer. Naquele momento, a morte parecia infinitamente preferível às alternativas possíveis.

Bray viu isso, e seu sorriso ficou ainda mais cruel.
- Encontre-me do lado de fora dos vestiários depois das aulas esta noite - disse. - E não se atrase.

O pavor tomou conta de mim durante o dia. Tive diarreia. Não conseguia me concentrar. Fui para as salas de aula erradas. Não consegui almoçar. No intervalo da tarde, estava num estado tão sério de pânico que a srta. Potts, professora estagiária, notou e veio me perguntar o que estava havendo.

- Nada, senhorita - disse, fazendo de tudo para evitar chamar mais atenção. - É só uma dor de cabeça.
- É mais do que uma dor de cabeça - disse e chegou mais perto. - Você está sem cor...
- Não é nada, senhorita. Verdade.
- Acho que talvez seja melhor você ir para casa. Pode estar ficando doente.
- Não!

Não consegui evitar a elevação da voz. Aquilo tornaria as coisas infinitamente piores. Se eu não aparecesse, Bray ia falar com o meu pai. Qualquer chance que eu tinha de escapar de ser descoberto estaria perdida.

A srta. Potts franziu o cenho.
- Olhe para mim. Está com algum problema?

Balancei a cabeça sem dizer nada. A srta. Potts era apenas aprendiz de professora, não muito mais velha do que a namorada do meu pai. Gostava de ser popular, ser importante. Uma menina da minha classe, Wendy Lovell, ficava enjoada na hora do almoço e, quando a srta. Potts descobriu isso, telefonou para o disque Distúrbios Alimentares.

Ela muitas vezes falava sobre a consciência dos gêneros. Era especialista em discriminação racial. Tinha feito cursos de autoafirmação e agressividade e drogas. Eu tinha a impressão de que a srta. Potts andava em busca de uma causa, mas sabia que ela só ficaria na escola até o fim do ano letivo, que em poucas semanas iria embora.

– Por favor, senhorita – disse baixinho.

– Vamos, meu amor – disse a srta. Potts, querendo me agradar.

– Claro que pode contar para *mim*.

O segredo era simples, como todos os segredos. Lugares como St. Oswald's, e até certo ponto Sunnybank Park também, têm um sistema de segurança próprio, feito não de detectores de fumaça, ou de câmeras escondidas, mas montado sobre uma camada grossa de blefes.

Ninguém derruba um professor, e ninguém *pensa* em derrubar uma escola. Por quê? A contração instintiva diante da autoridade, aquele medo que supera de longe o medo de ser descoberto. Um mestre é sempre "senhor" para seus alunos, não importa quantos anos já se passaram. Até na idade adulta, descobrimos que os antigos reflexos não se perderam, ficaram apenas abafados algum tempo, emergindo imutáveis ao comando correto. Quem teria coragem de desmascarar esse grande blefe? Quem ousaria? Era inconcebível.

Mas o desespero me dominava. De um lado havia St. Oswald's, Leon, tudo que eu desejava, tudo que tinha construído. Do outro, o sr. Bray, pairando sobre mim como a palavra divina. Será que eu *tinha* coragem? Será que poderia realizar isso?

– Vamos, meu amor – disse gentilmente a srta. Potts, vendo sua chance. – Pode contar para mim... não contarei para ninguém.

Fingi hesitar. Depois disse em voz baixa:

– É o sr. Bray – disse olhando nos olhos dela. – O sr. Bray e Tracey Delacey.

3

Escola St. Oswald's para meninos
Sexta-feira, 10 de setembro

Tem sido uma longa primeira semana. Sempre é. Mas este ano, especialmente, a temporada de idiotice parece ter começado mais cedo. Anderton-Pullitt faltou hoje (uma de suas reações alérgicas, diz a mãe dele), mas Knight e Jackson estão de volta às aulas, Jackson exibindo um olho preto impressionante para combinar com o nariz quebrado. McNair, Sutcliff e Allen-Jones estão com relatório de comportamento (Allen-Jones tem uma mancha no lado do rosto que delineia distintamente as marcas de quatro dedos e ele afirma ter obtido jogando futebol).

Meek assumiu a Sociedade de Geografia que, graças a Bob Strange, agora tem reuniões semanais na minha sala. Bishop teve um problema no tendão de aquiles durante uma sessão de corrida entusiasmada demais. Isabelle Tapi deu para ficar cercando o departamento de jogos com uma série de saias cada dia mais ousadas. A invasão do dr. Devine na sala das línguas clássicas sofreu um revés temporário depois da descoberta de um ninho de rata atrás do revestimento de madeira da parede. Minha caneca de café e a lista de chamada continuam desaparecidas, o que me fez merecer a desaprovação de Marlene, e, quando voltei para a minha sala depois do almoço na quinta-feira, descobri que minha caneta preferida – verde, Parker, com ponta de ouro – tinha desaparecido da gaveta da minha mesa.

Foi a perda desse último item que realmente me aborreceu. Em parte porque eu só saí da minha sala por cerca de meia hora, e o mais importante, porque aconteceu na hora do almoço, o que sugeria que o ladrão era aluno daquela turma. A minha 3S, bons rapazes, pelo menos era o que eu pensava, e leais a mim. Jeff Light estava de plantão no corredor na hora e por acaso Isabelle Tapi também, mas (surpreendentemente) nenhum dos dois notou qualquer visita incomum à sala 59 durante aquela hora de almoço.

Mencionei a perda para a turma 3S à tarde, com a esperança de que alguém talvez tivesse pegado a caneta emprestada e esquecido de devolver. Mas só vi olhares confusos dos meninos.

– O quê? Ninguém viu nada? Tayler? Jackson?
– Nada, senhor. Não, senhor.
– Pryce? Pink? Sutcliff?
– Não, senhor.
– Knight?

Knight desviou o olhar e deu um sorriso sádico.

Knight?

Fiz a chamada numa folha de papel e dispensei os meninos, agora com uma sensação bem incômoda. Não gostava nada disso, mas só havia uma maneira de descobrir quem era o culpado: vasculhar os armários dos meninos. Acontece que eu estava livre aquela tarde, por isso peguei a minha chave mestra e a lista dos números dos armários, deixei Meek encarregado da sala 59 com um pequeno grupo da sexta série que não devia causar nenhum problema e fui para o corredor central, para a sala dos armários da terceira série.

Examinei em ordem alfabética, com muita calma e dando atenção especial ao conteúdo de estojos. Não encontrei nada além de meio maço de cigarros no armário de Allen-Jones e uma revista de meninas no do Jackson.

E chegou a vez do armário do Knight. Quase transbordando de papéis, livros e itens variados. Um estojo prateado com a forma de uma calculadora deslizou do meio de duas pastas. Abri, mas a caneta não estava dentro. O próximo era de Lemon. Depois do Niu. Do Pink. Do Anderton-Pullitt, entupido de livros sobre sua paixão obsedante, aeronaves da Primeira Guerra Mundial. Vasculhei todos os armários. Achei muitos baralhos de cartas, que são proibidos, e uma ou duas revistas de mulher pelada, mas nada de caneta Parker.

Passei mais de uma hora na sala dos armários, tempo suficiente para a sineta da troca de sala tocar e o corredor se encher de gente, mas, felizmente, nenhum aluno resolveu visitar o armário entre as aulas.

Saí mais irritado do que antes. Não tanto por ter perdido a caneta, que afinal acabaria sendo substituída, mas pelo fato de que parte do meu prazer com os meninos tinha sido prejudicado com aquele incidente e porque, até o ladrão ser identificado, não poderia mais confiar em nenhum deles.

Agora eu estava trabalhando depois das aulas, vigiando a fila do ônibus. Meek estava no pátio principal – quase não dava para vê-lo no meio da massa de meninos saindo da escola –, e Monument nos degraus da capela, supervisionando os procedimentos do alto.

– Até logo, senhor! Tenha um bom fim de semana!

Esse era McNair, correndo com a gravata a meio mastro e a camisa pendurada para fora da calça. Allen-Jones estava com ele, correndo como sempre, como se sua vida estivesse em perigo.

– Mais devagar – avisei. – Vocês vão quebrar os pescoços.

– Desculpe, senhor – berrou Allen-Jones, sem diminuir o ritmo.

Tive de sorrir. Lembrei que corria assim também, e não fazia muito tempo, quando os fins de semana pareciam compridos como campos de futebol. Hoje em dia acabam num piscar de olhos: semanas, meses, anos... tudo acaba na mesma cartola de mágico. Ao mesmo tempo, isso me faz pensar. Por que os meninos estão sempre correndo? E quando foi que eu parei de correr?

– Sr. Straitley.

Havia tanto barulho que não ouvi o novo diretor se aproximando por trás de mim. Até numa sexta-feira à tarde, ele estava imaculado. Camisa branca, terno cinza. Gravata apertada e posicionada exatamente no ângulo correto.

– Diretor.

Ele se irrita de ser chamado de diretor. Faz lembrar que na história de St. Oswald's ele não é único nem insubstituível.

– Aquele que passou correndo por nós com a camisa para fora da calça era aluno da sua turma? – perguntou.

– Tenho certeza de que não era – menti.

O novo diretor tem uma fixação de administrador em camisas, meias e outras banalidades do uniforme. Adotou uma expressão de incredulidade diante da minha resposta.

– Notei certa falta de atenção com o regulamento dos uniformes esta semana. Espero que seja capaz de convencer os meninos da importância de causar boa impressão fora dos portões da escola.

– É claro, diretor.

Diante da iminente inspeção escolar, causar uma boa impressão tornou-se uma das prioridades do novo diretor. A Escola King Henry se gaba de ter um código de vestuário extremamente rígido, que inclui chapéu de palha no verão e cartolas para os membros do coro da capela. O diretor acha que isso contribui para a King Henry estar em melhor posição nas tabelas dos jogos. Os meus rebeldes manchados de tinta – ou *henriettas*, como a tradição de St. Oswald's os chama, e tenho de admitir que nutro certa simpatia pelo apelido – são vistos com olhos não tão bons pelos rivais. Rebelião de vestuário é um rito de passagem, e os membros da escola, da turma 3S em particular, exprimem sua revolta com as camisas para fora da calça, gravatas cortadas com tesoura e meias subversivas.

Procurei explicar isso para o novo diretor, mas recebi um olhar tão horrorizado que desejei não ter falado nada.

– *Meias*, sr. Straitley? – disse, como se eu estivesse apresentando para ele algum tipo novo e até ali inusitado de perversão.

– Bem, é – respondi. – O senhor sabe, Homer Simpson, *South Park*, Scooby-Doo.

– Mas nós temos as meias do *regulamento* – disse o diretor. – De lã cinza, até a canela, com listas amarela e preta. Oito e noventa e nove o par nos fornecedores da escola.

Sacudi os ombros impotente. Quinze anos diretor da St. Oswald's, e ele ainda não percebeu que ninguém... *ninguém!*... usa as meias do uniforme.

– Bem, espero que ponha um fim nisso – disse o diretor, ainda parecendo abalado. – Todo menino deve usar o uniforme, o uniforme *completo*, o tempo todo. Terei de enviar um memorando.

Fiquei pensando se o diretor, quando era menino, usava uniforme, uniforme completo, o tempo todo. Tentei imaginar e vi que podia. Dei um suspiro.

– *Fac ut vivas*, diretor.

– O quê?

– Absolutamente, senhor.

– E por falar em memorandos... Minha secretária mandou três e-mails para o senhor hoje, pedindo que viesse à minha sala.

– É mesmo, diretor?

– É, sr. Straitley. – O tom de voz dele era glacial. – Recebemos uma reclamação.

Era de Knight, claro. Ou melhor, a mãe do Knight, uma loura de farmácia com idade indeterminada e temperamento volátil, abençoada com uma enorme pensão e subsequente tempo de sobra para fazer reclamações semestrais. Dessa vez era a perseguição que eu impunha ao filho dela com base no fato de ele ser judeu.

– Antissemitismo é uma reclamação muito séria – anunciou o diretor. – Vinte e cinco por cento dos nossos clientes... isto é, dos *pais*... pertencem à comunidade judaica, nem preciso lembrar ao senhor...

– Não, *não precisa*, diretor.
Aquilo estava indo longe demais. Ficar do lado de um menino contra o mestre... e num lugar público, onde alguém poderia ouvir... era pior que deslealdade. Senti a minha raiva aumentar.
– Essa é uma questão de personalidades, só isso, e espero que o senhor me apoie integralmente diante dessa acusação infundada por completo. E já que estamos falando disso, devo lembrar *ao senhor* que existe uma estrutura piramidal de disciplina, que começa com o tutor da turma e que eu não gosto de ter minhas funções atropeladas por outrem sem ser consultado.
– Sr. Straitley! – O diretor estava parecendo muito abalado.
– Sim, diretor.
– Tem mais. – Esperei, ainda fumegando. – A sra. Knight diz que uma caneta valiosa, presente de *bar mitzvah* do filho dela, desapareceu do armário dele ontem à tarde. E o senhor, sr. Straitley, foi visto abrindo os armários da terceira série exatamente nessa mesma hora.
Vae! Eu me xinguei mentalmente. Devia ter sido mais cauteloso. Eu devia, segundo o regulamento, ter vasculhado os armários na presença dos meninos. Mas a 3S é a minha turma, de muitas maneiras, minha turma preferida. Era mais fácil fazer como sempre fiz: visitar o culpado em segredo, para remover a prova e deixar ficar nisso mesmo. Tinha funcionado com Allen-Jones e as placas das portas. Teria funcionado com Knight. Só que não encontrei nada no armário do Knight – apesar de lá no fundo eu ainda achar que ele era o culpado – e certamente não tirei nada de lá.
O diretor tinha recuperado o ritmo.
– A sra. Knight, além de acusá-lo de perseguir e humilhar repetidamente o garoto – disse –, também o culpa de tê-lo acusado de furto e, quando o menino negou, de ter retirado um objeto de valor do armário dele em segredo, talvez esperando que ele assim confessasse.
– Entendo. Bem, o que *eu* penso da sra. Knight é...

– O seguro da escola vai cobrir a perda, é claro. Mas permanece a dúvida...

– O quê?

Fiquei quase sem palavras. Os meninos perdem coisas todos os dias. Providenciar uma compensação nesse caso era o mesmo que aceitar que eu tinha culpa.

– Não vou concordar com isso. Aposto dez por um que a maldita coisa vai aparecer embaixo da cama dele ou em algum lugar assim.

– Prefiro lidar com isso nesse nível do que deixar a queixa chegar aos ouvidos dos diretores – disse o diretor, com franqueza incomum.

– Aposto que prefere – afirmei. – Mas, se fizer isso, terá meu pedido de demissão na sua mesa, segunda-feira de manhã.

O diretor empalideceu.

– Ora, vá com calma, Roy...

– Não vou de jeito nenhum. O dever de um diretor é ficar do lado da sua equipe. Não sair correndo assustado com a primeira fofoca maldosa.

Fez-se um silêncio bastante frio. Percebi que a minha voz – por muito tempo treinada para a acústica da torre do sino – tinha se elevado bastante. Alguns meninos e os pais deles estavam por ali, a uma distância que dava para nos escutar, e o pequeno Meek, que ainda cumpria a função do dia, olhava para mim boquiaberto.

– Muito bem, sr. Straitley – disse o novo diretor com a voz tensa.

E com isso ele seguiu o caminho dele e me deixou com a sensação de que eu tinha, na melhor das hipóteses, marcado uma vitória pírrica e, na pior, o mais arrasador tipo de gol contra.

4

♟

Pobre Straitley. Estava com um ar tão deprimido quando saiu hoje que quase me arrependi de ter roubado a caneta dele. Achei que parecia velho, não mais o temível Straitley, simplesmente velho, um comediante triste, de cara empapuçada, bem passado do ponto. Engano meu, é claro. Roy Straitley é muito duro na queda, tem uma inteligência real e perigosa. Mesmo assim... pode chamar de nostalgia, se quiser, ou de perversidade... hoje gostei mais dele do que nunca. E pensei, será que devo fazer-lhe um favor? Pelos velhos tempos?

Sim, pode ser. Talvez eu faça.

Comemorei minha primeira semana com uma garrafa de champanhe. Claro que ainda está muito cedo, mas já plantei um bom número das minhas sementes venenosas, e isso é apenas o começo. Knight está provando ser uma valiosa ferramenta, é quase um *Amiguinho Especial*, como Straitley os chama, conversa comigo em quase todos os intervalos, sorve todas as minhas palavras. Ah, nada que possa me incriminar diretamente – tenho de saber disso mais do que ninguém –, mas, com a ajuda de indiretas e anedotas, acho que posso orientá-lo na direção certa.

A mãe dele não se queixou para os diretores, claro. Não esperava que fizesse isso, apesar daquela encenação toda. Pelo menos não dessa vez. No entanto, todas essas coisas estão sendo arquivadas. Lá no fundo, onde têm importância.

Escândalo, a podridão que destrói alicerces. St. Oswald's teve sua cota... cirurgicamente amputada em sua maior parte pelos diretores e membros do conselho. O caso Shakeshafte, por exemplo, ou aquela encrenca com o zelador, quinze anos atrás. Como era o nome dele? Snyde? Não consigo me lembrar dos detalhes, meu velho, mas isso serve para demonstrar que não se pode confiar em ninguém.

No caso do sr. Bray e da minha escola, não havia conselho diretor para tomar as providências. A srta. Potts ouviu de olhos arregalados e a boca indo do bico de persuasão para o de acidez de casca de limão em menos de um minuto.

– Mas Tracey tem quinze anos – disse a srta. Potts (que sempre se esforçava para ser simpática nas aulas do sr. Bray e cujo rosto agora estava rígido de tanta desaprovação). – *Quinze* anos!

Fiz que sim com a cabeça.

– Não conte para ninguém – pedi. – Ele me mata se descobrir que contei.

Essa era a isca, e ela mordeu, como eu sabia que morderia.

– Não vai acontecer nada com você – disse a srta. Potts com firmeza. – É só me contar tudo.

Não fui ao encontro de Bray depois da escola como tinha combinado. Em vez disso, sentei do lado de fora da sala do diretor, tremendo de medo e de excitação, escutando o drama que se desenrolava lá dentro. Bray negou tudo, é claro. Mas a estupefata Tracey chorou violentamente diante dessa traição pública dele, comparou-se a Julieta, ameaçou se matar e terminou declarando que estava grávida. Com essa notícia, a reunião se dissolveu em pânico e recriminação, Bray saiu de fininho para ligar para seu representante no sindicato, e a srta. Potts ameaçou informar os jornais locais se não fizessem alguma coisa naquele instante para proteger outras moças inocentes de serem desencaminhadas por aquele pervertido... de quem, disse ela, sempre suspeitou, e que devia ser preso.

No dia seguinte, o sr. Bray foi suspenso da escola por conta de um inquérito, e, à luz das conclusões das investigações, nunca mais voltou. No período letivo seguinte, Tracey revelou que não estava grávida, afinal (para o alívio evidente de mais de um dos cinquenta alunos da quinta série), havia uma professora nova, muito jovem, chamada srta. Applewhite, que aceitou a minha asma como desculpa sem questionar e sem curiosidade nenhuma, e, mesmo sem as vantagens das aulas de caratê, descobri que passei a merecer um tipo dúbio de respeito entre alguns dos meus colegas, como alguém que tinha ousado encarar aquele filho da mãe do Bray.

Como eu disse, uma pedra no lugar certo pode derrubar um gigante. Bray foi o primeiro. Um teste, se preferir. Talvez meus colegas de classe tenham percebido isso, sentido que eu adquirira, de alguma forma, um gosto pelo revide, pelo enfrentamento, porque depois disso grande parte da violência que tinha tornado minha vida na escola insuportável simplesmente deixou de existir. Eu não era mais popular do que antes, claro. Mas aquelas pessoas que chegavam a sair do caminho delas para me atormentar agora me deixavam em paz, tanto os alunos quanto os funcionários da escola.

Mas foi pouco e chegou tarde. Nessa época, eu já ia à St. Oswald's quase todos os dias. Eu me esgueirava pelos corredores. Conversava com Leon nos intervalos e na hora do almoço. Eu estava feliz e me divertia muito. Chegou a semana das provas e deixavam Leon estudar na biblioteca quando não tinha exame para prestar, então fugíamos juntos para a cidade, íamos ver os discos e às vezes os furtávamos, embora Leon não precisasse fazer isso, pois tinha dinheiro de sobra.

Só que eu não tinha. Praticamente todo o meu dinheiro, que incluía minha magra semanada, além do dinheiro do almoço que eu não gastava mais na escola, ia para pagar meu plano na St. Oswald's.

Os gastos eventuais eram espantosos. Livros, material de papelaria, bebidas e lanches na loja de balas perto da escola, passagem de ônibus para partidas fora e, é claro, o uniforme. Logo descobri que, embora todos os meninos usassem o mesmo uniforme, ainda havia um certo padrão a ser mantido. Eu me apresentara ao Leon como aluno novo, filho de um inspetor da polícia. Então era impensável que continuasse usando roupas de segunda mão que eu tinha furtado de Achados e Perdidos, e o tênis gasto e enlameado que usava em casa. Precisava de um uniforme novo. Sapatos brilhantes. Um cinto de couro. Algumas dessas peças furtei de armários, fora do expediente da escola, tirei as etiquetas com os nomes e substituí pelo meu. Algumas comprei com o que tinha economizado. Em duas ocasiões, peguei o dinheiro do meu pai para a cerveja quando ele não estava, sabendo que ele voltaria bêbado para casa e torcendo para que esquecesse quanto tinha gastado exatamente. Deu certo, mas meu pai andava mais cuidadoso com essas coisas do que eu esperava e, na segunda tentativa, quase fui pego. Felizmente havia um outro suspeito mais em evidência do que eu. Começaram uma discussão terrível. Pepsi passou as duas semanas seguintes de óculos escuros. E nunca mais me arrisquei a roubar do meu pai.

    Em vez disso, eu roubava das lojas. Para Leon, fingia que fazia isso para me divertir. Competíamos para ver quem roubava mais e dividíamos o butim no nosso "clube" na floresta atrás da escola. Eu me saí excepcionalmente bem no jogo, mas Leon tinha nascido para isso. Completamente destemido, ele adaptou um sobretudo especialmente com esse fim, e enfiava sorrateiramente discos e CDs em bolsos grandes na bainha até mal conseguir andar de tanto peso. Uma vez quase fomos pegos. Assim que chegamos à porta, a bainha do casaco de Leon arrebentou e espalhou discos e capas de disco por toda parte. A menina que controlava a saída ficou embasbacada. Os fregueses olharam para nós boquiabertos. Até o detetive da loja ficou paralisado de espanto. Eu me preparei para correr, mas Leon apenas sorriu como se pedisse desculpas, pegou os discos com todo cuidado e calma, e só depois saiu em disparada com as abas do casaco adejando atrás dele. Ficamos um longo tempo sem voltar àquela loja. Mas acabamos indo lá de novo por insistência de Leon, só que, como ele disse, tínhamos levado quase tudo daquela vez, de qualquer maneira.

    É uma questão de atitude. Leon me ensinou isso, mas, se ele soubesse do logro que eu armava, imagino que até ele teria reconhecido a minha superioridade nesse jogo. Mas isso era impossível. Para Leon, a maioria das pessoas era classificada "banal". Os dos bairros nobres eram "turba". As pessoas que moravam nos conjuntos populares (inclusive nos apartamentos da Abbey Road, onde meus pais e eu tínhamos morado um tempo) eram "empregadinhos", "arruaceiros", "maltrapilhos" e "proletários".

    Claro que eu compartilhava com ele esse desprezo. Mas se havia alguma diferença era que a minha raiva calava mais funda. Eu sabia de coisas que Leon, com sua bela casa, um violão e uma guitarra elétrica, não podia saber. Nossa amizade não era de iguais. O mundo que tínhamos construído entre nós não aceitaria nenhum filho de John e Sharon Snyde.

    Minha única tristeza era que a brincadeira não pudesse durar para sempre. Mas, aos doze anos, não se pensa muito no futuro e se havia nuvens pretas no meu horizonte, o efeito de deslumbramento causado por aquela nova amizade ainda me impedia de notá-las.

5

Escola St. Oswald's para meninos
Quarta-feira, 15 de setembro

Havia um desenho pregado no meu quadro de avisos quando voltei do almoço ontem. Uma caricatura minha, malfeita, com o bigodinho de Hitler e um balão dizendo "Juden 'raus!".

Qualquer um podia ter posto aquilo ali – algum membro do grupo de Devine, que já tinha voltado do intervalo, ou um dos geógrafos de Meek, até um inspetor com um senso de humor pervertido –, mas eu sabia que tinha sido o Knight. Dava para ver pela cara sonsa dele, disfarçando, pelo modo de nunca olhar nos meus olhos, pelo breve intervalo entre seu "Sim" e seu "Senhor"... uma impertinência que só eu observava.

Tirei o desenho de lá, é claro, amassei e joguei na lata de lixo fingindo nem prestar atenção nele, mas senti o cheiro da insurreição. Fora isso estava tudo muito calmo, mas eu estava lá havia tempo demais para me deixar enganar. Aquela era apenas a falsa calmaria do epicentro. A crise ainda estava por vir.

Nunca descobri quem me viu na sala dos armários. Podia ter sido qualquer um com desejo de vingança. Geoff e Penny Nation são bem desse tipo, sempre dando queixa de "anomalias de procedimentos" daquele jeito beato que esconde a verdadeira malícia deles. Este ano dou aulas para o filho deles, aliás – um menino inteligente e sem graça que está no primeiro ano. E desde que as listas saíram, eles passaram a prestar uma atenção doentia ao meu método nas aulas. Ou então pode ter sido Isabelle Tapi, que jamais gostou de mim, ou Meek, que tem seus motivos... ou até um dos meninos. Não que isso tenha alguma importância, claro. Mas, desde o primeiro dia da volta às aulas, tive a sensação de que alguém me observava, bem de perto e sem bondade nenhuma. Imagino que César deve ter sentido a mesma coisa quando chegaram os Idos de Março. Na sala de aula, o trabalho era normal. Uma turma de latim do primeiro ano ainda sob a impressão mortal de que verbo é uma "palavra de ação"; uma turma do sexto ano composta por alunos médios que, bem-intencionados, se esforçavam para destrinchar *Eneida*, livro IX, de Virgílio; a minha própria turma 3S que brigava com o gerúndio (pela terceira vez) entre os comentários inteligentes de Sutcliff e de Allen-Jones (irrepreensíveis, como sempre) e observações de mais peso de Anderton-Pullitt, que considera latim uma perda do tempo que devia ser mais bem empregado estudando as aeronaves da Primeira Guerra Mundial.

Ninguém olhava para Knight, que continuava estudando sem dizer uma palavra, e o pequeno teste que dei para eles no final da aula serviu para comprovar que a maioria já estava acostumada com o gerúndio, como se pode esperar de qualquer aluno do terceiro ano. Como um bônus na prova, Sutcliff tinha acrescentado alguns desenhos impertinentes, mostrando "espécies de gerúndio em seu habitat natural" e "o que acontece quando um gerúndio encontra um gerundivo". Preciso lembrar de ter uma conversa com Sutcliff um dia. Nesse meio-tempo, os desenhos ficam grudados com fita adesiva na tampa da minha carteira, um pequeno e alegre antídoto para o misterioso caricaturista desta manhã.

Na equipe há os bons e os maus. Dianne Dare parece que está entrando em forma, e ainda bem, porque Pearman está em sua fase menos eficiente. Não é só culpa dele – tenho um fraco por Pearman, apesar da sua falta de organização, afinal de contas, o homem tem um cérebro –, mas no rastro da nova nomeação, Scoones está se tornando um aborrecimento constante, provocando e reagindo com agressividade a tal ponto que o calado Pearman fica sempre prestes a perder a calma, e até Kitty chegou a perder um pouco do brilho. Só a Tapi parece imperturbável. Talvez como consequência da intimidade crescente que tem com o pedante Light, com quem foi vista em várias ocasiões no Acadêmico Sedento, além de dividir com ele um sanduíche revelador no refeitório.

Os alemães, por outro lado, estão gozando um período de supremacia. Grande coisa. Os ratos podem ter desaparecido, vítimas da regulamentação de Saúde e Segurança do dr. Devine, mas o fantasma de Straitley permanece, chacoalha as correntes para os internos e provoca certo pandemônio às vezes.

Pelo preço de um drinque no Acadêmico, obtive a chave da nova sala dos alemães, para onde vou toda vez que Devine tem reunião. São apenas dez minutos, eu sei, mas nesse tempo costumo descobrir que posso causar uma desordem involuntária – xícaras de café na mesa, telefone fora do lugar, palavras cruzadas terminadas no exemplar pessoal do *Times* de Uvazeda – para lembrá-los da minha continuada presença.

Meus gabinetes de arquivos foram anexados à vizinha sala do livro. Isso também incomoda o dr. Devine, que até recentemente não sabia da existência da porta que separa as duas salas e que eu agora reabilitei. Ele diz que sente o cheiro da fumaça do meu cigarro da mesa dele, e invoca Saúde e Segurança com uma expressão piedosa de autossatisfação. Tantos livros certamente representam perigo de incêndio, protesta ele, e fala de mandar instalar um detector de fumaça.

Felizmente Bob Strange – que, na condição de terceiro mestre, cuida de todas as despesas do departamento – deixou bem claro que até a Inspeção terminar não haverá nenhum gasto desnecessário. Então Uvazeda é obrigado a aturar a minha presença por enquanto e sem dúvida deve estar planejando a próxima jogada.

Enquanto isso, o diretor continua a atacar as meias. A assembleia de segunda-feira tratou desse assunto o tempo todo, e o resultado foi que desde então praticamente todos os meninos das minhas classes deram para usar as meias mais escandalosas na escola. Em alguns casos, ainda adicionavam suspensórios de meias de cores berrantes.

Até agora, contei uma de Pernalonga, três de Bart Simpson, uma de *South Park*, quatro de Beavis e Butthead e a do Allen-Jones, um par rosa-shocking com as Meninas Superpoderosas bordadas com lantejoulas. Portanto, é uma sorte meus olhos não estarem tão bons como sempre foram e eu não ter notado esse tipo de coisa.

Claro que ninguém se engana com o súbito interesse do novo diretor pelas meias. A data da inspeção da escola está se aproximando e, depois dos decepcionantes resultados das provas no último verão (graças a uma sobrecarga de trabalho extraclasse e das últimas mudanças da política educacional), ele sabe que não dá para encarar um relatório desabonador.

Assim, meias, camisas, gravatas e afins serão o alvo principal nesse semestre, e também grafite, Saúde e Segurança, ratos, proficiência digital e andar sempre no lado esquerdo do corredor. Haverá avaliações na escola de toda a equipe para que se prepare. Um novo folheto já está sendo impresso. Foi formado um subcomitê para discutir as possibilidades de aprimorar a imagem da escola. E acrescentaram mais uma fila de vagas para deficientes no estacionamento dos visitantes.

Na esteira dessa atividade incomum, o porteiro, Fallow, está mais solícito do que nunca. Abençoado com a habilidade de dar a impressão de que está muito ocupado enquanto na verdade evita trabalho de qualquer espécie, ele deu para ficar espreitando pelos cantos, do lado de fora das salas de aula, com uma prancheta na mão, supervisionando os consertos e as reformas que Jimmy faz. Dessa forma, ele consegue ouvir muitas conversas da equipe de professores e suspeito que conte para o dr. Devine a maior parte delas. Sem dúvida, Uvazeda parece estar excepcionalmente bem informado, apesar de fazer pouco das fofocas da sala comunitária.

A srta. Dare deu aula na minha sala esta tarde, substituindo Meek, que está doente. Gastrenterite, foi o que Bob Strange disse, mas tenho as minhas dúvidas. Algumas pessoas nascem para ensinar, outras não, e, embora Meek não bata o recorde de todos os tempos – que pertence ao professor de matemática chamado Jerome Fentimann, que desapareceu no intervalo no primeiro dia na escola e nunca mais foi visto –, eu não ficaria surpreso se ele nos abandonasse no meio do semestre, devido a alguma moléstia nebulosa.

Felizmente a srta. Dare tem mais fibra. Dá para ouvi-la da sala do silêncio, conversando com os cientistas de computador de Meek. A calma dela é enganosa. Por baixo disso, ela é inteligente e capaz. Percebi que o ar distraído não tem nada a ver com timidez. Ela simplesmente curte a própria companhia e se interessa pouco pelos outros recém-chegados. Eu a vejo com frequência, afinal dividimos uma sala, e fiquei espantado com a rapidez com que ela se adaptou à topografia confusa da St. Oswald's. Com a quantidade de salas. Com as tradições e os tabus. Com a infraestrutura. Ela é simpática com os meninos sem cair na armadilha de dar intimidade. Ela sabe punir sem provocar ressentimentos. Conhece bem o ofício.

Hoje, antes da escola, eu a encontrei lendo na minha sala e pude observá-la alguns segundos antes que ela percebesse a minha presença. Magra, eficiente, blusa branca alvíssima e calça cinza alinhada, cabelo escuro, curto, discretamente bem cortado. Dei um passo para frente, ela me viu, levantou na mesma hora e desocupou a minha cadeira.

– Bom-dia, senhor. Não o esperava tão cedo.

Eram sete e quarenta e cinco. Light, de fato, chega às cinco para as nove todas as manhãs. Bishop aparece cedo, mas só para correr as voltas intermináveis, Gerry Grachvogel nunca está na sala dele antes das oito. E aquele "senhor"... torcia para a mulher não ser uma puxa-saco. Por outro lado, não gosto de aprendizes que começam logo a usar meu nome de batismo, como se eu fosse o bombeiro, ou alguém que conheceram no bar.

– Qual é o problema com a sala do silêncio? – perguntei.
– O sr. Pearman e o sr. Scoones estavam conversando sobre entrevistas recentes. Achei que seria mais adequado me retirar.
– Entendo.
Sentei-me e acendi o primeiro Gauloise.
– Desculpe, senhor. Eu devia ter pedido a sua permissão.
O tom de voz dela era educado, mas os olhos faiscaram. Concluí que ela era uma orgulhosa alpinista social e gostei mais dela ainda por isso.
– Quer um cigarro?
– Não, obrigada, eu não fumo.
– Não tem vícios, hein? Meus deuses, mais um Uvazeda não...
– Pode acreditar que tenho muitos.
– Hum.
– Um dos seus meninos me contou que o senhor está nessa sala há mais de vinte anos.
– Mais tempo ainda, se contar os anos que passei como adjunto. Naquela época, havia um verdadeiro império das línguas clássicas. Francês era um único Paletó de Tweed criado com o *méthode Assimil*. Alemão era antipatriótico.
O tempora! O mores! Dei um profundo suspiro. Horácio na ponte, segurando sozinho as hordas bárbaras.
A srta. Dare tinha um enorme sorriso estampado no rosto.
– Bem, é uma mudança de mesas de plástico e lousas brancas. Acho que está certo de perseverar. Além disso, gosto dos seus latinistas. Não preciso ensinar gramática para eles. E, ainda por cima, eles sabem soletrar.
Achei que ela certamente era uma moça inteligente. Fiquei imaginando o que devia querer comigo. Há maneiras bem mais rápidas de subir o pau de sebo do que pela torre do sino e, se essa era a ambição dela, então aquela bajulação toda teria funcionado melhor com Bob Strange, ou Pearman, ou Devine.

– É melhor tomar cuidado se ficar por aqui – disse para ela. – Quando menos espera, já está com sessenta e cinco, obesa e coberta de giz.

A srta. Dare sorriu e pegou o marcador de texto.

– Tenho certeza de que o senhor tem mais o que fazer – disse e foi para a porta.

Então parou.

– Desculpe-me perguntar – disse. – Mas o senhor não está planejando se aposentar este ano, está?

– Aposentar? Você deve estar brincando. Fico aqui até completar um século. – Olhei bem para ela. – Por quê? Alguém falou alguma coisa?

A srta. Dare ficou meio sem jeito.

– É só que... – hesitou. – O sr. Strange pediu que eu editasse a revista da escola, já que sou nova aqui. Quando estava relendo as listas da equipe e dos funcionários do departamento, notei por acaso que...

– Notou o quê?

Agora a polidez dela estava começando a me irritar.

– Ande logo, desembuche, pelos deuses!

– É só que... não há nenhum registro seu este ano – disse a srta. Dare. – Fica parecendo que o departamento de línguas clássicas foi... – Parou de falar de novo, procurou uma palavra, e cheguei ao limite da minha paciência.

– O quê? O quê? Marginalizado? Absorvido? Que se dane a terminologia, apenas fale o que está pensando! O que aconteceu com a droga do departamento de línguas clássicas?

– Boa pergunta, senhor – disse a srta. Dare, sem se abalar. – No que diz respeito à literatura da escola, folhetos de publicidade, listagens do departamento, revista da escola... simplesmente não está lá. – Ela fez outra pausa. – E, senhor... de acordo com as listas da equipe, o senhor também não está.

6

♟

Segunda-feira, 20 de setembro

Na escola não falavam de outra coisa no fim daquela semana. Dadas as circunstâncias, era de se esperar que o velho Straitley ficasse calado um tempo, para reavaliar suas opiniões e manter uma certa discrição, mas não é da natureza dele fazer isso, nem quando é a única alternativa sensata. Mas sendo Straitley quem era, ele marchou diretamente para a sala de Strange assim que obteve confirmação dos fatos e provocou um confronto.

Strange, é claro, negou ter feito qualquer coisa por baixo dos panos. O novo departamento, ele disse, seria chamado simplesmente de Línguas Estrangeiras, que incluía as línguas clássicas *e* as modernas, assim como duas matérias novas, consciência da linguagem e design da língua, que seriam dadas no laboratório de informática uma vez por semana, assim que chegasse o programa necessário (tinham lhe garantido que chegaria e estaria instalado para a inspeção escolar no dia 6 de dezembro).

As clássicas não tinham sido removidas nem marginalizadas, disse Strange. Em vez disso, o perfil inteiro das línguas estrangeiras fora aprimorado para atender às exigências do currículo. Ele soube que já tinham feito isso na St. Henry's há quatro anos, e num mercado tão competitivo...

O que Roy Straitley achou disso não foi registrado. Ainda bem que grande parte dos insultos foram ditos em latim, pelo que ouvi

CAVALO

dizer, mas mesmo assim o resultado foi uma frieza polida e meticulosa de parte a parte.

"Bob" virou "sr. Strange". Pela primeira vez na carreira, Straitley adotou uma atitude de seguir estritamente as normas de trabalho em suas funções. Insiste em ser informado antes das oito e meia na mesma manhã se vai perder um período de folga e isso, apesar de correto segundo as regras, obriga Strange a chegar no trabalho mais de vinte minutos antes do que chegaria em circunstâncias normais. A consequência disso foi que Straitley obteve mais folgas e coberturas às sextas-feiras do que devia, o que em nada contribuiu para aliviar a tensão entre os dois.

No entanto, por mais engraçado que seja, isso não passa de uma pequena diversão. A St. Oswald's tem passado por milhares de dramas mesquinhos desse mesmo calibre. Minha segunda semana passou. Estou mais do que à vontade no meu papel. E apesar da tentação de aproveitar minha recém-conquistada situação por mais algum tempo, sei que não haverá momento melhor para atacar. Mas onde?

Bishop não. O diretor também não. Straitley? É muito tentador, e ele terá de ir embora, mais cedo ou mais tarde. Mas estou curtindo tanto a brincadeira que não quero perdê-lo tão cedo. Não. Realmente só há um lugar para começar. O porteiro.

Aquele foi um verão ruim para John Snyde. Ele andou bebendo muito mais do que de costume e finalmente começou a dar para notar. Sempre grandalhão, foi engordando aos poucos, quase imperceptivelmente naqueles anos todos, e agora, de repente, tinha virado um homem gordo.

Pela primeira vez, tive consciência disso. Consciência dos meninos da St. Oswald's passando pelo portão, do mau humor rabugento dele. Raramente demonstrava nas horas do expediente, mas eu sabia que era assim, como um ninho de vespas subterrâneo, só esperando que alguma coisa o incomodasse.

Dr. Tidy, o tesoureiro, tinha comentado, mas até agora meu pai conseguira evitar uma reprimenda oficial. Os meninos também sabiam, especialmente os menores. Aquele verão inteiro eles o provocaram sem piedade, gritando "John! Ei, John!", com vozes femininas, seguindo o homem em grupos quando ele executava as tarefas, correndo atrás do carrinho cortador de grama enquanto ele o dirigia metodicamente pelos campos de críquete e de futebol, com o enorme traseiro de urso pendurado dos dois lados do banco estreito. Ele tinha muitos apelidos. Johnny Gordo, Johnny Careca (ele estava incomodado com a clareira que se formava no topo da cabeça, que tentava camuflar passando óleo numa mecha comprida e grudando no couro cabeludo). Joe Bola de Massa. John Grandalhão, o Chefão da Banha. O carrinho cortador de grama era uma eterna fonte de diversão. Os meninos o chamavam de Máquina Envenenada ou de Lata Velha do John. Estava sempre enguiçando. Diziam as más línguas que o combustível era o óleo que John usava para ensebar o cabelo. Que ele dirigia o carrinho porque era mais rápido do que seu próprio carro. Umas poucas vezes, os meninos notaram um cheiro de cerveja velha no bafo do meu pai de manhã, e desde então começaram a fazer muitas piadas com mau hálito. Meninos fingiam ficar embriagados com o bafo do zelador. Perguntavam quanto ele tinha passado do limite e se a lei permitia que ele dirigisse sua Máquina Envenenada.

Nem preciso dizer que eu costumava manter distância desses meninos nas minhas escapadas até a escola. Porque, apesar de saber que meu pai nunca enxergava além do uniforme da St. Oswald's, não distinguia os indivíduos dentro das roupas, a proximidade dele era muito incômoda e embaraçosa. Nessas horas parecia que eu realmente nunca tinha visto meu pai antes. E quando ele era finalmente levado a reagir sem dignidade alguma, primeiro levantando a voz, depois os punhos, eu me encolhia de tanto constrangimento, vergonha e falta de respeito próprio.

Em grande parte isso era consequência direta da minha amizade com Leon. Ele podia ser rebelde, com o cabelo comprido e os furtos em lojas, mas apesar disso Leon era produto do meio, falava com desprezo dos que chamava de "proletários" e "mundanos", zombava dos meus contemporâneos de Sunnybank Park com precisão perversa e implacável.

Da minha parte, eu ecoava sem reservas aquele deboche. Sempre odiei Sunnybank Park. Não sentia que devia nenhuma lealdade aos alunos de lá e abracei a causa da St. Oswald's sem vacilar. Aquele era o meu lugar, e eu cuidava para que tudo em mim – cabelo, voz, modos – refletisse essa fidelidade. Naquela altura, eu desejava mais do que nunca que minha fantasia fosse verdade, ansiava pelo pai inspetor de polícia da minha imaginação e odiava com todas as minhas forças o zelador de boca suja e barrigudo. Ele se irritava comigo cada dia mais. O fracasso das aulas de caratê fora a gota d'água da decepção e, às vezes, eu o via me observando com desgosto franco e patente.

Mesmo assim, uma vez ou outra, ele fazia um esforço mínimo, meio a contragosto. Convidava-me para uma partida de futebol. Dava dinheiro para o cinema. Mas a maior parte do tempo não fazia nada disso. Eu o via afundar todos os dias cada vez mais em sua rotina de televisão, cerveja, quentinhas e sexo, desajeitado, barulhento (e cada vez menos eficiente). Depois de um tempo, até isso parou, e as visitas de Pepsi foram ficando menos e menos frequentes. Eu a vi na cidade umas duas vezes, e uma vez no parque, com um jovem. Ele estava de jaqueta de couro e com uma das mãos por dentro do suéter angorá rosa de Pepsi. Depois disso, ela praticamente não apareceu mais lá em casa.

Era irônico que meu pai estivesse começando a odiar a única coisa que o salvava naquelas semanas. St. Oswald's tinha sido a vida, a esperança e o orgulho dele. Agora parecia uma assombração que o perseguia com sua própria incompetência. Mas mesmo assim ele suportava, executava as tarefas zelosamente, embora sem amor. Empinava as costas obstinadas para os meninos que o perseguiam cantando musiquinhas vulgares sobre ele no pátio. Era por mim que ele aguentava aquilo. Foi por mim que suportou quase até o fim. Sei disso agora, que é tarde demais. Mas aos doze anos de idade, há muitas coisas ocultas. Muitas coisas para descobrir.

– Ei, Pinchbeck!

Estávamos sentados no pátio à sombra das faias. Fazia calor, e John Snyde estava cortando a grama. Eu me lembro bem daquele cheiro, o cheiro dos dias de escola. Grama cortada, terra e coisas que cresciam rápido demais, que ficavam fora de controle.

– Parece que o Grande John está com um probleminha.

Virei para olhar. Estava mesmo. No limite do gramado de críquete, a Máquina Envenenada tinha enguiçado de novo, e meu pai tentava fazê-la pegar outra vez, xingando e suando, puxando a cintura larga da calça jeans. Os meninos pequenos já faziam o cerco. Uma fila deles, como pigmeus em volta de um rinoceronte ferido.

– John! Ei, John!

Eu ouvia os meninos gritando lá do outro lado do gramado de críquete, como vozes de periquitos no tremeluzir do calor. Correndo para perto dele, correndo para longe, desafiando uns aos outros a se aproximar mais um pouco cada vez.

– Saiam daqui!

Ele abanou os braços para eles como alguém que espanta corvos. O grito cheio de cerveja chegou até nós segundos depois. E em seguida, risos agudos. Com gritinhos, os meninos dispersaram. Segundos depois, já estavam se esgueirando de volta, rindo como meninas.

Leon deu um sorriso de orelha a orelha.

– Venha – disse. – Vamos nos divertir um pouco.

Eu o segui meio relutante, fiquei mais para trás e tirei os óculos que poderiam me revelar. Mas nem precisava. Meu pai estava bêbado. Bêbado e furioso, instigado pelo calor e pelos meninos que não o deixavam em paz.

– Com sua licença, sr. Snyde – disse Leon, às costas dele.

Ele virou e ficou boquiaberto, pego de surpresa com aquele "senhor".

Leon o encarou educadamente, sorrindo.

– O dr. Tidy quer que vá à tesouraria falar com ele – disse Leon.

– Disse que é importante.

Meu pai detestava o tesoureiro, um homem sagaz, de língua ferina, que comandava as finanças da escola em uma salinha imaculada, perto da casa do porteiro. Era muito difícil não ver a hostilidade que havia entre os dois. Tidy vivia sempre arrumado, era obsessivo, meticuloso. Ia à capela todas as manhãs. Bebia chá de camomila para acalmar os nervos. Criava orquídeas premiadas no jardim interno da escola. Tudo em John Snyde parecia perfeitamente calculado para incomodá-lo. O andar arrastado, o fato de ser grandalhão, o jeito que a calça descia bem além do cós da cueca amarelada.

– Dr. Tidy? – disse meu pai, semicerrando os olhos.

– Sim, senhor – disse Leon.

– Merda.

Ele saiu arrastando os pés, a caminho da tesouraria.

Leon deu um largo sorriso para mim.

– O que será que Tidy vai dizer quando sentir o cheiro daquele bafo? – disse, passando os dedos pelo flanco maltratado da Máquina Envenenada.

Então virou para mim, com os olhos cheios de maldade.

– Ei, Pinchbeck. Quer uma carona?

Balancei a cabeça, com espanto... mas entusiasmo também.

– Vamos, Pinchbeck. A oportunidade é boa demais para desperdiçar.

E com um movimento rápido ele sentou no carrinho, apertou o botão de partida e engatou a marcha...

– Sua última chance, Pinchbeck.

Eu não podia recusar aquele desafio. Pulei no para-lama e me equilibrei enquanto a Máquina Envenenada dava um salto para frente. Os meninos se afastaram gritando. Leon dava gargalhadas. A grama espirrava atrás das rodas num jato verde triunfante. Do outro lado do gramado John Snyde veio correndo, lento demais, furioso, bufando, louco de raiva.

– Ei, meninos! Seus filhos da mãe!

Leon olhou para mim. Estávamos perto do fim do gramado agora. A Máquina Envenenada fazia um barulho horrível. Lá atrás, podíamos ver John Snyde, impotente, e atrás dele o dr. Tidy, revoltado.

Por um segundo fui dominado pela felicidade. Nós éramos mágicos, éramos Butch e Sundance, pulando da beira do precipício, saltando do cortador numa nuvem de grama e de glória, correndo como loucos enquanto a Máquina Envenenada prosseguia em câmera lenta, majestosa e desimpedida, na direção das árvores.

Nunca fomos pegos. Os meninos não nos identificaram, e o tesoureiro ficou tão irado com o comportamento do meu pai – com o palavreado chulo dentro dos domínios da escola, mais ainda do que com a bebedeira e o abandono dos seus afazeres – que se omitiu de seguir qualquer pista que tivesse. O sr. Roach, que estava trabalhando, foi acionado pelo diretor, meu pai recebeu uma advertência oficial e uma conta para cobrir os estragos.

Mas nada disso teve qualquer efeito em mim. Tinha cruzado mais uma linha e estava que era só felicidade. Nem botar a culpa naquele filho da mãe do Bray foi tão gostoso como aquilo, e passei dias nas nuvens, sem enxergar, sentir ou ouvir nada além de Leon.

Era a paixão.

Na época não tive coragem de pensar com essa clareza toda. Leon era meu amigo. Era tudo que poderia ser. No entanto, era isso mesmo, um amor incandescente, avassalador, de tirar o sono, capaz de qualquer sacrifício. Tudo na minha vida era filtrado através da lente de esperança desse amor. Quando acordava, a primeira coisa que pensava era nele. E a última antes de dormir. Eu sabia que seria burrice acreditar que o que eu sentia pudesse ser retribuído. Para ele, eu era apenas uma companhia do primeiro ano, divertida sim, mas muito inferior a ele. Alguns dias ele passava a hora do almoço comigo. Em outros me deixava uma hora inteira esperando, totalmente inconsciente dos riscos que eu corria todos os dias para ter uma chance de estar com ele.

Mesmo assim eu era feliz. Não precisava da presença constante de Leon para essa felicidade crescer. Naquele tempo, bastava saber que ele estava por perto. Eu tinha de ser sagaz, pensava. Tinha de ter paciência. Acima de tudo, eu percebia que não devia me tornar uma companhia cansativa, por isso escondia meus sentimentos atrás de uma barreira de brincadeiras, e ao mesmo tempo criava formas cada vez mais engenhosas de adorá-lo em segredo.

Trocamos nossos suéteres do uniforme e usei o dele por uma semana em volta do pescoço. À noite abria o armário dele com a chave mestra do meu pai e mexia nas coisas dele, lia as anotações de aula, os livros, via os desenhos que ele fazia quando estava entediado, treinando a assinatura. Fora do meu papel de aluno da St. Oswald's, eu o observava de longe, às vezes passava pela casa dele com a esperança de vê-lo, ou até a irmã dele, que eu adorava por associação. Decorei o número da placa do carro da mãe dele. Alimentei o cachorro da família em segredo. Penteava meu cabelo castanho lambido para imaginar que parecia com o dele, imitava suas expressões e seus gostos. Eu o conhecia havia pouco mais de seis semanas.

Pensava nas férias de verão que se aproximavam com uma sensação de alívio, e ao mesmo tempo como uma fonte a mais de angústia. Alívio porque o esforço para frequentar duas escolas, por mais que eu faltasse, estava começando a cobrar um preço. A srta. McCauleigh tinha reclamado que eu não fazia os deveres de casa e das minhas inúmeras ausências, e apesar de eu falsificar muito bem a assinatura do meu pai, havia sempre o perigo de que alguém pudesse encontrá-lo por acaso e estragar a farsa. Angústia porque mesmo sabendo que logo estaria livre para encontrar Leon sempre que quisesse, isso representava ainda mais riscos, já que eu precisava manter a minha farsa fora da escola.

Felizmente eu já tinha feito todo o trabalho de garimpagem dentro da própria escola. O resto era uma questão de oportunidade, local e alguns objetos de cena, a maior parte figurinos, que fariam de mim o indivíduo bem de vida, de classe média, que eu fingia ser.

Roubei um par de tênis caro de uma loja esportiva na cidade e uma nova bicicleta de corrida (a minha teria sido impraticável) que estava do lado de fora de uma bela casa, a uma distância boa da minha. Pintei de outra cor, só para garantir, e vendi a minha no mercado de sábado. Se meu pai notasse, eu diria que tinha trocado minha velha bicicleta por um modelo de segunda mão porque estava ficando pequena demais para mim. Era uma boa história, que provavelmente teria funcionado, mas naquela altura, no final do semestre, meu pai estava finalmente começando a se desenrolar e com isso já não observava mais nada.

Agora Fallow ocupava o lugar dele. O gordo Fallow com a língua solta e o velho casaco com reforços nos ombros. Ele também tem o andar curvado e arrastado do meu pai, de anos dirigindo o cortador de grama e, assim como meu pai, a barriga dele cai obscenamente por cima do cinto estreito e brilhante. Existe uma tradição que diz que o nome de todo porteiro de escola é John, e é o caso do Fallow também, só que os meninos não ficam chamando e provocando como faziam com meu pai. Ainda bem. Eu talvez tivesse de intervir se fizessem isso, e não quero ficar muito visível nesse estágio.

Mas Fallow ofende a mim. Ele tem orelhas peludas e lê *News of the World* em sua casinha, com chinelos velhos nos pés descalços, bebe chá com leite e ignora o que acontece à sua volta. É Jimmy, o retardado, que faz todo o trabalho. Construção, marcenaria, fiação, esgoto. Fallow atende o telefone. Ele gosta de deixar as pessoas esperando na linha. Mães angustiadas querendo notícias dos filhos doentes, pais ricos impedidos de sair de uma reunião de última hora com a direção da empresa. Ele às vezes os deixa esperando minutos inteiros, enquanto termina de tomar o chá e rabisca o recado num pedaço de papel amarelo. Ele gosta de viajar e às vezes faz excursões de um dia à França, organizadas pelo clube dos trabalhadores que frequenta. Nessas viagens, ele vai ao supermercado, come batata frita ao lado do ônibus da excursão e reclama dos franceses.

No trabalho, ele alterna grosseria e atenção, dependendo da classe de quem atende. Cobra uma libra dos meninos para abrir os armários deles com a chave mestra. Tem um prazer enorme de ficar espiando as pernas das professoras quando sobem a escada. Com os menos graduados da equipe, ele é pomposo e convencido. Diz "Sabe o que eu quero dizer?" e "Vou dizer uma coisa de graça, companheiro".

Com os altos escalões, ele é obsequioso, com os veteranos é asquerosamente informal. Com os primeiranistas, como eu, é brusco e está sempre ocupado, não tem tempo para perder conversando. Às sextas-feiras, depois das aulas, ele sobe para a suíte de ciência da computação, de maneira ostensiva para desligar as máquinas, mas o que ele faz, na realidade, é navegar horas na internet pelos sites pornográficos, enquanto lá fora, no corredor, Jimmy aplica o polidor no piso, passa devagar nas tábuas e devolve o brilho à madeira velha.

Leva menos de um minuto para anular uma hora de trabalho. Por volta das oito e meia, na manhã de segunda-feira, o assoalho estará tão empoeirado e arranhado como se Jimmy nem tivesse estado por lá. Fallow sabe disso, e apesar de não executar pessoalmente esse trabalho de limpeza, sente um profundo ressentimento, como se os professores e os meninos fossem um entrave para o perfeito funcionamento das coisas.

O resultado é que a vida dele consiste em vinganças pequenas e cheias de despeito. Ninguém o observa de verdade. Os porteiros são inferiores, por isso podem tomar certas liberdades com o sistema que passam despercebidas. Os membros da equipe da escola em geral nem sabem disso, mas andei observando. Da minha posição, na torre do sino I, dá para ver sua pequena cabana. Posso observar suas idas e vindas sem que me vejam.

Há uma van de sorvete parada na frente do portão da escola. Meu pai jamais teria permitido isso, mas Fallow deixa, e muitas vezes os meninos formam uma fila ali na hora do almoço, ou depois das aulas. Alguns compram sorvete. Outros voltam com os bolsos cheios e com o sorriso furtivo de quem enganou o sistema. Oficialmente os meninos do primário não podem sair da escola, mas a van fica a poucos metros, e Pat Bishop aceita isso, desde que ninguém atravesse a rua movimentada. Além do mais, ele gosta de sorvete, e já o vi diversas vezes mordendo uma casquinha enquanto supervisiona os meninos no pátio.

Fallow também frequenta a van de sorvete. Faz isso de manhã, depois que as aulas começam, e faz questão de dar a volta nos prédios no sentido horário, para evitar passar por baixo da janela da Sala Comunitária. Às vezes, carrega uma sacola plástica que não é pesada, mas volumosa, e a deixa embaixo da bancada. Às vezes volta com um sorvete, outras vezes não.

Em quinze anos, muitas chaves mestras da escola foram trocadas. Já era de se esperar. St. Oswald's sempre foi alvo e precisam manter a segurança. Mas a casa do porteiro, entre outras, é uma das exceções. Afinal, por que alguém desejaria arrombar a casa de um porteiro? Não há nada lá além de uma poltrona, um aquecedor a gás, uma chaleira, um telefone e umas poucas revistas com mulheres peladas escondidas sob a bancada. Existe também um outro esconderijo, bem mais sofisticado, atrás do painel oco que cobre o sistema de ventilação, mas é um segredo passado exclusivamente de um porteiro para o outro. Não é muito grande, mas abriga tranquilamente uma dúzia de cervejas, conforme meu pai descobriu, e segundo o que me disse na época, os patrões não precisam saber tudo sempre.

Eu me sentia bem voltando de carro para casa hoje. O verão está quase no fim e há um amarelo, uma textura granulosa na luz, que me lembra os programas de televisão da minha adolescência. As noites já estão ficando mais frias. No meu apartamento alugado, a dez quilômetros do centro da cidade, logo terei de acender a lareira a gás. O apartamento não é um lugar especialmente bonito. Um quarto, uma cozinha aberta e um banheiro minúsculo. Mas foi o mais barato que encontrei e, é claro, não pretendo ficar muito tempo nele.

Não tem praticamente mobília nenhuma. Um sofá-cama, uma mesa com uma cadeira, um abajur, um computador e um modem. Devo deixar tudo aí quando for embora. O computador está limpo. Ou estará, quando apagar os dados incriminadores do disco rígido. O carro é alugado e também vai ter passado por uma limpeza completa da locadora quando a polícia rastreá-lo até mim.

A senhora idosa que aluga para mim é uma fofoqueira. Fica imaginando por que uma pessoa limpa e profissional como eu gostaria de morar num prédio barato cheio de drogados e ex-condenados, e gente que vive de ajuda do governo. Disse para ela que coordeno as vendas de uma grande empresa de software. Que minha firma vai me instalar numa casa, mas os empreiteiros não cumpriram o combinado. Ela balança a cabeça ouvindo isso e reclama da incompetência dos empreiteiros em todo lugar. Ela torce para que eu esteja na minha casa nova antes do Natal.

— Porque deve ser horrível, não é, meu bem, não ter sua própria casa...? E especialmente no Natal...

Seus olhos fracos ficam turvos de tanto sentimentalismo. Avalio se digo para ela que a maior parte das mortes de idosos acontece nos meses de inverno. Que três quartos dos candidatos ao suicídio partem para a ação durante a estação festiva. Mas por enquanto tenho de continuar fingindo, então respondo à pergunta dela da melhor forma que posso. Fico ouvindo suas lembranças. Meu comportamento é irrepreensível. Agradecida, minha locatária decorou o pequeno quarto com cortinas de algodão e um vaso com flores de papel empoeiradas.

– Considere isso sua casinha longe do lar – diz para mim. – E se precisar de alguma coisa, estou sempre aqui.

7

♙

Escola St. Oswald's para meninos
Quinta-feira, 23 de setembro

A encrenca começou na segunda-feira, e eu soube que alguma coisa tinha acontecido quando vi os carros. O Volvo de Pat Bishop estava lá, como de costume. Era sempre o primeiro, às vezes até passava a noite na sala dele em épocas de mais trabalho. Mas não era nada comum o carro de Bob Strange estar lá antes das oito. O Audi do diretor também, o Jaguar do capelão, e meia dúzia de outros, inclusive um branco e preto da polícia, todos no estacionamento dos professores do lado de fora da casa do porteiro.

Eu preferia ir de ônibus. Quando há muito trânsito é mais rápido e, no meu caso, nunca preciso ir além de poucos quilômetros para o trabalho ou para fazer compras. Além disso, agora tenho o passe do ônibus e, mesmo achando que deve haver algum engano (sessenta e quatro... como é que posso ter sessenta e quatro anos de idade, pelos deuses?), realmente é uma boa economia de dinheiro.

Subi o longo caminho até a entrada de St. Oswald's. As tílias estavam mudando de cor, douradas com a aproximação do outono, e havia pequenas nuvens de vapor branco saindo da grama molhada de orvalho. Olhei para a casa do porteiro quando passei. Fallow não estava.

Ninguém na sala comunitária sabia exatamente o que estava acontecendo. Strange e Bishop estavam na diretoria com o dr. Tidy e o sargento Ellis, da polícia. E Fallow não estava em lugar nenhum.

Fiquei imaginando se alguém tinha invadido a escola. Acontece de vez em quando, mas em geral Fallow faz um bom trabalho tomando conta do lugar. Um tanto adulador com os patrões e, claro, cometendo seus furtos há anos. Coisas pequenas – um saco de carvão, um pacote de biscoitos da cozinha, e ainda o esquema de cobrar uma libra para abrir cada armário –, mas ele é bastante leal, e, quando levamos em conta que ganha cerca de um décimo do salário de um professor auxiliar, aprendemos a olhar para o outro lado. Torci para não ser nenhum problema com Fallow.

Como sempre, os meninos souberam primeiro. Boatos loucos se espalharam durante a manhã inteira. Que Fallow teve um ataque do coração. Que Fallow tinha ameaçado o diretor. Que Fallow tinha sido suspenso. Mas foram Sutcliff, McNair e Allen-Jones que me encontraram no intervalo e perguntaram, com aquela expressão alegre e dissimulada que adotam quando sabem que alguém está em apuros, se era verdade que Fallow tinha sido preso.

– Quem disse isso para vocês? – perguntei com um sorriso propositalmente ambíguo.

– Ah, ouvi alguém dizer.

Segredos valem muito em qualquer escola, e eu não esperava mesmo que McNair revelasse quem era o informante, mas obviamente algumas fontes são mais confiáveis do que outras. Pela expressão do menino, concluí que isso tinha vindo de alguém perto do topo da escala.

– Eles arrancaram uns painéis na casa do porteiro – disse Sutcliff. – Levaram um monte de coisas.

– O quê?

Allen-Jones sacudiu os ombros.

– Quem vai saber?

– Cigarros, talvez?

Os meninos se entreolharam. Sutcliff corou um pouco. Allen-Jones deu um sorrisinho.

– Pode ser.

Mais tarde ficamos sabendo da história. Fallow usava as viagens diárias e baratas para a França para trazer cigarros ilegalmente, sem pagar impostos, que andava vendendo – por intermédio do homem que vendia sorvete na van, que era amigo dele – para os meninos. O lucro era excelente. Um único cigarro custava até uma libra, dependendo da idade do menino. Mas os garotos da St. Oswald's têm muito dinheiro e, além do mais, a emoção de quebrar as regras bem embaixo do nariz do professor adjunto era quase irresistível. Esse esquema já funcionava havia meses, talvez anos. A polícia tinha encontrado doze pacotes escondidos atrás de um painel secreto na casa do porteiro e outras centenas na garagem de Fallow, empilhados do chão ao teto atrás de algumas estantes que não eram mais usadas.

Fallow e o sorveteiro confirmaram a história dos cigarros. Quanto às outras coisas encontradas na casa, Fallow negou que fossem dele, mas não soube explicar como foram parar lá. Knight identificou a caneta de *bar mitzvah*. Mais tarde e com certa relutância, reconheci minha velha Parker verde. Por um lado, fiquei aliviado porque nenhum dos meninos das minhas turmas tinha levado. Por outro, sabia que aquilo era mais um prego no caixão de John Fallow, que de um golpe só tinha perdido a casa, o emprego e possivelmente a liberdade.

Nunca descobri quem avisou as autoridades. Ouvi dizer que foi uma carta anônima. De qualquer modo, ninguém se acusou. Deve ter sido alguém de dentro, diz Robbie Roach (fumante e outrora bom amigo de Fallow), um dedo-duro que gostava de arrumar encrenca. Ele deve estar certo, mas detesto a ideia de um colega ter sido o responsável por isso.

Será que foi algum menino? Por algum motivo, isso parecia ainda pior. Pensar que um dos nossos meninos pudesse provocar tantos danos sozinho.

Um menino como Knight, talvez? Era apenas uma ideia, mas havia, sim, uma nova expressão de convencimento em Knight, um ar de *consciência* que eu gostava ainda menos do que a natural atitude soturna dele. Knight? Não havia motivo para achar que fosse ele. Mas, mesmo assim, eu *achava* que era. Lá no fundo, onde conta. Podem chamar de preconceito, podem chamar de instinto. Mas o menino sabia de alguma coisa.

Enquanto isso, o pequeno escândalo segue seu caminho. Haverá uma investigação da alfândega. Embora seja pouco provável que a escola entre com um processo – porque o diretor se desespera com qualquer sugestão de propaganda negativa –, até agora a sra. Knight tem se recusado a retirar a própria queixa. Os diretores terão de ser informados. Vão fazer perguntas sobre o papel do porteiro, quem o indicou (dr. Tidy já está na defensiva e exige relatórios da polícia sobre toda a equipe) e uma provável substituição. Resumindo, o incidente Fallow provocou abalos em toda a escola, desde a tesouraria até a sala do silêncio.

Os meninos sentem isso e têm sido mais rebeldes, testam os limites da nossa disciplina. Um membro da escola caiu em desgraça, apesar de ser apenas o zelador, e nasce um protótipo de revolta. Na terça-feira, Meek saiu da aula de informática, no quinto ano, muito pálido e abalado. McDonaugh entregou uma série de detenções. Robbie Roach adoeceu misteriosamente e agitou o departamento inteiro, que teve de cobrir sua ausência. Bob Strange providenciou para que cobrissem todas as suas aulas, com a desculpa de que estava ocupado demais com "outras coisas", e hoje o diretor promoveu uma desastrosa assembleia na qual anunciou (para diversão geral, embora não manifestada abertamente) que não eram verdade os maldosos boatos sobre o sr. Fallow e qualquer menino que perpetrasse esses boatos seria punido com a devida seriedade.

Mas foi Pat Bishop, o professor adjunto, o mais afetado pelo *Fallowgate*, nome dado por Allen-Jones ao triste episódio. Acho que em parte porque esse fato está completamente fora do alcance da compreensão dele. A lealdade de Pat à St. Oswald's vai para mais de trinta anos, e sejam quais forem seus outros defeitos, ele é escrupulosamente honesto. Toda a sua psicologia (porque nosso Pat não é nenhum filósofo) se baseia na suposição de que as pessoas são basicamente boas e desejam, no seu âmago, fazer o bem, mesmo quando são levadas por outros caminhos. Essa capacidade de ver o bem em todos é o cerne do seu comportamento com os meninos e funciona muito bem. Os mais fracos e os vilões ficam envergonhados com sua atitude bondosa e firme, e até os outros professores o admiravam.

Mas Fallow tinha provocado uma certa crise. Primeiro porque Pat se enganou. Ele está se culpando por não ter percebido o que estava acontecendo. E segundo, por causa do desprezo contido naquela farsa. O fato de Fallow, que Pat sempre tratou com educação e respeito, ter retribuído com tanto desdém deixa Pat arrasado e constrangido. Lembra-se do caso John Snyde e fica imaginando se não teve culpa nesse também. Ele não fala disso, mas notei que sorri menos do que costumava, fica o dia inteiro na sala dele, dá menos voltas na corrida matinal e muitas vezes trabalha até tarde.

Quanto ao departamento de línguas, sofreu menos do que os outros. Em parte, graças a Pearman, cujo cinismo natural serve como uma embalagem de boas-vindas para o distanciamento de Strange e para a crise de angústia do diretor. As aulas de Gerry Grachvogel estão um pouco mais barulhentas do que antes, só que não o bastante para exigir a minha intervenção. Geoff e Penny Nation estão tristes mas não surpresos, balançam a cabeça diante da bestialidade da natureza humana. Dr. Devine usa o caso Fallow para aterrorizar o pobre Jimmy. Eric Scoones está de mau humor, mas não muito mais do que de costume. Diane Dare, assim como o criativo Keane, acompanha tudo fascinada.

– Esse lugar funciona como uma novela intrincada – disse-me ela esta manhã na sala comunitária. – Nunca se sabe o que vai acontecer depois.

Admiti que, de vez em quando, a velha e querida escola produzia algum divertimento.

– Foi por isso que continuou aqui? Isto é... – Parou de falar, talvez consciente das implicações nada lisonjeiras.

– *Continuei* aqui, como você generosamente sugere, porque sou bastante antiquado, a ponto de acreditar que os nossos meninos possam obter um certo benefício das minhas aulas e, o que é mais importante, porque incomoda o sr. Strange.

– Desculpe-me – disse ela.

– Não se desculpe. Não combina com você.

St. Oswald's é difícil de explicar. Mais difícil ainda por uma distância de mais de quarenta nos. Ela é jovem, atraente, inteligente. Um dia vai se apaixonar, talvez tenha filhos. Terá uma casa, que será um lar em vez de um anexo secundário à sala do livro. Passará as férias em locais distantes. Pelo menos é o que espero. A alternativa é juntar-se ao resto dos escravos e continuar acorrentado na galé do navio até que alguém o jogue no mar.

– Não pretendia ofendê-lo, senhor – disse a srta. Dare.

– Não me ofendeu.

Talvez eu esteja enfraquecendo com a idade, ou então essa história do Fallow me abalou mais do que imaginava.

– É que esta manhã estou me sentindo muito kafkiano. Culpa do dr. Devine.

Ela deu uma risada, como imaginei que faria. Mas restou alguma coisa na expressão dela. A srta. Dare se adaptou muito bem à vida na St. Oswald's. Eu a vejo indo para dar as aulas com uma pasta e um punhado de livros. Ouço quando conversa com os meninos no tom claro e animado de uma enfermeira. Igual ao Keane, ela tem uma segurança que lhe é muito útil em um lugar como esse, em que todos precisam defender seu território e onde pedir ajuda é sinal de fraqueza. Ela sabe fingir raiva, ou escondê-la quando é preciso, sabe que um professor precisa ser um ator acima de tudo, conduzindo sempre a plateia e sempre no comando do palco. É incomum ver essa qualidade num professor jovem. Suspeito que tanto a srta. Dare quanto o sr. Keane nasceram para isso, assim como sei que esse não é o caso do pobre Meek.

– Você certamente chegou num momento interessante – disse para ela. – Inspeções, reestruturação, intriga e traição. Tijolos e cimento da St. Oswald's. Se conseguir sobreviver a isso...

– Meus pais eram professores, sei o que devo esperar.

Isso explicava tudo. Sempre dá para ver. Peguei uma caneca (não a minha, que continuava desaparecida) do escorredor ao lado da pia.

– Quer chá?

Ela sorriu.

– A cocaína dos professores.

Olhei dentro do bule de chá e servi um pouco para nós dois. Naqueles anos todos, tinha me acostumado a beber chá em sua forma mais elementar. Mesmo assim, a água marrom que encheu minha caneca me pareceu muito tóxica. Dei de ombros, acrescentei leite e açúcar. O que não mata engorda. Um ditado talvez apropriado para um lugar como a St. Oswald's, sempre à beira de uma tragédia ou farsa.

Olhei em volta e examinei meus colegas sentados em grupos na sala comunitária e senti uma inesperada e profunda pontada de afeto. Lá estava McDonaugh, lendo o *Mirror* no canto dele. Monument ao lado, lendo o *Telegraph*. Pearman discutindo pornografia francesa do século XIX com Kitty Teague. Isabelle Tapi retocando o batom. Liga das Nações dividindo uma casta banana. Velhos amigos, afáveis colaboradores.

Como eu disse, é difícil explicar a St. Oswald's. Os ruídos do lugar de manhã, o eco seco dos pés dos meninos nos degraus de pedra, o cheiro de pão torrado do refeitório, o peculiar barulho deslizante de sacos cheios de equipamento esportivo sendo arrastados no assoalho polido. As placas de homenagens, com nomes pintados em ouro que datam de antes do meu tataravô. O memorial da guerra. As fotografias dos times. Os rostos jovens e impetuosos, manchados de sépia com o passar do tempo. Uma metáfora da eternidade.

Meus deuses, estou ficando sentimental. A idade faz isso. Um minuto atrás estava reclamando do meu fardo e agora aqui estou eu com a visão turva. Deve ser o tempo. Mas Camus diz que temos de imaginar Sísifo feliz. Eu estou infeliz? A única coisa que sei é que algo nos abalou. Abalou até os alicerces. Está no ar um sopro de revolta e por algum motivo sei que é mais profundo do que o caso Fallow. Seja o que for ainda não acabou. E estamos apenas em setembro.

EN PASSANT

1

♟

Segunda-feira, 27 de setembro

Apesar de todo o esforço do diretor, Fallow foi parar nos jornais. Não no *News of the World*, teria sido demais esperar isso, mas no nosso *Examiner*, que é quase tão bom quanto. A tradicional rixa da escola com a cidade é tão séria que notícias más da St. Oswald's voam e são recebidas pela maioria com um prazer feroz e imoral. O artigo foi triunfante e virulento, retratou Fallow como um empregado de longa data da escola, demitido (sumariamente e sem representação do sindicato) por um crime que ainda não tinha sido provado e, ao mesmo tempo, como um bandido simpático que durante anos tomava de volta o que era dele, num sistema que consistia de jovens classe A, burocratas sem rosto e acadêmicos inatingíveis.

Tornou-se uma situação de Davi e Golias, Fallow era o símbolo da classe trabalhadora que lutava contra as monstruosas máquinas de riqueza e de privilégios. O autor do artigo, que assinou simplesmente "Informante", também conseguiu dar a impressão de que a St. Oswald's é repleta de casos parecidos e corrupções menores, que o ensino está irremediavelmente ultrapassado, que fumar (e talvez o uso de drogas) é comum e que os próprios prédios estão precisando tanto de consertos que um acidente sério é quase inevitável. Um editorial com o título "Escolas privadas – elas devem ser abolidas?" aparece ao lado do artigo e convida os leitores a manifestar o que pensam e enviar as reclamações de St. Oswald's e da rede de ex-alunos que a protege.

Gostei muito desse artigo. Imprimiram quase sem copidesque e prometi que os manteria informados de qualquer novidade. No meu e-mail insinuei que era uma fonte próxima da escola – um ex-aluno, um aluno, um membro da diretoria, talvez até um membro da equipe de professores – sempre mantendo os detalhes imprecisos (pois poderia ter de mudá-los mais tarde).

Usei um dos meus endereços de e-mail secundários, Informante @hotmail.com, para frustrar qualquer tentativa de descobrir minha identidade. Não que alguém do *Examiner* fosse tentar – eles estão mais acostumados com exibições de cães e política local do que com o jornalismo investigativo –, mas nunca se sabe onde uma história como essa vai acabar. Nem eu mesmo sei. E imagino que é isso que a torna divertida.

Chovia quando cheguei à escola esta manhã. O tráfego estava mais lento do que de costume e tive de fazer um esforço para controlar minha irritação enquanto avançava lentamente pela cidade. Uma das coisas que fazem com que as pessoas dali não gostem da St. Oswald's é o trânsito que ela provoca na hora do rush. As centenas de limpos e brilhantes Jaguares e discretos Volvos, e os quatro por quatro e vans que ocupam as ruas todas as manhãs com uma carga de meninos limpos e brilhantes de blazers e bonés.

Alguns usam o carro até quando a casa deles fica a menos de um quilômetro e meio. Deus nos livre de que o menino limpo e brilhante tenha de pular poças, ou de respirar poluentes, ou (pior ainda) de se contaminar com os desalinhados e apagados de Sunnybank Park ali perto, os meninos indiscretos de mãos leves com os casacos de náilon e tênis gastos, as meninas escandalosas com saias curtas e cabelo pintado. Quando eu tinha a idade deles, ia a pé para a escola; calçava aqueles sapatos baratos e meias sujas e às vezes, quando vou para o trabalho no meu carro alugado, ainda sinto a raiva crescendo dentro de mim, a raiva terrível contra quem eu era e quem eu desejava ser.

Lembro-me de uma época, no fim daquele verão. Leon estava entediado. As aulas tinham acabado e estávamos no parquinho público (lembro-me do carrossel, já sem tinta sobre o metal por ter sido usado por gerações de jovens mãos), fumando cigarros Camel (Leon fumava, por isso eu também fumava), observando os moradores de Sunnybank passar.

– Bárbaros. Ralé. Proletários.

Os dedos dele eram compridos e finos, encardidos de tinta e de nicotina. No caminho, um pequeno grupo de *sunnybankers* se aproximava, arrastando as malas da escola, gritando, com os pés cobertos de poeira na tarde quente. Não representavam nenhuma ameaça para nós, apesar de precisarmos fugir algumas vezes, perseguidos por gangues de *sunnybankers*.

Uma vez, quando eu não estava lá, eles encurralaram Leon, perto das latas de lixo nos fundos da escola, e lhe deram uma surra. Odiei-os ainda mais por isso, mais ainda do que Leon. Eles eram a *minha* gente, afinal de contas. Mas esse grupo era só de meninas – quatro juntas e uma mais afastada, da minha série –, meninas barulhentas, mascando chiclete, com as saias bem lá no alto das pernas manchadas, que riam e gritavam, correndo pelo caminho.

A mais afastada eu vi que era Peggy Johnsen, a gorda da turma de jogos do sr. Bray, e virei de costas instintivamente, só que antes Leon olhou nos meus olhos e piscou para mim.

– O que acha?

Eu conhecia aquele olhar. Reconheci de nossas incursões pela cidade. Dos nossos furtos nas lojas, nossos pequenos atos de rebelião. O olhar de Leon transbordava de malícia. Os olhos inteligentes se fixaram em Peggy, que quase corria para acompanhar as outras.

— O que acho do quê?
As outras quatro já estavam lá na frente. Peggy, de cara suada e olhar aflito, ficou sozinha de repente.
— Ah não — respondi.
A verdade era que eu não tinha nada contra Peggy. Uma menina lerda e inofensiva, salva por pouco da deficiência mental. Eu até sentia uma certa pena dela.
Leon fez cara de deboche para mim.
— O que é, Pinchbeck, ela é sua namorada? — disse ele. — Vamos lá!
Ele saiu correndo e deu um grito exuberante quando atravessou o parquinho. Fui atrás dele. Eu me convenci de que não havia mais nada a fazer.
Pegamos as bolsas dela. Leon atacou o equipamento de jogos na bolsa da Woolworth's. Eu agarrei a de lona que tinha coraçõezinhos desenhados com corretivo. Então corremos, rápido demais para Peggy nos alcançar, deixando-a lá aos prantos, no nosso rastro de poeira. Eu só queria escapar antes que ela me reconhecesse. Mas, no impulso da corrida, dei uma trombada nela e a derrubei no chão.
Leon riu disso e eu também, com maldade, sabendo que em outra vida podia ser eu lá no chão, podia ser eu gritando "ah, seus moleques, seus filhos da mãe", chorando, quando meus tênis de ginástica, com os cadarços amarrados, eram jogados nos galhos mais altos de uma velha árvore, e as folhas dos meus livros esvoaçavam como confete no ar quente do verão.
Sinto muito, Peggy. E quase senti isso realmente. Ela não era a pior deles todos nem de longe. Mas estava ali, e era repulsiva. Com aquele cabelo oleoso e o rosto vermelho cheio de raiva, quase podia ser filha do meu pai. Então pisoteei os livros dela, esvaziei as bolsas, espalhei o material de ginástica (ainda vejo os tênis azul-marinho, fedorentos como meus famosos peidos) na terra amarela.
— Seus filhos da mãe!
Sobrevivência do mais forte, respondi em pensamento, sentindo raiva por ela, raiva por mim, mas com uma excitação tremenda,

como se tivesse passado numa prova. Como se, fazendo aquilo, eu diminuísse mais ainda a distância entre mim e a St. Oswald's, entre quem eu era e quem eu deveria ser.

– Filhos da mãe.

O sinal estava verde, mas a fila de carros era longa demais para me deixar avançar. Três meninos viram a brecha e resolveram atravessar. Reconheci McNair, um dos queridinhos de Straitley, Jackson, o brigão minúsculo da mesma turma, e o andar deslizante de caranguejo de Anderton-Pullitt. Exatamente naquele instante os carros na minha frente começaram a andar.

Jackson atravessou correndo. McNair também. Havia um espaço de uns cinquenta metros à minha frente e daria para avançar se eu fosse rápido. Senão o sinal fecharia de novo e eu teria de ficar parado no cruzamento outros cinco minutos enquanto o tráfego interminável passava lentamente. Mas Anderton-Pullitt não correu.

Menino pesadão, já em plena meia-idade aos treze anos, ele atravessou calmamente, sem olhar para mim nem quando toquei a buzina, como se me ignorando me fizesse desaparecer. Mala numa das mãos, lancheira na outra, ele deu a volta devagar numa poça no meio da rua, de modo que quando saiu do meu caminho o sinal já tinha fechado e me obrigou a esperar.

Uma coisa trivial, eu sei. Mas há uma arrogância nisso, um desprezo displicente que é típico da St. Oswald's. Fiquei imaginando o que ele teria feito se eu simplesmente avançasse para ele... ou se o atropelasse de fato. Será que ele teria corrido? Ou continuaria lá, seguro, burro, formando as palavras com os lábios até o fim: *você não faria isso... não teria coragem...!*

Infelizmente não havia condição de atropelar Anderton-Pullitt. Para começar, preciso do carro, e a locadora de veículos poderia suspeitar se eu o devolvesse com a frente amassada. Mesmo assim, existem outros meios, pensei, e eu merecia uma comemoração. Sorri enquanto esperava o sinal abrir e liguei o rádio.

Fiquei na sala 59 a primeira meia hora do intervalo do almoço. Graças ao Bob Strange, Straitley não estava, devia ter ficado espreitando naquela sala do livro, ou patrulhando os corredores, trabalhando. A sala estava cheia de meninos. Alguns faziam o dever de casa, outros jogavam xadrez ou conversavam, bebendo goles de latas de refrigerante ou comendo salgadinhos.

Todos os professores detestam dias chuvosos. Os alunos não têm para onde ir, são obrigados a ficar na escola e precisam ser supervisionados. O chão fica enlameado e acidentes acontecem. A escola fica lotada e barulhenta. Discussões se transformam em brigas. Eu me meti em uma, entre Jackson e Brasenose (um garoto mole e gordo que ainda não aprendeu a tornar o tamanho dele uma vantagem), supervisionei a arrumação da sala, apontei um erro de grafia no dever de casa de Tayler, aceitei uma bala de menta de Pink e um amendoim de Knight, conversei alguns minutos com os meninos que comiam o lanche que tinham trazido de casa na última fila e, depois de cumprir meu dever, fui mais uma vez para a sala do silêncio para esperar as novidades e tomar meu chá turvo.

É claro que eu não tenho uma turma. Ninguém da nova equipe tem. Isso nos dá tempo livre e uma visão mais ampla. Posso observar atrás das filas e sei quais são os momentos de fraqueza. Os momentos perigosos. As partes da escola que não são supervisionadas. Os minutos vitais... os segundos... nos quais, se acontecesse um desastre, a barriga do gigante ficaria mais exposta.

O sino que toca depois do almoço é um desses. A chamada da tarde ainda não começou, mas naquele momento a hora do almoço já terminou oficialmente. Teoricamente é um aviso de cinco minutos, um instante de transição no qual os professores que ainda estão na sala comunitária se dirigem para as salas de aula, quando os que trabalham na hora do almoço têm alguns minutos para recolher as coisas (e talvez dar uma espiada num jornal), antes da chamada.

Na verdade, é uma janela de vulnerabilidade de cinco minutos, numa operação que, fora isso, funciona como um relógio. Ninguém está trabalhando, muitos da equipe – e às vezes alunos – ainda estão indo de um lugar para o outro. Então não chega a ser surpresa que a maior parte dos acidentes aconteça nessa hora. Brigas, furtos, pequenos atos de vandalismo. Atos de mau comportamento praticados ao acaso, em trânsito, sob a proteção do aumento da atividade que precede a volta para as aulas da tarde. Foi por isso que só notaram que Anderton-Pullitt estava caído cinco minutos depois.

Podia ter sido menos, se ele fosse querido. Mas não era. Sentado ali, um pouco afastado dos outros, comendo os sanduíches (pasta de levedo e legumes com requeijão no pão sem glúten, sempre a mesma coisa) com mordidas lentas e laboriosas, ele parecia mais um cágado do que um menino de treze anos. Há um do tipo dele em todas as turmas. Precoce, de óculos, hipocondríaco, distante ao ponto de resistir às provocações, ele parece inatingível por insultos ou rejeição. Cultiva um discurso pedante de velho, que lhe dá a reputação de inteligente, e é educado com os professores, o que faz dele um queridinho.

Straitley acha graça dele, mas já era de se esperar. Quando menino, devia ser igualzinho. Eu acho irritante. Quando Straitley não está, ele me segue por toda parte, vai comigo para o pátio e me sujeita a palestras pesadas sobre seus diversos entusiasmos (ficção científica, computadores, aviões da Primeira Guerra Mundial) e suas doenças reais e imaginárias (asma, intolerância a certos alimentos, agorafobia, alergias, angústia, verrugas).

Na sala do silêncio eu me divertia tentando determinar, pelos barulhos que ouvia do andar de cima, se Anderton-Pullitt tinha alguma doença real.

Ninguém mais notou. Ninguém prestava atenção. Robbie Roach, que tinha o próximo período livre e também não tem turma (compromissos extracurriculares demais), revirava as coisas no armário. Notei um pacote de cigarros franceses lá dentro (presente de

Fallow), que ele imediatamente escondeu atrás de uma pilha de livros. Isabelle Tapi, que leciona só meio expediente e por isso também não tem turma, bebia de uma garrafa de água Evian e lia uma brochura. Ouvi o sino dos cinco minutos e logo em seguida um burburinho. A melodia liberada dos meninos sem supervisão, o barulho de alguma coisa (uma cadeira?) caindo. Depois vozes mais altas. Jackson e Brasenose voltaram a brigar. Mais outra cadeira caindo. Então silêncio. Imaginei que Straitley tinha chegado. E tinha mesmo, ouvi o som da voz dele, um murmúrio baixinho dos meninos, a cadência familiar da chamada, como os pontos do futebol nas tardes de sábado.

– *Adamczyk?*
– Senhor.
– *Almond?*
– Senhor.
– *Allen-Jones?*
– Sim, senhor.
– *Anderton-Pullitt?*
Tempo.
– *Anderton-Pullitt?*

2

♔

Escola St. Oswald's para meninos
Quarta-feira, 29 de setembro

Nenhuma notícia ainda dos Anderton-Pullitt. Considero isso um bom sinal. Soube que em casos extremos a reação pode ser fatal em questão de segundos. Mas, mesmo assim, a ideia de que um dos meus meninos podia ter morrido... realmente *morrido*... na minha sala, sob a minha supervisão, faz meu coração disparar e o suor brotar nas palmas das mãos.

Em todos os meus anos de ensino, vi três dos meus meninos morrerem. Seus rostos olham para mim todos os dias nas fotografias das turmas ao longo do corredor do meio. Hewitt, que morreu de meningite no feriado de Natal de 1972; e Constable, em 1986, atropelado por um carro na rua da casa dele quando correu para pegar uma bola de futebol; e, é claro, Mitchell, 1989. Mitchell, cujo caso nunca deixou de me incomodar. Todos fora do período das aulas. Mesmo assim, em cada situação (especialmente na dele), eu me sinto culpado, como se devesse estar tomando conta deles.

Há também os ex-alunos. Jamestone, de câncer aos trinta e dois anos. Deakin, tumor no cérebro. Stanley, acidente de automóvel. Poulson se matou, ninguém sabe por quê, dois anos atrás, deixando esposa e uma filha de oito anos com síndrome de Down. Ainda eram meus meninos, todos eles, ainda sofro e sinto um vazio quando penso neles, misturado com aquela sensação doída e inexplicável de que eu devia estar com eles.

Primeiro pensei que ele estava fingindo. Havia muita agitação, Jackson brigava com alguém num canto, eu estava com pressa. Talvez ele já estivesse inconsciente quando entrei. Passaram preciosos segundos enquanto eu acalmava a turma e pegava a minha caneta. Chamam de choque anafilático. Deus sabe que ouvi muito sobre isso, do próprio menino, mas sempre supus que as doenças dele tivessem muito mais a ver com a mãe superprotetora do que com o real estado físico dele.

Estava tudo no arquivo dele, conforme descobri, tarde demais. Junto com muitas recomendações que a mãe tinha enviado sobre a dieta dele, exercícios, exigências do uniforme (tecidos sintéticos provocavam alergia), fobias, antibióticos, ensino religioso e integração social. Sob "Alergias", trigo (leve intolerância) e em letras maiúsculas, marcado com asterisco e vários pontos de exclamação, TODO TIPO DE NOZES!!

Claro que Anderton-Pullitt não comia nenhum tipo de noz. Só consumia alimentos considerados sem risco pela mãe dele e que, além disso, correspondessem à sua própria e limitada ideia do que era aceitável. Todos os dias, o conteúdo da lancheira dele é exatamente o mesmo: dois sanduíches de pasta de levedo e legumes com requeijão em pão sem glúten cortados em quatro, um tomate, uma banana, um saco de balas de goma (das quais ele só come as vermelhas e pretas e joga fora as outras) e uma lata de Fanta. Ele passa o tempo todo do almoço comendo. Nunca vai à loja de doces. Nunca aceita comida de nenhum outro menino.

Não me pergunte como consegui carregá-lo escada abaixo. Foi um grande esforço. Os meninos ficaram em volta de mim excitados ou confusos. Pedi ajuda, mas ninguém apareceu além de Gerry Grachvogel da sala vizinha à minha, que quase desmaiou e exclamou "Meu Deus, meu Deus", esfregando as mãozinhas de coelho e olhando nervoso de um lado para o outro.

— Gerry, vá buscar ajuda — ordenei, equilibrando Anderton-Pullitt em um ombro. — Chame uma ambulância. *Modo fac.*

Grachvogel ficou parado, olhando para mim boquiaberto. Foi Allen-Jones que reagiu, desceu a escada correndo, pulando dois degraus de cada vez e quase derrubou Isabelle Tapi que subia. McNair partiu correndo para a sala de Pat Bishop, e Pink e Tayler me ajudaram a segurar o menino inconsciente. Quando chegamos ao corredor do térreo, tive a sensação de que meus pulmões estavam cheios de chumbo derretido e foi com muito alívio e gratidão que passei minha carga para Bishop, que pareceu contente de ter alguma coisa manual para fazer e segurou Anderton-Pullitt como se fosse um bebê.

Tive uma vaga noção de que Sutcliff havia terminado a chamada atrás de mim. Allen-Jones estava ao telefone, ligando para o hospital.

— Disseram que será mais rápido se o senhor levá-lo de carro para o pronto-socorro!

Grachvogel tentava reunir a turma que tinha saído em massa para ver o que estava acontecendo e, nesse momento, o novo diretor saiu da sala dele, abalado, Pat Bishop ao lado e Marlene espiando nervosa por cima do ombro dele.

— Sr. Straitley!

Mesmo numa emergência como aquela, ele mantinha uma postura ereta, como se fosse feito de algum outro material, gesso, talvez barbatana de baleia, em vez de carne e osso.

— Será que pode me explicar...

Mas o mundo ficou muito barulhento e, entre esses ruídos, o mais alto eram as batidas do meu coração. Lembrei-me dos velhos épicos na selva, da minha infância, nos quais os aventureiros escalavam vulcões ao som da sinistra cacofonia de tambores nativos.

Encostei na parede do corredor do térreo quando minhas pernas executaram a transformação de ossos, veias, tendões em algo mais parecido com gelatina. Meus pulmões doíam. Havia um ponto, mais ou menos na região do primeiro botão do colete, em que eu tinha a sensação de que alguém muito grande me cutucava sem parar com o indicador esticado, como se quisesse enfatizar alguma coisa. Olhei em volta procurando uma cadeira para sentar mas foi tarde demais. O mundo entortou e comecei a escorregar para o chão.

– Sr. Straitley!

Daquele ponto de vista de cabeça para baixo, o diretor parecia mais sinistro do que nunca. Pensei vagamente numa cabeça encolhida. *Perfeita para aplacar o deus Vulcano*... e, apesar da dor no peito, não consegui conter o riso.

– Sr. Straitley! Sr. Bishop! Será que alguém pode me dizer o que está acontecendo aqui, por favor?

O dedo invisível me cutucou de novo e sentei no chão. Marlene, sempre eficiente, reagiu primeiro. Ajoelhou ao meu lado e, sem hesitar, abriu meu paletó para sentir meu coração. Os tambores pulsavam. Agora eu só percebia, mais do que sentia, o movimento em volta.

– Sr. Straitley, aguente firme!

Ela cheirava a alguma coisa floral e feminina. Achei que deveria fazer algum comentário inteligente e engraçado, mas não consegui pensar em nada para dizer. Meu peito doía, meus tímpanos rugiam. Tentei ficar de pé mas não consegui. Despenquei um pouco mais, vi de relance as Meninas Poderosas na meia de Allen-Jones e comecei a rir.

A última coisa de que me lembro é a cara do novo diretor crescendo no meu campo de visão e de ter dito para ele *"Buana*, os nativos não vão entrar na Cidade Proibida", antes de desmaiar.

Acordei no hospital. O médico me disse que tive sorte. Tinha sido o que ele chamou de pequeno incidente cardíaco, provocado pela ansiedade e pelo esforço excessivo. Quis levantar imediatamente, mas ele não permitiu, disse que eu devia ficar sob observação por pelo menos três ou quatro dias.

Uma enfermeira de meia-idade, de cabelo cor-de-rosa e atitude de professora de maternal, fez uma série de perguntas e anotou as respostas com ar de desaprovação, como se eu fosse uma criança que insistisse em fazer xixi na cama.

– Agora, sr. Straitley, quantos cigarros nós fumamos por semana?

– Não saberia dizer, madame, porque não estou bem familiarizado com seus hábitos de fumante.

A enfermeira pareceu confusa.

– Ah, a senhora estava falando *comigo* – disse. – Desculpe, achei que talvez fosse membro da família real.

Ela semicerrou os olhos.

– Sr. Straitley, tenho de fazer o meu trabalho.

– E eu também – respondi. – Terceira turma de latim, grupo 2, período 5.

– Tenho certeza de que eles podem ficar sem o senhor algum tempo – disse a enfermeira. – Ninguém é indispensável.

Uma ideia melancólica.

– Achei que a senhora devia fazer com que eu me sentisse melhor.

– E eu vou – disse ela. – Assim que acabar essa parte burocrática.

Bem, em trinta minutos Roy Hubert Straitley (bacharel em humanidades) foi resumido no que parecia muito uma ficha escolar – com abreviações misteriosas e xis em quadrados –, e a enfermeira estava com um ar bem presunçoso. Tenho de dizer que o quadro não era bom: idade, sessenta e quatro; profissão sedentária; fumante moderado; bebida alcoólica por semana, média a demasiada; peso, algo entre *embonpoint* e *avoirdupois*.

O médico leu tudo com uma expressão de satisfação pessimista. Era um aviso, concluiu. Um sinal dos deuses.

– O senhor sabe que não tem mais vinte e um anos – disse para mim. – Há algumas coisas que o senhor simplesmente não pode mais fazer.

A ladainha é antiga, e eu já tinha ouvido antes.
– Eu sei, eu sei. Não fumar, não beber, não comer peixe com fritas, não correr cem metros, não gostar de mulheres, não...
Ele interrompeu.
– Conversei com o seu clínico geral. O dr. Bevans.
– Bevans. Eu o conheço muito bem. De 1975 a 1979. Rapaz inteligente. Tirou A em latim. Fez medicina em Durham.
– Exatamente.
A palavra pareceu um berro de desaprovação.
– Ele me disse que está preocupado com o senhor há algum tempo.
– É mesmo?
– É.
Droga. É isso que dá oferecer uma educação clássica para meninos. Eles se viram contra você, os porquinhos, ficam contra você e, antes que você perceba o que está acontecendo, está numa dieta sem gorduras, usando calça de moletom e visitando os asilos para idosos.
– Então, conte-me o pior. O que aquele menino arrogante recomendou dessa vez? Cerveja quente? Magnetismo? Sanguessugas? Eu me lembro de quando ele era da minha turma, um menino gorducho, sempre metido em encrenca. E agora ele está me dizendo o que devo fazer.
– Ele gosta muito do senhor.
Lá vem, pensei.
– Mas o senhor está com sessenta e cinco anos...
– Sessenta e quatro. Meu aniversário é em novembro, dia cinco. Noite da Fogueira.
Ele ignorou a Noite da Fogueira, balançando a cabeça.
– E parece que o senhor acha que pode passar anos fazendo o que fazia...
– Qual é a alternativa? Exposição num penhasco rochoso?
O médico suspirou.

– Tenho certeza de que um homem culto como o senhor pode achar a aposentadoria compensadora e estimulante. Poderia adotar um hobby...

Um hobby, ora essa!

– Não vou me aposentar.

– Seja razoável, sr. Straitley...

St. Oswald's tinha sido o meu mundo por mais de trinta anos. O que havia mais na vida? Sentei na cama com rodinhas com as pernas penduradas.

– Eu me sinto ótimo.

3

♟

Quinta-feira, 30 de setembro

Pobre velho Straitley. Fui visitá-lo, assim que as aulas terminaram na escola e descobri que ele já tinha saído da ala cardíaca, para desaprovação geral. Mas o endereço dele estava no caderno da St. Oswald's, por isso fui à sua casa e levei um pequeno vaso com planta que comprei na loja do hospital.

Nunca vi Straitley tão desarrumado antes. Um velho, barba branca por fazer no queixo de velho, pés brancos e ossudos de velho, chinelos de couro muito gastos. Pareceu bem satisfeito de me ver e quase me comoveu.

– Não precisava se preocupar – disse. – Amanhã de manhã estou de volta.

– Ah, é? Tão rápido?

Quase adorei o velho por isso. Mas me preocupei, sim. Estou gostando demais da brincadeira para deixar que ele escape por um princípio idiota.

– Não é melhor descansar, pelo menos alguns dias?

– Não comece com isso – disse. – Já ouvi essa história no hospital. Invente um hobby, diz ele... algo calmo como taxidermia, ou macramê. Deuses! Por que não me dá um copo de cicuta e acaba logo com isso?

Achei que estava fazendo drama e disse isso para ele.

– Bem – respondeu Straitley, com uma careta. – É o que eu sei fazer.

A casa dele é minúscula, dois cômodos embaixo, dois em cima, a dez minutos de caminhada da St. Oswald's. O corredor tem pilhas de livros, alguns em estantes, outros não, de modo que é quase impossível ver a cor original do papel de parede. O carpete está bem gasto, exceto na sala, onde paira o fantasma de um tapete Axminster marrom. Cheira a poeira, a cera e ao cachorro que morreu cinco anos atrás. Um grande aquecedor da escola no corredor emite uma onda terrível de calor. Há uma cozinha com mosaico de cerâmica no chão, e inúmeras fotos de turmas cobrindo cada pedacinho da parede livre.

Ele me ofereceu chá numa caneca da St. Oswald's e uns chocolates digestivos com aparência duvidosa que tirou de uma lata no consolo da lareira. Notei que ele parece menor em casa.

– Como vai o Anderton-Pullitt?

Ouvi dizer que ele ficava fazendo essa mesma pergunta a cada dez minutos no hospital, mesmo sabendo que o menino estava fora de perigo.

– Já descobriram o que aconteceu?

Balancei a cabeça.

– Tenho certeza de que ninguém está culpando o senhor.

– A questão não é essa.

E não era mesmo. As fotografias nas paredes indicavam isso, com as duas filas de rostos jovens. Imaginei que Leon devia estar em alguma delas. O que eu faria se visse o rosto dele agora, na casa do Straitley? E o que eu faria se me visse ao lado dele, com o boné enfiado sobre os olhos, o blazer bem abotoado sobre minha camisa de segunda mão?

– O azar acontece em grupos de três – disse Straitley pegando um biscoito e depois mudando de ideia. – Primeiro Fallow, agora Anderton-Pullitt... estou esperando para ver quem será o próximo.

Sorri.

– Não fazia ideia de que o senhor era supersticioso.

– Supersticioso? Faz parte do negócio.

Ele resolveu pegar o biscoito e molhou no chá.

– Não dá para trabalhar na St. Oswald's o tempo que trabalhei sem passar a acreditar em sinais e presságios e...

– Fantasmas? – sugeri maliciosamente.

Ele não retribuiu o sorriso.

– É claro – disse. – A droga do lugar está cheio deles.

Fiquei um tempo me perguntando se ele estava pensando no meu pai. Ou no Leon. E por um momento imaginei se eu também não seria um deles.

4
♟

Foi naquele verão que John Snyde começou a se revelar, lenta e discretamente. Pequenas coisas no início, que mal davam para notar no quadro maior da minha vida, em que Leon tinha papel preponderante, e tudo o mais se reduzia a uma série de vagas construções no horizonte distante e indefinido. Mas, quando julho passou e foi chegando o fim do período de aulas, a agressividade dele, sempre uma presença, tornou-se uma constante.

Acima de tudo, lembro da raiva dele. Naquele verão, a impressão que se tinha era de que meu pai estava sempre furioso. Comigo, com a escola, com os misteriosos artistas do grafite que pintavam com tinta spray a lateral do pavilhão de jogos. Com os meninos menores que gritavam com ele quando estava no carrinho cortador de grama. Com os dois meninos mais velhos que tinham andado no carrinho aquela vez e que fizeram com que ele recebesse uma repreensão oficial. Com os cachorros da vizinhança, que deixavam pequenos presentes indesejados no gramado de críquete, os quais ele tinha de remover usando um saco plástico enrolado e lenço de papel. Com o governo, com o dono do pub, com as pessoas que atravessavam a rua para evitá-lo quando ele ia para casa resmungando sozinho, na volta do supermercado.

Uma manhã de segunda-feira, a poucos dias do término das aulas, ele pegou um menino do primeiro ano vasculhando embaixo do balcão dentro da casa do porteiro. Disse que procurava uma mala perdida, mas John Snyde sabia muito bem o que era e não acreditou naquela história. As intenções do menino estavam bem claras no rosto dele – furto, vandalismo, ou alguma outra coisa para desgraçar John Snyde –, o menino já tinha descoberto a pequena garrafa de uísque irlandês escondida embaixo de uma pilha de jornais velhos, e os pequenos olhos dele cintilavam de malícia e satisfação. Foi o que meu pai pensou, e quando reconheceu um dos jovens torturadores – um garoto com cara de macaco e atitude insolente –, tratou de dar-lhe uma lição.

Ah, eu não acho que machucou o menino para valer. A lealdade dele com a St. Oswald's era amarga mas verdadeira. E apesar de já odiar muitos indivíduos de lá – o tesoureiro, o diretor e especialmente os meninos –, a própria instituição ainda inspirava respeito. Mas o menino tentou ameaçá-lo, disse para meu pai "você não pode encostar em mim" e exigiu que o deixasse sair da casa. E para terminar, com uma voz que ecoava na cabeça do meu pai (tinha chegado muito tarde na noite de domingo e dessa vez isso aparecia), berrou "Deixe-me sair deixe-me sair deixe-me sair deixe-me sair", até que os gritos alertassem o dr. Tidy, que estava na sala da tesouraria ali perto, e ele chegasse correndo.

A essa altura o garoto com cara de macaco, cujo nome era Matthews, estava chorando. John Snyde era um homem grande, que intimidava mesmo quando não estava enfurecido, e naquele dia estava com muita, mas muita raiva. Tidy viu os olhos vermelhos do meu pai e a roupa toda amassada. Viu a cara de choro do menino, a mancha molhada se espalhando na calça cinza do uniforme e chegou à inevitável conclusão. Era a gota d'água. John Snyde foi chamado à sala do diretor naquela manhã mesmo, com Pat Bishop presente (para garantir a justiça nos procedimentos) e recebeu o segundo e último aviso.

O antigo diretor não faria aquilo. Meu pai estava convencido disso. Shakeshafte conhecia as pressões do trabalho dentro de uma escola e teria sabido resolver a situação sem provocar uma cena. Mas o novo era funcionário do Estado, versado em correção política e ativismo na cidade de brinquedo. Além disso, por trás da aparência dura ele era um fraco, e aquela oportunidade de se mostrar um líder forte e decidido (e sem nenhum risco profissional) era boa demais para deixar passar.

Ele disse que haveria um inquérito. Por enquanto Snyde devia continuar cumprindo suas funções e se apresentando todos os dias ao tesoureiro para receber instruções, mas não devia ter contato nenhum com os meninos. Quaisquer futuros incidentes – e a palavra era pronunciada com a autossatisfação farisaica do frequentador de igreja abstêmio – resultariam em demissão imediata.

Meu pai continuou achando que Bishop estava do lado dele. O velho e bom Bishop, disse ele, desperdiçado naquela função, devia ser o diretor. É claro que meu pai *tinha* de gostar dele. Aquele grande blefe de homem com nariz de jogador de rúgbi e gostos proletários. Mas Bishop era leal com a St. Oswald's. Por mais que simpatizasse com as reclamações do meu pai, eu sabia que se ele tivesse de optar a escola teria sua preferência.

Mesmo assim, disse ele, as férias iam dar tempo ao meu pai para se ajustar. Andava bebendo demais, isso ele sabia. Tinha se descontrolado. Mas no fundo era um bom homem. Prestara bons serviços à escola por quase cinco anos. Ia superar isso.

Essa era uma frase típica do Bishop: *você consegue superar isso*. Ele fala com os meninos com esse mesmo tom de caserna, como um treinador de rúgbi chamando a atenção do time. A conversa dele, como a do meu pai, era cheia de clichês. *Você consegue superar isso. Encare isso como um homem. Quanto maiores são, pior a queda.*

Era uma linguagem que meu pai adorava e compreendia, e que o animou por um tempo. Para atender ao Bishop, diminuiu a bebida. Cortou o cabelo e passou a se vestir com mais esmero. Consciente da acusação de que *tinha se descontrolado*, como dizia Bishop, ele até começou a malhar à noite e fazia flexões na frente da TV enquanto eu lia um livro e sonhava que ele não era meu pai.

Então chegaram as férias, e a pressão sobre ele diminuiu. As tarefas também diminuíram, não havia mais meninos para tornar sua vida insuportável. Ele cortava a grama sem ser incomodado e patrulhava o terreno sozinho, de olho nos grafiteiros e nos cães soltos. Nessas horas, eu poderia acreditar que meu pai estava quase feliz. Com as chaves em uma das mãos e uma lata de cerveja na outra, ele percorria o pequeno império seguro, sabendo que ali tinha o seu lugar, uma porca pequena mas necessária naquela gloriosa engrenagem. Bishop tinha dito isso, portanto devia ser verdade.

Quanto a mim, eu tinha outras preocupações. Dei três dias inteiros para Leon quando as aulas terminaram, antes de telefonar para combinar um encontro. Ele foi simpático mas sem pressa nenhuma e me disse que a mãe e ele iam receber hóspedes e que precisava entretê-los. Isso foi um golpe para mim, depois de tudo que tinha planejado, com tanto cuidado. Mas aceitei sem reclamar, sabendo que a melhor maneira de lidar com a ocasional perversidade de Leon era ignorá-la e deixar que ele fizesse as coisas a seu modo.

– Essas pessoas são amigas da sua mãe? – perguntei, mais para que ele continuasse falando do que pela informação.

– São. Os Tynans e prole. É meio chato isso, mas Charlie e eu temos de ficar por aqui. Você sabe, passar os sanduíches de pepino, servir o *cherry* e todas essas coisas.

Ele soava desanimado, mas não consegui me livrar da impressão de que estava sorrindo.

– Prole?

Tive a visão de alguém inteligente e alegre que ia me apagar completamente aos olhos de Leon.

– É. Francesca. Uma menininha gorda, louca por pôneis. Ainda bem que Charlie está aqui. Senão eu provavelmente teria de tomar conta dela também.

– Ah...

Não consegui evitar um tom de certa tristeza.

– Não se preocupe – disse Leon. – Não será por muito tempo. Ligo para você, OK?

Isso me perturbou. Claro que não me recusaria a dar o meu telefone para Leon. Mas a ideia de meu pai atendendo um telefonema dele me provocou uma angústia enorme.

– Olha, nós devemos nos ver por aí – respondi. – Não tem problema nenhum.

Então esperei. A ansiedade e o tédio me dominaram como nunca. Tinha vontade de ficar ao lado do telefone para o caso de Leon ligar, e ao mesmo tempo uma compulsão igualmente poderosa de passar de bicicleta na frente da casa dele, com a esperança de esbarrar com ele "acidentalmente". Eu não tinha nenhum outro amigo. Ficava impaciente quando lia. Não conseguia mais nem ouvir meus discos porque me faziam pensar em Leon. Aquele verão estava maravilhoso, do tipo que só existe na lembrança e em alguns livros, quente, azul-esverdeado, cheio de abelhas e de zumbidos, só que para mim era como se chovesse todos os dias. Sem Leon não havia prazer algum. Eu andava pelos cantos. Furtava das lojas por puro despeito.

Depois de algum tempo, meu pai notou. As boas intenções dele geraram uma atenção temporária e ele começou a comentar a minha inquietação e o meu mau humor. Dores do crescimento, dizia ele, e recomendava exercícios e ar puro.

Eu estava *realmente* crescendo. Ia fazer treze anos em agosto e tinha entrado numa fase de desenvolvimento acelerado. Continuei com a magreza e os ossos pequenos de sempre, mas tinha consciência de que mesmo assim meu uniforme da St. Oswald's estava muito apertado, especialmente o blazer (precisaria de outro em pouco tempo), e a calça deixava à mostra cinco centímetros de tornozelo.

Passou uma semana e a maior parte da segunda. Eu sentia as férias indo embora e não podia fazer nada a respeito. Será que Leon tinha viajado? Quando passei de bicicleta pela casa dele, vi uma porta de tela aberta, a que dava para o pátio. Ouvi risos e vozes no vento quente, mas não deu para saber quantas eram nem se a voz do meu amigo estava entre elas.

Ficava imaginando como seriam aqueles hóspedes. Um banqueiro, ele tinha dito, e uma espécie de secretária de alto nível, como a mãe de Leon. Profissionais que comiam sanduíches de pepino e bebiam na varanda. O tipo de gente que John e Sharon Snyde jamais seriam, por mais dinheiro que tivessem. O tipo de pais que eu queria para mim.

Essa ideia virou obsessão. Passei a visualizar os Tynan – ele de paletó de linho, ela de vestido branco decotado –, a sra. Mitchell perto, com uma jarra de coquetel de frutas e uma bandeja com copos altos, Leon e a irmã Charlie sentados na grama, todos dourados com a luz e algo mais, aquele algo mais que os tornava diferentes de mim, aquele algo mais que eu tinha visto pela primeira vez na St. Oswald's, no dia em que cruzei a linha.

Aquela linha. Crescia diante de mim mais uma vez e me assombrava de novo com sua proximidade. Agora podia quase vê-la, a linha dourada que me separava de tudo que eu desejava. O que mais eu precisava fazer? Não tinha passado os últimos três meses no campo dos meus inimigos, como um lobo perdido que se une aos cães de caça para roubar o alimento deles em segredo? Por que, então, essa sensação de isolamento? *Por que* Leon não telefonava?

Será que ele tinha percebido de alguma forma que eu era diferente e sentia vergonha de ser visto comigo? Escondido em casa, com medo de sair e que me vissem, tinha praticamente me convencido disso. Havia alguma coisa vulgar em mim – um cheiro, talvez, o brilho do poliéster – que tinha alertado Leon. Eu não tinha desempenhado meu papel direito, ele havia descoberto. Aquilo me enlouquecia. Eu precisava saber, por isso naquele domingo me vesti com todo o esmero e fui de bicicleta até a casa do Leon.

EN PASSANT

Era uma jogada ousada. Nunca tinha estado na casa dele antes – passar em frente de bicicleta não contava – e descobri que minhas mãos tremiam um pouco quando abri o portão e fui andando até a varanda. Era uma casa eduardiana grande, com gramados na frente e de um lado um quintal com um bosque, um caramanchão de verão e um pomar murado nos fundos.

Fortuna antiga, como meu pai diria, cheio de inveja e despeito. Mas para mim era o mundo sobre o qual tinha lido nos livros, era *Swallows and Amazons* e *Famous Five*, era limonada no gramado, era colégio interno, era piquenique à beira do mar e uma cozinheira divertida que fazia bolinhos, uma mãe elegante reclinada no sofá e um pai fumando cachimbo que tinha sempre razão, era sempre benevolente, embora quase nunca estivesse em casa. Eu não tinha treze anos ainda e era como se já tivesse envelhecido, como se tivessem me negado a infância, *aquela* infância pelo menos. A que eu merecia.

Bati à porta. Ouvi vozes que vinham dos fundos da casa. A mãe de Leon falando qualquer coisa sobre a sra. Thatcher e os sindicatos, uma voz de homem, "A única maneira de fazer isso é...", e o ruído baixo de alguém servindo uma bebida de uma jarra cheia de gelo. Depois ouvi a voz de Leon, que parecia bem perto, dizendo: "*Vae*, qualquer assunto, menos política, por favor. Alguém quer uma vodca-limão com gelo?"

– Eu!

A voz da irmã de Leon, Charlie.

Então outra voz de menina, baixa e bem modulada.

– Sim. Eu também.

Devia ser Francesca. Tinha me parecido um nome bem bobo quando Leon disse ao telefone, mas de repente eu não tinha mais tanta certeza. Afastei-me da porta e fui para o lado da casa. Se alguém me avistasse, eu diria que tinha batido e que ninguém atendeu. Espiei pelo lado da casa.

Era bem como eu imaginava. Havia uma varanda nos fundos, à sombra de uma árvore grande que produzia um mosaico de luz e sombra sobre as mesas e cadeiras que tinham posto embaixo. A sra. Mitchell estava lá, loura e bela de calça jeans e blusa branca, que lhe davam um aspecto muito jovem. Vi a sra. Tynan de sandália e um fresco vestido de linho, depois Charlotte sentada num balanço feito em casa e, de frente para mim, de jeans, tênis velho e a desbotada camiseta Stranglers, estava Leon.

Achei que ele tinha crescido. Em três semanas, as feições dele tinham ficado mais definidas, o corpo mais alto, e o cabelo, que já era no limite para os padrões da St. Oswald's, agora caía sobre os olhos. Sem o uniforme, ele podia ser qualquer pessoa. Estava parecido com qualquer outro menino da minha escola, a não ser por aquele brilho, a pátina que vem da vida inteira morando numa casa como aquela, aprendendo latim com Quas na torre do sino, comendo *blinis* de salmão defumado e bebendo vodca-limão com gelo em vez de cerveja com peixe e batata frita, jamais tendo de trancar a porta do quarto nas noites de sábado.

Uma onda de amor e de desejo me arrebatou. Não só pelo Leon, mas por tudo que ele representava. Foi tão poderosa, tão mística e adulta em sua intensidade, que, por um instante, mal percebi a menina ao lado dele, Francesca, a gordinha dos pôneis que ele parecia desprezar tanto na conversa por telefone. Então eu a vi e fiquei olhando um tempo. Esqueci até de esconder meu espanto e desânimo.

Ela podia ter sido um dia uma gordinha que adorava pôneis. Mas agora... não havia palavras para descrevê-la. Todas as comparações falharam. As minhas experiências do que era alguém desejável se limitavam a exemplos como a Pepsi, como as mulheres das revistas do meu pai e como Tracey Delacey. Eu não enxergava isso por minha conta... nem podia mesmo, não é?

Pensei na Pepsi, em suas unhas postiças e eterno cheiro de laquê, na Tracey que mascava chiclete, de pernas inchadas e cara amarrada, e nas mulheres das revistas, sedutoras mas carnívoras, arreganhadas como alguma coisa no laboratório de patologia. Pensei na minha mãe e no Cinnabar.

Essa menina era uma raça completamente diferente. Catorze, talvez quinze anos, magra, bronzeada. Era a personificação do brilho. O cabelo preso displicentemente num rabo de cavalo, pernas compridas e lisas, de short cáqui. Uma pequena cruz de ouro aninhada na base do pescoço. Pés de bailarina, para fora, formando um ângulo. Rosto sombreado pelo verde no verão. Era por *isso* que Leon não tinha ligado. Era aquela menina, aquela linda menina.

— Ei! Ei, Pinchbeck!

Meu Deus, ele me viu. Avaliei se devia fugir correndo, mas Leon já vinha na minha direção, surpreso mas não aborrecido, com a menina alguns passos atrás. Senti um aperto no peito, meu coração encolheu até ficar do tamanho de uma noz. Tentei sorrir, a sensação foi de estar usando uma máscara.

— Oi, Leon — disse. — Olá, sra. Mitchell. Eu estava apenas passando por aqui.

Imagine aquela tarde terrível, se puder. Eu queria ir para casa, mas Leon não deixou. Em vez disso, aturei duas horas com uma sensação péssima no gramado dos fundos, bebendo limonada que azedou meu estômago, enquanto a mãe de Leon perguntava sobre a minha família, e o sr. Tynan estapeava meu ombro sem parar e especulava sobre todas as malandragens que Leon e eu inventávamos na escola.

Foi uma verdadeira tortura. Fiquei com dor de cabeça, o estômago revirado, e todo aquele tempo me obrigaram a sorrir, a ter educação e responder a todas as perguntas, enquanto Leon e a menina dele — não tinha mais dúvida de que ela era namorada *dele* — conversavam e cochichavam um com o outro na sombra, a mão de Leon pousada quase casualmente sobre a mão bronzeada de Francesca, os olhos cinzentos inundados pelo verão e por ela.

Não sei as respostas que dei a todas aquelas perguntas. Lembro da mãe de Leon sendo especial e torturantemente bondosa. Ela se deu ao trabalho de me incluir no grupo, perguntou sobre os meus hobbies, minhas férias, minhas ideias. Respondi quase ao acaso, com um instinto animal de me esconder, e devo ter passado pelo escrutínio deles, apesar de Charlotte só ficar me observando em silêncio, um silêncio que eu talvez achasse suspeito, se meu cérebro não estivesse totalmente tomado pelo sofrimento.

Por fim a sra. Mitchell deve ter notado alguma coisa, porque ela olhou bem para mim e comentou a minha palidez.

– Dor de cabeça – disse e procurei sorrir.

Atrás dela, Leon brincava com uma mecha comprida do cabelo cor de mel de Francesca.

– Eu tenho, às vezes – improvisei, por puro desespero. – É melhor ir para casa e deitar um pouco.

A mãe de Leon não queria deixar que eu fosse embora. Sugeriu que eu deitasse na cama de Leon. Ofereceu uma aspirina. Cobriu-me de bondade e quase chorei. Ela deve ter visto alguma coisa na minha expressão, porque sorriu e deu uns tapinhas no meu ombro.

– Está bem então, Julian, meu querido – disse. – Vá para casa e descanse. Talvez seja melhor mesmo.

– Obrigado, sra. Mitchell – meneei a cabeça com gratidão, porque realmente me sentia doente. – Foi uma tarde adorável. Verdade.

Leon acenou para mim e a sra. Mitchell insistiu em me dar uma fatia grande e grudenta de bolo para levar para casa, embrulhada em guardanapo de papel. Quando eu estava indo para o portão, ouvi a voz dela, baixa, vinda dos fundos da casa.

– Que sujeito engraçado, Leon. Tão educado e reservado. Você e ele são bons amigos?

5

♙

Escola St. Oswald's para meninos
Terça-feira, 5 de outubro

O diagnóstico oficial do hospital foi de choque anafilático, provocado pela ingestão de amendoim, ou de alimentos contaminados por amendoim, possivelmente acidental.

Claro que houve uma terrível agitação. Foi uma vergonha, disse a sra. Anderton-Pullitt para Pat Bishop, que estava lá. A escola devia ser um ambiente seguro para o filho dela. Por que não havia ninguém supervisionando na hora em que ele teve a crise? Como foi que o professor não notou que o pobre James estava inconsciente?

Pat lidou com a mãe estressada da melhor forma que pôde. Ele está no elemento dele naquele tipo de situação. Sabe como desfazer o antagonismo. Tem um ombro generoso para consolar, projeta um ar convincente de autoridade. Ele prometeu que o incidente seria profundamente investigado, mas assegurou para a sra. Anderton-Pullitt que o sr. Straitley era um professor muito conscencioso e que tinham empenhado todos os esforços para garantir a segurança do filho dela.

A essa altura, o indivíduo em questão estava sentado na cama, lendo *Practical Aeronautics* e parecia muito satisfeito com ele mesmo.

Ao mesmo tempo, o sr. Anderton-Pullitt, um dos diretores da escola e ex-jogador de críquete pela equipe inglesa, dava uma carteirada na administração do hospital para que analisassem os restos dos sanduíches do filho para saber se tinham resíduo de alguma noz ou similar. Mesmo que houvesse apenas traços, ele disse, um certo fornecedor de uma loja de produtos naturais seria processado por cada centavo que tinha, sem falar de certa cadeia de revendedores. Mas aconteceu que nunca fizeram os testes porque, antes de poderem começar, foi encontrado o amendoim boiando e ainda praticamente intacto, no fundo da lata de Fanta de James.

No início, os Anderton-Pullitt ficaram atônitos. Como é que um amendoim podia ter ido parar na lata de refrigerante do filho? A primeira reação deles foi entrar em contato com os fabricantes (e processá-los), mas logo tornou-se óbvio que qualquer falha da parte deles era, na melhor das hipóteses, improvável. A lata já tinha sido aberta, qualquer coisa podia ter caído dentro dela.

Caído ou ter sido posta lá dentro.

Era inescapável. Se tinham adulterado a bebida de James, então o culpado devia ter sido alguém da turma. Pior ainda, o criminoso devia saber que esse ato podia ter consequências desastrosas, se não fatais. Os Anderton-Pullitt levaram o assunto direto para o diretor, passando por cima até de Bishop, em sua raiva e indignação, e anunciaram sua intenção de que, se ele não investigasse isso, iriam direto para a polícia.

Eu devia estar lá. Não estava, e isso era imperdoável. Mas, quando acordei na manhã seguinte à minha breve estada no hospital, estava tão exausto, sentia-me tão horrivelmente velho, que liguei para a escola e disse para Bob Strange que não ia trabalhar.

— Ora, não esperava mesmo que viesse — disse Strange, em tom de surpresa. — Achei que iam mantê-lo no hospital esse fim de semana, pelo menos.

O jeito afetado e formal dele não logrou esconder a verdadeira desaprovação por não terem feito isso.

— Posso cobri-lo nas próximas seis semanas, problema nenhum.

— Não será necessário. Volto segunda-feira.

Mas segunda-feira a notícia se espalhou. Houve uma investigação na minha turma. Chamaram testemunhas e as interrogaram. Vasculharam os armários. Trocaram telefonemas. O dr. Devine foi consultado como encarregado da Saúde e Segurança, e ele, Bishop, Strange, o diretor e dr. Pooley, chefe do conselho diretor, passaram muito tempo na sala do diretor com os Anderton-Pullitt.

Resultado: voltei segunda-feira de manhã e encontrei a turma sem controle. O incidente com Knight chegou a eclipsar o artigo recente – e nada bem-vindo – do *Examiner*, com a implicação sinistra de que havia um informante secreto dentro da escola. As descobertas da investigação do diretor eram irrefutáveis. No dia do incidente, Knight tinha comprado um saco de amendoim na loja de doces da escola e levou para a sala da turma na hora do almoço. Ele negou no início, mas diversas testemunhas lembraram-se disso, inclusive um membro da equipe. Finalmente Knight confessara. Sim, *tinha* comprado o amendoim, mas negou ter mexido na bebida de qualquer pessoa. Além do mais, disse chorando, ele *gostava* de Anderton-Pullitt. Jamais faria qualquer coisa para prejudicá-lo.

Pegaram um registro do dia em que Knight foi suspenso com a lista de testemunhas da briga entre ele e Jackson. E sim, Anderton-Pullitt estava lá entre elas. Estava assim estabelecido um motivo.

Bem, não seria muito forte no Velho Bailey. Mas uma escola não é um tribunal. Tem regras e métodos próprios para aplicá-las. Possui o próprio sistema, suas salvaguardas. Como a Igreja, como o Exército cuida dos seus. Quando voltei, Knight tinha sido julgado, considerado culpado e suspenso da escola até depois do primeiro semestre.

Meu problema era que não estava acreditando que ele tinha feito aquilo.

— Não que Knight não seja capaz de fazer uma coisa dessas – expliquei para Dianne Dare na sala comunitária na hora do almoço.
— Ele é grosso e sonso e seria muito mais capaz de fazer uma maldade

escondido do que uma coisa assim em público, mas... – dei um suspiro. – Não gosto disso. Não gosto *dele*. Mas não posso acreditar que mesmo ele seria *tão* burro assim.

– Nunca subestime a burrice – observou Pearman, que estava ali perto.

– Não, mas isso é *maldade* – disse Dianne. – Se o menino sabia o que estava fazendo...

– Se ele sabia o que estava fazendo – interrompeu Light do lugar dele embaixo do relógio –, então devia ser trancafiado mesmo. Todo mundo lê sobre esses meninos hoje em dia, estupros, surras, assassinatos, Deus sabe mais o quê... e eles nem podem prendê-los por isso porque os liberais manteiga derretida não deixam.

– No meu tempo – disse McDonaugh de cara fechada –, tínhamos a vara.

– Nada disso – disse Light. – Tragam de volta o recrutamento. Eles precisam de disciplina.

Meus deuses, pensei, que asno. Ele posou com seu estilo musculoso e descerebrado mais alguns minutos e atraiu um olhar mal-humorado de Isabelle Tapi, que observava do canto do iogurte.

O jovem Keane, que também ouvia a conversa, fez uma rápida e cômica imitação, no limite da linha de visão do professor de jogos, torcendo seu rosto marcado e inteligente para ficar uma paródia exata da expressão de Light. Fingi que não notei e escondi o sorriso com a mão.

– Está tudo muito bem de falar de disciplina – disse Roach de trás do jornal *Mirror* –, mas quais são as sanções que temos? Faça alguma coisa bem ruim e ficará detido. Faça algo pior, é suspenso, que é o oposto. Que sentido tem isso?

– Nenhum sentido mesmo – disse Light. – Mas temos de ser vistos fazendo alguma coisa. Se Knight fez ou não fez isso, não importa...

– E se não foi ele? – disse Roach.

McDonaugh fez um gesto de deixa para lá.

– Não importa. O que importa é a *ordem*. Seja quem for o encrenqueiro, pode ter certeza de que ele vai pensar duas vezes antes de sair da linha de novo, se souber que, assim que fizer isso, levará uma surra de vara.

Light meneou a cabeça. Keane fez outra careta. Dianne deu de ombros, e Pearman, um sorrisinho de vaga e irônica superioridade.

– Foi o Knight – disse Roach com ênfase. – É o tipo de coisa burra que ele faria.

– Continuo não gostando disso. Não parece certo.

Os meninos estavam estranhamente reticentes sobre o assunto. Em circunstâncias normais, um incidente desse tipo devia representar um intervalo muito bem-vindo na rotina da escola. Escândalos bobos e pequenos acidentes. Segredos e brigas. Aquela coisa furtiva da adolescência. Mas esse parecia diferente. Uma linha fora ultrapassada, e mesmo aqueles meninos, que nunca tiveram uma palavra de elogio para Anderton-Pullitt, encaravam o incidente com desconforto e desaprovação.

– Quero dizer, ele não bate bem, não é? – disse Jackson. – O senhor sabe, não é exatamente um mongoloide, nada disso, mas não se pode dizer que é completamente normal.

– Ele vai ficar bem, senhor? – perguntou Tayler, que também tem alergias.

– Felizmente, vai.

O menino ainda não estava saindo de casa no momento, mas, até onde se sabia, teve uma recuperação total.

– Mas podia ter sido fatal.

Fez-se um silêncio constrangedor, e os meninos se entreolharam. Até ali, poucos tinham encarado a morte além de um cão, um gato ou um dos avós. A ideia de que um deles podia realmente ter morrido, bem na frente deles, na própria sala de aula, era muito assustadora.

— Deve ter sido um acidente. — Tayler quebrou o gelo.
— Eu também acho. — Torcia para que isso fosse verdade.
— O dr. Devine diz que podemos fazer terapia, se precisarmos — disse McNair.
— Você precisa?
— Vamos perder aulas, senhor?
Olhei para ele e vi que sorria de orelha a orelha.
— Sobre o meu cadáver.

Ao longo do dia a sensação de inquietude se intensificou. Allen-Jones ficou hiperativo. Sutcliff, deprimido. Jackson discutia com todos. Pink ficou ansioso. Ventava muito também, e o vento, como todos os professores sabem, deixa as aulas caóticas e os alunos agitados. Portas e janelas batiam. Outubro chegava com uma ventania e de repente era outono.

Gosto do outono. Da dramaticidade. O leão dourado rugindo pela porta dos fundos do ano, balançando a juba de folhas. Estação perigosa, de fúrias violentas e calma enganadora. De fogos de artifício nos bolsos e castanhas nas mãos. É a estação na qual me sinto mais perto do menino que fui e, ao mesmo tempo, mais perto da morte. É St. Oswald's em sua beleza máxima, ouro entre as tílias, a torre uivando.

Mas este ano tem mais. Noventa e nove trimestres. Trinta e três outonos, a metade da minha vida. Este ano os trimestres pesam muito, inesperadamente, e fico imaginando se o jovem Bevans não tem razão, afinal. A aposentadoria não precisa ser uma sentença de morte. Mais um trimestre e terei completado meu século. Retirar-me nessa data não pode ser vergonha nenhuma. Além do mais, as coisas estão mudando, e deviam mudar mesmo. Só que estou velho demais para mudar.

A caminho de casa segunda-feira à noite, espiei dentro da casa do porteiro. O substituto de Fallow ainda não foi encontrado e, nesse meio-tempo, Jimmy Watt assumiu todas as tarefas do porteiro que pode. Uma delas é atender o telefone na casa, mas ele não é bom para isso e tende a desligar quando faz transferência de chamadas. O resultado disso foi que sentiram falta de ligações durante o dia, e as frustrações cresceram.

Era culpa do tesoureiro. Jimmy faz o que mandam fazer, mas não tem iniciativa para trabalhar por conta própria. Sabe trocar um fusível e uma fechadura. Varre folhas no chão e sabe até subir num poste para recuperar um par de sapatos amarrados pelo cadarço e jogados por cima dos fios por algum valentão da escola. Light o chama de Jimmy Quarenta-Watt e debocha da cara de lua e da fala devagar dele. A verdade é que, poucos anos atrás, o próprio Light era um valentão. Ainda dá para ver isso no rosto vermelho e no andar agressivo e estranhamente cauteloso. Esteroides ou hemorroidas, não sei bem qual. Em todo caso, nunca deviam ter deixado Jimmy encarregado da casa, e dr. Tidy sabia disso. É que foi apenas mais fácil (e mais barato, claro) usá-lo como estepe até se fazer um novo contrato... Além disso, Fallow estava na escola havia mais de quinze anos e não se pode tirar um homem de sua casa da noite para o dia, qualquer que seja o motivo. Eu me peguei pensando nisso quando passei pela casa. Não que *gostasse* especialmente de Fallow, mas ele tinha sido parte da escola, uma parte pequena mas necessária, e a sua ausência era sentida.

Havia uma mulher na casa quando passei por lá. Não questionei a presença dela, supus que fosse uma secretária recrutada pela agência da escola para receber chamadas e ficar no lugar do Jimmy quando ele tivesse de executar uma das muitas outras tarefas. Uma mulher grisalha de terno, bem mais velha do que as temporárias padrão da agência, cujo rosto me pareceu um pouco familiar. Eu devia ter perguntado quem ela era. O dr. Devine está sempre falando de intrusos, dos atiradores nas escolas americanas e de como seria fácil para algum doido entrar nos prédios da escola e fazer um massacre... mas isso é bem o Devine. Ele é o homem da Saúde e Segurança, afinal, e precisa justificar seu salário.

Mas eu estava com pressa e não falei com a mulher grisalha. Foi só quando vi a manchete e a foto dela no *Examiner* que a reconheci. E aí já era tarde demais. O informante misterioso tinha atacado de novo e, dessa vez, eu era o alvo.

6
♟

Segunda-feira, 11 de outubro

Bem, a sra. Knight, como era de se esperar, não gostou nada da suspensão do filho único. Você deve conhecer o tipo: extravagante, arrogante, levemente neurótica e vítima daquela curiosa cegueira que parece que só as mães de meninos adolescentes têm. Ela marchou para a St. Oswald's na manhã seguinte à decisão do diretor e exigiu que ele a atendesse. Ele não estava, é claro. Por isso foi convocada uma reunião de emergência, incluindo Bishop (nervoso e não se sentindo bem), o dr. Devine (Saúde e Segurança) e, na ausência de Roy Straitley, eu.

A sra. Knight parecia uma assassina de Chanel. Na sala do Bishop, sentada com as costas muito retas numa cadeira de madeira, ela olhou furiosa para nós três, com olhos que pareciam zircônio.

– Sra. Knight – disse Devine. – O menino podia ter morrido.

A sra. Knight não se impressionou nem um pouco.

– Compreendo a sua preocupação – disse ela. – Dado que parece que não havia nenhum supervisor na hora do incidente. Mas sobre a questão do envolvimento do meu filho...

Bishop interrompeu.

– Ora, a verdade não é bem essa – disse. – Alguns membros da equipe estavam presentes em horários diferentes naquele intervalo, embora...

– E por acaso alguém viu meu filho botar um amendoim no refrigerante do outro menino?

– Sra. Knight, não é...
– E então? Viu?

Bishop parecia constrangido. Afinal, tinha sido do diretor a decisão de suspender Knight, e eu tinha a impressão de que ele mesmo teria cuidado do caso de maneira diferente.

– As provas sugerem que foi ele, sra. Knight. Não estou dizendo que ele fez por maldade...

Ela retruca na lata.

– Meu filho não mente.
– *Todos* os meninos mentem.

Foi a resposta de Devine. Por acaso era verdade, mas uma observação mal calculada para acalmar a sra. Knight. Ela o fuzilou com o olhar.

– Ah é? – disse ela. – Nesse caso, talvez o senhor devesse reexaminar o relato de Anderton-Pullitt sobre a suposta briga entre Jackson e o meu filho.

Devine ficou atônito.

– Sra. Knight, não estou vendo a relevância...
– Não vê? Pois eu vejo. – Ela virou-se para Bishop. – O que eu vejo é uma campanha orquestrada contra meu filho. Todos sabem que o sr. Straitley tem seus queridinhos, mas eu não esperava que o senhor ficasse do lado dele nisso. Meu filho foi provocado, perseguido, acusado, humilhado e agora recebe uma suspensão da escola... que vai ficar no currículo escolar e talvez até afete as chances dele na universidade, sem que lhe tenham dado nem ao menos uma chance de limpar seu nome. E sabe por quê, sr. Bishop? Tem alguma ideia do porquê?

Bishop ficou completamente perdido diante daquele ataque. O charme dele, bem real, é sua única arma, e a sra. Knight tinha uma armadura contra ele. O sorriso que tinha domado meu pai não era capaz de derreter o gelo dela. Na verdade, parecia deixá-la ainda mais furiosa.

– Quer que eu diga por quê? – disse. – Meu filho está sendo acusado de furto, de agressão e agora, pelo que entendi, de tentativa de homicídio.

Nesse ponto, Bishop tentou interromper, mas ela balançou a mão e dispensou o comentário.

– E sabe *por quê* ele foi escolhido dessa maneira? Já perguntou para o sr. Straitley? Já perguntou para os outros meninos?

Ela fez uma pausa de efeito e quando olhou nos meus olhos meneei a cabeça para encorajá-la, então ela reagiu, exatamente como o filho dela tinha feito na aula de Straitley.

– Porque ele é *judeu*! Meu filho é vítima de discriminação! Eu exijo uma investigação completa de tudo isso – ela olhou furiosa para Bishop – e, se não fizerem isso, podem aguardar uma carta do meu advogado.

Fez-se mais um silêncio estrondoso. Então a sra. Knight saiu da sala com uma rajada de saltos altos. O dr. Devine parecia muito abalado. Pat Bishop sentou-se com a mão sobre os olhos e eu me permiti um pequeno sorriso.

Claro que ficou entendido que a questão não seria comentada fora daquela sala. Devine deixou isso bem claro desde o início e concordei com toda afabilidade e respeito. Eu nem deveria estar lá, para começo de conversa, disse Devine. Só tinham me pedido para ir como testemunha, já que o professor encarregado da turma do menino não estava presente. Não que alguém lamentasse a falta de Straitley. Tanto Bishop como Devine afirmavam categóricos que o velho, por mais simpático que fosse, só teria piorado aquela situação ruim.

– É claro que não há verdade nisso – disse Bishop, recuperando-se com uma xícara de chá. – Nunca houve esse problema de antissemitismo na St. Oswald's. Nunca.

Devine não parecia tão convencido disso.

– Gosto do Roy Straitley como todos aqui – disse. – Mas não há como negar que ele é bastante esquisito. Só porque está aqui há

mais tempo do que qualquer um, ele costuma achar que dirige esse lugar.
– Tenho certeza de que ele não pretendia prejudicar ninguém – afirmei. – É um trabalho estressante para um homem da idade dele, e todo mundo comete erros de avaliação de vez em quando.
Bishop olhou para mim.
– O que quer dizer? Soube de alguma coisa?
– Não, senhor.
– Tem certeza? – Era Devine, quase caindo de tanta curiosidade.
– Absoluta, senhor. Eu só quis dizer... – hesitei.
– O quê? Desembucha!
– Tenho certeza de que não quer dizer nada, senhor. Para a idade dele, acho que está extraordinariamente alerta. Mas é só que recentemente venho notando...

E com respeitosa relutância, mencionei o formulário de chamada que desapareceu, os e-mails ignorados, a confusão ridícula que ele armou com o desaparecimento daquela caneta verde, sem esquecer aqueles poucos e vitais momentos sem fazer a chamada, quando deixou de notar o menino inconsciente e quase morrendo no chão da sala.

Negação enfática é de longe a melhor tática quando se quer incriminar um inimigo. Então consegui externar o profundo respeito e admiração que sentia por Roy Straitley, insinuando todo o resto de maneira inocente. Dessa forma, passo como membro leal da escola – com certa ingenuidade – e também garanto que restem dúvidas, como farpas, nas cabeças de Bishop e Devine, preparando-os para a próxima manchete que, efetivamente, apareceu no *Examiner* esta semana mesmo.

AMENDOINS PARA O SENHOR!

Colin Knight é um jovem estudioso que achou as pressões sociais e acadêmicas da St. Oswald's cada vez mais difíceis de enfrentar. "Há muita perseguição", disse ele para o *Examiner*, "mas a maioria de nós não ousa reclamar. Alguns meninos podem fazer tudo que quiserem na St. Oswald's, porque alguns professores estão do lado deles e qualquer um que os acuse acaba encrencado."

Certamente, Colin Knight não parece um encrenqueiro. No entanto, se dermos crédito às reclamações registradas contra ele neste trimestre pelo professor da turma (Roy Straitley, 65), em três semanas ele foi responsável por numerosos casos de furto, mentiras e provocações, culminando com a suspensão da escola depois de uma bizarra acusação de violência, quando um colega (James Anderton-Pullitt, 13) se engasgou com um amendoim.

Conversamos com John Fallow, demitido da St. Oswald's há duas semanas depois de quinze anos de serviços prestados. "É bom ver que o jovem Knight está reagindo e se defendendo", disse Fallow para o *Examiner*. "Mas os Anderton-Pullitt são do conselho diretor da escola, e os Knight não passam de uma família comum."

Pat Bishop (54), professor adjunto e porta-voz da St. Oswald's, declarou: "Isso é um assunto de disciplina interna que será criteriosamente investigado antes de tomarmos qualquer outra decisão."

Nesse meio-tempo, Colin Knight continua os estudos no quarto dele, sem poder usufruir das aulas pelas quais sua família paga 7 mil libras por ano. E embora essa quantia talvez não seja grande coisa para o aluno médio da St. Oswald's, para pessoas comuns como os Knight não se trata de amendoins.

Tenho muito orgulho desse pequeno texto. Uma mistura de fatos, conjecturas e humor discreto que deve abalar de forma satisfatória o coração arrogante da St. Oswald's. A única coisa que lamento é não ter podido assinar meu nome nele nem mesmo o nome que inventei, apesar de o Informante ter sido evidentemente muito útil na sua construção.

Em vez disso, usei como cobertura uma repórter e mandei-lhe uma cópia por e-mail como tinha feito antes, acrescentando alguns detalhes para facilitar a investigação dela. O texto foi impresso com uma foto do jovem Knight, arrumado e limpo com o uniforme da escola, e um retrato de turma de 1997 bem granuloso, mostrando Straitley todo inchado e desarrumado, cercado de meninos.

Claro que qualquer crítica à St. Oswald's é um bálsamo para o *Examiner*. No fim de semana já tinha aparecido duas vezes na imprensa nacional: uma vez como uma nota na página 10 do *News of the World*, e a outra como parte de um editorial mais longo no *Guardian*, intitulado "Justiça dura nas nossas escolas privadas".

No geral, foi um dia bem produtivo. Tratei de garantir que qualquer menção de antissemitismo fosse omitida por enquanto, e no lugar disso trabalhei minha tocante descrição dos Knight como gente honesta, mas pobre. É isso que os leitores realmente querem, uma história de pessoas iguais a eles (eles acham), batalhando e economizando para mandar os filhos para a melhor escola possível – mas eu gostaria de ver qualquer um deles gastando sete mil guardados para a cerveja em taxas escolares, se o governo dá educação gratuita.

Meu pai lia o *News of the World* também e repetia aqueles mesmos clichês de *A escola é o melhor investimento*, de que o *Aprendizado é para a vida toda*, mas até onde eu pude ver, nunca passou disso e se ele viu a ironia nas próprias palavras, não deu nenhum sinal.

7

♟

Escola St. Oswald's para meninos
Quarta-feira, 13 de outubro

Knight voltou na manhã de segunda-feira, com uma expressão de bravura de mártir, como vítima de um ataque e com um minúsculo risinho de deboche. Os outros meninos o trataram com cautela, mas não foram maus com ele. Na realidade, notei que Brasenose, que normalmente o evita, saiu do seu caminho para ser amigável, sentou ao lado dele na hora do almoço e até ofereceu a metade de uma barra de chocolate. Era como se Brasenose, a eterna vítima, tivesse notado um possível defensor no recém-inocentado Knight e estivesse se esforçando para cultivar sua amizade.

Anderton-Pullitt também voltou. Não parecia afetado pela experiência de ver a morte de perto e tinha um novo livro sobre as aeronaves da Primeira Guerra Mundial para nos infernizar. Quanto a mim, já estive pior. Disse isso para Dianne Dare quando ela questionou a sensatez da minha volta tão rápida ao trabalho e mais tarde para Pat Bishop, que me acusou de parecer cansado.

Devo dizer que ele também não está com uma aparência muito boa no momento. Primeiro o caso Fallow, depois a cena com Anderton-Pullitt e finalmente esse problema com Knight... Soube pela Marlene que Pat tinha dormido mais de uma noite na sala dele. E agora eu via que o rosto dele estava mais vermelho do que de costume e os olhos injetados. Pelo modo com que ele me abordou, adivinhei que o novo diretor o tinha enviado para me sondar e podia dizer que Bishop não estava satisfeito com isso, mas, como professor adjunto, o dever dele era para com o diretor, fossem quais fossem suas opiniões sobre o assunto.

– Você está parecendo exausto, Roy. Tem certeza de que devia estar aqui?

– Não há nada de errado comigo que uma boa e rígida enfermeira não cure.

Ele não sorriu.

– Depois do que aconteceu, achei que você devia tirar pelo menos uma ou duas semanas.

Entendi aonde ele estava querendo chegar.

– Não aconteceu nada – respondi laconicamente.

– Isso não é verdade. Você teve um ataque...

– Nervos. Só isso.

Ele suspirou.

– Roy, seja razoável...

– Não venha me dar sermões, Pat. Não sou um dos seus meninos.

– Não fique assim – disse Pat. – Só achamos que...

– Você, o diretor e Strange...

– Só achamos que um descanso seria bom para você.

Olhei bem para ele, mas não me encarou.

– Um descanso? – perguntei.

Eu estava começando a me irritar.

– É, sei que pode ser muito conveniente se eu tirar algumas semanas. Dar tempo para tudo se acalmar? Dar uma chance para vocês alisarem algumas penas eriçadas? Talvez pavimentar o caminho para algumas novas medidas do sr. Strange?

Eu tinha razão, e por isso ele ficou zangado. Não disse nada, mas pude ver que teve vontade, e o rosto dele, já avermelhado, ficou mais escuro ainda.

– Você está mais devagar, Roy – disse. – Encare isso, você está esquecendo as coisas. E não é mais tão jovem como era.

– E alguém é?
Ele franziu a testa.
– Falaram até de suspendê-lo.
– Ah, é? Devia ter sido o Strange, ou talvez Devine, de olho grande na sala 59 e último bastião do meu pequeno império.
– Tenho certeza de que você disse para eles o que aconteceria se eles tentassem. Suspensão sem aviso formal? Não sou sindicalizado, mas Uvazeda é e o diretor também.
– Aquele que vive pelo livro, morre pelo livro. E eles sabem disso.
Mais uma vez Pat não me encarou.
– Esperava não ter de dizer isso para você – disse. – Mas você não me deu escolha.
– Dizer o quê? – perguntei e já sabia a resposta.
– A minuta do aviso já foi redigida – disse.
– Redigida? Por quem?
Como se eu não soubesse. Strange, é claro. O homem que já havia desvalorizado o meu departamento, reduzido meus horários e agora esperava me botar para escanteio enquanto os fundamentalistas dominavam o mundo.
Bishop suspirou.
– Ouça, Roy, você não é o único que está com problemas.
– Não duvido disso – respondi. – Mas alguns de nós...
Mas alguns de nós ganham mais do que os outros para enfrentar esses problemas. Só que é verdade que raramente pensamos na vida privada dos colegas. Filhos, amantes, casas. Os meninos ficam sempre espantados de nos ver em qualquer contexto fora da St. Oswald's, comprando legumes em um supermercado, no barbeiro, num bar. Espantados e um pouco fascinados, como se avistassem uma pessoa famosa na rua. *Eu o vi na cidade no sábado, senhor!* Como se imaginassem que ficássemos pendurados atrás da porta da sala de aula,

como roupas descartadas, entre a noite de sexta-feira e a manhã de segunda.

Para falar a verdade, tenho uma certa culpa por isso. Mas, ao ver Bishop hoje – quero dizer, *vê*-lo realmente, o corpo de jogador de rúgbi com metade transformada em gordura apesar daquelas corridas diárias, e o rosto encovado, cara de um homem que nunca entendeu muito bem com que facilidade os catorze anos passavam e chegavam os cinquenta –, senti uma inesperada pontada de simpatia.

– Ouça, Pat. Eu sei que você...

Mas Bishop já tinha se virado para ir embora, arrastando os pés no corredor de cima, mãos nos bolsos, os ombros largos meio curvados. Era uma pose que o vi adotar muitas vezes, quando o time de rúgbi da escola perdia em jogo contra a St. Henry's, mas eu conhecia Bishop bem demais para acreditar que o sofrimento implícito naquela postura fosse qualquer outra coisa além de mera pose. Não, ele estava zangado. Com ele mesmo, talvez. Ele é um bom homem, mesmo sendo homem do diretor. Mas, acima de tudo, tinha se zangado com a minha falta de cooperação, falta do espírito da escola e falta de compreensão em relação à posição difícil dele.

Ah, senti por ele... mas não se chega a professor num lugar como a St. Oswald's sem enfrentar um ou dois problemas ocasionais. Ele sabe que o diretor ficaria muito satisfeito de poder fazer de mim um bode expiatório. Afinal, não tenho uma carreira diante de mim, além disso sou caro e estou perto da aposentadoria. Minha substituição seria um alívio para muitos. Meu substituto um cara jovem, um Terno corporativo, treinado em tecnologia da informação, veterano de muitos cursos, na rota para promoções rápidas. Meu pequeno mal-estar deve ter-lhes dado esperança. Finalmente uma desculpa para nos livrarmos do velho Straitley sem criar muita confusão. Uma aposentadoria digna com a justificativa de saúde frágil. Placa de prata. Envelope selado. Discurso elogioso na sala comunitária.

Quanto ao caso de Knight e ao resto... ora! O que podia ser mais fácil do que botar a culpa – com a maior discrição – em um ex-colega? Foi antes do seu tempo. Um da velha escola, sabe, um cara superlegal, mas intransigente, não sabia trabalhar em equipe. Não era um de nós.

 Bem, você se enganou, diretor. Não tenho intenção nenhuma de ir para a aposentadoria pacificamente. E quanto ao aviso por escrito, *pone ubi sol non lucet*. Vou marcar meu século, ou morrer tentando. Um para o Quadro de Honra.

Eu continuava com o espírito marcial quando cheguei em casa à tardinha, e o dedo invisível voltou a cutucar suave mas insistentemente no meu plexo solar. Peguei dois dos comprimidos que Bevans receitou, engoli-os com um pouco de licor medicinal, antes de me instalar para corrigir provas do quinto ano. Era noite quando terminei. Às sete, levantei para fechar as cortinas, e um movimento no jardim chamou minha atenção. Cheguei mais perto da janela.

 Meu jardim é comprido e estreito, parecia uma volta aos tempos das plantações em faixas finas e retas, com uma cerca viva de um lado, um muro no outro e vários arbustos, legumes e verduras crescendo mais ou menos ao acaso entre os dois. Na ponta mais distante, há uma grande castanheira que pende sobre a Dog Lane, que é separada do quintal por uma cerca. Embaixo da árvore tem uma área de grama e musgo onde gosto de sentar no verão (ou gostava, antes do processo de levantar do chão ficar tão complicado) e um barracão pequeno e decrépito onde guardo umas poucas coisas.

 Nunca fui roubado. Acho que não tenho nada que valha a pena roubar, a menos que possa contar os livros, que são geralmente considerados sem valor pela irmandade criminosa. Mas Dog Lane tem uma reputação. Tem um pub na esquina, que gera barulho. Uma loja que vende peixe com fritas numa ponta, que gera lixo. E, claro, a Sunnybank Park Comprehensive que fica perto e gera quase qualquer coisa que se possa imaginar, incluindo barulho, lixo e uma manada em disparada duas vezes por dia que passa na frente da minha casa e que poria até os mais desordeiros no chinelo. Costumo ser bem tolerante com isso. Até finjo que não vejo os intrusos ocasionais que pulam a cerca na época das castanhas. Uma castanheira em outubro pertence a todos, inclusive aos de Sunnybank.

Mas isso era outra coisa. Para começar, as aulas tinham acabado havia muito tempo. Estava escuro e fazia bastante frio. E além disso aquele movimento que percebi era inquietantemente furtivo.

Encostei o rosto no vidro da janela e vi três ou quatro sombras no final do jardim, que não eram suficientemente grandes para serem de adultos. Eram meninos, então. Agora dava para ouvir as vozes deles, bem baixas, pelo vidro.

Isso me surpreendeu. Em geral, os catadores de castanhas são rápidos e não incomodam. A maioria das pessoas na rua sabe qual é a minha profissão e me respeita. E o pessoal de Sunnybank com quem já falei sobre a mania de deixar lixo espalhado raramente volta a fazer isso.

Bati com rapidez no vidro. Agora eles vão sair correndo, pensei. Mas, em vez disso, eles se calaram, e poucos segundos depois ouvi claramente comentários e risos zombeteiros vindos de baixo da castanheira.

– Já chega.

Com quatro passos, cheguei à porta.

– Oi! – berrei com a minha melhor voz de professor. – Que diabos vocês pensam que estão fazendo, meninos?

Mais risos no fundo do jardim. Dois correram, eu acho, vi a silhueta deles rapidamente, marcadas pelo néon, quando subiram na cerca. Os outros dois ficaram, seguros na escuridão e confiantes por causa do comprimento do jardim.

– O que vocês estão fazendo? – perguntei.

Era a primeira vez que um menino, até contando com os de Sunnybank, me desafiava. Senti uma onda de adrenalina pelo corpo, e o dedo invisível me cutucou novamente.

– Venham aqui já!
– Senão o quê? – A voz era mal-educada e juvenil. – Está pensando que consegue me pegar, seu gordo filho da mãe?
– Porra, consegue nada, ele é velho demais!
A raiva me deu velocidade. Parti pelo caminho como um búfalo, mas estava muito escuro, o chão estava escorregadio, meu pé, com o chinelo que tinha sola de couro, deslizou para o lado, eu me desequilibrei.
Não caí, mas quase. Torci o joelho e, quando olhei, os dois meninos estavam pulando a cerca, rindo o tempo todo como pássaros feios alçando voo.

8

♚

Escola St. Oswald's para meninos
Quinta-feira, 14 de outubro

Foi um incidente pequeno. Uma irritação menor, só isso. Não provocou danos. No entanto... Houve um tempo em que eu teria alcançado aqueles meninos, custasse o que custasse, e os arrastaria pelas orelhas. Agora não, é claro. Os *sunnybankers* conhecem seus direitos. Mesmo assim, fazia muito tempo que minha autoridade não era desafiada com tanta audácia. Os meninos farejam a fraqueza. Todos eles. E foi um erro correr daquele jeito, no escuro, especialmente depois do que Bevans tinha dito. Foi precipitado, indigno. Um erro de professor. Eu devia ter saído discretamente para Dog Lane e pegado os meninos quando subiam a cerca. Eram apenas meninos, de treze ou catorze anos, a julgar pelas vozes. Desde quando Roy Straitley permitia que alguns meninos o desafiassem?

Fiquei ruminando isso mais tempo do que o fato merecia. Talvez por isso eu tivesse dormido tão mal. Podia ser o licor, ou talvez eu ainda estivesse abalado pela conversa que tive com Bishop. Em todo caso, acordei cansado. Eu me lavei, me vesti, fiz torrada e bebi uma caneca de chá, enquanto esperava o carteiro chegar. E de fato, às sete e meia, ouvi a tampa da caixa do correio bater e lá estava uma folha com timbre da St. Oswald's, assinada por E. Gray, diretor-geral, bacharel, e dr. B. D. Pooley, diretor do conselho, dizendo que a duplicata seria arquivada na minha pasta pessoal por um período de 12 (doze) meses, depois dos quais seria retirada, desde que não tivesse havido nenhuma contestação e com a discrição do conselho diretor, e blá-blá-blá, maldito blá-blá-blá.

Num dia normal, isso não teria me afetado. Mas a fadiga me deixara vulnerável e foi sem entusiasmo – e com um joelho que ainda doía por causa da aventura malograda da noite anterior – que parti a pé para a St. Oswald's. Sem saber exatamente por quê, fiz um curto desvio pela Dog Lane, talvez para verificar se havia algum sinal dos invasores da véspera.

Foi então que eu vi. Não podia deixar de ver: uma suástica desenhada no lado da cerca com caneta pilot vermelha, e a palavra "HITLER" embaixo, em letras exuberantes. Era recente. Certamente o trabalho dos *sunnybankers* da noite anterior, se, de fato, *eram sunnybankers*. Mas eu não tinha esquecido a caricatura pregada no quadro de avisos da turma, a charge em que eu aparecia como um gordinho nazista, e a minha convicção, na época, de que Knight estava por trás daquilo.

Será que Knight podia ter descoberto onde eu morava? Não seria difícil, meu endereço está no caderno de endereços da escola, e dezenas de meninos devem ter me visto caminhando para casa. Mas eu não podia acreditar que Knight, logo Knight, ousaria fazer uma coisa dessas.

Ensinar é um jogo de blefes, é claro. Mas seria preciso ser um jogador melhor do que Knight para ganhar de mim. Não, tinha de ser uma coincidência, pensei. Algum morador de Sunnybank Park com mania de rabiscar com marcadores que voltava desanimado para casa para comer um peixe com fritas, que viu minha bela cerca limpinha e odiou aquela superfície imaculada.

No fim de semana, vou lixar e repintá-la com tinta lavável. Já estava precisando mesmo e, como qualquer professor sabe, um desenho grafitado chama outro. Mas eu não conseguia evitar a sensação, quando caminhava para St. Oswald's, de que todas as coisas desagradáveis das últimas semanas – Fallowgate, a campanha do *Exami-*

ner, a invasão da véspera, o amendoim ridículo de Anderton-Pullitt, até a cartinha afetada do diretor de manhã – estavam misteriosa, irracional e *deliberadamente* interligadas. Escolas, como navios, são repletas de superstições, e a St. Oswald's, mais do que a maior parte das outras. Os fantasmas, talvez. Ou os rituais e as tradições que mantinham as velhas engrenagens rangendo e girando. Mas este semestre nos tinha dado nada além de azar desde o princípio. Tem um pé-frio a bordo. Se ao menos eu soubesse quem é...

Quando entrei na sala comunitária esta manhã, achei o ambiente estranhamente quieto. A notícia do aviso que recebi devia ter se espalhado, porque paravam de conversar toda vez que eu entrava numa sala, e isso aconteceu o dia inteiro, além de haver no olhar de Uvazeda aquele mau agouro para alguém.

Liga das Nações me evitaram. Grachvogel parecia furtivo. Scoones estava mais desligado do que de costume. E até Pearman parecia diferente, não tinha a mesma animação. Kitty também estava muito preocupada, mal retribuiu minha saudação quando cheguei, e isso me incomodou bastante. Kitty e eu sempre fomos amigos, e esperava que não tivesse acontecido nada que pudesse mudar isso. Achava que não, afinal os pequenos percalços da última semana não *a* tinham afetado. Mas havia definitivamente alguma coisa na expressão dela quando levantou a cabeça e me viu. Sentei ao seu lado com o meu chá (a caneca do Jubileu que tinha desaparecido foi substituída por uma toda marrom de casa), mas ela parecia entretida com uma pilha de livros e mal disse uma palavra.

O almoço foi de apenas lamentáveis legumes e verduras, graças ao vingativo Bevans, seguidos por uma xícara de chá sem açúcar. Levei a xícara para a sala 59, só que a maior parte dos meninos estava lá fora, exceto Anderton-Pullitt, todo feliz com o livro sobre aeronáutica, e Waters, Pink e Lemon, que jogavam cartas em silêncio num canto.

Eu lia um texto há uns dez minutos, quando levantei a cabeça e vi o coelho Meek parado ao lado da minha mesa com uma folha rosa dobrada na mão e uma expressão de ódio misturada com deferência no rosto pálido e barbado.

– Recebi esta folha hoje de manhã, senhor – disse e estendeu o papel para mim.

Ele nunca me perdoou pela intervenção na aula dele nem pelo fato de eu ter testemunhado sua humilhação na frente dos meninos. O resultado era me chamar de "senhor" como um aluno, num tom monótono e sem vida, igual ao de Knight.

– O que é?

– Formulário de avaliação, senhor.

– Ah, meus deuses. Eu tinha esquecido.

É claro, era hora das avaliações da equipe. Que os deuses nos livrassem de deixar de terminar toda a papelada necessária antes do dia da inspeção oficial em dezembro. Supus que eu tivesse uma também. O novo diretor sempre foi um grande fã de avaliações internas, que foram introduzidas por Bob Strange que, por sua vez, também quer mais cursos práticos, cursos anuais de administração e pagamentos por desempenho. Eu não entendo. Nossos resultados são tão bons quanto os meninos aos quais ensinamos, afinal de contas. Mas isso mantém Bob longe das salas de aula, que é o essencial.

O princípio geral da avaliação é simples: cada novo membro da equipe é observado individualmente e avaliado na sala de aula por um professor sênior. Cada chefe de seção por um chefe do ano; cada chefe do ano por um procurador do diretor, isto é, Pat Bishop ou Bob Strange. Os segundo e terceiro mestres são avaliados pelo próprio diretor (só que no caso de Strange, que passa tão pouco tempo na sala de aula, não dá para imaginar por que se dar ao trabalho). O diretor, como é geógrafo, praticamente não leciona, mas passa muito tempo em cursos, dando palestras para alunos da pós-graduação em educação sobre sensibilidade racial ou conscientização sobre drogas.

– Diz que o senhor vai observar minhas aulas esta tarde – disse Meek.

Ele não parecia muito satisfeito com isso.

– Ciência da computação, terceiro ano.

– Obrigado, senhor Meek.

Fiquei imaginando qual piadista tinha resolvido me botar para supervisionar ciência da computação. Como se eu não soubesse. E com Meek, ainda por cima. Bem, pensei. É o fim do meu período livre.

Há alguns dias na carreira de professor em que tudo dá errado. Eu já deveria saber, tive alguns desses. Dias em que a única coisa sensata a fazer é ir para casa e voltar para a cama. Hoje foi um desses dias. Um desfile absurdo de problemas e irritações, de lixo, de livros perdidos, pequenas rusgas e tarefas administrativas nada bem-vindas, afazeres a mais e comentários inapropriados pelos corredores.

Um encontro com Eric Scoones por causa de um mau comportamento do Sutcliff; minha lista de chamada (que continua desaparecida e provocando problemas com a Marlene); o vento (nunca bem-vindo); um vazamento no banheiro dos meninos e a subsequente enchente em uma parte do corredor do meio; Knight (convencido demais); o dr. Devine (também); uma série de mudanças de sala irritantes, devido ao vazamento, enviadas por e-mail (meus deuses!) para todos os computadores da equipe; e o resultado de que me atrasei para o período que devia cobrir de manhã, aula de inglês para o ausente Roach.

Há muitas vantagens no fato de ser professor sênior. Uma delas é que depois de marcar a reputação como disciplinador raramente é preciso impor essa disciplina. A coisa se espalha – *Não brinque com o Straitley* – e a vida fica tranquila para todos. Mas hoje foi diferente.

Ah, de vez em quando acontece, e, se tivesse acontecido em qualquer outro dia, eu talvez não reagisse daquele jeito. Mas era um grupo grande, do terceiro ano, trinta e cinco meninos, e nenhum que fazia línguas latinas. Eles só conheciam a minha reputação. E imagino que o artigo recente no jornal não tenha ajudado muito.

Cheguei dez minutos atrasado, e a turma já fazia barulho. Ninguém dera nada para eles fazerem e, quando entrei na sala, esperando que os meninos ficassem de pé e em silêncio, eles simplesmente olharam para mim e voltaram a fazer o que estavam fazendo. Jogos de cartas, conversas, uma discussão ruidosa no fundo da sala, cadeiras derrubadas e um fedor poderoso de chiclete no ar.

Eu não devia me zangar. Um bom professor sabe que há a raiva falsa e a raiva verdadeira. A falsa tudo bem, faz parte do arsenal de blefes do professor, mas a verdadeira deve ficar escondida a todo custo, senão os meninos, aqueles manipuladores de professores, descobrem que marcaram um ponto.

Mas eu estava cansado. O dia já tinha começado mal, os meninos não me conheciam, e eu ainda estava zangado com o incidente no meu quintal na noite anterior. Aquelas vozes jovens – "Porra, consegue nada, ele é velho demais!" – soaram familiares demais, plausíveis demais para serem esquecidas com facilidade. Um menino olhou para mim e virou para o colega que dividia a carteira com ele. Pensei ter ouvido a frase "Amendoins para o senhor!", em meio a uma explosão de gargalhadas maldosas.

Então eu caí, como um principiante, como um aprendiz de professor, no truque mais antigo que existe. Perdi a calma.

– Silêncio, cavalheiros.

Costumava funcionar. Mas dessa vez não funcionou. Vi um grupo de meninos lá atrás rindo abertamente da beca velha que eu tinha esquecido de tirar depois do intervalo da manhã. *Amendoins para o senhor*, ouvi (ou pensei ter ouvido), e tive a impressão de que foi num tom mais alto.

– Eu disse silêncio! – berrei.

Um grito marcante em circunstâncias normais, mas eu tinha me esquecido do Bevans e do conselho dele para maneirar, e o dedo invisível cutucou meu externo. Os meninos no fundo da sala deram uma risada de deboche e irracionalmente pensei se algum deles tinha estado na minha casa na véspera. *Está pensando que consegue me pegar, seu gordo filho da mãe?*

Bem, nessas ocasiões é inevitável que haja vítimas. Nesse caso, foram oito detenções na hora do almoço, que talvez *sejam* um pouco demais, porém a disciplina quem faz é o professor, afinal, e não havia motivo para Strange intervir. Só que ele interveio. Estava passando na frente da sala exatamente na hora errada, ouviu a minha voz e espiou pelo vidro bem no momento em que fiz um dos meninos virar, segurando na manga do blazer dele.

– Sr. *Straitley*!

É claro que hoje em dia ninguém encosta nos alunos.

Silêncio geral. A manga do blazer do menino rasgou embaixo do braço.

– O senhor viu. Ele me bateu.

Sabiam que eu não tinha feito isso. Até Strange sabia, mas ele não disse nada. O dedo invisível deu uma outra cutucada. O menino, Pooley era o nome dele, estendeu o braço para que vissem o blazer descosturado.

– Era novinho!

Não era, qualquer um podia ver isso. O tecido já estava brilhoso de tão velho. A própria manga um tanto curta. Devia ser do ano passado, já pedindo outro. Mas eu tinha exagerado, percebi naquele momento.

– Talvez você possa contar tudo para o sr. Strange – sugeri e dei as costas para a turma que agora estava quieta.

O professor auxiliar me encarou com olhar malicioso.

– Ah, e quando terminar com o sr. Pooley, mande-o de volta – solicitei. – Tenho de providenciar a detenção dele.

Strange não podia fazer mais nada além de ir embora e levar Pooley com ele. Imagino que não gostou de ser despachado por um colega, mas acontece que não devia ter interferido, não é? Mesmo assim, tive a sensação de que ele não ia deixar o assunto passar em branco. Era uma oportunidade boa demais. E acabei lembrando (só que um pouco tarde) que o jovem Pooley era o filho mais velho do dr. B. D. Pooley, diretor do conselho da escola, cujo nome eu tinha visto recentemente num aviso formal por escrito.

Bem, depois disso fiquei tão abalado que fui para a sala errada para avaliar Meek e cheguei vinte minutos depois da aula ter começado. Todos se viraram para olhar para mim, menos Meek. O rosto pálido dele era só desaprovação.

Sentei no fundo da sala. Alguém tinha posto uma cadeira para mim, com o formulário cor-de-rosa de avaliação em cima. Examinei a folha de papel. Era daquelas com quadradinhos para assinalar. Planejamento, apresentação, estímulo, entusiasmo, controle da turma. Com notas até cinco e um espaço para comentários, como um questionário de hotel.

Imaginei que tipo de opinião eu devia ter. Mas a turma estava quieta, fora dois bagunceiros lá atrás. A voz de Meek era aguda e penetrante. As telas dos monitores desempenhavam seu papel e criavam desenhos indutores à enxaqueca, o que aparentemente era o objetivo do exercício. No geral, tudo satisfatório, pensei. Sorri com simpatia para o infeliz Meek. Saí antes de a aula terminar, com a esperança de poder tomar uma xícara de chá antes da aula seguinte, e enfiei a folha cor-de-rosa no escaninho do mestre responsável.

Quando fiz isso, notei que havia alguma coisa no chão, aos meus pés. Era um caderninho de bolso, de capa vermelha. Abri rapidamente e vi escrito, com uma letra fina e comprida, o nome C. KEANE.

Ah, Keane. Espiei na sala comunitária, mas o professor de inglês não estava. Então guardei o caderninho no bolso, para entregar para

Keane mais tarde. E foi um erro, que se revelou depois. Mas você sabe o que se diz de ouvir atrás das portas.

Todos os professores fazem. Anotações sobre os meninos. Observações para listas e tarefas. Notas sobre brigas, pequenas e grandes. Dá para conhecer um colega pelo caderno de anotações, tão bem como pela caneca. O do Grachvogel é um primor de organização, limpo e com um código de cores. O da Kitty é uma agenda de bolso bem profissional. Do Devine é um calhamaço preto impressionante, com pouca coisa anotada. Scoones usa o mesmo livro verde de contabilidade desde 1961. O da Liga das Nações tem projetos de caridade do Christian Aid. O de Pearman é uma pilha de pedaços de papel, anotações em *post-it* e envelopes usados.

Como já tinha aberto uma vez, não resisti e dei uma espiada no caderno do jovem Keane. E na hora em que me dei conta de que não devia estar lendo, já estava fascinado com a leitura.

Claro que eu sabia que o homem era escritor. E tem cara mesmo. A discreta complacência do observador casual, satisfeito com o que vê porque sabe que não ficará ali por muito tempo. O que eu não imaginava era o quanto ele já tinha visto. As rixas, as rivalidades, os segredinhos da dinâmica da sala comunitária. Havia páginas e páginas sobre isso. Numa escrita compacta e com letra tão miúda que era quase ilegível. Estudos de personalidade, desenhos, observações entreouvidas, fofocas, histórias, notícias.

Examinei as páginas rapidamente, forçando a vista para decifrar a escrita minúscula. Ele mencionava Fallowgate. E Amendoim. E Preferidos. Havia um pouco da história da nossa escola ali. Vi os nomes Snyde, Pinchbeck e Mitchell ao lado de uma notícia de jornal sobre aquela velha e triste história. Junto com isso, uma cópia de uma fotografia oficial da St. Oswald's, uma foto colorida de um dia esportivo – meninos e meninas sentados de pernas cruzadas na grama –, e um retrato ruim de John Snyde, com cara de criminoso, como fica a maioria dos homens na primeira página de um jornal. Vi que algumas páginas tinham charges, quase todas caricaturas. Ali estava o diretor, empertigado e glacial, o Don Quixote do Sancho Bishop. Tinha Bob Strange, um híbrido semi-humano ligado ao computador. O meu Anderton-Pullitt estava lá de óculos e gorro de aviador. A paixão juvenil de Knight por uma nova professora estava exposta sem piedade. A srta. Dare retratada como uma solteirona de óculos e meias, com Scoones no papel do Rottweiler feroz. Até eu aparecia, com uma corcunda, de beca preta, balançando na torre do sino com Kitty nos braços, uma esmeralda gorducha.

Sorri ao ver *isso*, mas também senti um certo desconforto. Acho que sempre tive uma quedinha por Kitty Teague. Tudo às claras, sabe como é, só que nunca me dei conta de que fosse tão *óbvio* assim. E fiquei imaginando se Kitty também tinha percebido.

Maldito Keane, pensei com meus botões. Então eu não sabia desde o início que ele era um novo-rico? Mesmo assim gostava dele. E ainda gosto, para dizer a verdade.

R. Straitley: latim. Ex-aluno da St. Oswald's, muito dedicado. Sessentão. Fumante. Acima do peso. Corta o próprio cabelo. Usa o mesmo paletó marrom de tweed com reforço nos cotovelos todo santo dia (ora, isso é uma mentira, espertinho, uso um terno azul para os dias de discurso e enterros). *Entre os passatempos estão provocar a administração e flertar com a professora de francês. Os meninos têm uma afeição inusitada por ele* (está se esquecendo do Colin Knight). *É como um albatroz agarrado ao pescoço de Strange. Inofensivo.*

Bem, gostei disso. Inofensivo uma ova!

Mas ainda podia ser pior. Nas anotações sobre Penny Nation, leio *caridade venenosa*, e nas de Isabelle Tapi, *vadia francesa*. Não se pode negar que o homem tem o dom para criar frases de efeito. Eu teria continuado a leitura, mas naquele momento tocou o sino para a chamada, guardei o caderninho na gaveta da minha mesa com certa relutância, esperando poder terminar de ler com calma.

Mas não cheguei a fazer isso. Ao voltar para a minha mesa no fim das aulas, encontrei a gaveta vazia, o caderninho tinha sumido. Na hora achei que Keane tivesse encontrado e levado, já que, como Dianne, ele usa minha sala de vez em quando. Não perguntei para ele, por motivos óbvios. E foi só mais tarde, quando os escândalos começaram a estourar, um atrás do outro, que me lembrei de associar aquele caderninho vermelho ao ubíquo Informante, que conhecia tão bem a escola e parecia ter tantas informações sobre nosso comportamento inofensivo.

9

Sexta-feira, 15 de outubro

Outra semana bem-sucedida, eu acho. Não menos importante foi a minha descoberta daquele caderninho de anotações, com o conteúdo incriminador. Acredito que Straitley deva ter lido alguma coisa dele, mas provavelmente não tudo. A grafia é miúda demais para seus olhos velhos e além do mais, se tivesse chegado a qualquer conclusão suspeita, eu teria percebido nos modos dele antes. Mesmo assim seria burrice guardar o livrinho. Eu sei disso e queimei essa peça ofensiva, com muita pena, antes que caísse nas mãos de algum inimigo. Talvez ainda tenha de examinar de novo o problema, mas não hoje. Hoje tenho de me preocupar com outras coisas.

Estamos chegando ao fim de outubro e pretendo me ocupar muito (não estou falando apenas de fazer anotações em livros). Não, na semana que vem estarei na escola quase todos os dias. Já acertei com Pat Bishop, que também acha difícil se ausentar, e com o sr. Beard, coordenador de tecnologia da informação, com quem tenho um acordo extraoficial.

Tudo na mais perfeita inocência. Afinal, meu interesse pela tecnologia não é nada de novo e sei, por experiência própria, que me escondo melhor quando dou as caras e apareço. Bishop aprova, é claro. Ele não sabe grande coisa de computadores, mas me supervisiona daquele jeito avuncular dele, saindo da sala de vez em quando para ver se preciso de ajuda.

com seis e pretendo esvaziá-la até o Natal), atualizei alguma correspondência mais essencial, depois desci e fui ao telefone público para fazer uma ligação rápida para a polícia, informando sobre um Probe preto (placa LIT 3) que rodava feito louco perto do Acadêmico Sedento. Esse é o tipo de comportamento que minha terapeuta costuma desencorajar hoje em dia. Impulsividade demais é o que ela diz. Julgo demais. Nem sempre levo em consideração os sentimentos dos outros, como devia. Mas não corri risco nenhum. Não dei meu nome e, em todo caso, sabemos que ele merecia. Como o sr. Bray, Light gosta de se gabar, é um provocador, adora quebrar as regras, é um homem que acredita realmente que algumas cervejas o tornam melhor motorista. É previsível. Todos eles são muito previsíveis.

Essa é a fraqueza deles. Dos oswaldianos. Light, é claro, é um bobo complacente, mas até Straitley, que não é, partilha dessa mesma complacência boba. *Quem ousaria me atacar? Atacar a St. Oswald's?*

Bem, cavalheiros. Eu.

XEQUE

1

♟

O verão em que meu pai teve o colapso nervoso foi o mais quente da história já registrado. No início ele gostou, ficou animado, como se voltasse aos lendários verões de sua infância, nos quais, se é que dava para acreditar nele, teve os melhores momentos da vida. Depois, quando o sol continuou impiedoso e a grama nos jardins da St. Oswald's passaram de amarelo para marrom, ele ficou de mau humor e começou a aflição.

Os gramados eram responsabilidade dele, claro. Um dos seus deveres era mantê-los. Ele instalou aspersores para molhar a grama, mas a área que tinha de cobrir era grande demais para esse sistema e ele foi obrigado a limitar sua atenção ao campo de críquete. O resto dos gramados desapareceu sob o calor do sol inclemente. Mas essa era apenas uma das preocupações do meu pai. O grafiteiro artista tinha atacado de novo, dessa vez em tecnicolor, um mural de dois metros quadrados na lateral do pavilhão de jogos.

Meu pai passou dois dias esfregando para apagar o desenho, depois mais uma semana para pintar o pavilhão e jurou que da próxima vez daria a maior surra no filho da mãe. Mas o culpado escapava dele. Os desenhos com tinta spray apareceram mais duas vezes dentro e em volta da St. Oswald's, berrantemente coloridos, artísticos a seu modo, ambos com caricaturas dos professores. Meu pai começou a vigiar a escola à noite, aguardando atrás do pavilhão com uma dúzia de cervejas, mas não viu nem sinal do culpado e era um mistério para ele como o grafiteiro conseguia evitar ser visto.

Havia também os camundongos. Todo prédio grande tem pragas. A St. Oswald's mais do que a maioria. Mas desde o fim do trimestre de verão os camundongos tinham infestado os corredores em quantidade incomum. Até eu os via de vez em quando, especialmente perto da torre do sino, e sabia que era preciso acabar com aquela proliferação. Colocar veneno e remover os ratos mortos antes das aulas começarem, e dos pais poderem reclamar.

Meu pai ficou possesso. Estava convencido de que os meninos tinham deixado comida nos armários. Culpava a negligência dos faxineiros da escola. Passava dias abrindo e verificando cada armário da escola, cada vez mais furioso, mas sem sucesso.

E mais os cachorros. O calor afetava os animais como fazia com meu pai, eles ficavam letárgicos de dia e agressivos ao anoitecer. Os donos deles, que normalmente deixavam de levá-los para passear nos dias escaldantes, soltavam os bichos à noite no terreno baldio atrás da St. Oswald's, e eles corriam em bandos por lá, latindo e destruindo a grama. Não respeitavam os limites. Meu pai tentava mantê-los fora, mas eles se esgueiravam pela cerca, entravam nos campos da St. Oswald's e cagavam no campo de críquete recém-aspergido. Pareciam ter um instinto apurado para escolher os lugares que incomodavam mais o meu pai. De manhã ele tinha de se arrastar nos gramados com o catador de cocô, discutindo furiosamente consigo mesmo, bebendo uma lata de cerveja choca.

Como sentia aquela paixão por Leon, levei algum tempo para entender que John Snyde estava enlouquecendo, e mais tempo ainda para me importar com isso. Nunca tive muita intimidade com meu pai nem achava fácil entendê-lo. Agora o rosto dele era uma rocha o tempo todo, e a expressão mais comum era de raiva e confusão. Pelo menos uma vez eu esperava que fosse algo mais. Mas aquele era o homem que tinha pensado que ia resolver meus problemas sociais com aulas de caratê. Diante daquela situação infinitamente mais delicada, o que eu podia esperar dele agora?

Pai, eu me apaixonei por um menino chamado Leon.

É, não dava. Mas bem que tentei. Ele tinha sido jovem um dia, pensei. Tinha se apaixonado, sentido tesão, qualquer coisa. Pegava cerveja na geladeira e levava para ele. Fazia chá. Ficava sentado com ele horas diante da TV, assistindo a seus programas preferidos (*Knight Rider*, *Dukes of Hazzard*), com a esperança de merecer um pouco de atenção. Mas John Snyde estava afundando muito depressa. A depressão o cobriu como um cobertor de loucura. Os olhos dele não refletiam nada além das cores da tela da televisão. Como os outros todos, ele mal me via. Em casa, assim como na St. Oswald's, eu tinha me transformado no Homem Invisível.

E então, com duas semanas daquelas férias quentes de verão, ocorreu uma catástrofe dupla. A primeira foi minha culpa. Quando abria uma janela no telhado da escola, tropecei no alarme que disparou. Meu pai reagiu com uma rapidez inesperada e quase fui pego em flagrante. Voltei para casa e estava pondo as chaves mestras de volta no lugar, quando apareceu meu pai e me viu com elas na mão.

Tentei inventar uma história para escapar. Disse que tinha ouvido o alarme, notei que ele tinha esquecido as chaves e ia levá-las. Ele não acreditou. Andava nervoso o dia inteiro e já suspeitava que as chaves tivessem sumido. Agora eu não tinha dúvida de que ele me pegaria. A única maneira de sair da casa era passando por ele e pela expressão do seu rosto eu sabia que não tinha a menor chance.

Não foi a primeira vez que ele me bateu, é claro. John Snyde era campeão do soco direto, um golpe que acertava talvez três em cada dez, e que provocava a sensação de ter sido atingido por uma tora de madeira petrificada. Eu costumava desviar e quando ele me via novamente já tinha curado a ressaca, ou então esquecido por que ficara tão zangado comigo.

Mas dessa vez foi diferente. Primeiro, ele estava sóbrio. Segundo, eu tinha cometido um crime imperdoável, uma invasão à St. Oswald's, uma afronta para o chefe dos porteiros. Vi isso nos olhos dele por um segundo, a raiva contida, a frustração: eram os cães, o grafiteiro, as partes de terra que ficaram sem grama, os meninos que apontavam para ele e o chamavam de nomes, o garoto com cara de macaco, o desprezo mudo pelas pessoas como o tesoureiro e o novo diretor. Não sei quantas vezes ele me socou, mas, no fim da surra, meu nariz sangrava, meu rosto estava machucado, eu me encolhi num canto com os braços sobre a cabeça, ele parado ao meu lado com uma expressão aérea no rosto grande, as mãos espalmadas como as de um assassino no palco.

– Meu Deus. Oh, meu Deus. Oh, meu Deus.

Ele falava sozinho, e eu me preocupava demais com o nariz quebrado para me importar, mas acabei ousando abaixar os braços. Minha barriga doía, a sensação era de que vomitaria, mas consegui me controlar.

Meu pai tinha se afastado e sentado à mesa, com a cabeça apoiada nas mãos.

– Meu Deus, eu sinto muito. Sinto muito.

Ele repetia isso sem parar, mas, se estava falando comigo, ou com o Todo-Poderoso, eu não sei. Ele não olhou para mim quando me levantei bem devagar. Continuou a falar com a cara nas mãos e, embora me mantivesse longe dele, porque sabia como era volátil, sentia que alguma coisa tinha arrebentado dentro dele.

– Sinto muito – disse, tremendo com os soluços. – Eu não aguento isso. Eu simplesmente não aguento essa porra.

E assim ele finalmente desabafou, o último e mais terrível golpe daquela tarde. Enquanto ouvia, primeiro com espanto, depois com horror crescente, descobri que *ia* mesmo vomitar. Corri lá para fora, onde a St. Oswald's ocupava o horizonte azul, onde o sol perfurava minha testa, a grama queimada cheirava a perfume Cinnabar, e os passarinhos idiotas ficavam o tempo todo cantando e cantando, e não paravam mais de cantar.

2

Acho que eu devia ter adivinhado. Era a minha mãe. Três meses atrás, tinha começado a escrever para ele de novo, primeiro em termos vagos, depois com cada vez mais detalhes. Meu pai não tinha me falado dessas cartas, mas, lembrando agora, a chegada delas devia ter coincidido mais ou menos com meu primeiro encontro com Leon e o início da decadência do meu pai.

– Eu não queria contar para você. Eu nem queria pensar nisso. Achei que, se simplesmente ignorasse, talvez passasse. Nos deixasse em paz.

– Diga, o que é?

– Eu sinto muito.

– Diga, *o que* é?

Então ele me contou, ainda soluçando, enquanto eu limpava minha boca e escutava os passarinhos idiotas. Ele tentou esconder de mim por três meses. Com um único golpe, entendi os acessos de fúria, o fato de ter voltado a beber, as mudanças irracionais e homicidas de humor. Ele contou tudo. Ficou segurando a cabeça como se fosse rachar com o esforço, e ouvi a história com horror crescente, enquanto ele cambaleava.

A vida tinha sido mais generosa com Sharon Snyde do que com o resto da família. Tinha se casado muito jovem e me teve algumas semanas antes de completar dezessete anos. Estava com apenas vinte e cinco quando nos abandonou de vez. Como meu pai, Sharon era dada aos clichês, e percebi que devia haver muita besteira de pseudopsicologia nas cartas dela. Parece que *sentiu necessidade de descobrir quem ela era* e houve *erros de ambas as partes*, ela estava *péssima emocionalmente* e inventava uma série de desculpas semelhantes para ter nos abandonado.

Mas disse que tinha mudado, que finalmente tinha amadurecido. Ela fez com que nos sentíssemos como um brinquedo que não servisse mais porque ela havia crescido, um triciclo, talvez, que adorava antes e agora era um tanto ridículo. Imaginei se ela ainda usava Cinnabar, ou se tinha amadurecido para isso também.

Em todo caso, tinha se casado de novo, com um estudante estrangeiro que conheceu em Londres, e mudado para Paris para ficar com ele. Xavier era um homem maravilhoso, e nós dois gostaríamos muito dele. O fato era que ela adoraria que o conhecêssemos, ele era professor de inglês num *lycée* em Marne-la-Vallée, gostava de esportes e adorava crianças.

E com isso ela chegou ao outro assunto. Apesar de terem tentado muito, Xavier e ela nunca conseguiram ter um filho. E embora Sharon não tivesse coragem de escrever para mim, ela jamais esqueceu do seu bebezinho, do seu amorzinho, e não deixou de pensar em mim um só dia.

Finalmente tinha convencido Xavier. Havia muito espaço no apartamento deles para os três. Eu era uma criança inteligente e aprenderia a língua sem dificuldade nenhuma. O melhor de tudo era que eu teria uma família de novo, uma família carinhosa, e dinheiro para compensar tudo que me tinha sido negado naqueles anos todos.

Foi um espanto. Tinham passado quatro anos e naquele tempo a saudade desesperada que senti da minha mãe tinha virado indiferença. A ideia de vê-la novamente, a reconciliação com a qual ela sonhava, me encheu de constrangimento, um constrangimento frio e de repulsa. Eu a vi nesse momento a partir do meu alterado ponto de vista. Sharon Snyde agora, com um novo verniz barato de sofisticação, me oferecendo uma vida nova, barata e instantânea, em troca dos meus anos de sofrimento. O único problema era que eu não queria mais.

— Quer sim — disse meu pai.

A violência dele deu lugar a uma autopiedade nauseante que me ofendeu quase tanto quanto o que ela propunha. Não me deixei enganar. Era a banalidade sentimental do vândalo com MÃE e PAI tatuados nos nós sangrentos do punho. Do bandido que se indignava com algum pedófilo no noticiário. As lágrimas do tirano por um cachorro atropelado.

— Ah, você quer sim. É uma chance, sabe? Uma outra chance. E eu? Eu a aceitaria de volta amanhã, se pudesse. Eu a aceitaria de volta hoje.

— Bem, mas eu não — disse. — Estou feliz aqui.

— Ah, é. Feliz. Se podia ter tudo aquilo...

— Tudo o quê?

— Paris e aquele dinheiro todo. Uma vida.

— Eu tenho uma vida — disse.

— E dinheiro.

— Ela pode ficar com o dinheiro dela. Nós temos o suficiente.

— É. Então tudo bem.

— Falo sério, pai. Não deixe que ela vença. Eu quero ficar aqui. Você não pode me *obrigar*...

— Eu disse tudo bem.

— Jura?

— Juro.

— De verdade?

— Verdade.

Mas então notei que ele não olhava nos meus olhos e aquela noite, quando levei o lixo para fora, vi que a lata estava cheia de raspadinhas, vinte ao todo, talvez mais. Lotto, e Striker, e *Winner Takes All!*, brilhando como enfeites de Natal entre as folhas de chá e as latas vazias.

3

O problema Sharon Snyde culminou todos os golpes daquele verão. Pelas cartas que meu pai escondeu de mim, mas que agora eu lia com mais horror, os planos dela estavam bem adiantados. A princípio Xavier tinha concordado em me adotar. Sharon já estava pesquisando algumas escolas. Tinha até entrado em contato com os nossos serviços sociais que deram para ela informações como a minha frequência na escola, o meu progresso acadêmico e minha atitude geral em relação à vida, o que reforçava a incapacidade do meu pai.

Não que ela precisasse disso. Depois de anos de luta, John Snyde tinha finalmente se rendido. Tomava banho raramente, raramente saía, exceto para ir comprar peixe com fritas, ou comida chinesa para levar para casa. Gastava quase todo o dinheiro com raspadinhas e bebida. E nas duas semanas seguintes, ficou mais desligado ainda.

Em qualquer outra época, eu teria gostado da liberdade que a depressão dele me dava. De repente podia chegar bem tarde da noite, sem ninguém questionar onde estive. Podia ir ao cinema, ao pub. Podia levar minhas chaves (acabei mandando fazer cópia depois daquele último episódio desastroso) e vagar pela St. Oswald's o tempo que quisesse. Mas eu não fazia muito isso. Sem o meu amigo, a maior parte dos passatempos perdeu a graça e logo os abandonei em troca dos programas (se é que se pode chamar assim) com Leon e Francesca.

Todo casal de amantes precisa de um ajudante. Alguém que fique vigiando. Um "terceiro" conveniente. Um acompanhante de vez em quando. Eu enjoava, mas era necessário. E embalava meu coração partido por saber que pelo menos uma vez, por pouco tempo que fosse, Leon precisava de mim.

Tínhamos um barracão (Leon chamava de "clube") na floresta depois dos campos da St. Oswald's. Nós o construímos fora do caminho, sobre o que restava da cabana de alguém, abandonada há muito tempo, e era um lugar gostoso, bem camuflado, com paredes de metades de toras e o telhado de grossos galhos de pinheiro. Era para lá que íamos e eu ficava vigiando, fumando e procurando não ouvir os ruídos que vinham de dentro da cabana atrás de mim.

Em casa Leon era discreto. Todas as manhãs eu ia para lá de bicicleta, a sra. Mitchell preparava um piquenique para nós e partíamos para a floresta. Parecia um programa bem inocente, graças à minha presença, e ninguém imaginava, naquelas horas preguiçosas sob a copa das árvores, os risos baixinhos dentro da cabana, as visões que eu tinha dos dois juntos, das costas nuas e da bunda de Leon, pintadas pelas sombras.

Isso nos dias bons. Nos dias ruins, Leon e Francesca simplesmente escapuliam dando risada, iam para a floresta e me deixavam lá, me sentindo idiota e inútil, enquanto os dois saíam correndo. Nunca éramos um trio. Era Leon-e-Francesca, um híbrido exótico, sujeito a violentas mudanças de humor, a entusiasmos exuberantes e a uma crueldade espantosa. E eu, boboca, vítima daquela paixão, assistente eternamente capacho.

Francesca nunca ficava completamente feliz com a minha presença. Ela era mais velha do que eu, devia ter talvez quinze anos. Não era virgem, pelo que pude ver – era isso que a escola católica fazia com as pessoas –, e já estava loucamente apaixonada por Leon. Ele brincava com isso, falava com doçura, fazia Francesca rir. Era tudo pose. Ela não sabia nada dele. Jamais tinha visto Leon jogar o tênis de Johnsen por cima do fio nem roubar discos de uma loja na cidade nem lançar bombas de tinta por cima do muro do parquinho na camisa limpa de algum *sunnybanker*. Mas ele dizia para ela coisas que nunca disse para mim. Conversava sobre música, sobre Nietzsche e sobre sua paixão por astronomia, enquanto eu caminhava atrás deles invisível, levando o cesto de piquenique, odiando os dois, mas sem poder me afastar.

Bem, é claro que eu odiava *Francesca*. Sem justificativa nenhuma. Ela era muito educada comigo. A verdadeira crueldade partia do próprio Leon. Mas eu odiava os cochichos deles, aquelas risadas com as cabeças encostadas que me excluíam e os envolviam em intimidade.

E havia também os toques. Eles estavam sempre se tocando. Não só se beijando, não só fazendo amor, mas milhares de pequenos toques. Mão no ombro. Joelho encostando em joelho. O cabelo dela no rosto dele como um velcro grudado em seda. E eu *sentia* cada um daqueles toques. Eram como estática no ar. Pinicavam, me eletrizavam, eu quase explodia.

Era uma delícia pior do que qualquer tortura. Depois de uma semana brincando de vela com Leon e Francesca, eu estava a ponto de gritar de tanto tédio, mas ao mesmo tempo meu coração batia num ritmo desesperado. Eu temia nossos programas, mas não dormia a noite inteira, relembrando cada detalhe com um prazer torturante. Era como uma doença. Eu fumava mais do que pretendia. Roía as unhas até sangrar. Parei de comer. Meu rosto ficou cheio de espinhas. Cada passo que eu dava parecia que pisava em vidro.

O pior de tudo era que Leon sabia. Não podia deixar de notar. Ele me manipulava como um gato se exibindo para o rato, com a mesma crueldade indiferente.

Olha só! Olha o que peguei! Olha só o que faço!

— E então, o que você acha?

Um breve momento em que ela estava afastada, atrás de nós, colhendo flores, ou fazendo xixi, não lembro mais o que era.

— O que acho do quê?

— Da *Frankie*, seu bobo. O que acha?

Num dos primeiros dias. Ainda chocado com os acontecimentos, corei.

– Ela é legal.
– Legal. – Leon sorriu de orelha a orelha.
– É.
– *Você* gostaria de ter um pouco, não gostaria? Se tivesse uma chance, gostaria, não é?
Os olhos dele cintilavam de malícia.
Balancei a cabeça.
– Eu não sei – respondi, sem olhar para ele.
– Não sabe? O que você é, Pinchbeck, um bicha, ou o quê?
– Vai se ferrar, Leon. – Ruborizei ainda mais e olhei para o outro lado.
Leon ficou me olhando e continuou sorrindo.
– Ora, já observei você. Vi você nos espiando quando estávamos no clube. Você nunca fala com ela. Não diz uma palavra. Mas você espia, não é? Espia e aprende, certo?
Ele achava que *eu* desejava Francesca, concluí com espanto. Pensava que eu a queria para mim. Quase dei risada. Ele estava tão enganado, tão cósmica e ridiculamente *enganado*...
– Olha, ela é legal, está bem? – disse. – Mas não é o meu tipo, só isso.
– O seu *tipo*?
Mas a voz dele não tinha mais as farpas. A risada dele foi contagiante. Ele berrou:
– Ei, Frankie! Pinchbeck está dizendo que você não é o tipo dele!
Então ele virou para mim e tocou no meu rosto, um gesto quase íntimo, com a ponta dos dedos.
– Espere só uns cinco anos, cara – disse zombeteiro. – Se elas não pintarem até lá, me procure.
E ele foi embora, saiu correndo pela floresta com o cabelo balançando atrás e a grama chicoteando os tornozelos sem meia. Não para fugir de mim, não dessa vez. Simplesmente correndo, pela pura exuberância de estar vivo, de ter catorze anos, e estar excitado à beça.

Para mim, ele parecia imaterial, meio desintegrado sob a luz e a sombra das folhas das árvores, um menino de ar e de sol, um lindo menino imortal. Não consegui acompanhar. Segui de longe, Francesca reclamando atrás de mim, Leon correndo na frente, gritando e correndo, dando voltas enormes e impossíveis através da névoa branca, e sumindo na escuridão.

Eu me lembrava daquele momento com muita clareza. Um fragmento de felicidade pura, como uma parte de um sonho, intocado pelos acontecimentos lógicos. Naquele momento, eu podia acreditar que viveríamos para sempre. Nada mais importava. Nem a minha mãe nem o meu pai nem mesmo Francesca. Eu tinha vislumbrado alguma coisa naquela floresta e, apesar de jamais ter esperança de alcançá-la, sabia que ficaria comigo pelo resto da vida.

– Eu te amo, Leon – sussurrei caminhando no meio do mato.

E isso, naquele momento, foi mais do que suficiente.

4

Era impossível, e eu sabia. Leon nunca me veria como eu o via, nem sentiria nada por mim além de um desprezo bondoso. Mesmo assim, eu estava feliz, do meu jeito, com as migalhas do seu afeto, um tapa no braço, um sorriso largo, umas poucas palavras – Você é legal, *Pinchbeck* – que bastavam para mim e às vezes a sensação durava horas. Eu não era Francesca, mas sabia que em breve ela voltaria para sua escola no convento e eu... eu...

Bem, essa era a grande pergunta, não era? Nos quinze dias depois da revelação do meu pai, Sharon Snyde passou a telefonar noite sim, noite não. Eu me recusei a falar com ela e me trancava no quarto. As cartas dela também ficaram sem resposta, os presentes intocados.

Mas não se pode ignorar o mundo adulto para sempre. Por mais alto que pusesse o rádio, por mais horas que passasse fora de casa, eu não podia escapar dos truques de Sharon.

Meu pai, que talvez pudesse ter me salvado, estava inutilizado. Ficava bebendo cerveja e devorando pizza na frente da televisão enquanto as tarefas ficavam por fazer, e o meu tempo, meu precioso tempo, se esgotava.

Minha fofura,

Gostou das roupas que mandei para você? Não tinha certeza de que tamanho comprar, mas seu pai diz que você não é grande para a sua idade. Espero ter acertado. Eu quero muito que tudo seja perfeito quando nos encontrarmos de novo. Nem consigo acreditar que você vai fazer treze anos. Não vai demorar muito agora, não é, meu amor? A sua passagem de avião deve chegar aí nos próximos dias. Você quer vir para cá tanto quanto eu quero que venha? Xavier está muito animado de conhecer você finalmente, embora esteja um pouco nervoso também. Acho que ele tem medo de ser posto de lado enquanto nós pusermos em dia os últimos cinco anos!

*Com amor da sua mãe,
Sharon*

Era impossível. Ela acreditava, sabe? Ela realmente acreditava que nada tinha mudado, que podia retomar nossa vida de onde tínhamos parado. Que eu podia ser a fofura dela, o brinquedinho, a boneca que ela gostava de vestir. Pior ainda, meu pai acreditava nisso. Ele queria isso, encorajava de um modo meio perverso, como se me deixando ir alterasse o próprio curso, feito lastro jogado fora de um navio que está afundando.

– Dê-lhe uma chance.

Agora ele estava conciliador, um pai que mimava o rebento teimoso. Não tinha elevado a voz desde o dia em que me bateu.

– Dê-lhe uma chance, criatura. Você pode até se divertir.

– Eu não vou. Não quero vê-la.

– Eu garanto que você vai gostar de Paris.

– Não vou.

– Vai se acostumar.

– Não vou mesmo. De qualquer maneira, só vou visitar. Não vou *viver* lá, nada disso.

Silêncio.

– Eu *disse* que é só uma visita.

Silêncio.

– Pai?

Ah, eu tentei animá-lo. Mas alguma coisa nele tinha enguiçado. Agressividade e violência tinham dado lugar à indiferença. Ele engordou ainda mais. Era descuidado com as chaves. Os gramados viraram mato, esquecidos. O campo de críquete, sem a dose diária de aspersores, ficou só terra marrom. A letargia dele, esse fracasso, parecia feita para tirar de mim qualquer opção que eu ainda poderia ter entre ficar na Inglaterra e aceitar a nova vida que Sharon e Xavier tinham planejado com tanto cuidado para mim.

E assim me dividi entre a minha lealdade com Leon e a necessidade cada vez maior de dar cobertura ao meu pai. Passei a molhar o campo de críquete à noite, até tentei cortar a grama. Mas a Máquina Envenenada tinha ideias próprias, e só consegui arrancar a grama, o que piorou tudo, porque no campo de críquete, por mais que eu me esforçasse, não brotava nada.

Era inevitável que mais cedo ou mais tarde alguém notasse. Num domingo, voltei para casa vindo da floresta e encontrei Pat Bishop na nossa sala, mal sentado em uma das poltronas boas, e meu pai no sofá, de frente para ele. Quase deu para sentir a eletricidade no ar. Ele virou para mim quando entrei. Eu já ia pedir desculpas e sair na mesma hora, mas a expressão de Bishop me fez parar de repente. Vi culpa, pena, raiva, mas acima de tudo vi um alívio profundo. Era a cara de um homem louco para se agarrar a qualquer pretexto para se afastar de uma cena desagradável. O sorriso dele era largo como sempre, o rosto tão rosado como sempre ao me cumprimentar, mas ele não me enganou nem por um momento.

Fiquei imaginando quem tinha dado queixa. Um vizinho, alguém que passava por ali a pé, um membro da equipe. Um pai, talvez querendo fazer valer seu dinheiro. Certamente havia muito que reclamar. A escola sempre chamou muita atenção. Tem de estar perfeita o tempo todo. Os empregados também têm de estar perfeitos. Já há bastante ressentimento entre a St. Oswald's e o resto da cidade, sem que se dê mais trela para as fofocas. Um porteiro sabe muito bem disso. Por isso St. Oswald's tem porteiros.

Virei para o meu pai. Ele não olhou para mim, só olhava para Bishop, que já estava a meio caminho da porta.

– Não foi minha culpa – disse ele. – Eu... nós tivemos alguns maus momentos, nós dois aqui. Diga isso para eles, senhor. Eles vão escutá-lo.

O sorriso de Bishop, sem graça nenhuma agora, podia cobrir um acre inteiro.

– Eu não sei, John. Este é o último aviso. Depois daquele outro negócio de bater num rapaz, John...

Meu pai tentou levantar. Foi um esforço. Eu vi o rosto dele, fraco com o nervosismo, e senti minhas entranhas se contorcerem de vergonha.

– Por favor, senhor...

Bishop também viu. O corpanzil dele preencheu a porta. Ele olhou para mim um segundo, e vi pena nos olhos dele, mas nem uma faísca de reconhecimento, embora devesse ter me visto na St. Oswald's mais de uma dúzia de vezes. E isso, essa incapacidade de ver, foi pior do que qualquer outra coisa. Eu queria falar para ele: *Senhor, não está me reconhecendo? Sou eu, Pinchbeck. O senhor me deu os pontos da casa uma vez, lembra? E disse para eu me apresentar na equipe de cross-country!*

Mas era impossível. Eu o tinha enganado bem demais. Eu achava que eles eram tão superiores, os mestres da St. Oswald's. Mas lá estava Bishop com expressão aflita e tímida, exatamente como a do sr. Bray, no dia em que o derrubei. Que ajuda ele podia nos dar? Estávamos por nossa conta e só eu sabia disso.

– Fique firme, John. Farei tudo que puder.

– Obrigado, senhor. – Agora ele estava tremendo. – O senhor é um amigo.

Bishop colocou a mão grande no ombro do meu pai. Ele era bom. A voz era calorosa e profunda, e ele continuava a sorrir.

– Levante a cabeça, homem. Você consegue. Com um pouquinho de sorte, colocará tudo em ordem até setembro, e ninguém

precisa saber de nada. Mas chega de criar confusão, hein? E John...
– Bateu no braço do meu pai de forma amigável, como se acariciasse um labrador gordo. – Fique longe da bebida, está bem? Mais uma nem eu poderei ajudá-lo.

Até certo ponto, Bishop cumpriu sua palavra. A queixa foi retirada, ou pelo menos arquivada, temporariamente. Bishop aparecia a cada dois ou três dias para saber como ele estava, e meu pai até reagia um pouco. O mais importante foi que o tesoureiro contratou uma espécie de faz-tudo. Um sujeito limitado, chamado Jimmy Watt, que devia assumir as tarefas mais simples de porteiro e deixar John Snyde livre para executar o trabalho real.

Era nossa última esperança. Sem o emprego de porteiro, eu sabia que ele não tinha chance nenhuma contra Sharon e Xavier. Mas precisava *querer* ficar comigo, pensei. E para isso eu tinha de ser o que ele queria que eu fosse. Então passei a me concentrar no meu pai. Assistia a futebol na televisão. Comia peixe com fritas em folha de jornal. Descartei os livros. Comecei a me oferecer para fazer todas as tarefas domésticas. No início ele me observava desconfiado, depois ficou confuso e por fim aprovou, meio de mau humor. O fatalismo que o tinha dominado quando soube da minha mãe diminuiu um pouco. Ele falava com amarga ironia sobre o estilo de vida dela em Paris, sobre o marido universitário, sobre a ideia dela de poder entrar de novo nas nossas vidas, ainda mais impondo os termos.

Eu me animei e procurei convencê-lo a estragar os planos dela. A mostrar para ela quem mandava, a dar corda àquelas ambições patéticas e depois frustrá-la com um golpe de mestre decisivo no final. Isso combinou com a natureza dele. Deu-lhe um norte. Ele sempre foi machão, desconfiava amargamente das maquinações das mulheres.

– Todas elas são assim – disse uma vez, esquecendo quem eu era e se lançando em uma de suas frequentes divagações. – As safadas.

Elas são todas sorrisos, mas no minuto seguinte pegam o facão da cozinha para te apunhalar pelas costas. E ainda se dão bem... está nos jornais todos os dias. E aí não podemos fazer nada. Homem grande e forte, pobre menina... Quero dizer, o lógico é pensar que ele *fez* alguma coisa com ela, certo? Violência doméstica, ou seja lá o que for. E de repente ela está num tribunal fazendo charme, conseguindo a custódia dos filhos, grana e Deus sabe o que mais...

– Mas eu não – afirmei.

– Ah, o que é isso? – disse John Snyde. – Você não pode estar falando sério. Paris, uma boa escola, vida nova...

– Já disse para você – insisti. – Quero ficar aqui.

– Mas por quê? – Ele olhou confuso para mim, como um cachorro querendo passear. – Você vai poder ter o que quiser. Roupas, discos...

Balancei a cabeça.

– Não quero nada disso – retruquei. – Ela não pode simplesmente voltar para cá depois de cinco anos e tentar me comprar com o dinheiro daquele cara francês.

Agora ele me observava, com uma ruga entre os olhos azuis.

– Você esteve sempre aí – disse para ele. – Cuidando de mim. Fazendo o melhor possível. – Meneou a cabeça, um pequeno movimento, e vi que estava prestando atenção. – Nós nos demos bem, não foi, pai? Para que precisamos dela?

Ele ficou em silêncio. Percebi que minhas palavras surtiram efeito.

– Você ficou bem – disse.

Não concluí se era uma pergunta, ou não.

– Nós vamos dar um jeito – disse a ele. – Sempre demos. É atacar primeiro e rápido. Não desistir nunca, não é, pai? Nunca deixar que os filhos da mãe nos derrubem.

Outra pausa, longa o suficiente para a ideia amadurecer. Então ele riu, uma risada inesperada, alegre e juvenil, que me pegou de surpresa.

– Está bem – disse. – Vamos tentar.

E assim, esperançosos, entramos em agosto. Meu aniversário era dali a três semanas. As aulas começavam em quatro. Tempo bastante para meu pai recuperar a perfeição original dos gramados, completar o trabalho de manutenção, colocar armadilhas para os ratos e repintar o pavilhão de jogos até setembro. Meu otimismo voltou. Havia motivos. Meu pai não tinha esquecido nossa conversa na sala, e dessa vez parecia que ele realmente estava se esforçando.

Eu tinha esperança e até senti vergonha pelo modo com que o tinha tratado no passado. Tive meus problemas com John Snyde, pensei, mas pelo menos ele foi honesto. Fez o que pôde. Não me abandonou e depois tentou me comprar para o seu lado. Diante dos atos da minha mãe, até as partidas de futebol e as aulas de caratê pareciam menos ridículas para mim agora, eram mais aberturas sem jeito e sinceras para uma amizade.

Então o ajudei como pude. Limpava a casa, lavava as roupas dele, até fiz com que ele se barbeasse. Eu era obediente, de um jeito quase afetuoso. Eu *precisava* que ele mantivesse o emprego. Era minha única arma contra Sharon, minha entrada para a St. Oswald's e para Leon.

Leon. Não é estranho que uma obsessão nasça de outra assim? Primeiro era a St. Oswald's, o desafio, a satisfação com os subterfúgios, a necessidade de fazer parte, de ser alguém e não apenas da família de John e Sharon Snyde. Agora era só Leon, estar com Leon, conhecê-lo, possuí-lo de formas que eu ainda não entendia. Não existia um motivo único para a minha escolha. Sim, ele era atraente fisicamente. E tinha sido generoso também, do seu jeito descuidado. Ele me incluiu. Ele me deu os meios para me vingar de Bray, meu torturador. E eu tinha minha solidão, minha vulnerabilidade, meu desespero, minha fraqueza.

Mas sabia que não era nada disso. Desde o momento em que o vi pela primeira vez, parado no corredor do meio com o cabelo nos olhos e a ponta da gravata cortada apontando como uma língua sem vergonha, eu já sabia. Um véu foi removido do mundo. O tempo se dividiu entre *antes de Leon* e *depois de Leon*. E agora nada mais seria a mesma coisa. A maioria dos adultos acha que os sentimentos dos adolescentes não contam, e os ardentes ataques de raiva e de ódio, e de constrangimento, e de horror, e de desespero, e de paixão abjeta são coisas que passam com a idade, que são os hormônios funcionando, uma espécie de treino para a prova real. Dessa vez não foi. Aos treze anos, *tudo* conta. Tudo tem arestas afiadas, e todas elas cortam. Algumas drogas podem recriar essa intensidade de sensação, mas a idade adulta arredonda as arestas, desbota as cores e mancha tudo com razão, racionalização ou medo. Aos treze anos, nada disso me servia. Eu sabia o que queria e tinha me preparado, com a ideia obsessiva da adolescência, para lutar por isso até a morte. Não iria para Paris. Custasse o que custasse, eu não iria.

5

Escola St. Oswald's para meninos
Segunda-feira, 25 de outubro

De um modo geral, o novo trimestre começou mal. Outubro ficou ameaçador, arrancando as folhas das árvores douradas e cobrindo o pátio de castanhas. O vento deixa os meninos agitados. Vento e chuva significam meninos agitados dentro da sala de aula nos intervalos. E depois do que aconteceu na última vez em que os deixei por conta própria, não ouso deixá-los nem um segundo sem supervisão. Nada de intervalo para Straitley, então. Nem mesmo uma xícara de chá. E o meu humor ficou tão ruim por causa disso que agredia todos com respostas irritadas, inclusive os Brodie Boys, que costumam me fazer rir, mesmo nos piores momentos.

Por isso os meninos ficaram de cabeça baixa, apesar do vento. Deixei dois do quarto ano detidos por não terem entregado o dever, mas, fora isso, mal tive de levantar a voz. Talvez eles tivessem percebido alguma coisa, alguma lufada de ozônio antes de ser bombardeado no ar, que serviu de aviso para eles, de que não era hora de se manifestarem.

A sala comunitária, eu soube, foi cenário de alguns atritos pequenos e amargos. Alguma coisa desagradável sobre as avaliações, uma queda do sistema no computador da administração, uma discussão entre Pearman e Scoones sobre o novo programa de francês. Antes desse trimestre, Roach perdeu o cartão de crédito e agora estava culpando Jimmy por ter deixado a porta da sala do silêncio destrancada depois das aulas. O dr. Tidy decretou que a partir daquele trimestre chá e café (que até então eram grátis) teriam de ser comprados ao preço de 3.75 libras por semana. E o dr. Devine, no papel de representante da Saúde e Segurança, pediu oficialmente um detector de fumaça no corredor do meio (com a esperança de me arrancar do meu canto enfumaçado na velha sala do livro).

A coisa boa foi que não houve revide de Strange sobre Pooley e o blazer rasgado. Devo dizer que fiquei um pouco surpreso com isso. Esperava que aquele segundo aviso já estivesse no meu escaninho e só posso imaginar que Bob esqueceu o incidente por completo, ou então ignorou como bobagem de fim das aulas e resolveu não levar adiante.

Além disso, há outras coisas mais importantes para cuidar, fora a bainha descosturada de um menino. O desagradável Light perdeu sua carteira de motorista, pelo menos foi o que Kitty me contou, depois de algum tipo de incidente na cidade. Tem mais coisa aí, é claro, mas minha restrição forçada à torre do sino fazia com que eu ficasse longe do burburinho principal da fofoca da sala comunitária e, portanto, tivesse de contar só com as informações dos meninos.

Mas, como sempre, a fábrica de rumores andou funcionando. Uma fonte declarou que Light foi preso depois de dar dinheiro para um policial. Outra disse que Light estava dirigindo dez vezes acima do limite. Outra ainda, que ele foi parado com meninos da St. Oswald's no carro e um deles estava dirigindo.

Tenho de dizer que, a princípio, nada disso me preocupou muito. De vez em quando nos deparamos com um professor como Light, um palhaço arrogante que conseguiu enganar o sistema e entrou para a profissão esperando um trabalho fácil, com férias prolongadas. Via de regra, eles não duram muito. Se os meninos não acabam com eles, em geral alguma outra coisa acaba, e a vida segue sem perturbação nenhuma.

Mas, conforme o dia foi passando, comecei a entender que havia mais alguma coisa além dos problemas de Light no trânsito. A turma de Gerry Grachvogel, ao lado da minha, estava atipicamente barulhenta. No meu período livre, enfiei a cabeça na porta e vi a maior parte dos 3S, inclusive Knight, Jackson, Anderton-Pullitt e os suspeitos habituais conversando, enquanto Grachvogel espiava pela janela com uma expressão tão abstraída e cheia de sofrimento que dominei meu impulso inicial, que era interferir, e simplesmente voltei para a minha sala sem dizer nada.

Quando voltei, Chris Keane estava me esperando.

– Por acaso deixei um caderno aqui antes do reinício das aulas? – perguntou quando entrei. – É pequeno, vermelho. Guardo todas as minhas ideias nele.

Pela primeira vez, achei que ele não estava nada calmo. Lembrei-me de alguns comentários mais subversivos dele e achei que entendia por quê.

– Achei um caderno na sala comunitária antes das férias – disse.

– Pensei que já estava com você.

Keane balançou a cabeça. Avaliei se devia ou não lhe contar que tinha dado uma espiada nas anotações do caderno, mas vi a expressão furtiva dele e achei melhor não.

– Planos de aula? – sugeri inocentemente.

– Não – disse Keane.

– Pergunte para a srta. Dare. Ela usa a minha sala. Talvez tenha visto e guardado.

Achei que Keane ficou meio preocupado com isso. E devia ficar mesmo, conhecendo o conteúdo daquele caderninho incriminador. Mas reagiu com bastante calma e disse simplesmente:

– Não tem problema. Tenho certeza de que vai aparecer, mais cedo ou mais tarde.

Pensando bem, as coisas tinham adotado o hábito de desaparecer nas últimas semanas. As canetas, por exemplo, o caderninho de Keane, o cartão de crédito do Roach. Acontece de vez em quando.

Uma carteira eu entenderia, mas não por que alguém desejaria roubar uma velha caneca da St. Oswald's, ou ainda a minha folha de chamada, que ainda não tinha aparecido... a menos que fosse apenas para me aborrecer, e nesse caso tinha conseguido. Fiquei imaginando que outros pequenos itens tinham desaparecido recentemente, e se esses desaparecimentos podiam estar relacionados de alguma forma.

Disse isso para Keane.

– Bem, é uma escola – disse. – As coisas somem nas escolas.

Pode ser, pensei. Mas não na St. Oswald's.

Vi o sorriso irônico de Keane quando ele saiu da sala, como se eu tivesse dito em voz alta o que pensei.

Quando as aulas terminaram, voltei para a sala de Grachvogel, com a esperança de descobrir o que estava acontecendo com ele. Gerry é um cara legal, à maneira dele, não tem vocação para ensinar, mas é um verdadeiro acadêmico, com real entusiasmo pela matéria que leciona, e eu estava preocupado de vê-lo tão abatido. Mas, quando enfiei a cabeça na porta da sala dele às quatro horas, ele não estava. Isso também não era comum. Gerry costuma ficar até depois da hora, mexendo nos computadores, ou preparando os intermináveis complementos visuais, e certamente era a primeira vez que o via deixar a sala dele destrancada.

Alguns dos meus meninos continuavam sentados nas carteiras, copiando algumas notas do quadro. Não fiquei surpreso ao ver Anderton-Pullitt, sempre laborioso, e Knight, tomando cuidado para não erguer os olhos, mas com aquele meio sorriso sonso que indicava que ele tinha percebido a minha presença.

– Olá, Knight – disse. – O sr. Grachvogel disse se voltaria?

– Não, senhor.

A voz dele soou sem ânimo.

– Acho que ele foi embora, senhor – disse Anderton-Pullitt.

– Ah. Bem, guardem suas coisas, meninos, o mais rápido possível. Não quero que vocês percam o ônibus. – Eu não pego o ônibus, senhor. – Era Knight de novo. – Minha mãe vem me buscar. Há muitos pervertidos por aí hoje em dia. E eu procuro ser justo. De verdade. Realmente eu me orgulho disso. De como sou justo, sou um bom juiz. Pode ser difícil, mas sou sempre justo. Nunca faço uma ameaça que não possa executar nem uma promessa que não pretenda cumprir. Os meninos sabem disso, e a maioria deles respeita. Sabemos onde estamos pisando com o velho Quas, e ele não deixa os sentimentos interferirem no trabalho. Pelo menos é o que espero. Estou ficando cada vez mais sentimental, à medida que os anos passam, mas acho que isso nunca me prejudicou na hora de cumprir o meu dever.

Só que na carreira de qualquer professor há horas em que a objetividade falha. Olhando para Knight, ainda de cabeça baixa mas movendo nervosamente os olhos de um lado para o outro, lembrei-me mais uma vez daquele fracasso. Não confio no Knight. A verdade é que ele tem alguma coisa que sempre detestei. Sei que não devia, mas até os professores são seres humanos. Temos as nossas preferências. Claro que temos. Só precisamos evitar as *injustiças*. E eu tento. Mas tenho consciência de que, no meu pequeno grupo, Knight é o que não se encaixa, o Judas, o Jonas, aquele que inevitavelmente vai longe demais, confunde insolência com humor, desdém com travessura. Um pestinha branquela, ressentido, mimado, que culpa todo o mundo, menos a ele mesmo, por suas incapacidades. Ainda assim, eu o trato igual aos outros. Até tenho uma certa leniência com ele porque conheço minha fraqueza.

Mas hoje havia alguma coisa nos modos dele que me deixou pouco à vontade. Como se ele soubesse de algo, algum segredo doentio que lhe dava prazer e, ao mesmo tempo, o incomodava muito. Ele certamente *parece* incomodado, apesar do jeito presunçoso. Está com uma nova explosão de acne na face pálida, um brilho oleoso no cabelo castanho e liso. Deve ser testosterona. Ao mesmo tempo, não

posso deixar de pensar que o menino sabe de alguma coisa. Com Sutcliff ou Allen-Jones, bastaria eu pedir para obter essa informação (qualquer que fosse). Mas com Knight...
– Aconteceu alguma coisa na aula de Grachvogel hoje?
– Senhor? – O rosto de Knight expressou ignorância e cautela.
– Ouvi uns gritos – disse.
– Não. Claro que não.
Era inútil. Knight jamais contaria. Dei de ombros e saí da torre do sino, fui para a sala de línguas, para a primeira reunião de departamento do novo trimestre. Grachvogel devia estar lá. Talvez eu conseguisse falar com ele antes de ele sair. Knight, pensei comigo mesmo, podia esperar. Pelo menos até amanhã.

Não vi sinal do Gerry na reunião. Todos os outros estavam lá e tive mais motivo ainda de pensar que meu colega estava doente. Gerry *nunca* faltava a uma reunião. Ele adora treinamento interno. Canta animado nas assembleias e sempre faz os cursos extensivos. Hoje ele não estava e, quando mencionei a ausência dele para o dr. Devine, a reação foi tão gelada que desejei não ter dito nada. Ainda devia estar chateado por causa da velha sala, imaginei. Mas havia algo nos modos dele que ia além da mera desaprovação. Fui bastante moderado, durante a reunião, repassei todas as coisas que podia ter feito sem querer para provocar o velho idiota. Você não perceberia, mas gosto realmente dele, com os ternos e tudo. Ele é uma das poucas constâncias nesse mundo que está sempre mudando e já há muitas mudanças por aí.
Então a reunião foi chegando ao fim, com Pearman e Scoones discutindo sobre os méritos de diversas bancadas de provas. O dr. Devine gelado e digno. Kitty sem o brilho habitual. Isabelle lixando as unhas. Geoff e Penny Nation em posição de alerta, parecendo os gêmeos Bobbsey. E Dianne Dare observando tudo, como se reuniões do departamento fossem o espetáculo mais fascinante do mundo.

Já estava escuro quando terminou a reunião, e a escola estava deserta. Até os faxineiros tinham ido embora. Só restava Jimmy, empurrando a enceradeira devagar e cuidadosamente no piso do corredor térreo.

– Boa-noite, patrão – disse quando passei. – Mais uma cumprida, não é?

– O seu trabalho vai diminuir – respondi.

Desde a suspensão do Fallow, Jimmy passou a fazer todo o trabalho dele e era um fardo pesado.

– Quando é que o homem começa?

– Daqui a quinze dias – disse Jimmy com um sorriso enorme no rosto de lua. – Shuttleworth é o nome dele. Torce pelo Everton. Mas acho que vamos nos dar bem.

Sorri.

– Então você não quis o emprego?

– Não, patrão. – Jimmy balançou a cabeça. – Correria demais.

Quando cheguei ao estacionamento da escola chovia forte. O carro da Liga das Nações já estava saindo da vaga. Eric não tem carro, a visão dele é muito ruim e, além disso, mora praticamente ao lado da escola. Pearman e Kitty ainda ficaram na sala, cuidando dos trabalhos. Desde a doença da mulher, Pearman tem se apoiado cada vez mais na Kitty. Isabelle Tapi estava retocando a maquiagem – Deus sabe quanto tempo *isso* demoraria –, e eu sabia que não podia esperar uma carona do dr. Devine.

– Srta. Dare, será que...

– Claro. Entre aí.

Agradeci e sentei no banco do carona do pequeno Corsa. Notei que um carro, como uma carteira, costuma refletir as ideias do dono. O de Pearman é a maior bagunça. O Liga das Nações tem um adesivo de para-choque que diz: NÃO ME SIGA, SIGA JESUS. O carro de Isabelle tem um brinquedinho da Care Bear no painel.

Contrastando, o carro de Dianne é limpo, arrumado e funcional. Nenhum brinquedinho fofinho nem algum slogan engraçado à vista. Gosto disso. É sinal de uma cabeça organizada. Se eu tivesse um carro, provavelmente seria como a sala 59, todo coberto por um painel de carvalho e vasos de plantas empoeirados.

Disse isso para a srta. Dare, e ela deu uma risada.

– Nunca pensei nisso – disse e entrou na estrada principal. – Como os donos de cães e seus animais.

– Ou professores e as canecas de café.

– É mesmo?

A srta. Dare nunca deve ter notado. Ela usa uma caneca da escola (toda branca, com borda azul) que a cozinha fornece. Parece surpreendentemente sem qualquer capricho para uma jovem mulher (devo admitir que minha base de comparação não é nada extensa). Mas acho que isso é parte do charme dela. De repente, pensei que ela podia se dar bem com o jovem Keane, que também é muito tranquilo para um principiante, mas, quando lhe perguntei como estava se dando com os outros recém-chegados, ela apenas deu de ombros.

– Ocupada demais? – aventurei.

– Não faz meu tipo. Beber e sair de carro com os meninos. Uma estupidez.

Ora, amém para *isso*. O idiota do Light certamente manchou a caderneta com aquele espetáculo ridículo na cidade. Easy não passa de um Terno descartável. Meek é uma demissão que vai acontecer.

– E o Keane?

– Nunca conversei com ele.

– Devia. Ele é daqui. Tenho a impressão de que talvez seja o seu tipo.

Eu disse que estava ficando sentimental. Afinal, não fui feito para essas coisas, mas tem algo na srta. Dare que alimenta isso, de uma certa forma. Uma estagiária dragão, se é que já vi uma (porém mais bonita do que a maioria das matronas que conheci), não tenho dificuldade nenhuma de imaginá-la daqui a trinta, ou quarenta anos, parecida com Margaret Rutherford em *The Happiest Days of Your Life*, só que mais magra, mas com o mesmo senso de humor.

É fácil demais se sentir atraído para cá. Na St. Oswald's, há leis diferentes do mundo lá fora. Uma delas é o tempo, que passa muito mais rápido aqui dentro do que em qualquer outro lugar. Olhe só para mim: estou chegando ao meu século, no entanto, quando olho no espelho, vejo o mesmo menino que sempre fui, agora um menino grisalho com bagagem demais sob os olhos e o ar indisfarçável e um tanto depravado de um velho palhaço da classe.

Eu tentei – e não consegui – passar uma parte disso para Dianne Dare. Mas já estávamos perto da minha casa, a chuva tinha parado, pedi que ela me deixasse na esquina da Dog Lane e expliquei que queria dar uma espiada na cerca, para ter certeza de que não tinham refeito o grafite.

– Eu vou com o senhor – disse quando paramos.

– Não precisa – respondi.

Mas ela insistiu, e me dei conta de que, ironicamente, era *ela* que se preocupava *comigo*... um pensamento sombrio, mas bondoso. E talvez tivesse razão, porque assim que entramos na rua nós vimos. Certamente era grande demais para passar despercebido. Não era só grafite, e sim um retrato do tamanho de um mural, eu de bigode e suástica, maior do que o tamanho normal, feito com tinta spray de todas as cores.

Ficamos uns trinta segundos parados, apenas olhando. Parecia que a tinta mal tinha secado. E então a raiva me dominou. O tipo de fúria transcendente, emudecedora, que senti talvez três ou quatro vezes em toda a minha carreira. Desabafei em poucas palavras e esqueci dos refinamentos da *língua latina*, usei o mais puro anglo-saxão. Porque sabia quem era o culpado. Dessa vez eu sabia, sem a menor sombra de dúvida.

Independentemente do pequeno objeto fino que tinha visto à sombra do mato no pé da cerca, reconheci o estilo. Era idêntico ao da charge que tirei do quadro de aviso da 3S, a charge que havia muito eu suspeitava que era obra de Colin Knight.

– Knight? – ecoou a srta. Dare. – Mas ele não passa de um ratinho.

Rato ou não, eu tinha certeza. Além do mais, o menino alimenta aquele ressentimento. Ele me odeia, e o apoio da mãe dele, do diretor, dos jornais e Deus sabe de quantos mais eternos insatisfeitos deu-lhe uma espécie de coragem dissimulada. Peguei o objeto fino junto da cerca. O dedo invisível me cutucou de novo. Senti o sangue pulsar dentro de mim. E a raiva, como alguma droga mortal, era bombeada pelo meu corpo e apagava o colorido do mundo.

– Sr. Straitley? – Agora Dianne estava preocupada. – Está tudo bem?

– Perfeitamente.

Eu tinha me recuperado. Ainda tremia, mas minha cabeça estava funcionando bem, e o selvagem dentro de mim, controlado.

– Olhe só isso.

– É uma caneta, senhor – disse Dianne.

– Não é *apenas* uma caneta.

Eu devia saber. Eu a procurei muito tempo, e ela acabou sendo encontrada no esconderijo secreto da casa do porteiro. A caneta que foi presente de *bar mitzvah* de Colin Knight, real como você e eu. Custou mais de 500 libras, segundo a mãe dele, e tem gravadas, convenientemente, as iniciais dele, CNK, só para garantir.

6
♟

Terça-feira, 26 de outubro

Belo detalhe. Aquela caneta. É uma Mont Blanc. Uma das mais baratas, mas, mesmo assim, bem fora do meu alcance. Não que dê para notar se me virem agora. O brilho do poliéster desapareceu, substituído por um verniz brilhante e impenetrável de sofisticação. Uma das muitas coisas que aprendi com Leon, junto com meu Nietzsche e meu gosto por vodca com limão. Quanto ao Leon, ele sempre gostou dos meus murais. Ele nunca foi artista e ficava atônito de ver como eu era capaz de criar retratos tão fiéis.

Claro que eu tive mais oportunidade de estudar os mestres. Tinha cadernos cheios de desenhos, e mais, eu podia falsificar qualquer assinatura que Leon me desse, por isso nós dois gozamos de impunidade por meio de inúmeros bilhetes de dispensa e permissões da escola.

Estou contente de ver que não perdi o talento. Saí às escondidas da escola no período livre da tarde para terminar – nada tão arriscado como parece, pois ninguém passa pela Dog Lane, a não ser os *sunnybankers* – e voltei em tempo para o oitavo período. Funcionou como um sonho. Ninguém viu nada, só o retardado do Jimmy, que estava pintando o portão da escola e deu aquele sorriso idiota quando passei de carro.

Na hora achei que devia tomar alguma providência em relação ao Jimmy. Não que ele fosse me *reconhecer*, nada disso, mas pontas sem nó são pontas sem nó, e essa já estava sem havia muito tempo. Além disso, ele me ofende. Fallow era gordo e preguiçoso, mas Jimmy, com a boca úmida e sorriso obsequioso, é ainda pior. É admirável que ele tenha sobrevivido esse tempo todo. Não sei como a St. Oswald's, que se orgulha tanto da própria reputação, o tolera. Um deficiente da comunidade, segundo me lembro. Barato e descartável como uma lâmpada de quarenta watts. A palavra é *descartável*.

Na hora do almoço daquele dia cometi três furtos pequenos e leves. Um tubo de óleo para válvula de trombone (de um aluno do Straitley, um menino japonês chamado Niu); uma chave de fenda do armário do Jimmy e, é claro, a famosa caneta do Colin Knight. Ninguém me viu, e ninguém viu o que fiz com aquelas três coisas quando chegou o momento oportuno.

Senso de oportunidade – *senso de oportunidade* – é o fator mais importante. Eu sabia que Straitley e os outros professores de línguas estariam na reunião da noite passada (exceto Grachvogel, que teve uma de suas enxaquecas depois daquela desagradável entrevista com o diretor). No final da reunião, todos foram para casa, exceto Pat Bishop, que costumava ficar na escola até oito ou nove horas. Mas achei que ele não seria problema. A sala dele fica no corredor térreo, dois andares abaixo, longe demais do departamento de línguas para ele poder ouvir qualquer coisa.

Por um momento me senti na loja de doces, podendo escolher o que quisesse. Obviamente Jimmy era meu alvo principal, mas se aquilo funcionasse eu talvez pudesse pegar qualquer um do departamento de línguas como bônus. A questão era quem? Straitley não, é claro. Ainda não. Tenho meus planos para Straitley, e estão amadurecendo muito bem. Scoones? Devine? Teague?

Geograficamente tinha de ser alguém que tivesse sala na torre do sino, alguém solteiro, cuja ausência não seria sentida, acima de tudo alguém *vulnerável*, uma gazela manca que tivesse ficado para trás, alguém indefeso – uma mulher, talvez? – cujo infortúnio provocaria um verdadeiro escândalo.

Só havia uma escolha. Isabelle Tapi, com os saltos altos e suéteres justos. Isabelle que aproveita todas as licenças de TPM (tensão pré-menstrual) e já saiu com praticamente todos os homens da equipe com menos de cinquenta anos (a não ser Gerry Grachvogel, cujas preferências são outras).

A sala dela é na torre do sino, logo depois da sala de Straitley. É um espaço com um formato estranho, quente no verão e frio no inverno, janelas nos quatro lados e doze degraus de pedra estreitos da porta para a sala. Não é muito prático. Costumava ser um depósito no tempo do meu pai e mal tem espaço para acomodar uma turma inteira. Lá não chega sinal de celular nem em caso de vida ou morte. Jimmy a detesta. Os faxineiros a evitam, é quase impossível passar com o aspirador de pó por aqueles degraus estreitos, e a maior parte da equipe – exceto os que tenham dado aula na torre do sino – mal sabe que existe.

De modo que era ideal para o que eu queria. Esperei até as aulas terminarem. Sabia que Isabelle não iria para a reunião do departamento antes de tomar um café (e bater um papo com o animal do Light). Isso me dava cinco ou dez minutos. O suficiente.

Primeiro fui até a sala, que estava vazia. Depois peguei minha chave de fenda e sentei nos degraus, com a maçaneta da porta na altura dos olhos. É um mecanismo bastante simples, baseado num único pino quadrado que liga a maçaneta à língua. Abaixando a maçaneta, o pino gira, e a língua abre. Nada podia ser mais fácil. Mas se tirar o pino, por mais que puxe e empurre a maçaneta, a porta continua fechada.

Desaparafusei rapidamente a maçaneta da porta, afastei um pouco e removi o pino. Enfiei o pé no vão da porta para que não fechasse, coloquei os parafusos e a maçaneta de volta nos lugares. *Pronto.* Do lado de fora a porta abriria normalmente. Mas por dentro...

É claro que nunca podemos ter certeza *absoluta*. Isabelle podia não voltar para a sala dela. Os faxineiros podiam inventar de serem zelosos demais. Jimmy podia resolver dar uma espiada. Mas eu achava que nada disso aconteceria. Gosto de pensar que conheço a St. Oswald's melhor do que ninguém e tive bastante tempo para me acostumar com as pequenas rotinas. Mesmo assim, não saber é divertido, não é? E se não funcionasse, pensei, sempre poderia recomeçar na manhã seguinte.

7

♔

Escola St. Oswald's para meninos
Quarta-feira, 27 de outubro

Dormi mal a noite passada. Deve ter sido o vento, ou então a lembrança do comportamento pérfido de Knight, ou então a súbita rajada de artilharia da chuva que caiu logo depois da meia-noite, ou meus sonhos que estavam mais vivos e perturbadores do que eram havia anos.

Bebi uns dois copos de clarete antes de dormir, é claro. Acho que Bevans não aprovaria *isso* nem a torta de carne de lata que comi junto... e acordei às três e meia com uma sede louca, cabeça doendo e uma vaga percepção de que o pior ainda estava por vir.

Saí cedo para a escola, para desanuviar a cabeça e ter tempo de pensar numa estratégia para lidar com o menino Knight. Ainda chovia a cântaros e, quando cheguei ao portão da St. Oswald's, meu casaco e meu chapéu estavam pesados de tanta água.

Ainda eram sete e quarenta e cinco e havia poucos carros no estacionamento dos professores. O carro do diretor, de Pat Bishop e o pequeno Mazda azul-céu de Isabelle Tapi. Estava justamente pensando nisso (Isabelle raramente chega antes das oito e meia, na maior parte dos dias perto das nove), quando ouvi o barulho de um carro parando de repente atrás de mim. Virei e vi o velho Volvo sujo de Pearman fazer a curva no estacionamento praticamente deserto, deixando uma linha irregular de borracha queimada no asfalto molhado. Kitty Teague estava no banco do passageiro. Os dois pareciam tensos. Kitty se protegeu com um jornal dobrado, e Pearman veio andando muito rápido.

Ocorreu-me que poderia ser uma má notícia sobre a mulher de Pearman, Sally. Eu a vi só uma vez desde que começou o tratamento, mas ela parecia seca e amarela sob o grande e corajoso sorriso, e na hora desconfiei que o cabelo castanho fosse uma peruca.

Mas, quando Pearman entrou com Kitty nos calcanhares, percebi que algo era pior do que isso. A cara do homem era um horror. Ele nem me cumprimentou, mal me viu quando abriu a porta. Atrás dele, Kitty olhou para mim e caiu no choro. Fui pego de surpresa e, quando me recuperei e pude perguntar o que estava acontecendo, Pearman já tinha desaparecido no corredor do meio, deixando apenas um rastro de pegadas molhadas no piso polido.

– Pelo amor de Deus, o que aconteceu? – perguntei.

Ela cobriu o rosto com as mãos.

– É a Sally – disse. – Alguém mandou uma carta para ela. Chegou esta manhã. Ela abriu quando tomava o café da manhã.

– Uma carta?

Sally e Kitty sempre foram amigas, eu sei, mas, mesmo assim, não justificava aquele estresse todo.

– Que carta?

Ela ficou um tempo sem conseguir responder. Depois olhou para mim de trás da maquiagem arruinada e disse, em voz baixa:

– Uma carta anônima. Sobre Chris e eu.

– Ah, é?

Levei um tempo para entender o que ela estava dizendo. Kitty e *Pearman*? Pearman e a srta. Teague?

Devo realmente estar ficando velho, pensei. Nunca suspeitei. Sabia que eram amigos, que Kitty tinha sempre dado apoio, muitas vezes além do que devia. Mas agora voltava tudo, embora eu tentasse evitar: os dois esconderam da Sally, que estava doente, que esperavam se casar algum dia, e agora... agora...

Levei Kitty para a sala comunitária. Fiz chá. Esperei dez minutos com a xícara na mão na frente do banheiro das mulheres. Finalmente Kitty saiu, de olhos vermelhos como os de um coelho, sob uma nova camada de pó, viu o chá e explodiu em lágrimas de novo. Nunca imaginei que Kitty Teague fosse capaz disso. Ela estava havia oito anos na St. Oswald's e nunca a vi chegar nem perto disso.

Ofereci meu lenço e estendi o chá para ela, completamente sem jeito e desejando (de certa forma culpado) que alguém mais qualificado, talvez a srta. Dare, assumisse o meu lugar.

– Você está bem?

(A pergunta inadequada do macho bem-intencionado.)

Kitty balançou a cabeça. Claro que não estava. Eu sabia disso, mas o Paletó de Tweed não é famoso por seu *savoir-faire* com o sexo oposto e afinal, eu tinha de dizer alguma coisa.

– Quer que eu chame alguém?

Acho que eu estava pensando no Pearman. Já que era o chefe do departamento, pensei, aquele problema era responsabilidade dele. Ou Bishop, pois é ele que normalmente lida com as crises emocionais da equipe. Ou Marlene... *isso!*... uma onda repentina de alívio e afeto me dominou quando me lembrei da secretária, tão eficiente no dia em que passei mal, tão próxima dos meninos. A competente Marlene, que suportou um divórcio e a solidão sem desmoronar. Ela saberia o que fazer. E, mesmo se não soubesse, pelo menos conhecia o código, sem o qual nenhum macho era capaz de se comunicar com uma mulher aos prantos.

Ela estava saindo da sala do Bishop quando cheguei. Acho que sempre contei com ela, como o resto da equipe.

– Marlene, será que... – comecei a dizer.

Ela olhou para mim fingindo severidade.

– Sr. Straitley.

Ela sempre me chama de sr. Straitley, apesar de ser Marlene para todos os professores há anos.

– Imagino que ainda não encontrou aquela chamada.

– Infelizmente, não.

– Hum. Foi o que imaginei. O que é agora?

Expliquei o caso da Kitty, sem dar muitos detalhes. Marlene ficou preocupada.

– Nunca acontece nada, mas quando acontece... – disse, cansada. – Às vezes me pergunto por que me importo com isso aqui. Pat completamente sobrecarregado, todos nervosos com a inspeção escolar e agora isso...

Ela parecia tão estressada que me senti culpado de ter pedido sua ajuda.

– Não, tudo bem – disse Marlene, ao ver a minha cara. – Pode deixar comigo. Acho que o seu departamento já tem muita coisa para enfrentar no momento.

Ela estava certa. O departamento estava reduzido a mim, à srta. Dare e à Liga das Nações a maior parte do dia. O dr. Devine estava fora do esquema por questões administrativas. Grachvogel estava ausente (de novo), e nos meus períodos livres esta manhã dei a aula de francês da Tapi do primeiro ano e o terceiro ano de Pearman, além de uma avaliação de rotina de um dos novatos. Dessa vez, do irrepreensível Easy.

Knight não estava, portanto não pude interpelá-lo sobre o grafite na minha cerca nem sobre a caneta que encontrei na cena do crime. Em vez disso, escrevi um relato completo do incidente e mandei uma cópia para Pat Bishop e, outra para o sr. Beard, que, além de coordenador de ciência da computação, também é diretor do terceiro ano. Eu posso esperar. Agora tenho provas da atividade de Knight e estou ansioso para cuidar dele quando chegar a hora. Um prazer adiado, digamos assim.

No recreio, assumi a supervisão de Pearman no corredor e depois do almoço tomei conta do grupo dele, de Tapi, de Grachvogel e do meu na sala de reuniões, enquanto a chuva caía sem parar lá fora, e uma onda constante de gente passava pelo corredor, entrando e saindo da sala do diretor a tarde inteira.

Então, faltando cinco minutos para o término das aulas, Marlene disse que Pat queria me ver. Encontrei-o na sala dele, com Pearman, muito estressado. A srta. Dare estava sentada ao lado da mesa. Olhou solidária para mim quando entrei, e descobri que estávamos encrenados.

– Imagino que o assunto seja o menino Knight, não é?

O fato é que fiquei surpreso de não ver Knight esperando do lado de fora da sala de Pat. Talvez Pat já tivesse falado com ele, pensei. Mas nenhum menino devia ser interrogado antes de eu ter tido oportunidade de conversar com o professor encarregado.

Por um momento, Pat fez uma cara de que não sabia do que eu estava falando. Então balançou a cabeça.

– Ah, não. Tony Beard pode cuidar disso. Ele é o diretor do ano, não é? Não, o problema aqui é o que aconteceu ontem à noite. Depois da reunião.

Pat olhou para as próprias mãos, o que era sempre sinal de que aquilo não era sua praia. Vi que as unhas dele estavam em péssimo estado. Roídas quase até a cutícula.

– O que foi? – perguntei.

Ele não olhou para mim logo.

– A reunião terminou pouco depois das seis – disse.

– Isso mesmo – concordei. – A srta. Dare me deu uma carona para casa.

– Eu sei – disse Pat. – Todos saíram mais ou menos à mesma hora, a não ser a srta. Teague e o sr. Pearman, que ficaram mais uns vinte minutos.

Dei de ombros. Não sabia aonde ele queria chegar com aquilo, e por que estava sendo tão formal. Olhei para Pearman, mas não havia nada na expressão dele que esclarecesse o que era.

– A srta. Dare disse que vocês viram Jimmy Watt no corredor térreo quando saíram – continuou Pat. – Ele estava encerando o chão, esperando para fechar as portas.

– Isso mesmo – confirmei. – Por quê? O que aconteceu?

Podia ser a explicação para o comportamento de Pat, pensei. Jimmy, como Fallow, tinha sido uma das indicações de Pat, e ele enfrentava algumas críticas por causa disso. Mas Jimmy sempre trabalhou razoavelmente bem. Claro que nada brilhante, mas era leal, e isso na verdade contava na St. Oswald's.

– Jimmy Watt foi dispensado depois do incidente ontem à noite.

Não acreditei.

– Que incidente?

A srta. Dare virou para mim.

– Parece que ele não verificou todas as salas antes de fechar. Isabelle ficou trancada, entrou em pânico, escorregou na escada e quebrou o tornozelo. Só conseguiu sair às seis hoje de manhã.

– Ela está bem?

– E algum dia esteve?

Tive de rir. Era uma farsa típica da St. Oswald's, e a expressão de tristeza de Pat só aumentava o ridículo da situação.

– Ah, podem rir – disse Pat aborrecido. – Mas ela deu queixa oficialmente. Saúde e Segurança já está envolvido.

Ele queria dizer Devine.

– Parece que alguém derramou alguma coisa, óleo, diz ela, nos degraus.

– Ah.

Então não era tão engraçado.

– Certamente você pode conversar com ela, não pode?

– Pode acreditar que já fiz isso – suspirou Pat. – A srta. Tapi acha que foi mais do que apenas um erro da parte do Jimmy. Ela acha que foi uma maldade proposital. E pode acreditar que ela conhece muito bem seus direitos.

Claro que conhecia. Pessoas do tipo dela sempre conhecem. O dr. Devine era o representante do sindicato dela. Imaginei que ele já devia ter-lhe passado informações sobre todo tipo de indenização que ela poderia esperar. Haveria um processo por danos, por incapacidade física (com certeza, ninguém esperava que ela fosse trabalhar de tornozelo quebrado), além da acusação de negligência e de danos psicológicos. Ela processaria por tudo e qualquer coisa: trauma, dor nas costas, fadiga crônica, tudo mesmo. Eu teria de substituí-la nos próximos doze meses. Quanto à publicidade... o *Examiner* faria uma festa com isso. Esqueça Knight. Tapi, com suas pernas compridas e expressão de mártir corajosa, era outro nível.

– Como se já não tivéssemos problemas suficientes para enfrentar, e logo antes de uma inspeção – disse Pat com amargura. – Diga aí, Roy, tem mais algum pequeno escândalo a caminho que eu deva saber?

8

Sexta-feira, 29 de outubro

Querido velho Bishop. Engraçado ele ter perguntado. O fato é que sei de pelo menos dois. Um que já começou a ceder com a lenta inevitabilidade de uma onda gigante, e o segundo evoluindo muito bem. Tenho notado que a literatura está cheia de baboseira sobre os que estão morrendo. A paciência, a compreensão deles. Por experiência própria, sei que se há alguma característica especial, essas pessoas podem ser tão perversas e rancorosas como as que elas relutam em deixar para trás. Sally Pearman era uma dessas. Com o poder daquela carta (um dos meus melhores trabalhos, devo dizer), ela pôs em ação todos os habituais clichês. Trocou as fechaduras, chamou o advogado, mandou os filhos para a casa da avó, jogou as roupas do marido no jardim. Pearman, é claro, não consegue mentir. É quase como se quisesse ser descoberto. Cara de sofrimento e de alívio. Muito católico. Mas é um consolo para ele.

Kitty Teague é outra história. Agora não tem ninguém para consolá-la. Pearman, meio arrasado com sua culpa masoquista, mal fala com ela. Nunca a olha nos olhos. Em segredo, ele acha que ela é a responsável. É mulher, afinal de contas. E enquanto Sally se afasta, suavizada pelo remorso, numa névoa de nostalgia, Kitty sabe que jamais poderá competir.

Hoje ela não apareceu na escola. Aparentemente por causa do estresse. Pearman deu aula, mas está distraído, e sem a ajuda de Kitty fica terrivelmente desorganizado. Por isso comete muitos erros; não aparece para avaliar Easy, esquece o que tem de fazer na hora do almoço, passa o recreio todo procurando uma pilha de trabalhos de literatura do sexto ano que não sabe onde pôs (estão no armário de Kitty na sala do silêncio; sei porque fui eu que coloquei lá).

Não me entenda mal. Não tenho nada de especial contra o homem. Mas preciso seguir em frente. E é mais eficiente trabalhar por departamentos, em blocos, se preferir, do que espalhar meus esforços por toda a escola.

Quanto aos meus outros projetos... A escapada de Tapi não apareceu nos jornais de hoje. Bom sinal, significa que o *Examiner* está guardando para o fim de semana, mas os boatos me dizem que ela está muito aborrecida, que culpa a escola em geral pelo problema (e Pat Bishop em particular... tudo indica que ele não foi suficientemente simpático no momento crucial) e espera total apoio do sindicato e uma generosa indenização, dentro ou fora dos tribunais.

Grachvogel faltou mais uma vez. Soube que o pobre é dado a enxaquecas, mas creio que isso tem mais a ver com as ligações perturbadoras que vem recebendo. Desde a noite em que saiu com Light e os meninos, ele anda muito abatido. É claro que essa é a era da igualdade – não pode haver discriminação de raça, religião ou gênero (ah!) –, mas ao mesmo tempo ele sabe que um homossexual numa escola de meninos é vulnerável demais e fica imaginando como se revelar e para quem.

Em circunstâncias normais poderia ter procurado Pearman para pedir ajuda, mas Pearman já tem os problemas dele, e o dr. Devine, tecnicamente seu patrão e chefe do departamento, jamais entenderia. Na realidade a culpa é dele. Devia saber que não podia andar por aí com Jeff Light. O que *tinha* na cabeça? Light se arrisca muito menos. Ele transpira testosterona. Tapi percebeu, mas fico pensando o que ela vai dizer quando a história toda acabar vazando. Até agora ele apoia muito a atitude de Tapi. Sindicalizado, gosta de qualquer situação que envolva um desafio ao sistema. Ótimo. Mas quem sabe, talvez isso também acabe virando um tiro pela culatra. Com uma certa ajuda, é claro.

E Jimmy Watt? Jimmy foi embora para sempre, será substituído por uma nova turma de faxineiros de agora em diante. Ninguém realmente se importa com isso, exceto o tesoureiro (os faxineiros de agência são mais caros, além disso trabalham segundo as ordens que recebem e conhecem seus direitos) e possivelmente Bishop, que tem um fraco por casos perdidos (meu pai, por exemplo), teria preferido dar uma segunda chance ao Jimmy. Mas o diretor não, pois conseguiu tirar o retardado de lá com uma rapidez espantosa (não exatamente dentro da lei, o que daria um tema interessante para o Informante quando a história de Tapi perder a graça), e permaneceu trancado na sala quase dois dias inteiros, se comunicando apenas pelo interfone e por intermédio de Bob Strange, o único membro da administração que continua completamente indiferente a essas mesquinhas perturbações.

Quanto a Roy Straitley, não pense que esqueci dele. Ele, mais do que todos os outros, nunca se afasta dos meus pensamentos. Mas as tarefas extras o mantêm ocupado e é disso que eu preciso enquanto entro na próxima fase do meu plano de demolição. Mas ele está muito bem em banho-maria. Eu estava na sala de ciência da computação depois do almoço e ouvi a voz dele no corredor, por isso pude entreouvir uma conversa interessante de Straitley com Beard, a respeito de (a) Colin Knight e (b) Adrian Meek, o novo professor de ciência da computação.

– Mas eu *não* escrevi um relatório podre sobre ele – protestava Straitley. – Assisti à aula dele, preenchi o formulário e adotei uma visão equilibrada. Só isso.

– Controle da turma fraco – disse Beard, lendo o formulário de avaliação. – Planejamento da aula fraco. Falta de presença? Que tipo de visão equilibrada é essa?

Uma pausa enquanto Straitley lia o formulário.

– Eu não escrevi isso – disse por fim.

– Bem, está *parecendo* a sua letra.
Outra pausa, mais demorada. Pensei em sair da sala de computação naquele momento para ver a expressão de Straitley, mas achei melhor não. Não queria chamar muita atenção, especialmente no que em breve seria a cena de um crime.
– Não fui eu que escrevi isso – repetiu Straitley.
– Bem, quem foi então?
– Eu não sei. Algum engraçadinho.
– Roy...
Agora Beard estava começando a ficar constrangido. Eu já tinha ouvido aquele tom de voz antes, o tom meio conciliador e áspero de alguém que está lidando com um possível lunático.
– Olha, Roy, críticas construtivas e tudo o mais. Eu sei que o jovem Meek não é o mais brilhante que já tivemos...
– Não, não é – disse Straitley. – Mas não escrevi isso aí sobre ele. Você não pode arquivar essa avaliação se não fui eu que escrevi.
– É claro que não, Roy, mas...
– Mas o quê?
Agora a voz de Straitley soava irritada. Ele nunca gostou de tratar com os Ternos e deu para perceber que aquilo tudo o aborrecia muito.
– Bem, tem certeza de que não *esqueceu* o que escreveu?
– O que quer dizer com "esqueceu"?
Pausa.
– Bem, quero dizer, talvez você estivesse com pressa, ou então...
Ri sem fazer barulho, cobrindo a boca com a mão. Beard não é o primeiro da equipe a sugerir que Roy Straitley está "mais devagar", para usar as palavras de Bishop. Eu já plantei essa semente na cabeça de alguns e já houve casos suficientes de comportamento irracional, esquecimento crônico e pequenas coisas perdidas para tornar a ideia plausível. Straitley, é claro, jamais levou isso em consideração.
– Sr. Beard, posso estar chegando ao meu século, mas estou longe da senilidade. Agora, se pudermos passar para algum outro assun-

to de real importância... – (Imaginei o que Meek diria quando eu contasse que Straitley considerou a avaliação assunto sem importância) – ... talvez o senhor tenha encontrado algum tempo no seu horário sobrecarregado para ler meu relatório sobre Colin Knight.

Diante do meu computador, sorri.

– Ah, Knight – disse Beard sem convicção.

Ah, Knight.

Como já disse, me identifico com um menino como Knight. Na verdade, eu não tinha nada de parecido com ele. Eu era muito mais resistente, tinha uma perversidade que ele não tem e um aprendizado de rua, porém com mais dinheiro e pais melhores poderia ser igual a ele. Knight tem uma forte marca de ressentimento que posso usar, e o mau humor dele significa que não pretende confiar em ninguém até passar do ponto que não tem mais volta. Se desejos fossem cavalos, como costumávamos dizer quando éramos pequenos, então o velho Straitley já teria morrido pisoteado anos atrás. A verdade é que ando tutorando Knight (em uma base bem extracurricular), e pelo menos nisso ele é um aluno apto.

Não foi preciso muita coisa. Nada que a princípio pudesse ser associado a mim. Uma palavrinha aqui, um empurrãozinho ali... "Imagine que *sou* o seu tutor de classe", eu disse quando ele me seguia, feito um cachorrinho, na minha ronda de tarefas. "Se tiver algum problema e achar que não dá para conversar com o sr. Straitley, venha falar comigo."

Knight veio. E me sujeitei por três semanas às suas reclamações patéticas, suas mágoas medíocres. Ninguém gosta dele. Os professores implicam com ele. Os alunos o chamam de "ET" e de "perdedor". Ele sofre o tempo todo, menos quando se alegra com a infelicidade de outro aluno. Na verdade, ele foi o veículo para espalhar muitos pequenos boatos para mim, inclusive alguns sobre o pobre sr. Grachvogel, cujas ausências têm sido notadas e muito discutidas. Quando ele voltar, *se* voltar, provavelmente encontrará os detalhes de sua vida privada, com os enfeites que os meninos devem ter acrescentado, gravados nas carteiras e nas paredes do banheiro por toda a escola.

Mas a maior parte do tempo Knight gosta mesmo é de reclamar. Ofereço ouvidos simpáticos. E apesar de a essa altura já poder entender perfeitamente por que Straitley odeia a peste, devo dizer que estou gostando muito do progresso do meu pupilo. Knight tem muito jeito para sonsice, mau humor e perversidade pura.

Pena que ele tem de ir. Mas, como meu velho pai teria dito, não se faz um omelete sem matar pessoas.

9

♔

Escola St. Oswald's para meninos
Sexta-feira, 29 de outubro

Aquele imbecil do Beard. O imbecil-mor. Quem foi que imaginou que ele podia ser o diretor do ano? Começou praticamente dizendo que eu estava senil por causa do formulário idiota de avaliação do Meek, depois cometeu a temeridade de questionar minha capacidade de julgar quanto ao assunto Colin Knight. Queria mais *provas*, dá para acreditar? Queria saber se eu tinha conversado com o menino.

Conversado com ele? Claro que tinha conversado com ele e se algum menino já mentiu na vida... Está nos olhos, no jeito que os olhos dardejam para o lado esquerdo, como se houvesse alguma coisa lá... papel higiênico grudado no meu sapato, talvez, ou uma grande poça. Está no olhar submisso, na reação exagerada, na sucessão de "Sinceramente, senhor" e de "Eu juro, senhor", e por trás disso tudo aquele ar presunçoso de quem sabe das coisas.

Claro que eu sabia que tudo aquilo acabaria quando eu mostrasse a caneta. Deixei que falasse, que jurasse, jurasse sobre o túmulo da mãe, e aí peguei a caneta, a caneta de Knight com as iniciais de Knight nela, encontrada na cena do crime.

Ele ficou boquiaberto. Estupefato. Estávamos só nós dois na torre do sino. Era hora do almoço. Um dia seco, de sol. Os meninos estavam no jardim outonal brincando. Ouvi os gritos distantes, feito gaivotas ao vento. Knight também ouviu e olhou para a janela com ar de tristeza.

– E então?

Procurei não parecer satisfeito demais. Ele era apenas um menino, afinal de contas.

– Essa caneta é sua, não é, Knight?

Silêncio. Knight ficou parado de mão no bolso, encolhido diante dos meus olhos. Ele sabia que era sério, coisa para suspensão. Deu para ver na cara dele. A mancha no seu currículo. A decepção da mãe. A fúria do pai. O golpe em seus planos.

– *Não é*, Knight?

Ele meneou a cabeça sem dizer nada.

Mandei-o para a sala do diretor do ano, mas ele não chegou lá. Brasenose o viu no ponto de ônibus aquela tarde e não achou nada de mais. Devia ser uma consulta no dentista, ou talvez uma passada rápida e às escondidas na loja de discos ou no café. Ninguém mais se lembra de tê-lo visto. Um garoto de cabelo oleoso, com o uniforme da St. Oswald's, carregando uma mochila preta de náilon e com cara de que todos os problemas do mundo tinham caído sobre os seus ombros.

– Ah, *falei* com ele sim. Ele não disse grande coisa. Não depois que mostrei a caneta.

Beard ficou meio aflito.

– Entendo. E o que foi que disse, exatamente, para o menino?

– Expliquei para ele que seu comportamento era errado.

– Havia mais alguém presente?

Eu não podia mais aturar aquilo. Claro que não havia mais ninguém. Quem mais poderia estar presente numa hora de almoço com vento e milhares de meninos brincando lá fora?

– O que está acontecendo, Beard? – perguntei. – Os pais reclamaram? Foi isso? Estou vitimando o menino de novo? Ou será que eles sabem muito bem que o filho é um mentiroso e que só não fiz uma queixa para a polícia por causa da St. Oswald's?

Beard respirou fundo.

– Acho que devemos conversar sobre isso em outro lugar – disse, pouco à vontade (eram oito horas da manhã e estávamos no corredor térreo, ainda quase deserto). – Eu queria que Pat Bishop estivesse aqui, mas ele não está na sala dele e não consigo encontrá-lo pelo telefone. Ó meu Deus... – Ele apalpou o bigode ralo. – Eu realmente acho que qualquer conversa sobre isso deve esperar até que as autoridades competentes...

Eu já ia fazer um comentário cortante sobre diretores do ano e autoridades competentes quando Meek chegou. Ele me encarou com veneno no olhar e falou com Beard.

– Problema nos laboratórios – disse com a voz fraca. – Acho que é melhor dar uma espiada.

Beard ficou nitidamente aliviado. Problemas nos computadores eram a área dele. Nenhum contato humano desagradável. Nenhuma inconsistência. Nenhuma mentira. Nada além de máquinas para programar e decodificar. Eu sabia que ocorreram intermináveis problemas nos computadores aquela semana, um vírus, ouvi dizer, e o resultado foi que, para minha satisfação, os e-mails foram completamente suspensos, e a ciência da computação relegada à biblioteca por alguns dias.

– Com licença, sr. Straitley...

Aquele olhar de novo, como o de um homem que vê sua salvação chegar, finalmente.

– O dever me chama.

Achei o bilhete de Bishop (escrito à mão) dentro do meu escaninho no fim do intervalo do almoço. Não antes, embora Marlene tenha dito que colocou lá na hora da chamada. Mas a manhã tinha sido pródiga em problemas. Grachvogel ausente. Kitty deprimida. Pearman fingindo que não havia nada de errado, mas todo desarrumado e pálido, com olheiras profundas. Soube pela Marlene (que sempre sabe de tudo) que ele dormiu na escola aquela noite. Parece que não ia para casa desde terça-feira, quando a carta anônima revelou a infidelidade de muito tempo. Kitty acha que a culpa é dela, diz Marlene. Acha que prejudicou Pearman. Fica se perguntando se é culpa dela o tal informante ter descoberto a verdade.

Pearman diz que não, mas continua distraído. Bem coisa de homem, diz Marlene, ocupado demais com os próprios problemas para notar que a pobre Kitty está completamente arrasada.

Sei que não devo comentar isso. Não fico de lado nenhum. Apenas espero que Pearman e Kitty consigam continuar a trabalhar juntos depois disso. Detestaria perder qualquer um dos dois, especialmente este ano, quando tantas outras coisas deram errado.

Mas há um pequeno consolo. Eric Scoones tem sido um surpreendente pilar de força num mundo que de repente enfraquece. Difícil nos melhores momentos, ele se revela no pior, assume as tarefas de Pearman sem reclamar (e com uma espécie de prazer). Claro que ele gostaria de ser o chefe do departamento. Podia até ser bom nisso – apesar de não ter o charme de Pearman, é meticuloso em todas as modalidades de administração. Mas a idade fez com que azedasse e é apenas nesses momentos de crise que vejo o verdadeiro Eric Scoones. O jovem que conheci trinta anos atrás. O jovem consciencioso e enérgico. O demônio numa sala de aula. O organizador incansável. O esperançoso jovem turco.

St. Oswald's é boa para minar essas coisas. A energia. A ambição. Os sonhos. Era nisso que eu estava pensando quando sentei na sala comunitária cinco minutos antes do fim da hora do almoço, com uma velha caneca marrom numa das mãos e um biscoito velho na outra (do fundo da sala comunitária; acho que devo fazer valer meu dinheiro de alguma forma). Naquela hora está sempre lotada, como uma estação de trem vomitando passageiros para diversos destinos. Os suspeitos de sempre nos vários assentos: Roach, Light (estranhamente apático) e Easy, os três aproveitando os cinco minutos extras com o *Daily Mirror* antes do início das aulas da tarde. Monument dormindo. Penny Nation com Kitty no canto das meninas. A srta. Dare lendo um livro. O jovem Keane aparecendo rapidamente para respirar depois de cumprir umas tarefas na hora do almoço.

– Ah, senhor – disse quando me viu. – O sr. Bishop está procurando o senhor. Acho que ele mandou uma mensagem.

Uma mensagem? Provavelmente um e-mail. O cara nunca aprende.

Encontrei Bishop na sala dele, apertando os olhos para uma tela de computador com os óculos para perto. Tirou os óculos na mesma hora (ele se preocupa muito com a aparência, e aqueles óculos fundo de garrafa parecem mais adequados para um acadêmico idoso do que para um ex-jogador de rúgbi).

– Demorou à beça, hein?

– Desculpe – respondi calmamente. – Não recebi sua mensagem.

– Que nada – disse Bishop. – Você nunca se lembra de verificar os e-mails. Estou cheio disso, Straitley, estou cansado de ter de chamá-lo à minha sala como alguém da quinta série que nunca entrega os trabalhos.

Tive de sorrir. Eu gosto dele, de verdade. Ele não é um engravatado, embora tente, só Deus sabe quanto... e há uma espécie de sinceridade nele quando está zangado que nunca se vê em alguém como o diretor.

– *Vere dicis?* – perguntei educadamente.

– Pode cortar *essa*, para começo de conversa – disse Bishop. – Estamos metidos num monte de merda aqui, e a culpa é sua.

Fiquei olhando para ele. Não estava brincando.

– Qual é o problema? Outra queixa?

Acho que eu estava pensando no blazer do pobre Pooley de novo, mas certamente Bob Strange é que gostaria de tratar disso pessoalmente.

– Pior que isso – disse Pat. – É o Colin Knight. Ele desapareceu.

– O quê?

Pat olhou furioso para mim.

– Ontem, depois do pequeno entrevero com você na hora do almoço. Pegou a mochila, saiu, e ninguém, estou dizendo *ninguém* mesmo, nem os pais dele nem os amigos, absolutamente ninguém mais o viu desde então.

BISHOP

1

♟

Domingo, 31 de outubro

Dia das Bruxas. Sempre adorei. Aquela noite especificamente, e não a Noite da Fogueira com as comemorações espalhafatosas (e de qualquer maneira sempre achei de muito mau gosto as crianças comemorarem a morte horrenda de um homem culpado de pouco mais do que ter ideias acima do seu estrato social).
É verdade. Sempre tive um fraco por Guy Fawkes. Talvez porque eu esteja numa situação muito parecida com a dele. Um conspirador solitário que conta apenas com a própria inteligência para se defender do monstruoso adversário. Mas Fawkes foi traído. Eu não tenho aliados, ninguém com quem conversar sobre os meus planos explosivos e, se houver alguma traição, será a do meu próprio descuido, ou burrice, e não de outra pessoa.
Saber disso me alegra, pois meu trabalho é solitário e muitas vezes desejo ter alguém com quem dividir as vitórias, as ansiedades da minha rebelião no dia a dia. Mas esta semana marca o fim de uma nova fase na minha campanha. O papel do picador terminou. Agora é hora do matador subir ao palco.
Comecei com Knight.
Uma pena, de certa forma. Ele foi muito útil para mim este semestre e é claro que não tenho nada pessoal contra o menino, mas ele teria de ir mais cedo ou mais tarde, sabia demais (tendo ele consciência disso ou não) para continuar por aí.

Claro que eu estava esperando uma crise. Como todos os artistas, gosto de provocar, e a reação de Straitley à minha pequena obra de autoexpressão na cerca dos fundos da casa dele certamente superou as expectativas. Eu sabia que ele encontraria a caneta, também, e saltaria para a conclusão lógica.

Como eu disse, eles são muito previsíveis, esses professores da St. Oswald's. É só apertar os botões, engatar a marcha e vê-los andar. Knight estava pronto. Straitley no ponto. Por alguns maços de Camel, os *sunnybankers* foram preparados para alimentar a paranoia de um velho. Eu tinha feito a mesma coisa com Colin Knight. Estava tudo no lugar, os dois protagonistas posicionados para a batalha. A única coisa que faltava era o espetáculo final.

É claro que eu sabia que ele viria me procurar. *Imagine que sou seu tutor de classe,* eu tinha dito, e ele imaginou. Na quinta-feira depois do almoço, ele correu direto para mim chorando, pobrezinho, e contou tudo.

– Agora acalme-se, Colin – disse e o levei para uma sala pouco usada no corredor do meio. – De que, *exatamente*, o sr. Straitley acusou você?

Ele me contou, fungando muito e cheio de autopiedade.

– Entendo.

Meu coração acelerou. Tinha começado. Não havia como parar agora. Minha aposta tinha dado certo. Agora a única coisa que tinha de fazer era assistir de camarote enquanto a St. Oswald's desmoronava.

– O que eu faço?

Ele estava quase histérico, o rosto cheio de marcas parecia uma ameixa de tanta ansiedade.

– Ele vai contar para a minha mãe, ele vai chamar a polícia, posso até ser *expulso*...

Ah, a expulsão. A maior desonra. Na lista com as opções das terríveis consequências, tem precedência sobre os pais e a polícia.

– Você não vai ser expulso – disse com firmeza.

– Como é que pode saber?
– Colin. Olhe para mim. – Fiz uma pausa, Knight balançava a cabeça, histérico. – *Olhe* para mim.
Ele obedeceu, continuou a balançar a cabeça, mas lentamente aquele princípio de histeria foi diminuindo.
– Preste atenção, Colin! – disse.
Frases curtas, contato visual e ar de convicção. Os professores usam esse método. E também médicos, padres e outros ilusionistas.
– Ouça com atenção. Você não vai ser expulso. Faça o que eu digo, venha comigo que ficará bem.

Ele estava me esperando, conforme o combinado, no ponto de ônibus perto do estacionamento dos professores. Eram dez para as quatro e já estava começando a escurecer. Saí da minha sala (pela primeira vez) dez minutos mais cedo, e a rua estava deserta. Parei o carro do outro lado do ponto de ônibus. Knight subiu no lado do passageiro com o rosto pálido de terror e de esperança.
– Está tudo bem, Colin – disse para ele gentilmente. – Vou levar você para casa.

Não planejei daquele jeito. Não mesmo. Podem chamar de temeridade, se quiserem, mas, quando saí da St. Oswald's aquela tarde e entrei numa rua que já estava embaçada pela chuva fina de outubro, eu ainda não tinha decidido o que fazer com Colin Knight. No nível pessoal, claro, sou perfeccionista. Gosto de ter todas as bases cobertas. Mas às vezes é melhor contar só com o instinto. Leon me ensinou isso e tenho de admitir que algumas das minhas melhores jogadas não foram planejadas. Pinceladas impulsivas de um gênio.
E foi assim com Colin Knight. Veio a mim como uma inspiração súbita, quando estava passando pelo parque municipal.

Já contei que tenho um fraco pelo Dia das Bruxas. Quando era criança, gostava muito mais do que das comemorações comuns da Noite da Fogueira, da qual sempre desconfiei, com o lado comercial todo enfeitado e a torcida monstruosa diante do enorme churrasco. Acima de tudo, eu desconfiava da Fogueira da Comunidade, um acontecimento anual na Noite da Fogueira, no parque, onde o público se reunia em massa antes de uma conflagração em escala alarmante e uma exibição medíocre de fogos de artifício. Costuma haver uma feira, montada por cínicos "viajantes", de olho na sorte grande. Uma barraca de cachorro-quente. Uma de Teste a sua Força (*Todos são vencedores!*). Uma barraca de tiro ao alvo, com ursinhos de pelúcia comidos pelas traças pendurados pelo pescoço feito troféus. Um vendedor de maçã do amor (as maçãs borrachudas e marrons por baixo da cobertura quebradiça de calda vermelho-vivo), e vários batedores de carteira, abrindo caminho sorrateiros pelo meio da multidão no feriado.

Sempre detestei essa exibição gratuita. O barulho, o suor, a balbúrdia, o calor e a sensação de que a violência está sempre prestes a estourar, isso tudo me repelia. Acreditem ou não, desprezo a violência. Sua falta de elegância mais do que tudo, eu acho. Sua burrice crassa e brutalidade. Meu pai adorava a Fogueira da Comunidade pelos mesmos motivos que eu detestava. E ele ficava mais feliz do que nunca nessas ocasiões, com uma garrafa de cerveja em uma das mãos, o rosto púrpura com o calor da fogueira, um par de antenas de alienígena balançando na cabeça (ou podiam ser chifres do diabo), o pescoço esticado para ver os fogos quando explodiam *pá-pá-pá-pá* no céu fumacento.

Mas foi graças à lembrança dele que tive a minha ideia. Uma ideia tão elegante e doce que me fez sorrir. Leon teria ficado orgulhoso se me visse, eu sei disso. Meus dois problemas, de despachar e de me livrar, foram resolvidos com um único golpe.

Liguei a seta e virei para o parque. Os grandes portões estavam abertos. De fato, essa é a única época do ano em que permitem o acesso de veículos. Entrei devagar pela rua principal.

– O que estamos fazendo aqui? – perguntou Knight, a angústia já esquecida.

Ele estava comendo uma barra de chocolate da cantina da escola e jogando um joguinho no telefone celular de última geração. Um fone de ouvido pendia lânguido de uma orelha.

– Tenho de deixar uma coisa aqui – respondi. – Uma coisa que quero queimar.

Até onde entendo, essa é a única vantagem da Fogueira da Comunidade. Dá a oportunidade para todos que queiram se livrar de qualquer lixo indesejado. Madeira, paletas, revistas e papelões são sempre valorizados, mas qualquer combustível é mais do que bem-vindo. Pneus, sofás velhos, colchões, pilhas de jornais, tudo isso tem lugar ali, e os cidadãos são encorajados a levar o que puderem.

É claro que, a essa altura, a fogueira já tinha sido montada, cientificamente e com todo cuidado. Uma pirâmide de doze metros de altura, maravilhosa em sua estrutura. Camadas e mais camadas de móveis, brinquedos, papel, roupas, sacos de entulho, caixas de papelão e, em deferência a séculos de tradição, bonecos. Dúzias de bonecos Guy, alguns com cartazes pendurados no pescoço, alguns toscos, outros assustadoramente parecidos com seres humanos, de pé, sentados, reclinados em várias posições naquela pira. A área fora isolada a uma distância de mais ou menos cinquenta metros da fogueira. Quando a acendessem, o calor seria tão intenso que quem chegasse mais perto se arriscaria a pegar fogo.

– Impressionante, não é? – disse quando parei o carro o mais perto possível da área isolada.

Algumas caçambas abertas com lixo de todo tipo impediam o acesso, mas achei que ali era suficientemente perto.

– Está legal – disse Knight. – O que trouxe para queimar?
– Venha ver – disse e desci do carro. – De qualquer modo, você vai ter de me ajudar, Colin. É meio volumoso e não vou conseguir carregar sem ajuda.

Knight desceu do carro sem tirar o fone do ouvido. Achei que ele ia reclamar, mas veio atrás de mim, olhando sem interesse para a fogueira ainda apagada, enquanto eu destrancava o porta-malas.

– Legal o seu celular – disse.
– É – disse Knight.
– Eu gosto de uma boa fogueira, você não gosta?
– Gosto.
– Espero que não chova. Não há nada pior do que uma fogueira que não acende. Mas eles devem usar alguma coisa, gasolina, espero... para acender o fogo. Sempre parece que pega tão rápido...

Enquanto falava, eu me mantive entre Knight e o carro o tempo todo. Mas percebi que nem precisava me preocupar com isso. Ele não era muito inteligente. Pensando bem, eu estava contribuindo para o aprimoramento genético.

– Venha, Colin.

Knight deu um passo à frente.

– Bom garoto.

A mão nas costas, um empurrão suave. Por um segundo pensei na barraca do Teste a sua Força (*Todos são Vencedores!*) das feiras da minha infância. Eu me imaginei erguendo a marreta bem alto, senti cheiro de pipoca e o fedor das salsichas cozinhando e da cebola frita, vi meu pai com um sorriso de orelha a orelha com as ridículas antenas de alienígena, vi Leon com um Camel amassado entre os dedos manchados de tinta, com um sorriso estimulante...

Então abaixei a tampa do porta-malas com toda força que tinha e ouvi aquele baque indescritível, só que bem familiar e consolador, que indicava mais uma vitória.

2

Foi muito sangue.

Eu já esperava e tinha tomado minhas precauções, mas mesmo assim teria de mandar lavar a seco essa roupa.

Não imagine que tive *prazer* com aquilo. O fato é que acho todo tipo de violência repulsivo e preferiria deixar Knight cair para a morte de um lugar alto, ou morrer engasgado com um amendoim... qualquer coisa menos aquela solução primitiva e suja. Mas não se pode negar que *foi* uma solução, e uma boa solução. Depois de se declarar, Knight não podia continuar vivo. E além do mais, eu precisava de Knight para a próxima fase.

Como isca, digamos assim.

Peguei emprestado o celular dele e limpei na grama molhada. Desliguei o aparelho e guardei no bolso. Então cobri o rosto de Knight com um saco plástico preto (tenho sempre alguns no carro, só por precaução) e prendi com um elástico. Fiz a mesma coisa com as mãos dele. Então coloquei Knight sentado numa poltrona quebrada perto da base da fogueira e o ancorei lá com uma pilha de revistas presas com um barbante. Quando terminei, ele parecia igual aos outros bonecos que aguardavam ali na fogueira, talvez menos realista do que alguns.

Passou um velho com um cachorro quando eu estava arrumando tudo. Ele me cumprimentou. O cachorro latiu. Os dois se afastaram e não notaram o sangue na grama. Quanto ao corpo, eu descobri que se você não *se comportar* como um assassino, ninguém vai pensar que é um, quaisquer que sejam as provas ao contrário. Se algum dia eu resolvesse roubar (e pode ser que um dia isso aconteça, porque eu gostaria de saber que tenho mais de uma opção), usaria uma máscara, uma camiseta listrada e carregaria um saco escrito PILHAGEM. Quem por acaso me visse imaginaria simplesmente que eu estava indo para alguma festa à fantasia, não acharia nada de mais. Noto que em geral as pessoas são pouco observadoras, especialmente se as coisas passam bem embaixo do nariz delas.

Aquele fim de semana eu comemorei com fogo. Afinal, é uma tradição.

Achei que a casa do porteiro queimou muito bem, dado o antigo problema da umidade. A única coisa que lamentei foi que o novo porteiro – Shuttleworth, acho que é o nome dele – ainda não tinha se mudado para lá. Mesmo assim, com a casa vazia e Jimmy suspenso, eu não podia ter escolhido melhor hora.

Há um certo número de câmeras de segurança na St. Oswald's, só que a maior parte concentrada no portão principal e na sua entrada imponente. Achei que valia correr o risco e que a casa do porteiro não estaria sob vigilância. Mesmo assim, usei um blusão largo com capuz para me camuflar. Qualquer câmera exibiria apenas uma pessoa de capuz carregando duas latas sem rótulo e com uma mochila pendurada no ombro, correndo ao longo da cerca, indo para a casa.

Invadir foi fácil. Menos fáceis foram as lembranças que pareciam escorrer das paredes. O cheiro do meu pai. Aquele azedume. O fedor fantasmagórico do Cinnabar. Quase toda a mobília pertencia à St. Oswald's. E ainda estava lá. A cômoda, o relógio, a pesada mesa de jantar e as cadeiras que nunca usamos. Um retângulo mais claro no papel de parede onde meu pai tinha pendurado um quadro (uma gravura sentimental de uma menina com um cachorrinho) inesperadamente partiu meu coração.

Lembrei-me de repente, absurdamente, da casa de Roy Straitley, com as fileiras de fotografias da escola, meninos sorridentes nos uniformes desbotados, os rostos imóveis, esperançosos, dos impetuosos jovens mortos. Foi terrível. Pior: foi *banal*. Eu esperava fazer tudo com calma, jogar gasolina nos velhos tapetes, na velha mobília, com entusiasmo. Em vez disso, fiz o que tinha de ser feito com pressa furtiva e saí correndo, como um intruso qualquer, um invasor, pela primeira vez, pelo que conseguia lembrar, desde aquele dia na St. Oswald's, quando avistei o lindo prédio, as janelas brilhando ao sol, e quis que fosse meu.

Isso Leon nunca compreendeu. Ele nunca *viu* a St. Oswald's de verdade. Sua elegância, sua história, sua retidão arrogante. Para ele, era apenas uma escola. Carteiras para escavar, paredes e muros para grafitar, professores para ridicularizar e desafiar. Engano seu, Leon. Um engano infantil e fatal.

Então incendiei a casa do porteiro. E em vez da satisfação que tinha previsto, senti apenas um remorso profundo, aquela emoção mais fraca e das mais inúteis, quando as alegres chamas dançaram e rugiram.

Quando a polícia chegou, eu já tinha me recuperado. Troquei o blusão largo por algo mais apropriado e fiquei lá só o tempo suficiente para dizer o que queriam ouvir (um jovem encapuzado fugindo do local) e para deixar que encontrassem as latas e a mochila. Nessa hora os carros de bombeiros também já tinham chegado, e me afastei para deixá-los trabalhar. Não que houvesse muito que fazer naquela altura.

Uma brincadeira de estudantes, dirá o *Examiner*. Uma peça do Dia das Bruxas que foi longe demais e se tornou um crime. O meu champanhe estava um pouco choco. Mas bebi assim mesmo e fiz duas ligações com o celular emprestado do Knight, ouvindo o barulho dos fogos de artifício e as vozes dos jovens festeiros – bruxas, monstros e vampiros – correndo nos corredores nos andares de baixo. Se eu sentar numa determinada posição à janela, consigo ver Dog Lane. Imagino se Straitley está sentado à janela *dele* esta noite, a meia-luz, com a cortina aberta. Certamente está esperando encrenca. Do Knight, ou de outra pessoa, *sunnybankers*, ou espíritos obscuros. Straitley acredita em fantasmas, e tem motivo para isso. Esta noite eles estão todos à solta, como lembranças libertadas para atacar os vivos. Que ataquem. Os mortos não têm muito divertimento. Eu fiz a minha parte. Enfiei meu pequeno pé de cabra nas velhas engrenagens da St. Oswald's. Pode chamar de sacrifício, se preferir. Um pagamento com sangue. Se isso não os satisfizer, nada mais o fará.

3

♟

Escola St. Oswald's para meninos
Segunda-feira, 1º de novembro

Que confusão. Que imensa confusão. É claro que vi o fogo a noite passada. Mas pensei que era a fogueira anual de Guy Fawkes, alguns dias adiantada e um pouco distante do lugar habitual. Então ouvi as sirenes dos bombeiros e de repente senti necessidade de estar lá. É que parecia muito com aquela outra vez. Lembrei-me do barulho das sirenes no escuro, Pat Bishop feito um diretor de cinema enlouquecido, com seu maldito megafone...

Estava gelado quando saí. Ainda bem que tinha um casaco e o cachecol xadrez – presente de Natal de um dos meninos, do tempo em que os alunos ainda faziam essas coisas –, bem enrolado no pescoço. Tinha um cheiro bom no ar, mistura de fumaça, *fog* e pólvora, e, apesar de já ser tarde, um bando de jovens fantasiados corria pela rua com um saco de doces. Um deles, um pequeno fantasma, deixou cair um papel de embalagem quando passou, de mini-Snickers, eu acho, e automaticamente abaixei para pegar.

– Ei, você! – disse com minha voz de torre do sino.

O fantasminha, um menino que devia ter oito ou nove anos, parou de repente.

– Você deixou cair isso – disse e dei para ele o papel.

– Você *o quê*? – O fantasma olhou para mim como se eu fosse louco.

– Você deixou cair – disse pacientemente. – Tem uma lata de lixo logo ali. – Apontei para a lata a uns dez metros de nós. – Jogue isso lá.

– Você *o quê?*

Atrás dele, sorrisos e empurrões. Um deu uma risadinha por baixo de uma máscara barata de plástico. *Sunnybankers*, pensei e suspirei, ou então futuros bandidos do conjunto habitacional da Abbey Road. Quem mais deixaria os filhos de oito e nove anos soltos pelas ruas às onze e meia da noite, sem nenhum adulto por perto?

– Jogue na lata, por favor – repeti. – Tenho certeza de que você foi bem educado e não joga lixo na rua.

Sorri. Meia dúzia de rostinhos olharam pensativos para mim por um segundo. Tinha um lobo, três fantasmas, um vampiro sujo de nariz escorrendo e uma pessoa não identificável que podia ser um monstro, um *gremlin* ou alguma criatura de filmes de quinta de Hollywood, que não tinha nome.

O fantasminha olhou para mim, depois para o invólucro.

– Muito bem – eu já ia dizendo, quando ele foi andando para a lata de lixo.

Então ele deu meia-volta e sorriu de orelha a orelha, expondo dentes desbotados como os de um fumante veterano.

– Vai se foder – disse e saiu correndo pela ruela, deixando cair o papel no caminho. Os outros correram para o outro lado, deixando um rastro de papéis de balas, e ouvi os deboches e os insultos que gritaram enquanto sumiam na névoa gelada.

Não devia ter me incomodado com isso. Sou professor e vejo todos os tipos de gente, mesmo na St. Oswald's que é, afinal de contas, um ambiente um tanto ou quanto privilegiado. Aqueles *sunnybankers* são uma raça diferente. Os conjuntos habitacionais estão repletos de alcoolismo, abuso de drogas, pobreza, violência. Palavrões e lixo são corriqueiros para eles, como oi e até logo. Não há maldade nisso. Mas me incomodou, talvez mais do que deveria. Eu já dera três potes de balas para os que pediam aquela noite. Entre as balas havia muitos mini-Snickers.

Peguei os papéis e joguei no lixo, com uma depressão inesperada. Estou ficando velho, é só isso. As minhas expectativas para os jovens (e acho que para a humanidade em geral) estão muito ultrapassadas. Embora eu suspeitasse – talvez até soubesse, lá no fundo – que o fogo que vi tinha relação com a St. Oswald's, não *esperava* isso. O absurdo otimismo que sempre foi a melhor e a pior parte da minha natureza me proíbe de adotar a visão negativa. Por isso uma parte de mim ficou realmente surpresa quando cheguei à escola, vi os bombeiros atacando o incêndio e entendi que a casa do porteiro estava em chamas.

Podia ter sido pior. Podia ter sido a biblioteca. Houve um incêndio lá uma vez, antes do meu tempo, em 1845, que destruiu mais de mil livros, alguns muito raros. Uma vela deixada acesa por descuido, talvez. Certamente não há nada nos registros da escola que indique que foi criminoso.

Mas esse foi. O relatório dos bombeiros diz que usaram gasolina. Uma testemunha disse ter visto um menino de capuz fugindo às pressas. E o pior de tudo, a mochila de Knight estava lá, um pouco carbonizada mas ainda perfeitamente reconhecível, os livros dentro com etiquetas que tinham o nome dele e a turma.

Bishop chegou na mesma hora, claro. Ele se juntou aos bombeiros com tanto vigor que cheguei a pensar que era um deles. Então surgiu saído da fumaça, vindo na minha direção de olhos vermelhos, o cabelo todo eriçado, bufando, quase apoplético com o calor e a situação.

– Não há ninguém lá dentro – disse ofegante.

Percebi que carregava embaixo do braço um relógio grande e corria com ele como um volante prestes a tentar um lançamento.

– Pensei que podia salvar algumas coisas.

E foi embora de novo, a silhueta meio patética contra as labaredas. Eu o chamei, mas minha voz se perdeu. Poucos minutos depois, eu o vi tentando arrastar um baú de carvalho pela porta da frente em chamas.

Como eu disse, que confusão.

Esta manhã isolaram a área. Os destroços ainda estavam vermelhos e fumegantes, por isso toda a escola cheira a Noite da Fogueira. Na sala de aula, não falam de outro assunto. A notícia do desaparecimento de Knight e agora isso são combustível mais que suficiente para alimentar boatos tão loucamente criativos que o diretor não teve escolha e precisou convocar uma reunião de emergência para resolver o que podíamos fazer.

A tendência dele sempre foi a negação plausível. Vejam aquela história com John Snyde. Até Fallowgate foi enfaticamente negado. Agora sua majestade pretende negar Knightsbridge (como Allen-Jones apelidou o caso), especialmente porque o *Examiner* andou fazendo as perguntas mais impertinentes com a esperança de descobrir algum novo escândalo.

É claro que amanhã já estará circulando pela cidade inteira. Algum aluno dará com a língua nos dentes, como eles sempre fazem, e a notícia se espalhará. Um aluno desaparece. Em seguida, um ataque vingativo na escola, talvez provocado – quem sabe? – por perseguição e vitimização. Não encontraram nenhum bilhete. O menino está foragido. Onde? Por quê?

Eu imaginei – nós todos imaginamos – que a polícia estava lá de manhã por causa de Knight. Chegaram às oito e meia. Cinco policiais, três à paisana, uma mulher, quatro homens. Nosso policial da comunidade (o sargento Ellis, veterano, hábil em relações públicas e conversas persuasivas bem másculas) não estava com eles, e eu deveria ter desconfiado de alguma coisa nessa hora, mas o fato era que eu estava preocupado demais com as minhas coisas para lhes dar muita atenção.

Todos estavam. E com razão. A metade do departamento tinha faltado. Os computadores não funcionavam por causa de um vírus mortal. Os meninos revoltados, especulando. A equipe nervosa, sem poder se concentrar. Eu não via Bishop desde a noite anterior. Marlene me disse que ele tinha recebido tratamento para inalação de fumaça, mas se recusou a ficar no hospital e, ainda por cima, passou a noite na escola, verificando os danos e informando à polícia.

Claro que é aceito de um modo geral, mesmo extraoficialmente (pelo menos nos círculos administrativos), que a culpa é minha. Marlene me contou isso, tendo visto de relance um rascunho de carta ditada por Bob Strange para a secretária dele, que agora esperava a aprovação de Bishop. Não tive chance de lê-la, mas posso adivinhar o estilo e o conteúdo. Bob Strange é especialista em golpe de misericórdia exangue, já escreveu cerca de uma dúzia de cartas semelhantes a essa durante sua carreira. *À luz dos acontecimentos recentes... lamentável, mas inevitável... agora não pode ser ignorado... uma licença remunerada até...*

Fariam referências ao meu comportamento instável, à crescente perda de memória e ao curioso incidente Anderton-Pullitt, para não falar do equívoco da avaliação de Meek, do blazer de Pooley e de algumas infrações menores, inevitáveis na carreira de qualquer professor; tudo anotado, numerado e guardado por Strange para eventual uso em situações como essa.

Depois viria a mão aberta, o reconhecimento forçado de *trinta e três anos de serviços prestados*... a afirmação discreta e pouco à vontade de respeito pessoal. Por trás disso, o subtexto é sempre o mesmo: *Você se tornou um constrangimento*. Resumindo, Strange estava preparando uma dose de cicuta.

Ah, não posso dizer que fiquei inteiramente surpreso. Mas dei tanto de mim à St. Oswald's, por tantos anos, e acho que imaginei que para a escola eu seria algum tipo de exceção. Mas isso não existe. As engrenagens da St. Oswald's são frias, sem dó nem piedade, como os computadores de Strange. Não há maldade nisso, é apenas uma equação. Eu sou velho, caro, ineficiente, um parafuso gasto de um mecanismo ultrapassado que, seja como for, não serve para nada. E, se é preciso haver um escândalo, quem melhor para levar a culpa? Strange sabe que não vou criar caso. Não é digno, para começo de conversa. Além disso, eu não aumentaria a lista de escândalos da St. Oswald's. Um acordo generoso, superior à minha pensão, um discurso com belas palavras de Pat Bishop na sala comunitária, referência à minha saúde debilitada e às novas oportunidades que surgem com a minha iminente aposentadoria. O copo de cicuta bem escondido atrás dos louros e da parafernália.

Maldito Strange, que vá para o inferno. Chego a acreditar que ele planejara isso desde o início. A invasão da minha sala, a retirada do meu nome da reforma do departamento, interferência dele. Ele segurara a carta até agora só porque Bishop não estava disponível. Strange precisava de Bishop do lado dele. E ia convencê-lo também, pensei. Gosto do Pat, mas não alimento nenhuma ilusão quanto à lealdade dele. A St. Oswald's vem em primeiro lugar. E o diretor? Eu sabia que ele ficaria felicíssimo de apresentar o caso para o conselho. Depois disso, o dr. Pooley desempenharia seu papel. E quem se importaria?, pensei. E como ficaria o meu século? Na posição em que eu estava, seria a uma era de distância.

Na hora do almoço, recebi um memorando do dr. Devine, escrito à mão, para variar (concluí que os computadores ainda deviam estar enguiçados), e entregue por um menino do quinto ano dele.

R.S. Apresente-se imediatamente. M.R.D.

Fiquei pensando se *ele* também fazia parte dessa jogada. Não poria minha mão no fogo por ele. Então o fiz esperar, examinei alguns livros, conversei um pouco com os meninos, tomei chá. Dez minutos depois, Devine apareceu agitadíssimo e, ao ver a expressão dele, dispensei os meninos com um gesto e lhe dediquei completa atenção.

Agora você deve estar com a impressão de que tenho algum tipo de rixa com o velho Uvazeda. Não podia ser menos verdade. A maior parte do tempo gosto das nossas breves discussões, apesar de não termos a mesma opinião sobre política, uniformes, Saúde e Segurança, limpeza ou comportamento.

Mas conheço o meu limite e qualquer ideia de provocar o velho idiota desapareceu assim que vi a cara dele. Devine parecia doente. Não apenas pálido, que é seu estado natural, mas amarelo, decomposto, velho. A gravata estava torta, o cabelo, sempre imaculado, estava despenteado, e ele parecia um homem enfrentando uma ventania. Até o andar dele, que costuma ser rápido e automático, tinha uma falha. Ele entrou aos trancos na minha sala, como um brinquedo de corda, e sentou pesadamente na carteira mais próxima.

– O que aconteceu?

Minha voz não tinha mais nenhum tom de desafio. Alguém devia ter morrido; foi a primeira coisa que pensei. A mulher dele. Algum menino. Um colega mais próximo. Só alguma catástrofe terrível teria afetado Devine daquela maneira.

Um sinal do desgaste dele foi que não aproveitou a oportunidade para me repreender por não ter atendido ao seu chamado prontamente. Ele ficou lá sentado na carteira, curvado, com o peito inclinado sobre os joelhos protuberantes.

Peguei um Gauloise, acendi e estendi para ele.

Devine não fumava havia anos, mas aceitou sem dizer nada.

Esperei. Não sou famoso por ter sempre *savoir-faire*, mas sei como lidar com meninos atormentados, e era exatamente isso que Devine estava parecendo naquele momento, um menino grisalho, muito atormentado, no rosto uma expressão de profunda angústia, os joelhos colados ao peito, num gesto desesperado para se proteger.

– A polícia. – Isso saiu como um grito contido.

– O que tem ela?

– Prenderam Pat Bishop.
Levei algum tempo para conhecer a história toda. Para começar, Devine não sabia. Tinha alguma coisa a ver com os computadores, pensava ele, mas os detalhes não eram claros. Ele mencionou Knight. Os meninos da turma de Bishop estavam sendo interrogados, mas a acusação contra Bishop ninguém sabia qual era.
Mas entendi por que Devine tinha entrado em pânico. Ele sempre se esforçou muito para cair nas graças da diretoria e naturalmente está apavorado de pensar que pode ser envolvido naquele escândalo novo e indefinido. Parece que os policiais interrogaram Uvazeda por um bom tempo. Estavam interessados em saber se Pat recebeu várias vezes o sr. e a sra. Uvazeda, e agora estavam revirando a sala dele à procura de mais provas.
– Provas! – gemeu Devine, apagando o Gauloise. – O que esperam encontrar? Se ao menos eu soubesse...
Meia hora depois, dois policiais saíram e levaram o computador de Bishop. Quando Marlene perguntou por quê, ninguém respondeu. Os outros três policiais ficaram para *colher novos depoimentos* e investigar, especialmente na sala dos computadores, que agora estava fechada para todos da escola. Um dos policiais, a mulher, entrou na minha sala de aula e perguntou quando fora a última vez que usei meu computador lá. Informei secamente que nunca usei aqueles computadores, que não tinha interesse algum em jogos eletrônicos, e ela foi embora, parecendo uma inspetora de escola, prestes a escrever um relatório hostil.
Depois disso, a turma ficou totalmente incontrolável, então brincamos de forca em latim nos últimos dez minutos da aula, enquanto minha cabeça se enchia de ideias, e o dedo invisível (que estava sempre por perto) cutucava meu peito com persistência crescente.
No fim da aula, fui procurar o sr. Beard, mas ele foi muito evasivo, ficou falando de vírus na rede da escola, de computadores, proteção de senha e arquivos baixados, todos esses assuntos pelos quais

me interesso na mesma medida em que o sr. Beard se interessa pelas obras de Tácito.

E a consequência disso é que agora sei quase tanto sobre o assunto quanto sabia na hora do almoço e fui forçado a sair da escola (depois de esperar mais de uma hora, sem sucesso, que Bob Strange saísse da sala dele), sentindo-me muito frustrado e terrivelmente angustiado. Essa coisa, seja o que for, ainda não acabou. Podemos estar em novembro, mas tenho a sensação de que os Idos de Março apenas começaram.

4

Terça-feira, 2 de novembro

Meu aluno apareceu nos jornais outra vez. Nos periódicos nacionais agora, me orgulho de dizer (é claro que o Informante teve algo a ver com isso, mas ele acabaria se metendo, mais cedo ou mais tarde).

O *Daily Mail* põe a culpa nos pais. O *Guardian* considera uma vítima. E o *Telegraph* publicou um editorial sobre vandalismo, dizendo como devia ser tratado. Tudo muito gratificante. Além disso, a mãe de Knight fez um apelo aos prantos na TV para Colin dar notícia e dizer que está bem, implorando que ele volte para casa.

Bishop foi suspenso, aguarda os inquéritos. Não estou surpreso. O que descobriram no computador dele deve ter ajudado, certamente. Gerry Grachvogel também já deve ter sido preso, e logo outros terão o mesmo destino. A notícia caiu feito uma bomba na escola. A mesma bomba-relógio, aliás, que instalei nas férias.

Um vírus para imobilizar as defesas do sistema. Um conjunto de *links* da internet cuidadosamente montado. O registro de e-mails enviados de e para o computador pessoal de Knight para um endereço do Hotmail acessado da escola. Uma seleção de imagens, a maior parte de fotos, mas com alguns vídeos interessantes de webcam, enviadas para certos endereços da equipe da escola e baixadas em arquivos com senha de proteção.

Claro que nada disso teria aparecido se a polícia não tivesse investigado a correspondência de Colin Knight por e-mail. Mas nesse tempo de salas de bate-papo na internet e predadores virtuais, compensa cobrir todas as bases.

Knight se encaixava no perfil da vítima, um jovem solitário, que não era querido na escola. Eu sabia que eles concluiriam isso mais cedo ou mais tarde. E acontece que foi mais cedo. O sr. Beard ajudou, verificando o sistema depois que caiu, e então foi apenas questão de seguir as pistas.

O resto é simples. É uma lição que eles ainda precisam aprender, o pessoal da St. Oswald's, uma lição que aprendi há mais de dez anos. Essa gente é tão cheia de si, tão arrogante e ingênua... Precisa entender o que entendi diante da grande placa que proíbe a entrada de estranhos. Que as regras e leis do mundo são todas dependentes da mesma trama precária do blefe e da arrogância. Que qualquer lei pode ser descumprida. Que invasões, como qualquer crime, ficam impunes quando não há ninguém lá para ver. É uma lição importante na educação de qualquer criança. E, como meu pai sempre dizia, a sua educação é a coisa mais importante do mundo.

Mas por quê?, você pergunta. E eu às vezes me faço essa pergunta. Por que faço isso? Por que tão obstinadamente, depois de todos esses anos?

Simples vingança? Gostaria que fosse fácil assim. Mas você e eu sabemos que é mais profundo do que isso. Admito que vingança é uma parte. Por Julian Pinchbeck, talvez. Pela criança enjoada e medrosa que eu era, me escondendo nas sombras e desejando desesperadamente ser outra pessoa.

Mas por mim? Hoje em dia estou contente com quem eu sou. Sou responsável. Tenho um emprego, um emprego no qual provei ter um talento inesperado. Posso continuar sendo o Homem Invisível para a St. Oswald's, mas refinei meu papel muito além do de um mero impostor. Pela primeira vez, estou avaliando se poderia ficar aqui mais tempo.

Por certo é uma tentação. Minha primeira obra já foi bastante promissora, e em épocas de revolução os oficiais de campo são rapidamente promovidos. Eu podia ser um desses oficiais. Podia ter tudo, tudo que a St. Oswald's tem para oferecer: tijolos, armas e glória.

Fico imaginando se devia tomá-la.

Pinchbeck aproveitaria a chance sem pestanejar. Claro que ele se satisfazia, ficava até feliz, de passar despercebido. Mas eu não sou ele.

Então, o que eu quero?

O que eu *sempre* quis?

Se fosse apenas uma questão de vingança, eu podia simplesmente ter posto fogo no prédio inteiro, em vez de me limitar à casa do porteiro, e deixar todo aquele ninho de vespas explodir em chamas. Podia ter posto arsênico no bule de chá dos professores, ou cocaína no suco de laranja do time oficial. Mas não seria muito divertido, não é? Qualquer um pode fazer essas coisas. Mas ninguém pode fazer o que eu fiz. Ninguém jamais fez o que estou fazendo. Só que falta uma coisa no meu quadro da vitória. O meu rosto. O rosto do artista no meio de todos os extras. E à medida que o tempo passa, essa pequena ausência não para de crescer.

Regard. Em inglês, essa palavra implica respeito e admiração. Em francês, quer dizer apenas "olhar". Isso – *visibilidade* – é tudo que eu sempre quis. Ser mais do que apenas um vislumbre fugidio, um reserva nesse jogo de Cavalheiros e Jogadores. Até um homem invisível tem a sua sombra. Mas a minha sombra, que ficou muito comprida ao longo dos anos, se perdeu nos corredores escuros da St. Oswald's.

Não mais. Já começou. O nome Snyde já foi mencionado. Pinchbeck também. E, antes que isso termine, enquanto St. Oswald's se precipita em direção ao seu destino inevitável, juro para você: *vão me ver*.

Até lá eu me satisfaço, por um tempo, no ramo da educação. Mas na matéria que dou não há provas para passar de ano. O único teste é a sobrevivência. E nisso tenho certa experiência. Sunnybank Park deve ter me ensinado *alguma coisa*, afinal. Mas gosto de pensar que o melhor vem do meu talento natural. Como aluno da St. Oswald's, eu teria perdido essa habilidade pelo refinamento, e ela seria substituída pelo latim, por Shakespeare e por todas as garantias cômodas daquele mundo muito privilegiado. Pois, acima de tudo, a St. Oswald's ensina o *conformismo*, o espírito de equipe, a jogar o jogo. Um jogo em que Pat Bishop se supera, o que torna ainda mais adequado o fato de ser a primeira vítima real.

Como eu disse antes, para derrubar a St. Oswald's é preciso um golpe no coração dela, não na cabeça, na direção. E Bishop é o coração da escola. Bem-intencionado. Honesto, respeitado e amado pelos alunos e pelos professores. Um amigo para os que têm problemas, um braço forte para os fracos, consciência, treinador, inspiração. Um verdadeiro homem, esportista, cavalheiro, um homem que jamais delega qualquer tarefa, trabalha incansável e alegremente pela St. Oswald's. Ele nunca se casou... e como poderia? Assim como Straitley, a dedicação dele à escola impede que tenha uma vida familiar normal. Pessoas mesquinhas podem suspeitar que ele tenha outras preferências. Principalmente no clima atual, em que a simples vontade de trabalhar com crianças é considerada motivo legítimo para suspeitas. Mas Bishop? *Bishop?*

Ninguém acredita nisso. No entanto, a sala da equipe já está curiosamente dividida. Alguns falam com evidente indignação contra a impensável acusação (Straitley entre eles). Outros (Bob Strange, os Nation, Jeff Light, Paddy McDonaugh) conversam em voz baixa. Trechos de clichês e conjeturas entreouvidas – *Onde há fumaça, há fogo; Eu sempre achei que ele era bom demais para ser verdade; Um tanto ou quanto amigo demais dos meninos, sabe como é?* – pairavam na sala comunitária feito sinais de fumaça.

É espantoso... uma vez que o medo ou o interesse próprio desfazem o verniz da camaradagem, com que facilidade os amigos se viram contra você. Eu já devia saber e a essa altura ele deve estar começando a entender isso também.

Há três estágios de reações a esse tipo de acusação. Um, negação. Dois, raiva. Três, capitulação. Meu pai, é claro, agiu como culpado desde o início. Inarticulado, furioso, confuso. Pat Bishop deve ter tido um desempenho melhor. O segundo diretor da St. Oswald's não é homem de ser intimidado assim tão facilmente. Mas as provas estavam lá, inegáveis. Registros de conversas em salas de bate-papo, fora do horário das aulas dele na St. Oswald's, com o uso de sua senha. Uma mensagem de texto enviada do celular de Knight para o celular de Bishop na noite do incêndio. Imagens guardadas na memória do computador dele. Muitas fotos, todas de meninos. Algumas exibindo práticas das quais Pat, em sua inocência, jamais ouvira falar.

É claro que ele negou. Primeiro com uma espécie de divertimento amargo. Depois chocado, indignado, furioso e finalmente numa confusão lacrimosa que ajudou mais a condená-lo do que qualquer outra coisa que a polícia tinha encontrado.

Eles vasculharam a casa dele. Levaram fotografias como prova. Fotografias da escola, de times de rúgbi, dos meninos de Bishop ao longo dos anos, sorrindo nas paredes, todos sem saber que um dia seriam usados como provas. E havia também os álbuns. Dezenas deles, cheios de meninos. Viagens da escola, partidas fora, últimos dias de aula. Meninos remando num rio galês, meninos despidos da cintura para cima num dia na praia, enfileirados, pernas e braços lisos, despenteados, rostos jovens, sorrindo para a câmera.

Eram tantos meninos, disseram eles. Isso não era um tanto... *incomum*?

É claro que ele protestou. Era professor. Todos os professores guardavam essas coisas. Straitley teria dito *isso* para eles; que ano após ano, ninguém era esquecido, que certos rostos continuavam inesperadamente na memória. Tantos meninos, passando como as estações. Era natural sentir uma certa nostalgia. Mais natural ainda, na ausência de uma família, era sentir afeto pelos meninos aos quais se ensinava, afeto e...

Que *tipo* de afeto? Essa era a sujeira. Eles perceberam, apesar dos protestos dele, e o cercaram como hienas. Ele negou, com nojo. Mas eles foram gentis, falaram de estresse, de crise nervosa, de uma oferta de ajuda.

O computador dele era protegido por senha. É claro que alguém devia ter descoberto a senha. Outra pessoa podia ter usado o computador dele. Outra pessoa podia até ter plantado as imagens lá. Mas o cartão de crédito usado para pagar as imagens era o dele. O banco confirmou. E Bishop não soube explicar como o próprio cartão de crédito pôde ser usado para baixar centenas de fotos no disco rígido do PC da sala dele.

Nós queremos ajudá-lo, sr. Bishop.

Ah. Eu conheço o tipo. E agora eles descobriram seu calcanhar de aquiles. Não era lascívia, como suspeitavam, e sim algo infinitamente mais perigoso... o desejo de aprovação. O desejo fatal de agradar.

Fale dos meninos, Pat.

A maioria das pessoas não vê isso nele, no início. Vê seu tamanho, sua força, sua dedicação imensa. Por trás de tudo isso, existe uma criatura de dar pena, angustiada, insegura, dando aquelas voltas no pátio num esforço eterno de ficar na frente. Mas a St. Oswald's é um mestre exigente, e sua memória é longa. Nada é esquecido, nada é posto de lado. Mesmo numa carreira como a de Bishop acontecem falhas. Erros de julgamento. Ele sabe disso, como eu sei. Mas os meninos são a garantia dele. Os rostos felizes são a lembrança de que ele é um sucesso. A juventude deles o estimula...

Risos maliciosos da plateia.

Não, não era isso que ele queria dizer.

Então o que, exatamente, queria dizer? Fechando o cerco agora, como cães em volta de um urso. Como os meninos pequenos em volta do meu pai quando ele amaldiçoava e xingava, seu lombo grande de urso pendurado no assento da Máquina Envenenada, os meninos gritando e dançando.

Fale dos meninos, Pat.
Conte-nos sobre o Knight.

– Por falar em estupidez... – disse Roach hoje na sala comunitária. – Quero dizer, não é o cúmulo da burrice usar o próprio nome e o cartão de crédito?

Embora não saiba, o próprio Roach corre o perigo iminente de ser descoberto. Já há várias ligações que levam a ele, e a intimidade dele com Jeff Light e Gerry Grachvogel está devidamente estabelecida. Pobre Gerry, soube que já está sob investigação, só que o estado de estresse dele o torna uma testemunha nada confiável. Também encontraram pornografia da internet no computador dele, paga com o próprio cartão de crédito.

– Eu sempre soube que ele era um cara estranho – disse Light. – Meio íntimo demais com os rapazes, sabe como é?

Roach fez que sim com a cabeça.

– Serve para provar que não se pode confiar em ninguém hoje em dia – disse ele.

Isso era verdade. Acompanhei a conversa de longe e me diverti com a ironia. Os cavalheiros da St. Oswald's não são desconfiados. Deixam chaves nos bolsos dos paletós que largam nas cadeiras. Carteiras nas gavetas das mesas. As salas ficam destrancadas. O furto do número de um cartão de crédito é obra de um segundo. Não é preciso ter habilidade nenhuma. E em geral o cartão pode ser restituído antes de o dono chegar a suspeitar que sumiu.

O único cartão que não consegui devolver foi o de Roach. Ele registrou o sumiço antes de eu poder agir. Mas Bishop, Light e Grachvogel não têm essa desculpa. Só lamento não ter conseguido pegar Roy Straitley. Seria elegante mandar todos eles para o inferno no mesmo cesto. Mas a velha raposa astuta nem tem cartão de crédito, e além do mais eu acho que ninguém acreditaria que ele tem conhecimento suficiente para sequer ligar um computador.

Mas *isso* pode mudar. Estamos apenas começando, ele e eu, e planejei esse jogo tanto tempo que realmente não quero que termine tão depressa. Ele já está à beira da demissão. Permanece só durante a ausência do segundo diretor e porque, graças à desesperadora falta de membros da equipe em seu departamento, ele se tornou – mas só enquanto durar a crise – indispensável.

O aniversário dele é sexta-feira. Noite da Fogueira. Imagino que ele não goste, os velhos costumam não gostar. Eu devia mandar um presente para ele. Algo bonito para ele se distrair das coisas desagradáveis da semana. Até agora não tive nenhuma boa ideia, mesmo porque recentemente tive muito que fazer.

É só me dar tempo.

5

Jamais gostei de aniversário, sabe como é, brinquedos, bolo, chapéu de papel e amigos para o lanche. Durante anos, desejei essas coisas sem tê-las, assim como desejava a St. Oswald's e sua invejável pátina de riqueza e respeitabilidade. Nos aniversários dele, Leon ia para restaurantes, onde podia beber vinho e tinha de usar gravata. Até os treze anos, eu nunca estive num restaurante. *Desperdício de dinheiro*, resmungava John Snyde. Mesmo antes de minha mãe ir embora, meus aniversários eram eventos apressados. Bolos comprados prontos e velas que eram cuidadosamente guardadas numa velha lata de fumo (com migalhas de glacê do ano anterior ainda grudadas nos cotos de cores claras) para o ano seguinte. Meus presentes vinham em sacolas da Woolsworth, com as etiquetas. Às vezes cantávamos "Parabéns pra você", mas com o embaraço insensível da classe trabalhadora.

Quando ela foi embora, é claro que até isso deixou de existir. Se meu pai se lembrava, ele me dava dinheiro no meu aniversário e dizia para eu comprar alguma coisa que realmente quisesse – mas eu não tinha amigos nem cartões nem festas. Pepsi fez um esforço, uma vez. Pizza com velas de aniversário em cima e um bolo de chocolate afundado de um lado. Tentei sentir gratidão, mas sabia que era uma farsa. De certa forma a iniciativa simplória de Pepsi foi até pior do que não ter nada. Quando não havia nada, pelo menos eu podia esquecer que dia era.

Mas naquele ano foi diferente. Aquele agosto – lembro ainda, com a clareza sobrenatural de certos sonhos – quente e doce, com cheiro de pimenta, pólvora, resina e grama. Um tempo de enlevação, terrível, iluminado. Faltavam duas semanas para completar meu décimo terceiro aniversário, e meu pai planejava uma surpresa.

Ele não disse isso com todas as letras, mas eu percebi. Ele estava animado, nervoso, cheio de mistério. Passava de momentos de extrema irritação com tudo que eu fazia para explosões de nostalgia chorosa. Dizia que eu estava crescendo, me oferecia latas de cerveja, dizia que esperava que quando eu saísse de casa um dia não me esquecesse do meu pobre velho pai, que sempre fez o melhor por mim.

O mais surpreendente era que ele estava gastando dinheiro. John Snyde – sempre tão pão-duro que reciclava as guimbas de cigarro, enrolando o fumo restante em cigarros finíssimos que chamava de "os grátis de sexta-feira" – tinha finalmente descoberto a alegria da terapia de consumo. Um terno novo – para entrevistas, dizia ele. Uma corrente de ouro, com um medalhão. Um caixote inteiro de Stella Artois, isso de um homem que declarava desprezar cervejas importadas, e seis garrafas de uísque, que ele guardava no barracão nos fundos da casa do porteiro, embaixo de uma velha colcha bordada. Comprou raspadinhas, dezenas delas. Um sofá novo. Roupas para mim (eu estava crescendo). Cuecas. Camisetas. Discos. Sapatos.

E havia também os telefonemas. Tarde da noite, quando ele achava que eu tinha ido para a cama, eu escutava a conversa dele em voz baixa, o que me parecia horas a fio de cada vez. Por um tempo imaginei que ele ligava para algum serviço telefônico de sexo. Era isso, ou ele estava tentando voltar com Pepsi. Era o mesmo clima furtivo naqueles cochichos. Uma vez, na entrada, ouvi apenas algumas palavras, mas palavras que se instalaram desagradavelmente no fundo da minha lembrança.

Então quanto é? Pausa. Está bem. É por uma boa causa. É, a criança precisa mesmo de uma mãe.

Uma mãe?

Até então minha mãe costumava escrever diariamente. Cinco anos sem uma única palavra e agora nada a fazia parar. Ficávamos soterrados de tantos cartões-postais, cartas, pacotes. A maior parte ia parar embaixo da minha cama, sem abrir. A passagem de avião para Paris, marcada para setembro, continuava dentro do envelope fechado, e eu pensava que meu pai tinha finalmente aceitado que eu não queria nada mais de Sharon Snyde, nada que pudesse me fazer lembrar da vida antes da St. Oswald's.

E aí as cartas pararam de repente. De um jeito que devia ter me preocupado mais. Era como se ela estivesse planejando alguma coisa, algo que queria esconder de mim.

Mas os dias passaram e nada aconteceu. Os telefonemas cessaram. Ou talvez meu pai estivesse tomando mais cuidado. Em todo caso, não ouvi mais nada, e meus pensamentos voltaram, como a agulha de uma bússola, para o meu norte.

Leon, Leon, Leon. Ele estava sempre por perto em meus pensamentos. A partida de Francesca deixou-o distante e amuado. Eu me esforcei para distraí-lo, mas parecia que ele não se interessava por mais nada. Desdenhava todas as nossas brincadeiras habituais. Ziguezagueava sem parar entre loucamente feliz e mal-humorado ou sem ânimo. O que é pior, ele agora parecia não gostar da minha presença em sua solidão, perguntava com sarcasmo se eu não tinha outros amigos e ficava sempre debochando de mim por ser mais jovem e mais inexperiente do que ele.

Se ele soubesse... Em relação a isso, eu estava anos-luz na frente dele. Eu tinha conquistado o sr. Bray, afinal. Logo obteria mais conquistas. Mas com Leon sempre me senti pouco à vontade, jovem, desejando agradar. E ele percebia isso e estava sendo cruel. Ele estava naquela idade em que tudo parece aguçado, novo e óbvio. A idade em que os adultos são incrivelmente estúpidos. Quando as próprias regras se sobrepõem a todas as outras. E um coquetel letal de hormônios amplifica todas as emoções a uma intensidade de pesadelo.

O pior de tudo era que estava apaixonado. Paixão cruel de roer unhas, de sofrer por Francesca Tynan, que tinha voltado para a escola em Cheshire e com quem ele falava secretamente pelo telefone quase todos os dias, gerando contas enormes que seriam descobertas – tarde demais – no fim do trimestre.

– Não há nada que se compare – disse, e não foi a primeira vez. Ele estava na fase maníaca e logo passaria ao sarcasmo e ao desprezo declarado.

– Você pode falar, como os outros, mas não sabe como é. Eu já *fiz*. Fiz de verdade. O mais próximo que *você* vai chegar é se enroscar atrás dos armários com os amigos do primário.

Fiz uma careta para tirar a seriedade do assunto, fingir que era uma piada. Mas não era. Nessas ocasiões Leon tinha uma perversidade quase feroz. O cabelo caindo nos olhos. O rosto pálido. Seu corpo exalava um cheiro azedo e havia mais espinhas brotando em volta da boca dele.

– Aposto que gostaria disso, fresquinho, bichinha, aposto que gostaria, não é?

Ele olhou para mim e vi uma compreensão fatal em seus olhos cinzentos.

– *Bichinha*.

Ele repetiu com um riso de deboche, então o vento mudou, o sol apareceu, e ele voltou a ser Leon, falou de um concerto a que planejava assistir, falou do cabelo de Francesca e de como refletia a luz, de um disco que tinha comprado, das pernas de Francesca, que eram muito compridas, do novo filme de Bond. Por um tempo quase pude acreditar que ele estava realmente brincando. Então me lembrei da inteligência gélida nos olhos dele, e fiquei pensando como eu entregara meu jogo.

Eu devia ter acabado com aquilo naquele momento. Sabia que não ia melhorar. Mas não podia me defender, era irracional, vivia um conflito. Alguma coisa dentro de mim ainda acreditava que eu era capaz de fazê-lo mudar, que tudo poderia ser como era antes. Eu *precisava* acreditar nisso. Era a única migalha de esperança no meu horizonte que, sem isso, seria a desolação completa. Além do mais, ele precisava de mim. Ele não veria Francesca de novo até o Natal, pelo menos. Eu tinha quase cinco meses. Cinco meses para curá-lo dessa obsessão, para tirar o veneno que tinha infectado nosso companheirismo gostoso.

Ah, eu tinha de paparicá-lo. Mais do que seria recomendado, eu acho. Só que não há nada mais perverso do que alguém apaixonado, só se contarmos os doentes terminais, com os quais compartilham muitas características desagradáveis. Ambos são egoístas, retraídos, manipuladores, instáveis, guardam toda a doçura para o ser amado (ou para eles mesmos) e ficam contra os amigos como cães raivosos. Assim era Leon, no entanto eu o adorava mais do que nunca, agora que ele finalmente sofria o que eu estava sofrendo.

Há uma satisfação pervertida em cutucar uma ferida. Os apaixonados fazem isso o tempo todo, buscam as fontes mais intensas de dor e as exploram, sacrificam-se sem parar pelo objeto do seu amor com uma burrice obstinada que os poetas muitas vezes confundem com altruísmo. No caso de Leon, isso se manifestava quando ele falava de Francesca. No meu caso, era ficar ouvindo o que ele dizia. Depois de um tempo, aquilo se tornou insuportável. O amor, como o câncer, tende a dominar a vida de quem sofre dele tão completamente que a pessoa perde a capacidade de conversar sobre qualquer outro assunto (tão sem graça para o ouvinte), e eu, num desespero cada vez maior, procurava descobrir maneiras de romper aquele tédio da obsessão de Leon.

– Duvido – disse a ele, na frente da loja de discos. – Vai lá, eu duvido. Isto é, se ainda tem coragem para isso.

Ele olhou surpreso para mim, depois para a loja atrás de mim. Alguma coisa passou pela expressão dele, uma sombra talvez, de antigos prazeres. Então ele sorriu de orelha a orelha e agora acho que vi naquele momento um leve reflexo do velho Leon, imprudente e sem amor, naqueles olhos cinzentos.

– Está falando *comigo*? – disse.

E assim nós brincávamos... a única brincadeira que aquele novo Leon ainda aceitava. E com o jogo começava o "tratamento". Desagradável, talvez até brutal, mas necessário, assim como uma quimioterapia agressiva é usada para atacar o câncer. E nós dois tínhamos bastante agressividade. Era simplesmente uma questão de pôr para fora, em vez de guardá-la.

Começamos com furtos. Pequenas coisas no início. Discos, livros, roupas que escondíamos no pequeno esconderijo na floresta atrás da St. Oswald's. O tratamento ficou mais violento. Grafitávamos muros e destruíamos paradas de ônibus. Jogávamos pedras nos carros, derrubávamos lápides no velho cemitério da igreja. Gritávamos obscenidades para os velhos que levavam os cães para passear e entravam no nosso território. Naqueles quinze dias, eu variava de pura maldade à felicidade avassaladora. Estávamos juntos de novo, Butch e Sundance, e havia momentos, minutos, em que Francesca era esquecida. A paixão por ela era eclipsada por uma adrenalina mais forte e mais perigosa.

Mas nunca durava. Meu tratamento era bom para os sintomas, não para a causa, e para meu desencanto descobri que o paciente precisava de doses cada vez mais fortes de excitação para reagir. Era cada vez mais frequente eu ter de inventar coisas novas para fazer e me esforçava para imaginar atos mais abomináveis para nós dois praticarmos.

– Loja de discos?
– Não.
– Cemitério?
– Banal.
– Coreto da banda?
– Já fizemos.

Era verdade, na véspera tínhamos invadido o parque municipal e arrebentado todos os bancos da banda da cidade, além da pequena cerca em volta. Eu me senti mal fazendo aquilo. Lembrei de quando era criança e ia ao parque com a minha mãe, dos cheiros de verão da grama cortada, do cachorro-quente e do algodão-doce. Do som da banda dos mineiros. Lembrei de Sharon Snyde sentada numa daquelas cadeiras de plástico azul, fumando, enquanto eu marchava de um lado para o outro dizendo *pom-pom-pom* como se batesse num tambor invisível e, por um segundo, me perdi. Aquilo era eu aos seis anos de idade. Era quando eu ainda tinha uma mãe que cheirava a cigarro e Cinnabar, e não havia nada mais esplêndido do que uma banda municipal no verão, e só pessoas más quebravam as coisas.

– O que foi, Pinchbeck?

Já era tarde, ao luar o rosto de Leon brilhava, tinha um ar maligno de quem sabia das coisas.

– Basta para você?

Bastava sim. Era mais do que eu queria. Mas não podia dizer isso para Leon. Afinal de contas, era o meu tratamento.

– Venha – insistiu. – Pense nisso como uma aula de bom gosto.

Eu pensei e revidei rapidamente. Leon tinha dito para eu demolir o coreto. Retribuí duvidando que ele amarrasse latas no escapamento de todos os carros estacionados na frente da delegacia de polícia. Nossas apostas foram aumentando. Nossas ofensas foram ficando cada vez mais complicadas, até surreais (uma fileira de pombos mortos amarrada à cerca do parque público, uma série de murais coloridos na parede lateral da igreja metodista). Sujávamos paredes, quebrávamos janelas e assustávamos crianças pequenas, de um extremo da cidade ao outro. Só sobrou um lugar.

– St. Oswald's.

– De jeito nenhum.

Até ali, tínhamos evitado o terreno da escola, a não ser por uma manifestação artística nas paredes do pavilhão de jogos. Faltavam poucos dias para o meu aniversário de treze anos e com ele se aproximava minha surpresa misteriosa e tão aguardada. Meu pai se fazia de calmo, mas eu sabia que ele estava se esforçando. Tinha parado de beber, estava fazendo exercício, a casa andava imaculada, e um sorriso duro e seco tinha se instalado no seu rosto, sem refletir o que se passava dentro dele. Parecia Clint Eastwood em *O estranho sem nome*, um Clint gordo, em todo caso, mas com aquela mesma expressão de olhos semicerrados, concentrado em algum eventual duelo apocalíptico. Eu aprovava porque demonstrava força de vontade e não queria estragar tudo agora, com alguma proeza idiota.

– Vamos lá, Pinchbeck. *Fac ut vivas.* Viva um pouco.

– Para quê?

Não era bom parecer relutante demais. Leon pensaria que eu estava com medo de aceitar o desafio.

– Nós já aprontamos milhões de vezes na St. Oswald's – continuei.

– Mas não isso. – Os olhos dele brilhavam. – Duvido que você suba até o topo do telhado da capela.

Então ele sorriu para mim e naquele instante vi o homem que ele podia ter sido, seu charme subversivo, seu humor incontido. Foi como um soco o meu amor por ele, a única emoção pura de toda a minha adolescência complicada e suja. Então me ocorreu que se ele pedisse que eu saltasse do telhado da capela, eu provavelmente diria que sim.

– No *telhado*?

Ele fez que sim com a cabeça.

Quase dei risada.

– Está bem, eu vou – respondi. – Vou trazer uma lembrança para você.

– Não precisa – disse. – Eu mesmo pego. O que foi? – disse, ao ver que fiquei surpreso. – Pensou que eu deixaria você subir sozinho?

6

♟

Escola St. Oswald's para meninos
Quarta-feira, 3 de novembro

Cinco dias, e nenhuma notícia de Knight. Nenhuma palavra de Bishop também, apesar de tê-lo visto no Tesco outro dia, meio aéreo diante de um carrinho com uma pilha de comida para gato (acho que Pat Bishop nem *tem* um gato). Falei com ele, mas ele não respondeu. Parecia um homem sob efeito de medicação pesada e tenho de admitir que não tive coragem de insistir na conversa.

Mas sei que Marlene liga todo dia para verificar se ele está bem. A mulher tem coração, mais do que se pode dizer do diretor, que proibiu qualquer membro da escola de se comunicar com Bishop até a questão ser esclarecida.

A polícia passou o dia inteiro aqui outra vez, três policiais investigando os funcionários, os meninos, as secretárias e outros, com a eficiência mecânica de inspetores de escola. Criaram uma linha telefônica de ajuda, para encorajar os meninos a confirmarem anonimamente o que já estava comprovado. Muitos meninos ligaram, a maioria para insistir que o sr. Bishop não podia ter feito nada de errado. Outros estão sendo entrevistados nos horários de aula e fora deles.

Isso faz com que os meninos fiquem inacessíveis nas aulas. A minha turma não quer falar sobre outra coisa, mas me disseram claramente que discutir o assunto pode piorar o caso de Pat, então insisto para que eles não conversem sobre isso. Muitos estão na verdade perturbados. Encontrei Brasenose chorando no banheiro do corredor do meio no período 4 de latim, e até Allen-Jones e McNair, que em geral são especialistas em ver o lado ridículo de qualquer coisa, estão apáticos e impassíveis. Toda a minha turma está assim, até Anderton-Pullitt parece mais esquisito do que de costume, ele agora inventou um jeito novo de mancar, que se soma a todas as outras peculiaridades dele.

Os boatos mais recentes dizem que Gerry Grachvogel também foi interrogado e pode ser acusado. Outros rumores mais escandalosos também estão sendo espalhados, de modo que, de acordo com as fofocas, todos os funcionários ausentes viraram suspeitos.

O nome de Devine foi mencionado, e ele não veio trabalhar hoje, embora isso, isoladamente, não queira dizer grande coisa. É ridículo, mas ontem de manhã apareceu uma notícia no *Examiner*, citando fontes dentro da escola (meninos, provavelmente) e insinuando que uma rede de pedófilos, que existe há muito tempo e sem precedentes de tão séria, foi descoberta dentro dos "santificados portais" (sic) da velha e querida escola.

Como eu disse, é ridículo. Sou professor da St. Oswald's há trinta e três anos e sei muito bem do que estou falando. Esse fato jamais poderia acontecer aqui. Não porque achamos que somos melhores do que qualquer outra escola (pense o *Examiner* o que quiser), mas simplesmente porque num lugar como a St. Oswald's nenhum segredo é mantido por muito tempo. Bob Strange pode não saber, talvez. Enfiado na sala dele, fazendo os horários. Os Ternos também, eles não veem nada a não ser que chegue anexado em um e-mail. Mas *eu* não saber? Os *meninos*? Jamais.

Ah, tive a minha cota de colegas fora do esquema. Havia o dr. Jehu (da Universidade de Oxford), que depois se descobriu que era apenas sr. Jehu, da Universidade de Durham, e que parece que tinha uma reputação. Isso foi anos atrás, antes desse tipo de coisa sair nos jornais, ele foi embora discretamente e sem escândalo, como a maioria faz, sem prejudicar ninguém. Ou o sr. Tythe-Weaver, o professor de arte que introduziu modelos vivos *au naturel*. Ou o sr. Groper, que teve uma infeliz fixação por um jovem aluno de inglês, quarenta anos mais novo do que ele. Ou até o nosso Grachvogel, que todos os meninos sabem que é homossexual, e inofensivo, mas que tem um medo terrível de perder o emprego se os diretores descobrirem. Sinto que é meio tarde para isso. Mas ele não é um *pervertido*, como sugere maldosamente o *Examiner*. O Light pode ser um idiota sem educação, mas acho que não é um pervertido, assim como Grachvogel. Devine? Não me faça rir. E quanto ao Bishop... bem. Eu conheço Bishop. Mais importante ainda, os meninos o conhecem, o adoram, e, acredite em mim, se houvesse qualquer sinal, por menor que fosse, de desvio nele, os meninos seriam os primeiros a farejar. Os meninos têm um instinto para esse tipo de coisa, e numa escola como a St. Oswald's, os boatos se espalham com velocidade epidêmica. Entenda uma coisa: ensino ao lado de Bishop há trinta e três anos e, se houvesse alguma verdade nessas acusações, eu saberia. Os meninos teriam me contado.

Mas na sala comunitária a polarização continua. Muitos colegas não tocam no assunto de jeito nenhum, com medo de serem envolvidos no escândalo. Alguns (mas não muitos) revelam abertamente que desprezam as acusações. Outros aproveitam a oportunidade para disseminar maledicências farisaicas com discrição.

Penny Nation é um desses. Lembrei-me da descrição dela no caderno de Keane – *caridade venenosa* – e fico imaginando como pude trabalhar junto com ela tantos anos sem notar essa maldade intrínseca.

– O segundo diretor devia ser como o primeiro-ministro – dizia na sala comunitária na hora do almoço. – Bem casado, como Geoff e eu.

Um rápido sorriso para o capitão, hoje trajando terno listrado azul-marinho que combina perfeitamente com o conjunto de saia e suéter de Penny. Havia um pequeno peixe de prata na lapela do paletó dele.

– Assim não haveria motivo *nenhum* para suspeitar dele, não é?
– continuou Penny. – Em todo caso, se vamos trabalhar com crianças – ela diz a palavra "crianças" num tom melado de voz em *off* de filme de Walt Disney, como se, só de pensar em criança, ela fosse derreter –, realmente precisamos ter nossos próprios filhos, não é? Aquele sorriso de novo. Fico pensando se ela vê o marido com o cargo de Pat num futuro não muito distante. Ele certamente tem ambição suficiente para isso. É dedicado frequentador da igreja. Homem de família. Um perfeito cavalheiro. Veterano de muitas partidas.

Ele não é o único com essas ideias. Eric Scoones andou colocando lenha na fogueira, para surpresa minha, já que sempre achei que ele era um cara justo, apesar do ressentimento de não ter conseguido uma promoção. Acho que me enganei. Ao ouvir a conversa na sala comunitária esta tarde, fiquei chocado quando ele se bandeou para o lado dos Liga das Nações contra Hillary Monument, que sempre foi a favor de Pat e que, no final da sua carreira, não tem nada a perder adicionando sua bandeira ao mastro.

– Aposto dez por um que vamos descobrir que isso foi um terrível engano – disse Monument. – Esses computadores... quem confia neles? Estão sempre enguiçados. E aquela coisa... como se chama? *Spam*. É isso. Dez por um que o velho Pat pegou um *spam* no computador dele e não sabia o que era. Quanto ao Grachvogel, ele nem foi *preso*. Estão só interrogando, só isso. Ajudando no inquérito da polícia.

Eric grunhiu descartando o que o outro disse.

– Você vai ver – disse (um homem que nunca usa computador, como eu). – O seu problema é que confia demais nas pessoas. É isso que todos eles dizem, não é? Quando um cara sobe numa ponte e mata dez pessoas com um rifle. É sempre, "mas ele era um cara tão legal", não é? Ou algum chefe de escoteiros que andava bolinando os meninos há anos. "Ahhh, e os meninos adoravam o chefe, eu nunca poderia imaginar." O problema é esse. Ninguém imagina nada.

Ninguém pensa que pode acontecer no nosso jardim. Além do mais, o que nós sabemos realmente sobre Pat Bishop? Ah, ele se *comporta* bem... ora, teria mesmo de se comportar, não é? Mas o que sabemos de verdade sobre ele? Aliás, sobre qualquer um dos nossos colegas? Foi uma observação que me deixou perturbado na hora e continua me incomodando desde então. Eric tem tido desentendimentos com Pat há anos, mas sempre pensei que eram como minhas discussões com o dr. Devine, nada pessoal. Claro que ele está amargurado. É um bom professor, apesar de meio antiquado, e poderia ter sido um bom diretor do ano, caso se esforçasse um pouco mais com a administração. Mas lá no fundo sempre achei que ele era leal. Se algum dia eu imaginasse que qualquer um dos meus colegas daria uma facada no pobre Bishop pelas costas, não seria o Eric. Agora não tenho mais tanta certeza. A expressão dele hoje na sala comunitária revelou muito mais sobre Eric Scoones do que eu gostaria de saber. Ele sempre foi fofoqueiro, é claro. Mas levei todos esses anos para enxergar a jubilosa *Schadenfreude* nos olhos do meu velho amigo.

Eu sinto muito. Mas ele tinha razão. O que *realmente* sabemos sobre os nossos colegas? Trinta e três anos, e o que conhecemos? Para mim, a revelação desagradável não foi em relação ao Pat, mas em relação a todos os outros. Scoones. Os Liga das Nações. Roach, que está apavorado de pensar que a amizade dele com Light e Grachvogel possa prejudicá-lo junto à polícia. Beard, que vê a história toda como uma afronta pessoal ao departamento de ciência da computação. Meek, que apenas repete tudo que Beard diz para ele. Easy, que segue a maioria. McDonaugh, que anunciou no intervalo que só um pervertido teria indicado aquele bicha do Grachvogel para o cargo de professor.

O pior de tudo é que ninguém responde a isso. Até mesmo Kitty, que sempre foi amiga de Gerry Grachvogel e convidou Bishop para jantar diversas vezes, não disse nada na hora do almoço, ficou apenas fitando a caneca de café com certo desgosto, sem olhar para mim. Ela tem outras coisas na cabeça, eu sei. Mesmo assim, eu podia muito bem passar sem aquele momento. Você deve ter notado que gosto muito de Kitty Teague.

Ainda assim, é um alívio ver que em um ou dois casos, pelo menos, a sanidade ainda reina. Chris Keane e Dianne Dare estão entre os pouquíssimos que não foram infectados. Eles estavam perto da janela quando fui pegar o chá, ainda reclamando dos colegas que condenavam Bishop sumariamente, sem um julgamento.

– Acho que todos têm direito a uma defesa justa – disse Keane, depois que ventilei um pouco mais minha opinião. – Não conheço o sr. Bishop realmente, é claro, mas devo dizer que não me parece que ele seja desse tipo.

– Concordo – disse a srta. Dare. – Além do mais, os meninos gostam realmente dele.

– Gostam sim – afirmei em voz alta, desafiando a maioria moralista com o olhar. – Isso tudo é um equívoco.

– Ou uma armação – disse Keane pensativo.

– Uma armação?

– Por que não? – Sacudiu os ombros. – Alguém que queira se vingar. Algum membro descontente na equipe. Um ex-aluno. Qualquer pessoa. Que só precisaria ter acesso à escola, além de certo conhecimento dos computadores...

Computadores. Eu sabia que estaríamos mais bem servidos sem eles. No entanto, as palavras de Keane tocaram num ponto nevrálgico. De fato, eu estava me perguntando por que diabos não tinha pensado nisso. Nada provoca mais danos à escola, com mais crueldade, do que um escândalo sexual. Algo similar não tinha acontecido uma vez na Sunnybank Park? E eu já não tinha visto isso também, no tempo do antigo diretor?

Claro que o gosto de Shakeshafte não era pelos meninos, e sim pelas secretárias e jovens mulheres da equipe. Esses casos poucas vezes vão além do estágio de falação. São resolvidos entre adultos. Raramente passam dos portões da escola.

Mas agora é diferente. Os jornais declararam aberta a temporada de caça à profissão de professor. Histórias de pedófilos dominam a imprensa popular. Não passa uma semana sem que surja alguma nova acusação. Diretor de escola, chefe de escoteiros, policial, padre. Todos presas autorizadas.

– É possível – disse Meek, que acompanhava a nossa conversa. Eu não esperava que *ele* manifestasse sua opinião. Até ali, tinha feito pouco mais do que menear a cabeça enfaticamente, toda vez que Beard dizia qualquer coisa.

– Imagino que muita gente tenha algum tipo de ressentimento contra a St. Oswald's – continuou Meek com a voz fraca. – Fallow, por exemplo. Ou Knight.

– Knight?

Fez-se silêncio. Na repercussão do escândalo maior, eu tinha quase esquecido meu fugitivo juvenil.

– Knight não poderia ser responsável por nada disso.

– Por que não? – disse Keane. – Ele se encaixa no perfil.

Ah, é. Ele se encaixava. Vi a expressão de Eric Scoones ficar mais séria. Ele estava prestando atenção, e pude ver pela cara despreocupada dos meus colegas que eles também acompanhavam a conversa.

– E também não é difícil conseguir as senhas da equipe – disse Meek. – Quero dizer, qualquer pessoa que tenha acesso ao painel da administração...

– Isso é ridículo – disse o sr. Beard. – Aquelas senhas são absolutamente secretas.

– A sua é AMANDA – disse Keane, sorrindo. – O nome da sua filha. A do sr. Bishop é GO-JONNY-GO, nem precisa de muita imaginação nesse caso, já que ele é o maior fã de rúgbi. Do Gerry deve ser alguma coisa do *Arquivo-X*. Talvez MULDER ou SCULLY...

A srta. Dare riu.

– Diga uma coisa – disse –, você é espião profissional, ou isso é apenas um hobby?

– Eu presto atenção – respondeu Keane.

Mas Scoones ainda não estava convencido.

– Nenhum dos nossos meninos ousaria fazer uma coisa dessas – disse. – Especialmente aquele tampinha.

– Por que não? – perguntou Keane.

– Ele não poderia – disse Scoones com desprezo. – É preciso ter muita coragem para ir contra a St. Oswald's.

– Ou cérebro – disse Keane. – Mas o quê? Você está me dizendo que isso *nunca* aconteceu antes?

7

♟

Quinta-feira, 4 de novembro

Que coisa mais inconveniente. Logo agora que eu ia cuidar de Bishop também. Para me sentir melhor fui ao cyber café na cidade, acessei o endereço de Knight no Hotmail (a polícia já devia estar monitorando isso, com certeza) e enviei alguns e-mails bem desaforados para uma seleção de membros da equipe da St. Oswald's. Foi um desabafo para parte da minha irritação. E acho que vai manter a esperança de que Knight continua vivo.

Depois fui para o apartamento, de onde enviei um e-mail com um novo artigo do Informante para o *Examiner*. Mandei uma mensagem de texto para o celular de Devine do celular de Knight e depois telefonei para Bishop, com um sotaque falso e disfarçando a voz. Já estava me sentindo bem melhor – é engraçado como tratar de negócios entediantes pode nos deixar de bom humor – e depois de respirar profundamente um tempo, dei meu recado venenoso.

Achei que a voz dele estava mais pastosa do que de costume, como se ele estivesse tomando alguma droga. Claro que a essa altura já era quase meia-noite, e ele podia muito bem estar dormindo. Eu mesmo não preciso de muito tempo de sono, três ou quatro horas bastam em geral. E raramente sonho. Fico realmente surpreso ao ver as pessoas desmaiando quando não dormem oito ou dez horas, e a maioria delas passa a metade da noite sonhando. Sonhos inúteis e confusos que sempre querem contar para os outros depois. Imaginava que Bishop dormia bastante, sonhava muito e analisava os sonhos de acordo com Freud. Mas não esta noite. Esta noite achei que ele devia ter outras coisas na cabeça.

Telefonei de novo uma hora depois. Dessa vez a voz de Bishop estava arrastada como a do meu pai depois de uma noite na cidade.

– O que você quer? – O mugido de touro dele, distorcido pela linha.

– Você sabe o que nós queremos.

Aquele *nós*. Era sempre útil para disseminar a paranoia.

– Nós queremos justiça. Queremos que acabem com você, seu pervertido imundo.

A essa altura, claro, ele devia ter desligado. Mas Bishop nunca foi de pensar rápido. Em vez disso ele gaguejou furioso, tentou argumentar.

– Ligações anônimas? É o melhor que pode fazer? Deixa eu te dizer uma coisa...

– Não, Bishop. Deixe que eu diga para *você*.

Minha voz ao telefone é fina e trêmula, atravessa a estática.

– Nós sabemos o que você andou fazendo. Sabemos onde você mora. Nós vamos pegá-lo. É só uma questão de tempo.

Clique.

Nada muito elaborado, como pode ver. Mas já funcionou maravilhosamente com Grachvogel, que agora mantém o telefone fora do gancho o tempo todo. Esta noite, aliás, dei um pulo lá onde ele mora, só para me certificar. Em certo ponto, quase me convenci de que tinha visto alguém espiando entre as cortinas da sala de estar, mas eu estava de luvas e capuz e sabia que ele jamais ousaria sair de casa.

Depois liguei para Bishop pela terceira vez.

– Estamos mais perto – anunciou minha voz fina.

— Quem é você? — Dessa vez ele estava alerta, com uma nova estridência na voz. — O que você quer, pelo amor de Deus?
Clique.
Depois fui para casa e para a cama, as quatro horas seguintes. Dessa vez, eu sonhei.

8

♟

– Qual é o problema, Pinchbeck? Vinte e três de agosto. Véspera do meu aniversário de treze anos. Estávamos parados na frente da porta corrediça de ferro da escola, um acréscimo pretensioso do século XIX que marca a entrada da biblioteca e o portão da capela. Era uma das partes da escola que eu preferia, saída diretamente das páginas de um romance de Walter Scott, com a fachada em vermelho e ouro sobre o moto da escola (uma adição bem recente, mas uma ou duas palavras em latim são muito convincentes para os pais que pagam). *Audere, agere, auferre.*

Leon sorriu para mim, com o cabelo caindo infame nos olhos.

– Admita, bichinha – disse num tom zombeteiro. – Parece muito mais alto aqui de baixo, não parece?

Dei de ombros. A provocação dele era bem inofensiva para o momento, mas reconheci os sinais. Se eu fraquejasse, se desse a menor impressão de que me incomodava quando ele usava aquele apelido bobo, ele atacaria com toda a força do seu sarcasmo e desprezo.

– A subida é longa – respondi calmamente. – Mas já estive lá antes. É fácil quando sabemos como fazer.

– Ah, é? – Percebi que ele não acreditava em mim. – Mostre-me, então.

Eu não queria. As chaves mestras do meu pai eram um segredo que nunca pretendia revelar para ninguém nem mesmo (e talvez especialmente) para Leon. Mas eu as sentia no fundo do bolso da calça jeans, me desafiando a contar, a partilhar meu segredo, a cruzar aquela linha final, proibida.

Leon me observava como um gato que não tem certeza se quer brincar com o rato, ou desenrolar as entranhas. De repente me veio com força a lembrança dele no jardim com Francesca, com a mão posta casualmente sobre a dela, a pele dele morena e esverdeada na sombra das folhas. Não admira que ele a amasse. Como é que eu podia competir? Ela havia compartilhado uma coisa com ele, um segredo, um objeto de poder que eu jamais poderia imitar.

Mas talvez agora eu pudesse.

– Uau!

Leon arregalou os olhos quando viu as chaves.

– Onde arranjou *isso*?

– Furtei – disse. – Da mesa do Big John, quando as aulas terminaram.

Mesmo sem querer, sorri com a cara do meu amigo.

– Mandei fazer cópias no chaveiro na hora do almoço e pus as originais no lugar onde as encontrei.

A maior parte era verdade. Eu tinha feito isso logo depois daquele último desastre, enquanto meu pai jazia desanimado e de porre no quarto dele.

– O desleixado filho da mãe nem notou.

Agora Leon olhava para mim com um novo brilho nos olhos. Era admiração, mas também me deixava meio ressabiado.

– Ora, ora – disse finalmente. – E eu que pensava que você era só mais um aluninho medíocre sem ideias próprias e sem colhão. E você nunca contou para ninguém?

Balancei a cabeça.

– Bem, ponto para você – disse Leon suavemente, e devagar o rosto dele se iluminou com o sorriso mais terno e cativante. – Então é o nosso segredo.

Tem uma coisa especialmente mágica na revelação de um segredo. Senti isso naquela hora, quando mostrei meu império para Leon, apesar da pontada de arrependimento. As passagens e as alcovas, os telhados escondidos e os porões secretos da St. Oswald's não eram mais só meus. Agora pertenciam a Leon também.

Saímos pela janela do corredor superior. Eu já tinha desligado o alarme contra ladrões na nossa parte da escola antes de trancar cuidadosamente a porta atrás de nós. Era tarde, pelo menos onze horas, e as rondas do meu pai já tinham terminado havia muito tempo. Ninguém ia aparecer àquela hora. Ninguém suspeitaria da nossa presença.

A janela dava para o telhado da biblioteca. Saí com a facilidade da prática. Leon me seguiu, sorrindo. Era uma subida suave de telhas grossas de pedra com musgo que depois caíam numa descida mais íngreme até uma calha profunda, com bordas de chumbo. Havia uma passarela em volta dessa calha, construída para que o porteiro pudesse varrê-la com uma vassoura, para remover as folhas e detritos acumulados, mas meu pai jamais fez aquilo porque tinha medo de altura. Até onde eu sabia, ele nunca verificara os encaixes de chumbo, por isso as calhas estavam cheias de sedimentos e entulho.

Olhei para cima. A lua estava quase cheia, mágica contra o céu roxo e marrom. De vez em quando, nuvens pequenas passavam na frente dela, mas continuava brilhando bastante e delineava todas as chaminés, todas as calhas e telhas tingidas de índigo. Atrás de mim, ouvi Leon dar um longo suspiro.

– Uau!

Olhei para baixo. Lá longe pude ver a casa do porteiro, toda iluminada como um enfeite de Natal. Meu pai devia estar lá assistindo à TV, talvez, ou fazendo flexões na frente do espelho. Ele não parecia se importar que eu saísse à noite. Já fazia meses que tinha perguntado aonde eu ia e com quem.

– Uau! – repetiu Leon.

Sorri de orelha a orelha e senti um orgulho absurdo, como se eu tivesse construído aquilo tudo. Peguei uma corda que tinha amarrado ali meses antes e subi para a cumeeira. As chaminés se avolumavam sobre mim como reis, com pesadas coroas delineadas contra o céu. Acima delas, as estrelas.

– Venha!

Balancei o corpo de um lado para o outro com os braços abertos, admirando a noite. Por um segundo, senti que podia me jogar no ar estrelado e voar.

– Venha!

Leon me seguiu devagar. O luar fez de nós dois fantasmas. O rosto dele ficou branco e sem expressão. O rosto de uma criança maravilhada.

– Uau!

– E ainda tem mais.

Animado com o sucesso, levei-o para a passarela, um caminho largo pintado de sombras. Segurei sua mão, ele não questionou, apenas me seguiu, dócil, com um braço estendido sobre o espaço de corda bamba. Tive de avisá-lo duas vezes para tomar cuidado. Uma pedra solta aqui, uma escada quebrada ali.

– Mas há quanto tempo você vem para cá?

– Há algum tempo.

– Meu Deus.

– Você gostou?

– Se gostei!

Depois de meia hora escalando e nos arrastando, paramos para descansar no parapeito reto e largo sobre o telhado da capela. As pesadas placas de pedra guardavam o calor do dia e ainda estavam quentes até aquela hora. Deitamos no parapeito, com gárgulas aos nossos pés. Leon pegou um maço de cigarros e dividimos um, vendo a cidade se espalhar lá embaixo como um tapete de luzes.

– Isso é espantoso. Não acredito que nunca contou para ninguém.
– Contei para você, não contei?
– Hum.

Ele estava deitado ao meu lado, com as mãos embaixo da cabeça. Um cotovelo encostava no meu. Senti a pressão, como um ponto de calor.

– Imagine só fazer sexo aqui em cima – disse. – Você poderia ficar a noite inteira, se quisesse, e ninguém saberia.

Achei que o tom dele era de reprovação, imaginando noites com a adorável Francesca à sombra dos reis do telhado.

– Imagino que sim.

Eu não queria pensar nisso, neles dois. A ideia, como um trem expresso, passou entre nós. A proximidade dele era insuportável. Formigava como coceira de urtiga. Senti o cheiro do suor dele, da fumaça do cigarro e o odor oleoso e meio almiscarado do cabelo dele, comprido demais. Ele olhava para o céu, com os olhos cheios de estrelas.

Dissimuladamente estendi a mão. Senti o ombro dele em cinco pontos de calor na extremidade dos meus dedos. Leon não reagiu. Abri a mão devagar. Passei na manga da camisa dele, no braço, no peito. Eu não estava raciocinando. Minha mão parecia separada do meu corpo.

– Você sente saudade dela? Da Francesca, quero dizer.

Minha voz saiu tremida, falhou no fim da frase com um guincho agudo involuntário.

Leon deu um largo sorriso. A voz dele tinha mudado meses antes, e ele adorava me provocar falando da minha imaturidade.

– Ai, Pinchbeck, você é tão criança...
– Só estava perguntando.
– Um garotinho.
– Cale a boca, Leon.

– Você achou que era para valer? O luar, bobões, amor e romance? Meu Deus, Pinchbeck, como pode ser tão banal?

– *Cale* a boca, Leon.

Meu rosto queimava. Pensei na luz das estrelas, no inverno, no gelo.

Ele deu uma risada.

– Desculpe decepcioná-lo, bichinha.

– O que quer dizer?

– Estou falando de *amor*, por Deus. Ela foi só uma transa.

Isso me chocou.

– Não foi nada. Pensei em Francesca, o cabelo comprido, os membros lânguidos. Pensei em Leon e em tudo que tinha sacrificado por ele. Pelo romance. Pela angústia e pelo prazer de compartilhar sua paixão.

– Você sabe que ela não foi só isso. E *não* me chame de bichinha.

– Senão, o quê?

Ele sentou, com os olhos brilhando.

– Ora, Leon, não fale merda.

– Você pensou que ela foi a primeira, não pensou? – Sorriu. – Ah, Pinchbeck. Cresça. Você está começando a ficar igual a ela. Olhe só para você, todo empolgado com isso, tentando curar meu coração partido, como se eu pudesse me importar tanto assim com uma *garota...*

– Mas *você* disse...

– Eu estava só dando corda para você, bobão. Não percebeu?

Sem entender, balancei a cabeça.

Leon socou meu braço, com certa afeição.

– Bichinha, você é *tão* romântico... E ela *era* mesmo um doce, mesmo sendo apenas uma menina. Mas não foi a primeira. Nem mesmo a melhor que eu tive, para ser sincero. E definitivamente, definitivamente mesmo, não foi a última.

– Não acredito em você – respondi.

– Ah, não? Ouça aqui, garoto.

Ele riu, cheio de energia, os pelos finos dos braços brancos e pretos como prata à luz da lua.

– Eu já te contei por que fui expulso da última escola em que estudei?

– Não. Por quê?

– Eu transei com um professor, bichinha. O sr. Weeks, de trabalho em metal. Na oficina, depois das aulas. Foi uma confusão danada.

– Não!

Agora eu estava rindo com ele, daquele ultraje.

– Ele disse que me amava. O idiota. Escreveu cartas para mim.

– Não. – Olhos arregalados. – *Não!*

– Ninguém *me* acusou de nada. Corrupção, disseram. Rapaz suscetível, pervertido perigoso. Identidade não revelada para proteger o inocente. Saiu em todos os jornais na época.

– Uau!

Eu não tinha dúvida de que ele estava dizendo a verdade. Explicava tanta coisa... A indiferença dele, a precocidade sexual, a ousadia. Meu Deus, que ousadia.

– O que aconteceu?

Leon deu de ombros.

– *Pactum factum.* O cara dançou. Sete anos. Fiquei até com pena dele. – Leon sorriu. – Ele era legal, o sr. Weeks. Costumava me levar a boates e tudo. Mas era feio. Gordo, barrigudo. E *velho*... quero dizer, *trinta*...

– Meu Deus, Leon!

– É, bem... A gente não precisa olhar. E ele me dava coisas, dinheiro, CDs, esse relógio que custou umas quinhentas libras...

– Não!

– De qualquer modo, minha mãe ficou furiosa. Tive de fazer terapia e tudo. Aquilo podia ter me marcado, diz a mãe. Talvez eu nunca mais me recuperasse.

– E como...

Minha cabeça rodava com a noite e as revelações dele. Engoli em seco.

– Como...

– *Como* foi? – Ele virou para mim com um largo sorriso e me puxou para perto. – Quer dizer que você quer saber *como* foi?

O tempo deu um salto para frente. Entusiasta de histórias de aventuras, eu tinha lido muitas vezes que o *tempo parava*. Que *por um instante, o tempo parou quando os canibais se aproximaram dos meninos indefesos*. Mas, nesse caso, senti perfeitamente que o tempo deu um *salto* adiante, como um trem de carga partindo a toda de uma estação. Mais uma vez me desliguei, minhas mãos abanando como pássaros, batendo as asas. A boca de Leon na minha, as mãos dele nas minhas, puxando minha roupa com empenho delicioso.

Ele continuou rindo, um menino de luz e escuridão, um fantasma, e embaixo de mim senti o áspero calor menino das telhas de pedra, a deliciosa fricção da pele contra o tecido. Senti que ia desfalecer, foi excitação e pavor ao mesmo tempo, revolta e delírio, uma felicidade irracional. Minha noção de perigo evaporou. Eu era só pele, cada centímetro um milhão de pontos de sensação inevitável. Pensamentos aleatórios esvoaçavam na minha cabeça feito vagalumes.

Ele nunca amou Francesca.

Amor era *banal*.

Ele jamais poderia gostar tanto de uma garota.

Oh, Leon. Leon.

Ele tirou a camisa, tentou abrir o zíper da minha calça. Nesse tempo todo, eu ria e chorava, e ele falava e dava risada. Palavras que eu mal ouvia sobre o estrondo sísmico que eram as batidas do meu coração.

Então tudo parou.

Sem mais nem menos. Imagem congelada de nós dois, seminus. Eu na coluna de sombra ao lado da alta chaminé. Ele ao luar, uma estátua de gelo. Yin e yang. O meu rosto iluminado. O dele escurecendo de surpresa, de choque, de raiva.

– Leon...
– Meu Deus.
– Leon, me desculpe, eu devia...
– *Meu Deus!*

Ele recuou com as mãos estendidas para frente, como se quisesse me afastar.

– Meu Deus, Pinchbeck...

Tempo. O tempo deu um salto. O rosto dele, marcado pela raiva e pelo nojo. As mãos dele me empurrando para a escuridão.

As palavras se digladiavam em mim feito girinos num vidro pequeno demais. Não saía nada. Perdi o equilíbrio e caí para trás contra a chaminé, sem dizer nada, sem chorar, sem raiva nenhuma. Isso veio depois.

– Seu pervertido! – A voz de Leon trêmula, incrédula. – Seu merda *pervertido*!

O desprezo, o ódio naquela voz disseram tudo que eu precisava saber. Soltei um gemido agudo, um longo e desesperado gemido de amargura e de perda, então corri, meus tênis rápidos e silenciosos nas pedras com musgo, por cima do parapeito e ao longo da passarela. Leon me seguiu, xingando, cheio de raiva. Mas ele não conhecia os telhados. Eu o ouvi bem lá atrás, tropeçando, correndo sem cuidado, me perseguindo. Telhas caíram no rastro dele e explodiram feito morteiros no pátio lá embaixo. Quando foi atravessar o lado da capela, ele escorregou e caiu. Uma chaminé acolchoou a queda. O impacto fez estremecer todas as calhas, todos os tijolos e canos. Agarrei um sabugueiro, galhos longos e finos saindo de uma grade de drenagem entupida há bastante tempo, e me icei mais para cima ainda. Atrás de mim, Leon se arrastou para cima, grunhindo obscenidades.

Corri por instinto. Não havia motivo para tentar conversar com ele agora. As fúrias do meu pai eram assim mesmo. Na minha cabeça, eu tinha nove anos de novo, estava desviando do arco mortal do punho dele. Mais tarde eu talvez explicasse para Leon. Depois, quando ele tivesse tempo para pensar. Naquele momento, tudo que eu queria era sair dali.

Não perdi meu tempo tentando voltar para a janela da biblioteca. A torre do sino estava mais perto, com as pequenas varandas meio carcomidas de liquens e cocô de pombo. A torre do sino era mais outra afetação da St. Oswald's. Uma pequena estrutura com arcos, como uma caixa que, até onde eu sabia, nunca teve um sino. De um lado, uma calha íngreme de chumbo que ia dar num cano que derramava água da chuva num poço profundo que fedia a pombos, entre os prédios. No outro lado, a queda era vertical. Um estreito parapeito era tudo que havia entre o invasor e o pátio, uns sessenta metros abaixo.

Olhei para baixo com cuidado.

Eu sabia, pelas minhas viagens no telhado, que a sala de Straitley estava logo embaixo e a janela que dava para a varanda em ruínas estava solta. Pé ante pé, fui pela passarela, procurando calcular a distância de onde eu estava, então pulei no parapeito, depois para a cobertura do pequeno balcão.

A janela, como eu esperava, foi fácil de abrir. Eu me arrastei para dentro e nem me importei com o fecho quebrado que arranhou minhas costas. O alarme contra ladrão soou na mesma hora, um guincho alto e insuportável que provocou surdez e desorientação.

Entrei em pânico e me enfiei de volta por onde tinha entrado. No pátio lá embaixo as luzes de segurança se acenderam e me abaixei para escapar daquela iluminação forte, xingando, indefeso.

Deu tudo errado. Eu tinha desativado o alarme na ala da biblioteca. Mas naquele pânico e confusão tinha esquecido que o alarme da torre do sino continuava ligado. E agora a sirene berrava também, como o pássaro dourado no "João e o pé de feijão". Não havia como meu pai deixar de perceber, e Leon ainda estava lá em cima comigo, Leon estava encurralado em algum lugar...

Fiquei de pé no balcão e saltei para a passarela, olhei para baixo quando pulei, para o pátio iluminado. Havia duas pessoas lá embaixo, olhando para cima, as sombras gigantescas em leque em volta delas como cartas na mão. Abaixei e me protegi atrás da torre do sino, engatinhei para frente até a beirada do telhado e olhei para baixo de novo.

Pat Bishop me observava do pátio, meu pai ao lado dele.

9

— Ali, lá em cima.

Vozes por rádio chegando de longe. Eu me encolhi de novo, é claro, mas Bishop tinha visto o movimento, a cabeça redonda e escura contra o céu luminoso.

— Meninos no telhado.

Meninos. Claro que ele imaginaria isso.

— Quantos meninos? – perguntou Bishop, mais jovem na época, tenso, em forma e com o rosto só um pouco vermelho.

— Não sei, senhor. Eu diria que são pelo menos dois.

Arrisquei mais uma vez espiar lá embaixo. Meu pai ainda estava olhando, o rosto branco virado para cima e cego. Bishop já estava se mexendo, e rápido. Ele era pesado, todo músculos. Meu pai o seguiu, com um passo mais lento, a enorme sombra duplicada e triplicada pelas luzes. Não me dei ao trabalho de espiá-los novamente. Já sabia para onde estavam indo.

Meu pai desligou o alarme. O megafone foi ideia do Bishop, ele usava-o nos dias de esportes e de treinamento contra incêndio, deixava a voz dele incrivelmente anasalada e penetrante.

— *Ei, meninos!* – disse. – *Fiquem onde estão! Não tentem descer! Socorro está a caminho!*

Era assim que Bishop falava numa crise. Como um personagem de algum filme de ação americano. Dava para ver que ele gostava desse papel. O recém-nomeado diretor adjunto, um homem de ação. Que resolvia os problemas, conselheiro do mundo.

Em quinze anos ele não mudou quase nada. Aquele tipo específico de arrogância honesta raramente muda. Mesmo naquela época, ele achava que podia consertar as coisas com um megafone e algumas frases feitas.

Era uma e meia da madrugada. A lua tinha se posto. O céu, que nunca ficava completamente escuro naquela época do ano, tinha um brilho transparente. Acima de mim, em algum lugar do telhado da capela, Leon esperava. Calmo, composto, aguardando. Alguém tinha chamado os bombeiros. Já ouvia as sirenes ao longe. O som foi aumentando de frequência, obedecendo ao efeito de Doppler, vindo na nossa direção. Logo seríamos atropelados.

– *Informem a sua posição!*

Era Bishop de novo, movendo o megafone em arco.

– *Repetindo, indiquem sua posição!*

Ainda nada de Leon. Imaginei se ele tinha conseguido encontrar a janela da biblioteca sozinho. Se estava preso lá, ou correndo pelos corredores sem fazer barulho, procurando uma saída.

Uma telha estalou em algum ponto acima de mim. Ouvi o som de algo deslizando, o tênis dele na calha de chumbo. E agora eu também podia vê-lo, só um lampejo da cabeça dele, acima do parapeito da capela. Ele começou a se mover, tão devagar que era quase imperceptível, indo para a passarela estreita que ia para a torre do sino.

Fazia sentido, pensei. Ele devia saber que a opção da janela da biblioteca era impossível agora. Aquele telhado baixo e inclinado se estendia ao longo do prédio da capela, e ele ficaria perfeitamente visível se tentasse seguir por ali. A torre do sino era mais alta, porém mais segura. Lá em cima, poderia se esconder. Só que eu estava do outro lado. Se fosse me juntar a ele de onde estava, iam me ver lá de baixo na mesma hora. Resolvi dar a volta, tomar o caminho mais comprido pelo telhado do observatório e unir-me a ele nas sombras onde poderíamos nos esconder.

– *Meninos, prestem atenção!*

Era a voz de Bishop, tão amplificada, que tive de cobrir as orelhas com as mãos.

– *Vocês não estão encrencados!*

Virei de costas para esconder o riso nervoso. Ele era tão convincente que quase convencia a ele mesmo.

– *Fiquem onde estão! Repetindo! Fiquem onde estão!*

Leon, é claro, não se deixou enganar. Nós sabíamos que o sistema era governado por esses lugares-comuns.

– *Vocês não estão encrencados!*

Imaginei o sorriso de Leon com essa incessante mentira e senti uma súbita pontada no coração de pensar que não estava lá com ele para curtirmos juntos aquela piada. Teria sido muito bom, pensei. Butch e Sundance encurralados no telhado, dois rebeldes desafiando as forças combinadas, de St. Oswald's e da lei.

Mas agora... Então me dei conta de que tinha mais de um motivo para não querer que pegassem Leon. A minha posição não era nada segura. Bastava uma palavra, simplesmente me verem, e meu jogo seria desmascarado para sempre. Não havia como contornar aquilo. Depois dessa, Pinchbeck tinha de desaparecer para sempre. Claro que ele podia fazer isso, facilmente. Apenas Leon tinha alguma ideia de que ele era mais do que um fantasma. Uma farsa. Uma coisa feita de trapos e enchimento.

Mas na época senti um pouco de medo por mim. Conhecia o telhado melhor do que ninguém e, desde que me escondesse, podia muito bem escapar dessa revelação. Mas se Leon falasse com meu pai, se algum deles fizesse a associação...

Não era o embuste que provocaria a revolta. Era o desafio. À St. Oswald's, ao sistema, a tudo. Agora eu via isso. O inquérito, os jornais vespertinos, a bomba na imprensa nacional.

Eu podia suportar o castigo. Tinha *treze* anos, pelo amor de Deus... o que podiam fazer comigo? Mas o que eu temia mesmo era o ridículo. Isso e o desprezo, e saber que, apesar de tudo, St. Oswald's tinha vencido.

Vi meu pai parado, de ombros caídos, olhando para cima, para o telhado. Senti o desânimo dele, não apenas com o ataque à St. Oswald's, mas com a tarefa que tinha pela frente. John Snyde não era ágil, mas era meticuloso, do jeito dele, e não tinha dúvida nenhuma do que devia fazer.

– Preciso ir atrás deles.

A voz dele, baixa mas claramente audível, chegou até mim do pátio lá embaixo.

– O quê?

Bishop, em sua ânsia de bancar o homem de ação, tinha ignorado a solução mais simples. Os bombeiros ainda não tinham chegado. A polícia, sempre ocupadíssima, não tinha nem aparecido.

– Eu tenho de subir lá. É a minha função.

A voz dele soou mais forte... um porteiro da St. Oswald's tem de ser forte. Lembrei dos discursos de Bishop. *Contamos com você, John. A St. Oswald's espera que você cumpra a sua função.*

Bishop olhou para cima e mediu as distâncias. Pude vê-lo fazendo as contas, analisando os ângulos. Meninos no telhado, homem no chão, porteiro entre os dois. Ele queria subir, claro que queria, mas se deixasse o posto, quem usaria o megafone? Quem cuidaria da equipe de emergência? Quem assumiria o controle?

– Não os assuste. Não chegue muito perto. Tome cuidado, está bem? Cubra a saída de emergência. Vá para o telhado. Eu vou convencê-los a descer.

Convencê-los a descer. Essa é outra frase de Bishop, com entonação de homem de ação. Ele que adoraria escalar o telhado da capela, possivelmente descendo de lá com um menino desmaiado nos braços, não podia ter ideia do esforço, do espantoso esforço que meu pai teve de fazer para concordar.

Eu nunca tinha usado a saída de emergência. Preferia minhas rotas menos convencionais. A janela da biblioteca, a torre do sino, a claraboia na fachada de vidro do estúdio de arte, que dava acesso a uma estreita viga de metal que percorria o setor de arte e ia até o observatório.

John Snyde não conhecia nada disso nem teria usado se conhecesse. Pequeno para a minha idade, eu já estava ficando pesado demais para me equilibrar no vidro ou para me pendurar na hera no beiral mais estreito. Eu sabia que, em todos aqueles anos como porteiro da St. Oswald's, ele jamais se aventurara até a saída de incêndio no corredor do meio, que dirá no complexo precário de calhas mais adiante. Eu estava disposto a apostar que ele não faria isso agora, ou que, se fizesse, não iria muito longe.

Olhei para o telhado na direção do corredor do meio. Lá estava ela, a saída de emergência, o esqueleto de um dinossauro estendido pelo vazio. Não estava em boas condições, tinha bolhas de ferrugem explodindo na tinta grossa, mas parecia suficientemente forte para suportar o peso de um homem. Será que ele teria coragem?, pensei. E, se tivesse, o que eu faria?

Pensei em subir de novo para a janela da biblioteca, mas era arriscado demais, visível demais lá de baixo. Em vez disso, usei outro caminho, oscilando numa viga comprida entre duas claraboias do estúdio de arte, para depois escalar o telhado do observatório e subir pela calha principal, voltando para a capela. Eu conhecia uma dezena de rotas de fuga. Tinha as chaves e conhecia cada armário, cada passagem e as escadas secundárias. Leon e eu não precisávamos ser pegos. Mesmo sem querer, aquilo me excitou. Quase dava para imaginar nossa amizade renovada, a briga idiota esquecida diante da grande aventura...

Naquele momento, a saída de emergência estava fora de vista. Mas eu sabia que ficaria totalmente visível no pátio em um minuto ou dois. Só que o risco era pequeno. Uma silhueta contra o céu sem lua não seria reconhecida por qualquer um lá embaixo.

Então parti, os tênis firmes no musgo das telhas. Abaixo de mim, ouvi Bishop com o megafone.

– *Fiquem onde estão! Socorro está a caminho!*

Mas eu sabia que ele não tinha me visto. Cheguei à coluna do dinossauro, a cumeeira que dominava o prédio principal e parei, sentei a cavaleiro nela. Não vi sinal de Leon. Imaginei que ele devia ter se escondido no outro lado da torre do sino, onde havia mais cobertura. Se ele se mantivesse abaixado, ninguém o veria lá de baixo. De quatro, rapidamente, segui pela cumeeira. Quando passei para a sombra da torre do sino, olhei para trás, mas não havia sinal do meu pai nem na saída de incêndio nem na passarela. E ainda não havia sinal nenhum de Leon também. Cheguei à torre do sino, saltei a distância bem familiar que havia entre ela e o telhado da capela, e daquela sombra acolhedora examinei meu império no telhado. Arrisquei chamar baixinho.

– Leon!

Nenhuma resposta. Minha voz fraca ondulou na névoa da noite.

– Leon!

Então eu o vi, grudado no parapeito uns seis metros à minha frente, inclinando a cabeça como uma gárgula para olhar para a cena lá embaixo.

– Leon.

Ele tinha me ouvido, eu sabia disso. Mas não se mexeu. Avancei até ele, o corpo inclinado para baixo. Ainda podia funcionar. Eu podia mostrar a janela para ele, levá-lo para onde pudesse se esconder e depois tirá-lo de lá, sem ser visto, sem que ninguém suspeitasse, quando a área estivesse limpa. Queria dizer isso para ele, mas tive dúvida se ele escutaria.

Cheguei mais perto. Lá embaixo, o barulho ensurdecedor do megafone. Então de repente luzes vermelhas e azuis brilharam no telhado. Vi a sombra de Leon crescer, então ele deitou de novo, xingando. Os bombeiros tinham chegado.

– Leon.

Nada ainda. Ele parecia cimentado no parapeito. A voz do megafone era um emaranhado altíssimo de vogais que rolavam sobre nós como pedras.

— *Vocês aí! Não se movam! Fiquem onde estão!*

Abaixei a cabeça sobre o parapeito, sabia que estava visível, mas só como uma saliência escura, entre tantas outras. Do meu ninho de águia pude ver a forma atarracada de Pat Bishop, o brilho de néon do caminhão dos bombeiros, as figuras escuras com sombras de borboleta dos homens em volta.

O rosto de Leon não tinha expressão nenhuma, era um cogumelo no escuro.

– Seu merdinha.
– Calma, cara – disse a ele. – Ainda temos tempo.
– Tempo para *quê*? Uma trepadinha?
– Leon, pare com isso. Não é o que você está pensando.
– Ah, não?

Ele começou a rir.

– Por favor, Leon. Conheço uma saída. Mas vamos ter de nos apressar. Meu pai está subindo...

Silêncio, longo como um túmulo.

Lá embaixo, as vozes todas misturadas, como fumaça de fogueira. Lá em cima, a torre do sino, com sua varanda. Na nossa frente, o vazio que separava a torre do sino do telhado da capela. Um buraco fedorento em forma de sifão, cheio de calhas e ninhos de pombos que desciam inclinadas até o estreito canal entre os prédios.

– Seu *pai*? – ecoou Leon.

Então ouvi um barulho no telhado atrás de nós. Virei e vi um homem na passarela, bloqueando a rota de fuga. Quinze metros de telhado nos separavam. A passarela era larga, mas mesmo assim o homem tremia e balançava como se estivesse numa corda bamba, os punhos cerrados, a expressão rígida de concentração, avançando devagar para nos pegar.

– Fiquem aí – disse. – Eu vou pegá-los.

Era John Snyde.

Naquele momento, ele não podia ver nossos rostos. Estávamos na sombra. Dois fantasmas no telhado. Eu sabia que conseguiríamos. O poço que separava a capela da torre do sino era profundo, mas a garganta era estreita. Um metro e meio na parte mais larga. Tinha saltado aquilo tantas vezes que nem lembrava mais quantas, e mesmo no escuro sabia que o risco era pequeno. Meu pai jamais ousaria nos seguir por ali. Podíamos escalar a inclinação do telhado, nos equilibrar no beiral da torre do sino e pular para a varanda, como eu já tinha feito antes. Ali eu conhecia centenas de lugares para nos esconder.

Não pensei em nada além disso. Na minha cabeça, éramos mais uma vez Butch e Sundance. Capturados numa imagem naquele momento. Heróis para sempre. Só precisávamos dar aquele salto.

Prefiro pensar que vacilei. Que meus atos foram determinados pelo raciocínio e não pelo instinto cego de um animal em fuga. Mas tudo que aconteceu depois disso existe numa espécie de vácuo. Talvez aquele tenha sido o exato momento em que parei de sonhar. Talvez naquele instante eu tivesse vivenciado todos os sonhos dos quais precisaria. Era o fim dos sonhos pelo resto da minha vida.

Mas na hora foi como um despertar. Um verdadeiro despertar, depois de anos de sonho. Os pensamentos passavam pela minha cabeça como meteoros num céu de verão.

Leon dando risada, com a boca no meu cabelo.

Leon e eu, no carrinho do cortador de grama.

Leon e Francesca, que ele nunca amou.

A St. Oswald's e como estive perto, tão perto, de ganhar aquele jogo.

O tempo parou. Eu pendia no espaço feito uma cruz de estrelas. Leon de um lado. Meu pai do outro. Como eu disse, prefiro pensar que vacilei.

Então olhei para Leon.

Leon olhou para mim.

Nós pulamos.

RAINHA

1
♟

Escola para meninos St. Oswald's

*Lembrem, lembrem, dia 5 de novembro,
Pólvora, traição e conspiração.*

E chegou a hora afinal, com toda a sua glória mortífera. A anarquia tomou conta da St. Oswald's feito praga. Meninos desaparecidos. Aulas interrompidas, muitos dos meus colegas fora da escola. Devine foi suspenso e aguardava as investigações (o que significa que estou de volta à minha antiga sala, só que raramente uma vitória como essa me deu menos satisfação). E Grachvogel. E Light. Outros tantos estão sendo interrogados, inclusive Robbie Roach, que está dedurando os colegas à esquerda, à direita e no centro, torcendo para afastar as suspeitas que recaem sobre ele.

Bob Strange deixou bem claro que a minha presença ali não passa de uma medida emergencial. Segundo Allen-Jones, a mãe dele faz parte do conselho diretor, meu futuro foi longamente discutido na última reunião dos conselheiros, e o dr. Pooley, cujo filho eu "ataquei", pediu minha imediata suspensão. À luz dos recentes acontecimentos (e principalmente diante da ausência de Bishop), não havia mais ninguém que me defendesse, e Bob insinuou que era só aquela situação excepcional que impedia aquela atitude perfeitamente legítima.

Fiz Allen-Jones jurar segredo sobre esse assunto, é claro. Por isso, a essa altura, toda a escola já deve estar sabendo.

E pensar que estávamos tão preocupados com a inspeção da escola poucas semanas atrás. Agora somos uma escola em plena crise. A polícia continua presente e não dá sinal de estar pronta para partir. Damos aulas isolados. Ninguém atende os telefones. As latas de lixo não são esvaziadas, o chão não é varrido. Shuttleworth, o novo porteiro, se recusa a trabalhar, a menos que a escola lhe dê uma acomodação alternativa. Bishop, que teria cuidado disso, não está mais em condições de fazê-lo.

Quanto aos meninos, também estão sentindo um colapso iminente. Sutcliff chegou para a chamada com o bolso cheio de bombinhas, e provocou o caos que já era de se esperar. No mundo lá fora, há pouca confiança na nossa capacidade de sobreviver a essa crise. O valor de uma escola só corresponde aos últimos resultados, e a menos que possamos recuperar esse trimestre desastroso, as esperanças são poucas de ter notas máximas este ano e certificados do segundo grau.

Minha turma de latim do quinto ano talvez conseguisse, já que terminaram o programa do ano passado. Mas o alemão, que sofreu terrivelmente nesse trimestre, e o francês, que agora tem dois membros afastados – Tapi, que se recusa a voltar enquanto o caso dela não for resolvido, e Pearman, que continua ausente com sua licença –, não devem recuperar o terreno perdido. Outros departamentos estão com o mesmo problema. Em algumas matérias, módulos inteiros do currículo deixaram de ser dados e não há ninguém para se encarregar deles. O diretor passa a maior parte do tempo trancado na sala dele. Bob Strange assumiu as funções de Bishop, mas com êxito limitado.

Felizmente Marlene continua firme, administrando as coisas. Ela parece menos charmosa agora, mais eficiente, com o cabelo puxado para trás, liberando o rosto anguloso, num prático coque. Hoje em dia, ela não tem tempo para fofocas. Passa quase o dia inteiro enfrentando reclamações dos pais e perguntas da imprensa, querendo saber a quantas anda a investigação da polícia. Marlene, como sempre, cuida de tudo muito bem. Mas é claro, ela é mais forte do que a maioria. Não se abala com nada. Quando o filho dela morreu, provocando um abismo na família que nunca foi resolvido, demos para Marlene um emprego e uma vocação, e desde então ela dedicou à St. Oswald's toda a sua lealdade.

Parte disso foi obra de Bishop. Explica a devoção dela por ele e o fato de ter escolhido trabalhar aqui, entre todos os lugares. Não deve ter sido fácil. Mas ela nunca deixou transparecer. Em quinze anos, ela nunca faltou um dia sequer. Pelo Pat. Pat, que a tirou do fundo do poço.

Agora ele está no hospital, ela me disse. Teve uma espécie de ataque na noite passada, provavelmente provocado pelo estresse. Conseguiu ir dirigindo até o pronto-socorro, desmaiou na sala de espera e foi transferido para a ala cardíaca, para ficar em observação.

– Mas ele está em boas mãos – disse. – Se o tivesse visto ontem à noite... – Ela parou de falar, olhou para o vazio e percebi, com certa preocupação, que Marlene estava quase chorando. – Eu devia ter ficado lá – disse. – Mas ele não deixou.

– Sim. Hum.

Virei para o outro lado, constrangido. É claro que tem sido um segredo praticamente aberto há anos que Pat tem mais do que um relacionamento apenas profissional com a secretária dele. A maioria de nós não ligava para isso. Mas Marlene sempre manteve a fachada, provavelmente porque ainda acha que um escândalo poderia prejudicar Pat. O fato de ter aludido a isso agora, mesmo que de forma indireta, mostrava mais do que qualquer outra coisa a que ponto as coisas tinham chegado.

Numa escola como a St. Oswald's, nada é insignificante. E subitamente senti uma pontada aguda de pena daqueles entre nós que ainda restam. A velha guarda que se mantém em seus postos com valentia, enquanto o futuro marcha inexoravelmente sobre nós.

— Se o Pat sair daqui, eu não vou ficar — acabou dizendo, rodando o anel de esmeralda no dedo médio. — Vou trabalhar no escritório de algum advogado, qualquer coisa assim. Senão, eu me aposento. De qualquer modo, vou completar sessenta anos de idade no ano que vem...
Isso também era novidade. Marlene sempre teve quarenta e um anos desde quando eu era capaz de lembrar.
— Também pensei na opção da aposentadoria — afirmei. — No fim do ano, terei completado meu século, isto é, a menos que o velho Strange consiga o que quer...
— O quê? O Quasímodo deixar a torre do sino?
— Passou pela minha cabeça.
Naquelas últimas semanas, de fato, a ideia fez mais do que passar.
— Hoje é meu aniversário — contei para ela. — Você acredita? Sessenta e cinco.
Ela sorriu, um pouco triste. Querida Marlene.
— Onde foram parar aqueles aniversários?

Sem o Pat, foi Bob Strange que assumiu o Conselho do Curso Ginasial esta manhã. Eu não recomendaria. Mas com tantos membros da administração ausentes, ou impossibilitados de comparecer, Bob resolveu se encarregar de levar nosso navio de volta para águas mais calmas. Na hora, achei que era um erro. Mas com algumas pessoas não adianta discutir.

Claro que todos nós sabemos que não foi culpa de Bob Pat ter sido suspenso. Ninguém o culpa por isso. Mas os meninos não gostam da facilidade com que ele assumiu a posição de Bishop. A sala de Bishop, que ficava sempre aberta para todos os que precisavam dele, agora fica fechada. Instalaram uma campainha como a que tem na porta do Devine. Detenções e outros castigos são tratados com a frieza e a eficiência da bolha administrativa dele, mas a humanidade e o carinho que tornavam Bishop tão acessível evidentemente não existem em Strange.

Os meninos percebem isso e não gostam nada. Ficam inventando modos cada vez mais criativos de exibir as falhas dele em público. Diferentemente do Pat, o nosso Bob não é um homem de ação. Um punhado de bombinhas jogadas embaixo do tablado do salão durante a reunião do Conselho serviu para demonstrar isso. O resultado foi que todo o curso ginasial ficou metade da manhã sentado em silêncio no salão, enquanto Bob esperava que alguém confessasse.

Se fosse Pat Bishop, o culpado teria se acusado em menos de cinco minutos, mas quase todos os meninos querem agradar Pat Bishop. Bob Strange, com a frieza e a tática de desenho animado nazista, é um alvo perfeito.

– Senhor? Quando é que o sr. Bishop vai voltar?

– Eu disse "em silêncio", Sutcliff, senão você vai para a porta da sala do diretor.

– Por quê, senhor? Ele sabe?

Bob Strange, que não dá aulas para o curso ginasial há mais de uma década, não tem ideia de como lidar com esses ataques frontais. Ele não entende como esse comportamento ríspido trai sua insegurança. Não entende que gritos só pioram as coisas. Ele pode ser um bom administrador, mas, na função de liderança, é um desastre.

– Sutcliff, você está retido depois das aulas.

– Sim, senhor.

Eu teria desconfiado do sorriso largo de Sutcliff. Mas Strange não o conhecia e simplesmente foi se afundando mais ainda.

– E tem mais – disse –, se o menino que jogou aquelas bombinhas não se apresentar *agora*, todo o ginásio ficará retido por um mês.

Um mês? Era uma ameaça impossível. Ela caiu no salão de reuniões como uma miragem, e um rumorejo se espalhou lentamente entre os alunos.

– Vou contar até dez – anunciou Strange. – Um. Dois.

Outro vozerio quando Strange demonstrou suas habilidades matemáticas.

Sutcliff e Allen-Jones se entreolharam.

— Três. Quatro.

Os meninos se levantaram.

Um momento de silêncio.

A minha turma inteira fez a mesma coisa.

Strange ficou um segundo boquiaberto. Foi maravilhoso. A 3S inteira em posição de alerta, numa pequena falange bem compacta. Sutcliff, Tayler, Allen-Jones, Adamczyk, McNair, Brasenose, Pink, Jackson, Almond, Niu, Anderton-Pullitt. Todos os meus meninos (exceto Knight, é claro).

A 3M (turma do Monument) fez a mesma coisa.

Outros trinta meninos de pé juntos, como soldados, olhando para frente, sem dizer uma palavra. Depois a 3P (turma do Pearman) ficou de pé. Depois a 3KT (Teague). E, finalmente, a 3R (Roach).

Todos os meninos do curso ginasial estavam de pé. Ninguém disse uma só palavra. Ninguém se mexia. Todos olhando para o homenzinho no tablado.

Ele ficou um tempo ali.

Então deu meia-volta e saiu sem dizer nada.

Depois disso, não havia mais sentido dar aulas. Os meninos precisavam conversar, de modo que deixei, saindo de vez em quando para acalmar a turma de Grachvogel ao lado, onde uma professora substituta, chamada sra. Cant, tinha dificuldade para manter a ordem. Obviamente Bishop dominava as conversas. Ali não havia polarização nenhuma. Ninguém duvidava da inocência de Pat. Todos concordavam que a acusação era absurda. Que não seria aceita pelo magistrado. Que tudo não passava de um terrível engano. Fiquei animado com isso, desejei que alguns dos meus colegas tivessem essa certeza como os meninos.

Fiquei na minha sala na hora do almoço, com um sanduíche e alguns trabalhos para corrigir, evitando a sala comunitária apinhada e os confortos habituais do chá e do *Times*. É verdade que os jornais estão repletos do escândalo da St. Oswald's esta semana, e qualquer pessoa que chegue ao portão principal agora é obrigada a passar por um pelotão de fuzilamento, formado por repórteres e fotógrafos.

Quase todos nós evitamos parar e não comentamos nada, mas acho que talvez Eric Scoones tenha falado com o *Mirror* quarta-feira. Certamente o breve artigo deles tinha a marca de Scoones, com a descrição de uma administração descuidada e a velada acusação de nepotismo nos escalões mais altos. Mas acho impossível acreditar que meu velho amigo possa ser o notório Informante, cujo misto de comédia, fofoca e injúria cativa os leitores do *Examiner* nas últimas semanas. No entanto, as palavras dele provocaram uma nítida sensação de *déjà-vu*. Como se eu conhecesse o estilo do autor, cujo humor subversivo eu compreendia e dele até compartilhava.

Mais uma vez pensei no jovem Keane. Muito observador, em todo caso. E acho que um escritor de algum talento. Será que ele poderia ser o Informante? Eu detestaria se fosse. Droga, eu gostava do homem. E achei que as observações dele no outro dia na sala comunitária demonstraram inteligência e coragem. Não, não era Keane, pensei. Mas, se não era o Keane, então quem era?

Foi uma ideia que ficou me incomodando a tarde toda. Não dei aula direito. Perdi a paciência com um grupo da quarta série que não se concentrava de jeito nenhum. Deixei retido um aluno do sexto ano cujo único crime, mais tarde admiti para mim mesmo, foi apontar um erro no meu uso do subjuntivo na tradução de uma prosa. No oitavo período, eu já tinha chegado a uma decisão. Eu ia simplesmente perguntar para o homem, aberta e sinceramente. Gosto de pensar que sou justo quando julgo o caráter de alguém. Se ele fosse o Informante, eu saberia.

Mas, quando o encontrei, ele estava na sala comunitária, conversando com a srta. Dare. Ela sorriu quando entrei, e Keane abriu um largo sorriso.

— Soube que é seu aniversário, sr. Straitley — disse. — Providenciamos um bolo para o senhor.

Era um bolinho de chocolate num pires, tanto o bolinho como o pires confiscados da cantina da escola. Alguém tinha posto uma vela amarela em cima e uma alegre fita rendada prateada em volta. Um post-it grudado no pires dizia: "Feliz aniversário, sr. Straitley — 65 anos!"

Então percebi que o Informante teria de esperar.

A srta. Dare acendeu a vela. Os poucos na sala comunitária que tinham ficado até tão tarde — Monument, McDonaugh e dois novatos — bateram palmas. Uma prova da minha confusão mental foi o fato de que quase me debulhei em lágrimas.

— Droga — rosnei. — Estava tentando manter segredo.

— Para quê? — disse a srta. Dare. — Olha, Chris e eu vamos sair para tomar uns drinques esta noite. Quer vir conosco? Vamos ver a fogueira no parque, comer maçã caramelada, acender uns fogos...

Ela deu uma risada e, por um momento, pensei que ela era realmente bonita, com o cabelo preto e o rosto rosado daquelas bonecas holandesas de madeira. Apesar da minha suspeita sobre o Informante, que parecia fora de lugar para mim naquele momento, fiquei contente de ver que Keane e ela estavam se dando bem. Conheço bem demais o poder da St. Oswald's, que nos faz pensar que temos todo o tempo do mundo para conhecer uma mulher, casar, ter filhos talvez, se ela quiser... e de repente descobrimos que tudo isso ficou para trás, não um ano, mas uma ou duas décadas, e compreendemos que não somos mais jovens, e sim um Paletó de Tweed, irrevogavelmente casado com a St. Oswald's, o empoeirado navio de guerra que de alguma maneira engoliu nosso coração.

— Obrigado pelo convite — agradeci. — Mas acho que vou ficar em casa.

— Então faça um pedido — disse a srta. Dare, acendendo a vela.

— Isso eu *posso* fazer — disse.

2

♟

O velho e querido Straitley. Cheguei tão perto de gostar dele nessas últimas semanas... com seu incurável otimismo e seu jeito de idiota. É engraçado como esse otimismo é contagioso. A sensação de que talvez o passado possa ser esquecido (como Bishop esqueceu), que a amargura pode ser deixada de lado e que o dever (para com a escola, claro) pode ser uma força motivadora como o amor, o ódio, a vingança (por exemplo).

Enviei os últimos e-mails esta noite, depois das aulas. De Roach para Grachvogel, incriminando os dois. De Bishop para Devine. De Light para Devine, em tom de pânico crescente. De Knight para todos, ameaçando, chorando. E finalmente o *coup de grâce*: para o celular de Bishop e para o computador dele (tenho certeza de que, a essa altura, a polícia já está monitorando), uma última mensagem de texto de Colin Knight lacrimosa, suplicante, enviada do celular dele, que no seu devido tempo confirmaria o pior.

No todo, um trabalho bem-feito, sem necessidade de mais nenhum ato da minha parte. Cinco membros da equipe destruídos com um golpe elegante. Bishop, claro, podia cair a qualquer momento. Um derrame talvez, ou um grave ataque do coração, provocado pelo estresse e pela certeza de que, qualquer que fosse o resultado da investigação da polícia, o tempo dele na St. Oswald's tinha acabado.

A pergunta é: será que fiz o bastante? Dizem que a lama gruda. E mais ainda nessa profissão. Em certo sentido, a polícia é até supérflua. A mera insinuação de impropriedade sexual basta para destruir uma carreira. O resto posso tranquilamente deixar a cargo do público instigado pela suspeita, pela inveja e pelo *Examiner*. Já pus a bola em jogo. Não seria surpresa nenhuma se alguém mais assumisse nas próximas semanas. *Sunnybankers*, talvez. Gente destemida do conjunto de Abbey Road. Deve haver incêndios, talvez ataques a colegas isolados, rumores aquecidos e transformados em certeza escandalosa nos pubs e nas boates do centro da cidade. A beleza disso tudo é que a partir de um certo ponto já não preciso mais agir diretamente. Um empurrãozinho, e os dominós começam a cair sozinhos.

Vou ficar, claro, o tempo que puder. A metade da diversão é estar aqui, vendo tudo acontecer. Mas me preparei para qualquer eventualidade. Em todo caso, os danos já devem ser irreversíveis. Um departamento inteiro arruinado. Muitos outros da equipe implicados. Um diretor adjunto irremediavelmente marcado. Alunos saindo da escola... foram doze esta semana... Um riacho que logo se transformará numa enchente. O ensino negligenciado. Saúde e segurança em mau estado. Além de uma iminente inspeção que terá de fechar a escola.

Os conselheiros, ouvi dizer, têm convocado reuniões de emergência todas as noites nas últimas semanas. O diretor, que não é nenhum negociador, teme pelo próprio emprego. O dr. Tidy está preocupado com o potencial impacto nas finanças da escola. E Bob Strange dissimuladamente consegue transformar tudo que o diretor diz em vantagem para ele, ao mesmo tempo que mantém a aparência de um funcionário leal e correto por completo.

Até agora (tirando uns dois *faux pas* disciplinares), ele conseguiu tomar o trabalho de Bishop com certo sucesso. Talvez seja indicado para uma chefia. Por que não? Ele é inteligente (em todo caso, bastante inteligente para não parecer inteligente demais diante dos conselheiros). É competente, articulado, e sem graça, bem na medida para passar pelos testes de personalidade que aplicam a todos que trabalham na St. Oswald's.

Tudo isso levado em conta é uma bela obra de engenharia antissocial. Digo isso (porque ninguém mais pode dizer), mas a verdade é um resultado muito satisfatório. Resta apenas uma coisinha inacabada, e planejo terminar isso hoje à noite, na Fogueira da Comunidade. Depois então poderei comemorar, e é o que vou fazer. Tenho uma garrafa de champanhe com o nome Straitley e pretendo abri-la esta noite.

Mas o momento é de ócio. É a pior parte de uma campanha como essa. Os longos e tensos momentos de espera. Devem acender a fogueira às sete e meia, por volta das oito a pira deve estar como um farol. Milhares de pessoas vão estar no parque. Haverá música aos berros nos alto-falantes, gritos da feira e às oito e meia vão soltar os fogos. Ficará tudo enfumaçado e cheio de estrelas cadentes.

O lugar perfeito para um assassinato discreto, você não acha? A escuridão, as multidões, a confusão. Tão fácil nesse caso aplicar a lei de Poe – afirmando que o objeto escondido bem à vista permanece mais tempo sem ser notado – e simplesmente ir embora, deixando o corpo para alguma alma atônita encontrar, ou mesmo eu descobrir, com um grito de alarme, contando com a multidão inevitável para me proteger.

Mais um assassinato. Devo isso a mim. Talvez até dois.

Ainda tenho a fotografia de Leon, um recorte do *Examiner*, que agora já está marrom e manchado pelo tempo. É uma fotografia da escola, tirada naquele verão, a qualidade não é boa, ampliada para a primeira página, cheia de grãos e de manchas. Mas é o rosto dele, o sorriso malicioso, o cabelo comprido demais, a gravata cortada. A manchete está ao lado da foto.

ALUNO DA CIDADE CAI PARA A MORTE.
PORTEIRO É INTERROGADO.

Bem, de qualquer modo, essa é a história oficial. Nós saltamos. Ele caiu. Assim que meu pé encostou no outro lado da chaminé, ouvi Leon cair. As calhas balançando com as telhas quebradas e o guincho de solas de borracha.

Levei um segundo para entender. Ele escorregou. Talvez por ter hesitado. Talvez um grito lá de baixo tivesse desconcentrado o pulo. Olhei e vi que, em vez de cair ao meu lado, ele bateu com o joelho na beira da calha. Deslizou pelo funil escorregadio. Quicou de volta e ficou preso na abertura do vão, agarrado à beira da calha com a ponta dos dedos, com um pé esticado acrobaticamente para encostar no outro lado da chaminé, o outro pendendo inerte no espaço.

– *Leon!*

Eu me abaixei, mas não consegui alcançá-lo. Estava do lado errado da chaminé. Não tive coragem de pular de volta, porque podia deslocar uma telha. Eu sabia que a calha estava quebradiça. Que as bordas estavam desgastadas e quebradas.

– Segure-se aí! – gritei.

Leon olhou para mim, desfigurado de medo.

– Fique aí, filho. Eu vou pegá-lo.

Levantei a cabeça. John Snyde estava de pé no parapeito a menos de nove metros de nós. O rosto dele era uma rocha. Os olhos, buracos. Seu corpo inteiro tremia. Ele avançou com movimentos estudados. O medo exalava dele como um fedor. Mas ele vinha. Centímetro por centímetro, aproximava-se. Com os olhos apertados, quase fechados de medo. E logo ele me veria. Eu quis correr, *precisava* fugir, mas Leon ainda estava lá embaixo, Leon continuava preso...

Ouvi um barulho fraco de alguma coisa estalando. Era a calha cedendo. Um pedaço se partiu e caiu no espaço entre os prédios. Ouvi o guincho da borracha quando o tênis de Leon escorregou mais alguns centímetros na parede oleosa.

Quando meu pai se aproximou, recuei para a sombra da torre do sino. As luzes dos carros de bombeiro lá embaixo piscavam, logo haveria gente em todo canto do telhado.

– Segure-se aí, Leon – sussurrei.

E de repente tive a nítida sensação na nuca de que alguém me observava. Virei a cabeça para trás e vi...

Roy Straitley com o velho paletó de tweed, parado à janela dele, menos de quatro metros acima de mim. Seu rosto estava grotesco com as luzes. Olhos arregalados, assustados. A boca com os cantos para baixo, uma máscara tragicômica.

– *Pinchbeck?* – disse.

E naquele segundo ouvi um barulho vindo de baixo de onde estávamos. Um barulho oco de coisa batendo, como uma moeda gigante no cano de um aspirador de pó...

E depois... *plaft.*

Silêncio.

A calha tinha cedido.

3

♟

Corri e continuei correndo, com o barulho da queda de Leon nos meus calcanhares, como um cachorro preto. O que eu conhecia do telhado aflorou sozinho. Fui saltando, como um macaco, pelo meu circuito do telhado, saltei feito gato do parapeito na saída de incêndio e dali entrei no corredor do meio pela porta de incêndio que estava aberta, depois para o ar livre.

Eu já estava correndo por instinto, é claro. Tudo suspenso, menos a necessidade de sobreviver. Lá fora, as luzes de emergência ainda piscavam os místicos vermelho e azul dos carros de bombeiro, parados no pátio da capela.

Ninguém me viu sair do prédio. Eu estava livre. Todos à minha volta, bombeiros e policiais, isolavam a área do pequeno grupo de curiosos que tinha se formado na entrada. Eu me convenci de que tinha escapado dessa. Ninguém tinha me visto. Exceto Straitley, claro.

Com todo cuidado, fui para a casa do porteiro, evitei o carro dos bombeiros com as luzes vermelhas e azuis, e a esperançosa ambulância tocando a sirene na subida da entrada da escola. Eu era movido pelo instinto. Fui para casa. Lá estaria seguro. Deitaria embaixo da minha cama, enrolado em um cobertor, como sempre fazia nas noites de sábado, com a porta trancada, polegar na boca, esperando meu pai voltar para casa. Estaria escuro embaixo da cama, e eu ficaria a salvo.

A porta da casa do porteiro estava escancarada. Havia luz na janela da cozinha. As cortinas da sala estavam abertas, mas havia luz ali também, e pessoas de pé contra a luz. O sr. Bishop estava lá, com o megafone. Dois policiais ao lado do carro da polícia que bloqueava a entrada.

E então vi mais alguém lá, uma mulher com casaco de pele. Uma mulher cujo rosto pareceu, de repente, um tanto familiar...

A mulher virou e ficou de frente para mim, abriu a boca formando um grande "Oh" de batom.

– Oh, amor! Oh, meu amor!

A mulher correu na minha direção, de salto baixo.

Bishop virou com o megafone na mão, e um dos bombeiros do outro lado do prédio gritou.

– *Sr. Bishop, senhor! Venha aqui!*

A mulher com o cabelo esvoaçando no ar e olhos marejados, braços como portas de mola para me engolir. A sensação de *encolher*, pelos raspando na minha boca e de repente lágrimas, lágrimas borbulhando de mim quando tudo voltou numa onda gigantesca de lembrança e sofrimento. Leon, Straitley, meu pai... todos esquecidos. Deixados lá para trás quando ela me levou para casa, em segurança.

– Não era para ser assim, meu amor. – A voz dela tremia. – Seria uma surpresa.

Naquele segundo entendi tudo. A passagem de avião que não abri. As conversas cochichadas ao telefone. *Quanto é?* Pausa. *Está bem. É por uma boa causa.*

Quanto é *o quê*? Desistir da minha tutela? E quantas raspadinhas, quantas cervejas e pizzas para viagem prometeram para ele para que desse o que eles queriam?

Comecei a chorar de novo, dessa vez de raiva pela traição dos dois. Minha mãe me segurava cheirando a algo caro e desconhecido.

– Oh, meu amor. O que aconteceu?

– Ah, mãe – solucei e afundei o rosto no casaco de pele, senti sua boca no meu cabelo, o cheiro de cigarro e o perfume seco e almiscarado dela, enquanto por dentro alguma coisa pequena e esperta pôs a mão no meu coração e apertou.

4

Apesar de a sra. Mitchell insistir que Leon jamais subiria no telhado sozinho, o melhor amigo do filho dela, o menino que ela chamava de Julian Pinchbeck, jamais foi encontrado. Procuraram nos registros da escola, perguntaram de porta em porta, mas tudo em vão. E não teriam sequer se dado a esse trabalho se o sr. Straitley não tivesse insistido que vira Pinchbeck no telhado da capela, só que, infelizmente, o menino escapou.

A polícia foi muito simpática – afinal, a mulher estava perturbada –, mas intimamente eles deviam pensar que ela enlouquecera, falando sem parar de meninos que não existiam e se recusando a aceitar a morte do filho como um trágico acidente.

Isso poderia mudar se ela me visse de novo, só que não viu. Três semanas depois, fui morar com minha mãe e Xavier na casa deles em Paris, onde fiquei os sete anos seguintes.

Mas, naquela altura, a minha transformação já estava se efetuando. O patinho feio tinha começado a mudar. E, com a ajuda da minha mãe, aconteceu mais rápido. Não resisti. Com a morte de Leon, Pinchbeck não podia esperar nem desejar sobreviver. Descartei rapidamente minhas roupas da St. Oswald's e deixei minha mãe fazer o resto.

Uma segunda chance, como ela chamava. E agora abri todos os bilhetes, as cartas, os pacotes que aguardavam nas belas embalagens embaixo da minha cama e usei tudo que encontrei.

Nunca mais vi meu pai. A investigação sobre a conduta dele foi apenas uma formalidade, mas ele agia de modo estranho, e isso levantou suspeita entre os policiais. Não havia um verdadeiro motivo para suspeitar de crime. Mas ele foi agressivo quando questionado. O teste do bafômetro revelou que bebera muito. E o relato que fez daquela noite foi vago e nada convincente, como se mal lembrasse o que tinha acontecido. Roy Straitley, que confirmou a presença dele na cena da tragédia, disse que o ouviu gritar "Vou pegar você" para um dos meninos. Mais tarde a polícia deu muita importância a isso e, apesar de Straitley sempre afirmar que John Snyde tinha corrido para *ajudar* o menino caído, teve de admitir que o porteiro estava de costas para ele na hora do incidente e que, portanto, não podia saber com certeza se o homem tentava ajudar ou não. Afinal, disse a polícia, a ficha de Snyde não era exatamente imaculada. Só naquele verão ele tinha recebido uma repreensão oficial por ter atacado um aluno na St. Oswald's, e o comportamento grosseiro e o temperamento violento eram bem conhecidos na escola. O dr. Tidy confirmou, e Jimmy acrescentou mais alguma coisa.

Pat Bishop, que poderia ter ajudado, mostrou-se relutante na hora de defender meu pai. Isso em parte foi culpa do novo diretor, que deixou claro para Pat que a principal função dele era junto à St. Oswald's e que, quanto mais cedo aquele fiasco do Snyde fosse resolvido, mais rápido poderiam se distanciar de todo aquele caso triste. Além disso, Bishop começava a se sentir incomodado. Essa história ameaçava sua nova indicação e sua amizade com Marlene Mitchell. Afinal, ele ficou amigo de John Snyde. Como diretor adjunto, *ele* estimulou o homem, acreditou nele, defendeu-o, sabendo que John tinha um histórico de violência contra a minha mãe, contra mim e, em pelo menos uma ocasião documentada, contra um aluno da St. Oswald's. Com isso tudo, era muito mais plausível que o homem, levado ao limite, tivesse perdido a cabeça e perseguido Leon Mitchell no telhado, até provocar a morte dele.

Nunca houve qualquer prova concreta para validar essa acusação. Certamente Roy Straitley se recusou a fazer isso. Além do mais, o homem não tinha medo de altura? Mas os jornais se apoderaram da história. Houve cartas, telefonemas, a revolta comum do público que se acumula em casos como esse. Não que *houvesse* realmente um caso. John Snyde nunca foi formalmente acusado de nada. Mesmo assim, ele se enforcou, num quarto de pensão na cidade, três dias antes de nos mudarmos para Paris.

E mesmo naquela época eu sabia quem era o responsável. Não era Bishop, apesar de ter uma parte da culpa. Não era Straitley nem os jornais nem mesmo o diretor. Foi a St. Oswald's que matou meu pai, assim como foi a St. Oswald's que matou Leon. A St. Oswald's, com sua burocracia, seu orgulho, sua cegueira, suas suposições. Matou os dois e os digeriu sem pensar duas vezes, como uma baleia que suga o plâncton. Quinze anos depois, ninguém mais se lembra de nenhum deles. São apenas nomes numa lista de crises às quais a St. Oswald's sobreviveu.

Mas essa não. A última tentativa compensa as anteriores.

5

Sexta-feira, 5 de novembro
18:30

Passei no hospital depois da escola, com flores e um livro para Pat Bishop. Não que ele leia muito, mas talvez devesse. Como eu lhe disse, devia se acalmar.

Claro que ele não se acalmava. Quando cheguei, encontrei-o tendo uma violenta discussão com a mesma enfermeira de cabelo rosa que tinha tratado do meu problema havia pouco tempo.

– Meu Deus, mais um? – disse ela ao me ver. – Digam-me, *todos* da equipe da St. Oswald's são esquisitos como vocês dois, ou será que eu tirei a sorte grande?

– Estou dizendo que estou ótimo.

Não aparentava isso. Tinha um tom azulado e parecia menor, como se todas aquelas corridas tivessem produzido efeito, finalmente. Ele viu as flores na minha mão.

– Pelo amor de Deus, não morri *ainda*.

– Dê para Marlene – sugeri. – Ela deve precisar de um pouco de ânimo.

– Talvez tenha razão. – Ele sorriu para mim, e vi o velho Bishop de novo, só um instante. – Leve-a para casa, por favor, Roy. Ela não quer ir e está exausta. Acha que vai acontecer alguma coisa comigo, se tirar uma boa noite de sono.

Descobri que Marlene tinha ido tomar chá na cantina do hospital. Encontrei-a lá depois de conseguir que Bishop prometesse que não tentaria sair do hospital na minha ausência.

Ela ficou surpresa de me ver. Segurava um lenço amassado, e o rosto dela, que em geral não tinha maquiagem nenhuma, estava rosa e inchado.

– Sr. Straitley! Não esperava que o senhor viesse...

– Marlene Mitchell – disse, séria. – Depois de quinze anos, acho que já é hora de começar a me chamar de Roy.

Conversamos por cima dos nossos copos de isopor com chá, que estranhamente tinha gosto de peixe. É engraçado como nossos colegas, os que não chegam a ser amigos e povoam nossas vidas mais de perto do que nossos parentes mais chegados, permanecem tão misteriosos para nós em sua essência. Quando pensamos neles, não os vemos como pessoas, com famílias e vida privada, mas como os vemos todos os dias, vestidos para o trabalho, como profissionais (ou não), eficientes (ou não), todos nós satélites da mesma lua.

Um colega de calça jeans parece estranhamente *errado*. Um colega aos prantos é quase indecente. Essas visões privadas de qualquer coisa fora da St. Oswald's parecem quase irreais, como os sonhos.

A realidade é a pedra, a tradição, a *permanência* da St. Oswald's. Funcionários vêm e vão. Às vezes morrem. Às vezes até os *meninos* morrem. Mas a St. Oswald's continua e, à medida que fui envelhecendo, fui me consolando mais e mais com isso.

Sinto que Marlene é diferente. Talvez por ser mulher, essas coisas não significam tanto para as mulheres, eu aprendi. Talvez porque ela veja o que a St. Oswald's fez com Pat. Ou talvez por causa do filho dela, que continua a me assombrar.

– Você não devia estar aqui – disse, secando os olhos. – O diretor disse para todos...

– Que se dane o diretor. Já terminaram as aulas e posso fazer o que quiser – disse para ela, falando como Robbie Roach pela primeira vez na minha vida.

Ela riu e era isso que eu queria.

– Assim está melhor – disse, analisando os resíduos da minha bebida que já estava gelada. – Diga-me, Marlene, por que o chá dos hospitais tem *sempre* gosto de peixe?

Ela sorriu. Fica mais jovem quando sorri. Ou talvez seja a ausência de maquiagem. Mais jovem e não tão wagneriana.

– Bondade sua ter vindo, Roy. Ninguém mais veio, você sabe. Nem o diretor nem Bob Strange. Nenhum dos amigos dele. Ah, é tudo muito discreto. Tudo muito St. Oswald's. Tenho certeza de que o Senado também foi muito discreto com César quando lhe deram o copo de cicuta.

Acho que ela queria se referir a Sócrates, mas deixei passar.

– Ele vai sobreviver – menti. – Pat é forte, e todos sabem que aquelas acusações são ridículas. Sabe, no fim do ano, os conselheiros vão implorar que ele volte.

– Espero que sim. – Ela bebeu um gole do chá frio. – Não vou deixar que eles o enterrem, como enterraram Leon.

Foi a primeira vez em quinze anos que ela mencionou o filho na minha presença. Mais uma barreira que cai. Mas eu já estava esperando. Aquele velho assunto tem ocupado mais do que nunca a minha cabeça nessas últimas semanas, e imagino que ela sente a mesma coisa.

Há paralelos, claro: os hospitais, um escândalo, um menino desaparecido. O filho dela não morreu imediatamente com a queda, embora nunca mais tenha recuperado a consciência. Houve uma longa espera ao lado do leito do menino, o tormento horroroso e demorado da esperança, a procissão de votos esperançosos e otimistas – meninos, família, namorada, tutores, padre – até o fim inevitável.

Nunca encontramos aquele segundo menino, e a insistência de Marlene de que ele devia ter visto alguma coisa sempre foi conside-

rada a tentativa desesperada de uma mãe histérica de encontrar algum sentido naquela tragédia. Só Bishop procurou ajudar. Verificou os registros da escola e as fotografias até que alguém (talvez o diretor) disse que a persistência dele em anuviar o problema certamente prejudicaria St. Oswald's. Não que no fim isso tivesse alguma importância, claro. Mas Pat nunca ficou satisfeito com o resultado.
– Pinchbeck. Esse era o nome dele.
Como se eu pudesse esquecer. Um nome falso, se é que já ouvi um. Mas sou bom para nomes. E lembrei-me do dele naquele dia no corredor, quando o encontrei se esgueirando perto da minha sala, com alguma desculpa improvável. Leon também estava lá na época, pensei. E o menino disse que seu nome era Pinchbeck.
– Sim, Julian Pinchbeck. – Sorriu, mas não foi um sorriso agradável. – Ninguém mais acreditou realmente nele. Exceto Pat. E você, claro, quando o viu lá...
Eu ficava pensando se o *tinha* visto mesmo. Nunca me esqueço de um menino. Em trinta e três anos, nunca esqueci. Todos aqueles rostos jovens, congelados no tempo. Todos eles acreditando que o tempo abriria uma exceção só para eles. Que só eles teriam catorze anos para sempre...
– Eu o vi – disse para ela. – Ou, pelo menos, *pensei* que vi.
Fumaça e espelhos, um menino fantasma que se dissolveu como a névoa da noite quando amanhece.
– Eu tinha tanta *certeza*...
– Todos nós tínhamos – disse Marlene. – Mas não havia nenhum Pinchbeck em nenhum registro da escola nem nas fotos nem mesmo nas listas de candidatos. De qualquer forma, naquele momento, estava tudo acabado. Ninguém se interessou. Meu filho estava morto. Tínhamos de fazer a escola funcionar.
– Eu sinto muito – disse a ela.
– Não foi sua culpa. Além disso... – Ela se levantou com uma rapidez repentina que era típica de secretária de escola. – Sentir muito não vai trazer Leon de volta, vai? Agora é Pat que precisa da minha ajuda.

— Ele é um homem de sorte — afirmei, sinceramente. — Acha que ele protestaria se eu a convidasse para sair? Só um drinque, claro... — disse. — Mas hoje é meu aniversário e parece que você está precisando de algo um pouco mais substancial do que chá.

Gosto de pensar que não perdi meu jeito. Concordamos em passar só uma hora fora, e deixamos Pat com instruções para deitar e ler o livro. Fomos andando os quase dois quilômetros até a minha casa. Àquela altura, estava escuro, e a noite já cheirava a pólvora. Alguns fogos de artifício estouraram precocemente sobre o conjunto de Abbey Road. Havia uma névoa no ar, e a temperatura estava surpreendentemente amena. Em casa, eu tinha biscoito de gengibre e vinho doce com especiarias. Acendi a lareira na sala de estar e peguei as duas taças que combinavam. Estava quente e confortável. À luz do fogo, minha velha poltrona parecia menos gasta do que de costume, e o tapete, menos puído. Em volta de nós, em todas as paredes, meus meninos perdidos observavam com o otimismo sorridente dos sempre jovens.

— Tantos meninos — disse Marlene baixinho.

— Minha galeria de fantasmas — disse e então vi a expressão dela. — Ah, desculpe, Marlene. Cometi uma gafe.

— Não se preocupe — disse ela sorrindo. — Não sou mais tão sensível como eu era. Foi por isso que aceitei esse emprego. É claro que naquele tempo eu tinha certeza de que havia uma conspiração para esconder a verdade. E que algum dia eu o veria, andando em algum corredor com a sacola de ginástica, aqueles óculos pequenos escorregando no nariz... Mas nunca vi. Deixei isso para trás. E se o sr. Keane não tivesse puxado o assunto de novo, depois de todos esses anos...

— O sr. Keane? — perguntei.

— Ah, sim. Conversamos sobre isso. Ele se interessa muito pela história da escola, você sabe. Acho que está planejando escrever um livro.

Fiz que sim com a cabeça.

– Sabia que ele se interessava por isso. Ele tinha anotações, fotografias...

– Está falando disso?

Marlene tirou da carteira uma pequena imagem, obviamente cortada com tesoura de uma fotografia da escola. Reconheci na mesma hora. No caderno de Keane, era uma reprodução bem ruim, quase não dava para ver, na qual ele tinha feito um círculo em volta de um rosto a lápis de cera vermelho.

Mas, dessa vez, reconheci o menino também. Aquele rostinho pálido, de óculos, parecendo um guaxinim, com o boné da escola enfiado na franja fina.

– Esse é o Pinchbeck?

Ela fez que sim.

– Não é uma boa foto, mas eu o reconheceria em qualquer lugar. Além disso, já olhei essa foto mais de mil vezes, combinando nomes com rostos. Todos são conhecidos. Todos menos ele. Seja quem ele for, Roy, não era um dos nossos. Mas estava lá. Por quê?

Mais uma vez aquela sensação de *déjà-vu*, a sensação de que alguma coisa estava se encaixando, com certa dificuldade, no lugar. Mas era impreciso. Impreciso. E havia algo também no rostinho ainda indefinido que me perturbava. Algo familiar.

– Por que não mostrou essa foto para a polícia na época? – perguntei.

– Era tarde demais. – Marlene sacudiu os ombros. – John Snyde estava morto.

– Mas o menino era uma testemunha.

– Roy. Eu tinha de trabalhar. Tinha de pensar no Pat. Estava tudo acabado.

Acabado? Talvez. Mas alguma coisa naquele caso terrível sempre pareceu inacabado. Não sei de onde vinha essa ligação, por que tinha voltado a pensar nisso depois de tantos anos... mas só sei que tinha voltado e não me deixava em paz.

– Pinchbeck. O dicionário dá o significado: *(sobre joias) escandaloso, berrante, falsificado. Falso.* Um nome inventado, ao pé da letra.

Ela fez que sim com a cabeça.

– Eu sei. E ainda tenho uma sensação estranha ao pensar nele com o uniforme da St. Oswald's, andando pelos corredores com os outros meninos, conversando com eles, até sendo fotografado com eles, pelo amor de Deus. Não posso acreditar que ninguém notou... Eu podia. Afinal, por que notariam? Mil meninos, todos de uniforme. Quem suspeitaria que ele não era dali? E, além do mais, era ridículo. Por que um menino inventaria uma coisa dessas?

– Pelo desafio – afirmei. – Só pela emoção. Para ver se podia ser feito.

É claro que ele teria quinze anos a mais hoje. Vinte e oito, por aí. Teria crescido, claro. Agora devia ser alto, com um belo corpo. Podia usar lentes de contato. Mas era possível, não era? Não era *possível*?

Balancei a cabeça, impotente. Até aquele momento, não tinha percebido quanta esperança depositei na ideia de que Knight, e apenas Knight, fosse o responsável pela recente desgraça que tinha se abatido sobre nós. Knight era o culpado, enviava e-mails, era o perverso navegante (se a palavra é essa) da sujeira da internet. Knight tinha incendiado a casa do porteiro. Cheguei quase a me convencer de que Knight estava por trás daqueles artigos assinados pelo Informante.

Agora eu via as ilusões perigosas como o que realmente eram. Esses crimes contra a St. Oswald's eram muito mais do que simples maldade. Nenhum menino poderia ter feito isso. Esse invasor, fosse quem fosse, estava preparado para levar o jogo até o fim.

Pensei em Grachvogel, escondido no armário.

Pensei em Tapi, trancada na torre do sino.

No Jimmy (como Snyde), que levou a culpa.

No Fallow, cujo segredo foi revelado.

No Pearman e na Kitty, a mesma coisa.

No Knight; Anderton-Pullitt; no grafite; na casa do porteiro; nos furtos; na caneta Mont Blanc; nos pequenos distúrbios e no buquê final – Bishop, Devine, Light, Grachvogel e Roach –, uns atirando nos outros como foguetes no céu em chamas...

E mais uma vez pensei no Chris Keane, com cara de inteligente e a franja do cabelo escuro. E no Julian Pinchbeck, o menino pálido que aos doze ou treze anos já tinha ousado um embuste tão descarado que durante quinze anos ninguém acreditou ser possível.

Keane podia ser Pinchbeck? *Keane*, pelo amor de Deus? Era um salto espantoso de não lógica ou intuição. E, no entanto, eu via como ele podia ter feito. A St. Oswald's tem uma política muito idiossincrática sobre os candidatos, baseada em impressões pessoais e não em referências de papel. Era concebível que alguém, alguém inteligente, pudesse passar pela rede de verificações que existem para filtrar os indesejáveis (no setor privado, é claro que uma verificação policial não é necessária). Além do mais, a simples ideia de um embuste como esse está fora do nosso alcance. Somos como os guardas numa guarita de amigos, todos com uniformes de ópera bufa marchando como caricaturas, caindo às dúzias sob o fogo inesperado de um atirador. Nunca esperamos um ataque. Esse foi nosso erro. E agora alguém estava nos eliminando feito moscas.

– Keane? – disse Marlene, exatamente como eu teria feito se nossas posições fossem trocadas. – Aquele rapaz simpático?

Em poucas palavras, pus Marlene a par de quem era o rapaz simpático. Falei do caderninho, das senhas de computador. E que, enquanto isso, ele exibia aquele ar sutil de deboche, como se lecionar fosse apenas uma brincadeira divertida.

– Mas e o Knight? – disse Marlene.

Andei pensando nisso. O caso contra Bishop se baseava em Knight, nas mensagens de texto do celular de Knight para o celular dele. Mantendo a ilusão de que Knight fugira, talvez com medo de sofrer mais abusos...

Mas se Knight não era o culpado, então onde ele *estava*?

Pensei nisso. Sem as ligações do celular de Knight, sem o incidente na casa do porteiro e as mensagens do endereço dele de e-mail, o que teríamos imaginado e temido?

– Acho que Knight está morto – disse para ela, franzindo a testa. – É a única conclusão que faz sentido.

– Mas por que matar Knight?

– Para aumentar as apostas – respondi devagar. – Para garantir que Pat e os outros passassem realmente por culpados.

Marlene olhou espantada para mim, pálida como uma folha de papel.

– Keane não – disse ela. – Ele parece tão encantador. Ele até arrumou aquele bolo para você...

Meus deuses!

Aquele bolo. Até então eu tinha me esquecido disso. E também tinha me esquecido do convite da Dianne, de ir ver os fogos, beber, comemorar...

Será que alguma coisa fez Keane prestar atenção nela? Será que ela tinha lido o caderno dele? Tinha deixado alguma coisa escapar? Pensei nos olhos dela, brilhantes de prazer no rosto jovem e vivo. Lembrei-me de quando ela disse, com aquela voz provocante: *Então me diga, você é um espião profissional, ou é apenas um hobby?*

Levantei rápido demais e senti o dedo invisível cutucar meu peito, insistentemente, como se quisesse me avisar para sentar de novo. Ignorei aquilo.

– Marlene – disse. – Temos de ir. Rápido. Para o parque.

– Por que o parque? – perguntou.

– Porque é lá que ele está – respondi, pegando o paletó e jogando-o sobre os ombros. – E ele está com Dianne Dare.

6

Sexta-feira, 5 de novembro
19:30

Tenho um encontro hoje. Excitante, não é? É a primeira vez em muitos anos. Apesar de toda a esperança da minha mãe e do otimismo da minha analista, nunca me interessei muito pelo sexo oposto. Mesmo agora, quando penso nisso, a primeira coisa que me vem à cabeça é Leon, gritando "Seu pervertido!", e o barulho que fez quando caiu da chaminé.

Claro que não conto isso *para elas*. Eu as agrado com as histórias do meu pai, das surras que ele me dava e da sua crueldade. Satisfaz minha analista e agora até eu já estou acreditando, e me esquecendo de Leon quando ele pulou, o rosto congelado e desbotado no sépia consolador de um passado distante.

Não foi culpa sua. Quantas vezes ouvi aquelas palavras nos dias depois do incidente? Era só gelo por dentro, terrores noturnos me perseguiam, tensão de tanto sofrimento e o medo de que descobrissem. Acredito que, por um tempo, cheguei realmente a perder a cabeça. E me lancei na minha transformação com zelo desesperado, empenho total (com a ajuda da minha mãe) em erradicar todos os rastros que existiam de Pinchbeck.

Claro que agora isso tudo passou. A culpa, como diz minha analista, é a reação natural da verdadeira vítima. Dei duro para acabar com essa culpa e acho que até agora tive sucesso. A terapia está funcionando. Naturalmente não planejo contar para ela a *natureza* exata dessa minha terapia. Mas acho que ela vai concordar comigo, o meu complexo de culpa está praticamente curado.

Então tenho mais uma tarefa a cumprir, antes da catarse final. Mais uma olhada no espelho, antes do meu encontro ao lado da fogueira.

Você está muito bem, Snyde. Ótima aparência.

7

Sexta-feira, 5 de novembro
19:30

Normalmente são quinze minutos andando da minha casa até o parque municipal. Fizemos em cinco, com o dedo invisível me empurrando. A névoa tinha abaixado, uma coroa espessa rodeava a lua e os fogos de artifício que espoucavam de vez em quando sobre nós iluminavam o céu como relâmpagos.

– Que horas são?
– Sete e meia. Devem acender a fogueira a qualquer momento.

Apressei o passo e dei a volta num grupo de crianças pequenas arrastando um boneco de Guy num carrinho.

– Um dólar para o Guy, senhor?

No meu tempo, eram centavos. Seguimos mais rápido, Marlene e eu, naquela noite cheia de fumaça, à luz dos fogos. Uma noite mágica, brilhante como as da minha infância e perfumada com o cheiro das folhas de outono.

– Não tenho certeza se deveríamos fazer isso – disse Marlene, sensata como sempre. – Não é a polícia que deve lidar com esse tipo de coisa?

– Você acha que eles dariam ouvidos para isso?
– Pode ser que não. Mas mesmo assim eu acho...
– Ouça, Marlene. Só quero vê-lo. Conversar com ele. Se eu estiver certo, e Pinchbeck for mesmo o Keane...

– Não posso acreditar.
– Mas se for, então a srta. Dare pode estar em perigo.
– Se for, seu velho tolo, é *você* que pode estar em perigo.
– Ah... Realmente aquilo não tinha passado pela minha cabeça.
– Deve ter polícia no portão – disse ela com bom senso. – Vou conversar discretamente com quem estiver no comando, enquanto você vê se encontra Dianne. – Ela sorriu. – E se você estiver enganado... e tenho certeza de que está... podemos todos comemorar a Noite da Fogueira juntos. Está bem?
Apressamos o passo.

Vimos o brilho ainda na rua, algum tempo antes de chegar aos portões do parque. Já tinha uma multidão reunida lá. Funcionários em cada entrada para distribuir os ingressos e depois dos portões mais gente, milhares de pessoas, uma massa irregular de cabeças e rostos.

Atrás deles a fogueira já estava acesa. Logo seria uma torre de fogo se elevando para o céu. Um boneco, sentado numa cadeira de balanço quebrada, na metade da pilha parecia dominar a cena como o Lord of Misrule.

– Você nunca vai encontrá-los aqui – disse Marlene, ao ver a multidão. – Está escuro demais, e olha só toda essa *gente*...

Era verdade, havia mais gente na fogueira daquela noite do que até eu esperava. Famílias em geral. Homens carregando filhos nos ombros. Adolescentes com roupas da moda. Jovens com antenas de alienígenas, agitando varinhas de condão de néon e comendo algodão-doce. Atrás da fogueira, ficava a feira de diversões. Jogos eletrônicos, brinquedos que rodam e tiro ao alvo. Hook-a-Duck e a Torre do Medo, carrosséis e o Globo da Morte.

– Eu vou encontrá-los – afirmei. – Faça a sua parte.

Do outro lado da clareira, quase fora de vista na névoa baixa, o show dos fogos de artifício já ia começar. Uma fila de crianças rodeava a área. Sob os meus pés, a grama era lama revolvida. À minha volta, uma mistura de vozerio de multidão, vários tipos de música de parque de diversões e, atrás de nós, o pandemônio vermelho do fogo enquanto as chamas saltavam, e os colchões de palha empilhados explodiam com o calor, um por um.

E então começou. Ouvi o barulho repentino e espalhado de aplausos, depois um *uuuuuuu!* da multidão quando dois punhados de fogos brilharam e explodiram, iluminando a névoa com clarões vermelhos e azuis. Fui andando, examinando os rostos que agora se iluminavam com cores de néon. Meus pés se arrastavam desconfortáveis na lama. Minha garganta irritada com a pólvora e o nervosismo. Era tudo surreal. O céu estava em chamas. Os rostos iluminados pelo fogo pareciam demônios renascentistas.

Keane estava lá em algum lugar, no meio deles, pensei. Mas até essa certeza estava começando a enfraquecer, substituída por uma insegurança estranha. Lembrei-me de mim mesmo perseguindo os *sunnybankers*, pernas velhas cedendo quando os meninos escapavam pulando a cerca. Lembrei-me de Pooley e dos amigos dele, quando caí no corredor do térreo, na frente da sala do diretor. Lembrei-me de quando Pat Bishop disse *você está mais devagar*, e do jovem Bevans – não tão jovem agora, imagino –, e da pequena mas constante pressão do dedo invisível dentro de mim. Aos *sessenta e cinco*, pensei com meus botões, *por quanto tempo devo esperar conseguir manter essa farsa?* O meu século nunca pareceu tão distante. E depois dele não via nada, só escuridão.

Depois de dez minutos, concluí que era inútil. Tentar esvaziar uma banheira com uma colher era tão difícil como encontrar alguém naquele caos. Com o canto do olho vi Marlene, a uns cem metros de distância, conversando com um jovem policial que parecia aborrecido.

A noite da Fogueira da Comunidade é ruim para o delegado local. Brigas, acidentes e furtos são muito comuns. Sob a proteção do escuro e da multidão quase tudo é possível. Mesmo assim, parecia que Marlene estava se esforçando. Vi o jovem policial falando no seu *walkie-talkie*. Depois uma parte da multidão ficou na frente e escondeu os dois de mim.

Nessa altura, eu já estava começando a me sentir meio estranho. Podia ser o fogo. Talvez o efeito retardado do vinho com especiarias. Em todo caso, fiquei contente de me afastar do calor por um tempo. Mais perto das árvores estava mais fresco e escuro, tinha menos barulho, e o dedo invisível parecia decidido a avançar, deixando-me meio sem ar, mas, fora isso, bem.

A névoa estava mais baixa, luminosa e fantasmagórica com os fogos de artifício, como o interior de uma lanterna chinesa. Dentro dela agora todos os jovens se pareciam com Keane. Mas, em todas as ocasiões, eram outros jovens, com rosto bem delineado e franja de cabelo escuro, que olhavam para mim desconfiados e depois de novo para a esposa (namorada, filho). Mesmo assim, eu tinha certeza de que ele estava lá. Era talvez o instinto de um homem que passou os últimos trinta e três anos da vida examinando as portas para ver se não havia nenhuma bomba de farinha, e as carteiras, à procura de grafite. Ele estava ali, em algum lugar. Eu podia sentir.

Meia hora, e os fogos já estavam quase acabando. Como sempre, eles guardaram o melhor para o fim, um buquê de foguetes, fontes e espirais que transformaram o *fog* espesso numa noite estrelada. Desceu uma cortina de luzes brilhantes e, por um tempo, fiquei quase cego, tateando meu caminho no meio daquela massa de gente. A perna direita doía e senti uma fisgada no lado direito, como se alguma coisa ali começasse a rasgar, a soltar devagar o recheio, como a costura de um ursinho de pelúcia muito velho.

E de repente, naquela luz apocalíptica, vi a srta. Dare. Sozinha a uma certa distância da multidão. Primeiro pensei que tinha me enganado. Mas então ela virou o rosto, meio escondido sob uma boina vermelha, ainda iluminado com as cores berrantes, azul e verde.

Por um momento, a visão dela trouxe uma poderosa lembrança, a sensação urgente de um perigo terrível, e comecei a correr para ela, escorregando na lama.

– Srta. Dare! Onde está Keane?

Ela usava um casaco vermelho que combinava com a boina, o cabelo preto preso atrás das orelhas. Ela sorriu meio confusa quando cheguei, ofegante.

– Keane? – perguntou. – Ele teve de ir embora.

8

♟

Sexta-feira, 5 de novembro
20:30

Tenho de admitir que fiquei perplexo. Tinha tanta certeza de que Keane estaria com ela, que a fiquei olhando com cara de idiota, sem dizer nada, vendo as sombras coloridas piscando no rosto pálido e ouvindo as batidas amplificadas do meu coração na escuridão.

– Algum problema?

– Não – respondi. – Só um velho tolo brincando de detetive, só isso.

Ela sorriu.

Em cima e em volta de mim, os últimos foguetes explodiram de novo. Dessa vez, verde-floresta. Uma cor agradável que transformava os rostos que observavam em marcianos. O azul achei muito irritante, como as luzes azuis de uma ambulância, e o vermelho...

Mais uma vez uma coisa que não era exatamente uma lembrança chegou parcialmente à superfície e mergulhou de novo. Alguma coisa sobre aquelas luzes. As cores. Que tinham brilhado no rosto de alguém...

– Sr. Straitley – disse ela suavemente. – O senhor não está com uma cara boa.

Na verdade, eu já tinha me sentido melhor. Mas devia ser a fumaça e o calor da fogueira. Mais importante para mim era a jovem ao meu lado. Uma jovem que todos os meus instintos ainda diziam que podia estar em perigo.

– Ouça, Dianne – disse, segurando o braço dela. – Você precisa saber de uma coisa.

Então comecei a contar. Primeiro falei do caderno. Depois do Informante. De Pinchbeck. Das mortes de Leon Mitchell e de John Snyde. Tudo era circunstancial quando examinado peça por peça. No entanto, quanto mais eu pensava e falava sobre isso, mais eu via um quadro se formando.

Ele me disse que fora aluno da Sunnybank. Imagine só o que deve ter sido *isso* para alguém como Keane. Um menino inteligente. Que gostava de ler. Meio rebelde. Os professores não gostariam dele, quase tanto quanto os alunos. Pude vê-lo agora, um menino emburrado e solitário, que detestava a escola dele, detestava seus contemporâneos, que tinha uma vida de fantasia.

Talvez tivesse começado como um pedido de socorro. Ou uma piada, ou um gesto de revolta contra a escola particular e o que ela representava. Deve ter sido fácil, depois que ele encontrou a coragem para dar o primeiro passo. Desde que usasse o uniforme, seria tratado como qualquer outro dos nossos garotos. Imagino a emoção de caminhar sem ser visto nos solenes corredores antigos, de ver as salas de aula, de se misturar com os outros meninos. Uma emoção solitária, mas poderosa. E que logo se transformaria em uma obsessão.

Dianne ouviu em silêncio quando contei minha história. Era tudo especulação. Mas *soava* verdadeiro e, enquanto prosseguia, comecei a *visualizar* o menino Keane na minha cabeça. A sentir um pouco do que ele sentiu e a compreender o horror do que ele tinha se tornado.

Imagino se Leon Mitchell conhecia a verdade. Certamente Marlene tinha sido completamente enganada por Julian Pinchbeck, assim como eu.

Um cliente calmo, Pinchbeck, especialmente em se tratando de um rapaz tão jovem. Mesmo no telhado, ele manteve a calma, esca-

pou como um gato antes que eu pudesse pegá-lo. Desapareceu nas sombras. Até deixou John Snyde ser acusado, em vez de admitir o seu envolvimento.
— Talvez eles estivessem só inventando isso. Você sabe como são os meninos. Uma brincadeira boba que foi longe demais. Leon caiu. Pinchbeck fugiu. Deixou o porteiro levar a culpa e vive com essa culpa há quinze anos.
Imagine só o que seria isso para uma criança. Pensei em Keane e procurei ver a amargura por trás daquela fachada. Não consegui. Havia talvez alguma irreverência, um certo deslumbramento, um certo deboche no seu modo de falar. Mas maldade... maldade mesmo? Era difícil acreditar. Mas se não era Keane, então quem podia ser?
— Ele tem brincado conosco — disse para a srta. Dare. — É o estilo dele. O humor dele. É o mesmo jogo de antes, eu acho, só que dessa vez ele está levando até o fim. Não bastou para ele se esconder nas sombras. Ele quer atingir a St. Oswald's onde realmente dói.
— Mas por quê? — perguntou ela.
Suspirei e de repente senti um cansaço enorme.
— Eu gostava dele — afirmei. — Ainda gosto.
Fez-se um longo silêncio.
— O senhor chamou a polícia?
Fiz que sim com a cabeça.
— Marlene falou com eles.
— Então eles vão encontrá-lo — disse ela. — Não se preocupe, sr. Straitley. Acho que afinal vamos precisar daquele drinque de aniversário.

9

♟

Nem preciso dizer que o meu aniversário foi muito triste. Mas compreendi que era uma fase necessária, abri meus presentes que ainda aguardavam embaixo da cama, nos embrulhos berrantes, cerrando os dentes, com determinação férrea. Havia cartas também – todas as cartas que antes desprezara – e agora dedicava toda a minha atenção obsessiva a cada palavra, procurando nas folhas cheias de bobagens os poucos trechos preciosos que completariam a minha metamorfose.

Minha fofura,
Espero que tenha recebido as roupas que mandei. E espero que todas tenham servido! As crianças parecem crescer muito mais depressa aqui em Paris, e quero que você fique uma graça quando vier nos visitar. Você já deve estar bem grande agora, imagino. Mal posso acreditar que estou com quase trinta anos. O médico disse que não posso mais ter filhos. Graças a Deus que ainda tenho você, meu amor. É como se Deus tivesse me dado uma segunda chance.

Os pacotes tinham mais roupas do que eu tive em toda a minha vida. Roupas da Printemps ou da Galeries Lafayette, pequenos macacões de cores claras como as amêndoas confeitadas, dois casacos (um vermelho para o inverno e um verde para a primavera) e várias camisas, camisetas e bermudas.

A polícia foi muito gentil comigo. E tinha de ser mesmo, sofri um choque terrível. Mandaram uma policial simpática fazer algumas perguntas para mim, respondi com boa vontade e algumas lágrimas. Disseram várias vezes que eu tive muita coragem. Minha mãe estava muito orgulhosa. A senhora simpática estava orgulhosa. Tudo acabaria logo, e eu só precisava dizer a verdade e não ter medo de nada. É engraçado como é fácil acreditar no pior. Minha história era simples (eu tinha aprendido que, quanto mais simples forem, melhores são as mentiras), e a policial ouviu com muita atenção, sem interromper e aparentemente acreditando.

Oficialmente a escola declarou que foi um trágico acidente. A morte do meu pai encerrou o assunto de modo bastante conveniente, e ele até mereceu alguma simpatia póstuma da imprensa local. O suicídio dele foi atribuído ao extremo remorso depois da morte de um jovem invasor no turno dele, e os outros detalhes, inclusive a presença de um menino misterioso, foram rapidamente esquecidos.

A sra. Mitchell, que poderia ser um problema, recebeu uma indenização substancial e um novo emprego como secretária de Bishop. Eles tinham se tornado muito amigos nas semanas seguintes à morte de Leon. O próprio Bishop, recentemente promovido, foi avisado pelo diretor de que qualquer investigação sobre o triste incidente dali para frente seria prejudicial para a reputação da St. Oswald's e considerado desleixo das funções como segundo mestre.

E restava Straitley. Não estava tão diferente na época como está agora. Grisalho precocemente, adorava disparates, bem mais magro do que agora, mas ainda desengonçado, um albatroz desajeitado com o robe empoeirado e chinelos de couro. Leon nunca respeitou o homem como eu. Ele o via como um bobo da corte inofensivo, até simpático, inteligente do jeito dele, mas basicamente nenhuma ameaça. Mesmo assim, foi Straitley que chegou mais perto da verdade e foi apenas a sua arrogância – a arrogância da St. Oswald's – que o deixou cego para enxergar o óbvio.

Imagino que eu devia achar isso bom. Mas um talento como o meu implora para ser reconhecido, e de todos os insultos casuais que a St. Oswald's lançou contra mim nesses anos, acho que o dele é o que lembro melhor. A sua cara de surpresa, e... sim, condescendência, quando olhou para mim e me *ignorou*, pela segunda vez. Claro que eu não estava raciocinando direito. Ainda era vítima de uma cegueira da culpa, da confusão e do medo, eu ainda tinha de aprender uma das verdades mais chocantes e bem guardadas: que o remorso acaba, como todo o resto. Talvez eu *quisesse* que me pegassem aquele dia, para provar que a ordem ainda prevalecia, para manter o mito da St. Oswald's intacto no meu coração. E acima de tudo, depois de cinco anos nas sombras, finalmente assumir meu lugar sob os holofotes.

 E o Straitley? No meu longo jogo contra a St. Oswald's, sempre foi o Straitley, e não o diretor, que fez o papel do rei. Ele se move devagar, o rei, mas é um poderoso inimigo. Mesmo assim, um peão bem posicionado pode derrubá-lo. Não que eu desejasse isso, não. Por mais absurdo que fosse, eu desejava, não a destruição dele, mas o seu respeito, a sua aprovação. Eu tinha sido o homem invisível tempo demais, o fantasma da engrenagem que rangia na St. Oswald's. Agora, finalmente, eu queria que ele olhasse para mim, me *visse* e concedesse, senão uma vitória, pelo menos um empate.

Estava na cozinha quando ele finalmente apareceu. Era meu aniversário, quase hora do jantar, e eu tinha passado metade do dia fazendo compras com a minha mãe, a outra metade conversando sobre o meu futuro e fazendo planos.

 Uma batida à porta, e adivinhei quem era. Eu o conhecia tão bem... mesmo de longe... e estava esperando sua visita. Eu sabia que ele, melhor do que todos os outros, não escolheria a solução mais fácil em vez de a mais justa. Firme, mas justo, era Roy Straitley. Com uma propensão natural a acreditar no melhor de todas as pessoas.

A reputação de John não modificava a opinião dele. Nem as ameaças veladas do novo diretor. Nem as especulações daquele dia no *Examiner*. Até os possíveis danos à St. Oswald's ficavam em segundo plano. Straitley era o professor da turma de Leon, e para Straitley os meninos dele eram mais importantes do que qualquer outra coisa.

Primeiro, minha mãe não queria deixá-lo entrar. Ele tinha aparecido lá outras duas vezes, ela me contou, uma quando eu estava na cama e outra quando eu estava mudando de roupa, trocando as coisas de Pinchbeck pelas roupas de Paris que ela enviara nos inúmeros embrulhos.

– Sra. Snyde, deixe-me entrar só um *minuto*...

A voz da minha mãe, as novas vogais arredondadas ainda estranhas, atrás da porta da cozinha.

– Já disse, sr. Straitley, que nosso dia foi muito difícil e eu realmente acho que não...

Até naquele momento, percebi que ele não ficava muito à vontade com as mulheres. Espiei por uma fresta da porta da cozinha e o vi, emoldurado pela noite, de cabeça baixa, com as mãos enfiadas nos bolsos do velho paletó de tweed.

Diante dele minha mãe, tensa com a discussão, toda pérolas e conjunto pastel de Paris. Ele ficava perturbado com aquele temperamento feminino. Estaria muito mais feliz falando com meu pai, indo direto ao ponto, com palavras de uma sílaba só.

– Bem, se eu pudesse conversar com a criança...

Vi meu reflexo na chaleira. Com a orientação da minha mãe, minha aparência era boa. Cabelo penteado e recém-cortado, rosto limpo, resplandecente com uma daquelas roupas novas. Estava sem óculos. Sabia que passaria e, além disso, eu queria vê-lo, ver, e talvez desejasse que me visse.

– Sr. Straitley, pode acreditar que não há nada que possamos...

Empurrei a porta da cozinha. Ele levantou a cabeça rapidamente. Pela primeira vez, olhei nos olhos dele como eu era. Minha mãe ficou perto, pronta para me arrancar dali ao primeiro sinal de desconforto. Roy Straitley deu um passo na minha direção. Senti o cheiro gostoso de pó de giz e de Gauloise, e de naftalina fraquinho. Imaginei o que ele diria se eu o cumprimentasse em latim. A tentação foi quase grande demais para resistir, então lembrei que estava desempenhando um papel. Será que ele me reconheceria naquele novo papel? Pensei por um segundo que talvez sim. O olhar dele era muito penetrante. Olhos azul-índigo e um pouco vermelhos, que se estreitaram quando encontraram os meus. Estendi a mão e segurei os dedos grossos com os meus, frios. Pensei em todas as vezes que o tinha visto da torre do sino. Em todas as coisas que ele tinha ensinado para mim, sem saber. Será que ele me enxergaria agora? Será?

Vi seus olhos me examinando. O rosto lavado, o suéter cor pastel, meias soquetes e sapatos engraxados. Não era exatamente o que ele esperava. Tive de fazer um esforço para esconder um sorriso. Minha mãe viu e também sorriu, orgulhosa de sua obra. E devia ficar mesmo, a transformação era toda obra dela.

– Boa-noite – disse. – Não pretendo incomodar. Sou o sr. Straitley. Tutor da turma de Leon Mitchell.

– Prazer em conhecê-lo, senhor – disse. – Sou Julia Snyde.

10

♟

Tive de rir, já faz tanto tempo que não penso mais em mim como Julia, em vez de apenas Snyde... Além disso, jamais *gostei* de Julia, assim como meu pai jamais gostou dela, e lembrar-me dela, ser ela agora, era estranho e intrigante. Pensava que tinha deixado Julia para trás, como tinha deixado a Sharon. Mas minha mãe tinha se reinventado. Por que eu não podia fazer a mesma coisa? Straitley, é claro, nunca viu isso. Para ele, as mulheres são uma raça à parte, para serem admiradas (ou talvez temidas) de uma distância segura. Os modos dele são diferentes quando fala com os meninos. Com Julia, ele não ficou tão à vontade. Tornou-se uma paródia desconfiada dele mesmo.

– Eu não quero incomodá-la – disse.

Fiz que sim com a cabeça.

– Mas você conhece um menino chamado Julian Pinchbeck?

Tenho de admitir que o alívio que senti foi embaçado por um certo desapontamento. Eu esperava mais de Straitley, não sei por quê. Mais da St. Oswald's. Afinal, eu já tinha praticamente oferecido a verdade para ele. E mesmo assim, ele não via. Em sua arrogância, a arrogância tipicamente *masculina* que existe nos próprios alicerces da St. Oswald's, ele deixou de ver o que estava bem diante dos seus olhos.

Julian Pinchbeck.

Julia Snyde.

– Pinchbeck? – perguntei. – Acho que não, senhor.

– Ele deve ter a sua idade, mais ou menos. Cabelo escuro, magro. Usa óculos com armação de metal. Pode ser aluno da Sunnybank Park. Você talvez o tenha visto por aqui, na St. Oswald's.

Balancei a cabeça.

– Sinto muito, senhor.

– Você sabe por que estou perguntando, não é, Julia?

– Sim, senhor. O senhor acha que ele estava lá na noite passada.

– Ele estava lá – retrucou Straitley.

Ele pigarreou e disse, com a voz mais suave:

– Pensei que você também o tivesse visto.

– Não, senhor.

Balancei a cabeça outra vez. Aquilo era engraçado demais, pensei. Mas fiquei imaginando como ele podia deixar de me ver. Seria porque eu era uma menina, talvez? Uma vadia, uma qualquer, uma mendiga, uma proletária? Será que era tão impossível assim acreditar que Julia Snyde era isso?

– Tem certeza? – Ele olhou bem para mim. – Porque aquele menino é testemunha. Ele estava lá. Ele viu o que aconteceu.

Olhei para a ponta brilhante do meu sapato. Quis contar tudo para ele naquele momento, só para ver seu queixo cair. Mas aí ele teria de saber sobre Leon também. E eu sabia que isso era impossível. Por isso eu já tinha me sacrificado demais. E por esse motivo me preparei para engolir o meu orgulho.

Olhei para ele e deixei meus olhos se encherem de lágrimas. Não foi difícil naquela circunstância. Pensei em Leon, no meu pai e em mim, e as lágrimas simplesmente despontaram.

– Sinto muito – respondi. – Eu não o vi.

Agora o velho Straitley estava sem jeito, ficou mudando de posição como fez quando Kitty Teague teve a pequena crise na sala comunitária.

– Ora, ora.

Ele pegou um lenço grande e meio sujo. Minha mãe olhou para ele furiosa.

– Espero que esteja satisfeito – disse ela, com um braço possessivo no meu ombro. – Depois de tudo que a menina passou...
– Sra. Snyde, eu não...
– Acho que é melhor o senhor ir embora.
– Julia, por favor, se souber de alguma coisa...
– Sr. Straitley – disse ela. – Eu quero que o senhor saia.
E ele saiu, meio relutante, constrangido e desconfortável, pedindo desculpas e desconfiado ao mesmo tempo.
Porque ele *ficou* mesmo desconfiado, vi nos olhos dele. Não estava nem perto da verdade, é claro. Mas aqueles anos todos lecionando lhe deram uma segunda visão no que dizia respeito aos alunos, uma espécie de radar que, de alguma forma, deve ter disparado.
Ele virou para sair, com as mãos nos bolsos.
– Julian Pinchbeck. Tem *certeza* de que nunca ouviu falar dele?
Meneei a cabeça sem dizer nada, rindo por dentro.
Ele curvou os ombros. Quando minha mãe abriu a porta para ele sair, Straitley virou de repente e olhou nos meus olhos, pela última vez em quinze anos.
– Não queria incomodá-la – disse. – Estamos todos preocupados com o seu pai. Mas eu era professor do Leon. Tenho uma responsabilidade com os meus meninos...
Fiz que sim com a cabeça de novo.
– *Vale, magister.* – Foi apenas um sussurro, mas posso jurar que ele ouviu.
– *O que* disse?
– Boa-noite, senhor.

11

Depois disso nós nos mudamos para Paris. Uma nova vida, minha mãe disse. Um novo começo para sua menininha. Mas não foi tão fácil. Não gostei de Paris. Sentia falta de casa, da floresta, do cheiro familiar da grama cortada no campo. Minha mãe não gostava dos meus modos de moleque e culpava meu pai por isso, claro. Ela dizia que ele nunca quis uma menina, lamentava meu cabelo cortado, meu peito magro, meus joelhos ralados. Graças ao John, ela dizia, eu parecia mais um menininho sujo do que a linda filha que ela imaginava. Mas isso mudaria, garantia. Eu só precisava de tempo para desabrochar.

Deus sabe que tentei. Foram inúmeras saídas para compras, experimentar vestidos, horas marcadas no salão de beleza. Era o sonho de qualquer menina ser obrigada a fazer essas coisas, a ser Gigi, a ser Eliza, a mudar do patinho feio para um gracioso cisne. De qualquer modo, aquele era o sonho da minha mãe. E agora ela estava realizando esse sonho, paparicando feliz sua boneca viva.

É claro que hoje em dia restam poucos traços da obra da minha mãe. A minha é mais sofisticada e definitivamente menos espalhafatosa. O meu francês é fluente, graças aos quatro anos em Paris e, apesar de eu nunca ter feito o sucesso que minha mãe queria, gosto de pensar que adquiri um certo estilo. Também tenho uma autoestima extraordinariamente elevada, pelo menos é o que minha analista diz, coisa que às vezes beira o patológico. Pode ser, mas na falta dos pais, onde mais uma criança pode procurar aceitação?

Quando eu tinha catorze anos, minha mãe percebeu que eu nunca seria nenhuma beleza. Não era o meu tipo. *Un style très anglais*, vivia repetindo a esteticista (aquela cadela!). As sainhas e os conjuntos que ficavam tão bem nas meninas francesas simplesmente me deixavam ridícula, por isso logo os troquei pela segurança dos jeans, blusões e moletons. Não usava maquiagem e cortava o cabelo bem curto. Não parecia mais um menino, mas tinha ficado claro que também jamais seria uma Audrey Hepburn.

Minha mãe não ficou tão desapontada como poderia. Apesar das suas grandes esperanças, nós não nos demos bem. Tínhamos pouca coisa em comum, e percebi que ela cansou de se esforçar. O mais importante foi que Xavier e ela finalmente conseguiram o que até então pensavam ser impossível – um bebê milagroso, que nasceu em agosto do ano seguinte.

Bem, isso definiu tudo. Da noite para o dia, me tornei um estorvo. O bebê milagroso, que batizaram de Adeline, tinha basicamente me tirado do mercado, nem minha mãe nem Xavier (que não tinha muitas opiniões próprias) estavam interessados numa adolescente esquisita. Mais uma vez, apesar de tudo, fiquei invisível.

Ah, mas não posso dizer que me importei. Não com isso, de qualquer maneira. Não tinha nada contra Adeline, que para mim não passava de um monte de massinha rosa que fazia barulho. O que me desgostava era a *promessa*, a promessa de algo que mal tinha sido oferecido e foi logo tirado de mim. O fato de eu não querer era irrelevante. A ingratidão da minha mãe era relevante. Eu tinha feito *sacrifícios* por ela, afinal de contas. Por ela eu saí da St. Oswald's. Agora, mais do que nunca, a St. Oswald's me chamava como um paraíso perdido. Esqueci como a odiava. Que passei anos em guerra com ela. Que ela engoliu meu amigo, meu pai, minha infância de uma vez só. Pensava nela o tempo todo e parecia que eu só tinha me sentido realmente viva na St. Oswald's. Lá eu sonhei, lá eu fui feliz, senti ódio e desejo. Lá fui um herói, um rebelde. Agora eu era apenas mais uma adolescente emburrada, com um padrasto e uma mãe que mentia a idade.

Agora eu sei que era um vício, e a St. Oswald's era a minha droga. Noite e dia eu a desejava e encontrava substitutos inferiores onde podia. Eles me entediavam rapidamente. Meu *lycée* era um lugar sem graça, e os rebeldes mais ousados de lá só se aventuravam nos desvios típicos de adolescentes. Um pouco de sexo, vadiagem e algumas drogas muito desinteressantes. Leon e eu tínhamos desbravado um terreno muito mais excitante juntos, anos antes. Eu queria mais. Eu queria desordem. Eu queria *tudo*.

Não sabia na época que o meu comportamento já estava começando a chamar atenção. Eu era jovem, raivosa, embriagada. Pode-se dizer que a St. Oswald's tinha me estragado. Eu era como um estudante universitário mandado de volta para o jardim de infância por um ano, que quebrava brinquedos e virava as mesas. Adorava ser má influência. Eu gazeteava. Zombava dos professores. Bebia. Fumava. Fazia sexo apressado (e, para mim, sem alegria), com vários meninos de uma escola rival.

A merda aconteceu de uma forma *comum* demais. Minha mãe e Xavier, que eu achava que estavam embevecidos demais com a bebê milagrosa para se importar com a mais comum, andavam me observando com mais atenção do que eu imaginava. Uma busca no meu quarto lhes deu a desculpa de que precisavam: um bloco de cinco gramas de resina comum, um pacote de camisinhas e quatro notas E num pedaço de papel.

Era coisa de criança, só isso. Qualquer pai ou mãe normais teriam esquecido isso, mas Sharon apenas resmungou alguma coisa sobre a minha história anterior, me tirou da escola e – a maior indignidade – me levou a uma psicóloga infantil que, ela jurou, logo resolveria meus problemas.

Acho que não sou naturalmente dada a ressentimentos. Sempre que revidei, foi depois de provocações quase insuportáveis. Mas isso era mais do que qualquer pessoa aguentaria. Não perdi tempo afirmando que era inocente. Em vez disso e para surpresa da minha mãe, cooperei da melhor forma possível. A psicóloga infantil – cujo nome era Martine e usava brincos com pingentes de gatinhos de prata – declarou que eu estava progredindo, e eu a satisfazia todos os dias, até ela ficar bem domesticada.

Diga o que quiser sobre minha educação pouco convencional, mas tenho uma vasta cultura geral. Graças à biblioteca da St. Oswald's, ou ao Leon, ou aos filmes a que sempre assisti. Em todo caso, eu conhecia o suficiente sobre problemas mentais para enganar uma psicóloga de crianças que gosta de gatinhos. Quase lamentei a extrema facilidade dessa tarefa. Cheguei a desejar que tivessem me apresentado a um desafio maior.

Psicólogos... São todos iguais. Converse com eles sobre o assunto que quiser, sempre acaba em sexo. Depois de uma impressionante demonstração de relutância e de uma série de sonhos apropriadamente freudianos, confessei que estava fazendo sexo com meu pai. Não o John, eu disse. O meu *novo* pai, por isso não fazia mal... pelo menos foi o que *ele* disse, só que eu já estava mudando de ideia.

Não me entenda mal. Eu não tinha nada contra Xavier. Quem me traiu foi minha *mãe*. Eu queria machucar minha mãe. Mas Xavier era uma ferramenta muito conveniente e, além disso, fiz parecer quase consensual, de modo que ele sairia dessa com uma sentença mais leve, talvez até nenhuma.

Funcionou bem. Bem demais, talvez. A essa altura, eu já estava aprimorando minha rotina e tinha incorporado alguns enfeites à fórmula básica. Mais sonhos – não sonho, como já disse, mas tenho uma imaginação muito vívida –, uma série de maneirismos físicos, o hábito de me cortar, que peguei de uma das meninas mais sensíveis da minha turma na escola.

Um exame físico deu-lhes a prova. Xavier foi devidamente expulso do lar da família, prometeram uma generosa pensão para a iminente divorciada, e eu (em parte graças ao meu brilhante desempenho) fui confinada por três anos numa clínica pela minha amantíssima mãe e a Martine que usava gatinhos, porque nenhuma das duas se convenceu de que eu não era mais um perigo para mim mesma. Pois é, acontecem essas coisas quando o trabalho é bem-feito demais.

MATE

1

♟

Sexta-feira, 5 de novembro
Noite da Fogueira, 21:15

– Bem, bem – disse ele. – Então é isso.

A queima de fogos acabou, e a multidão começava a se dispersar, caminhando devagar para as saídas. A área isolada estava quase deserta. Restava apenas o cheiro de pólvora.

– Acho que é melhor procurar a Marlene. Não gosto da ideia de ela ficar lá esperando sozinha.

Querido velho Straitley. Sempre cavalheiro. E tão *perto*, também... ele certamente chegou mais perto da verdade do que a minha mãe, a minha analista ou qualquer outro profissional que tentou entender minha cabeça de adolescente. Não o bastante, ainda não, mas ele estava quase lá, já no fim do jogo, e meu coração bate um pouco mais rápido pensando nisso. Muito tempo atrás, eu o enfrentei como peão e perdi. Agora, finalmente, eu o desafiava como rainha.

Virei para ele, sorri e disse:

– *Vale, magister.*

– *O que* você disse?
Ela deu meia-volta para ir. Com o brilho das brasas, parecia muito jovem com a boina vermelha, a dança do fogo refletida nos olhos.
– O senhor ouviu – disse ela. – E ouviu naquele dia também, não ouviu, senhor? *Naquele dia?* O dedo invisível me cutucou suavemente, quase um carinho. Senti uma necessidade súbita de sentar, e resisti.
– Com o tempo, vai acabar lembrando – disse a srta. Dare, sorrindo. – Afinal, é o senhor que nunca esquece um rosto.

Fiquei observando enquanto ele tentava lembrar. A névoa estava mais densa. Agora era difícil enxergar além das árvores mais próximas. Atrás de nós, a fogueira era só um monte de brasas. Se não chovesse, continuaria fumegando mais dois ou três dias. Straitley franziu a testa, lustrosa como um totem enrugado à luz fraca. Passou um minuto. Dois minutos. Comecei a ficar ansiosa. Será que ele estava velho demais? Será que tinha esquecido? E o que eu faria se ele falhasse agora?
Finalmente ele disse:
– É... é Julie, não é?
Quase, velho. Respirei fundo.
– Julia, senhor. Julia Snyde.

Julia Snyde.

Não ouvia esse nome havia muito tempo. Havia muito tempo eu nem sequer pensava nela. E lá estava ela de novo, exatamente igual à Dianne Dare, olhando para mim com afeto – e um toque de humor – em seus brilhantes olhos castanhos.

– Você mudou de nome? – perguntei afinal.

Ela sorriu.

– Nessas circunstâncias, sim.

Isso eu podia entender. Tinha morado na França.

– Paris, não é? Imagino que foi lá que aprendeu francês.

– Eu era boa aluna.

E *então* eu me lembrei daquele dia na casa do porteiro. O cabelo escuro, mais curto do que estava agora, a roupa bonita de menina, saia pregueada e suéter claro. O sorriso dela para mim, tímido, mas com esperteza nos olhos. Lembrei que tive certeza de que ela sabia de alguma coisa...

Olhei para ela ali no parque, sob a luz estranha, e pensei como pude ignorá-la. Imaginei o que estava fazendo ali agora e como tinha mudado de filha do porteiro para a jovem segura que era hoje. Acima de tudo, imaginei o quanto ela sabia e por que tinha escondido de mim, agora e naquele dia, tantos anos atrás.

– Você conhecia Pinchbeck, não conhecia? – perguntei.

Ela meneou a cabeça sem dizer nada.

– Mas então... e o Keane?

Ela sorriu.

– Como eu disse. Ele teve de ir embora.

Ora, bem feito para ele, o intrometido. Ele e seus caderninhos. A primeira vez que vi devia ter servido de aviso. Aquelas frases, aqueles desenhos, aquelas observações extravagantes sobre a natureza e a história da St. Oswald's. Lembro que fiquei me perguntando se não teria sido melhor cuidar dele logo no início. Mas na época estava com a cabeça cheia e, de qualquer modo, não havia muita coisa além daquela fotografia, para me incriminar.

Era de se imaginar que um candidato a escritor devia estar ocupado demais com sua musa para se meter em uma história tão antiga. Mas foi o que ele fez. Além disso, tinha passado um tempo na Sunnybank Park, mas era três ou quatro anos mais adiantado do que eu e não teria feito a conexão imediatamente.

Eu também não fiz logo, mas em algum momento devo ter reconhecido a cara dele. Já conhecia *antes* de entrar para a Sunnybank Park. Lembrava de ter observado quando foi encurralado por um bando de meninos depois das aulas. Lembrava das roupas boas dele, suspeitas para um *sunnybanker*, e, acima de tudo, dos livros da biblioteca que levava embaixo do braço e que faziam dele um alvo. Naquela hora, soube que podia ser eu.

Aprendi uma lição com isso, observando aquele menino. Seja invisível, recomendei para mim mesma. *Não pareça inteligente demais. Não ande com livros. E se tiver alguma dúvida, corra como o diabo da cruz.* Keane não correu. Esse sempre foi o problema dele.

De certa forma, eu sinto. Mas depois do caderno eu sabia que não podia deixá-lo vivo. Ele já tinha descoberto a foto da St. Oswald's. Tinha conversado com Marlene e, pior, havia aquela outra fotografia, tirada Deus sabe em que Dia de Esportes na Sunnybank, com Sinceramente Seu escrito no verso (ainda bem que a calça larga ficou fora de vista). Quando ele fizesse aquela associação (e faria, mais cedo ou mais tarde), seria simplesmente uma questão de verificar o arquivo de fotos da Sunnybank até encontrar o que ele estava procurando.

Eu tinha comprado a faca alguns meses antes – 24.99 libras na Army Stores – e devo dizer que era das boas. Afiada, estreita, dois gumes e letal. Bem parecida comigo, aliás. Pena que tive de me separar dela – ia usá-la em Straitley –, mas recuperá-la seria muito complicado, e eu não queria ficar vagando num parque público com a arma de um crime no bolso. Também não iam encontrar nenhuma impressão digital na faca. Estava usando luvas.

Eu o segui até a área isolada, assim que começaram a queima dos fogos. Havia árvores ali, e embaixo delas as sombras eram duas vezes mais escuras. Claro que havia pessoas em volta, mas a maioria olhava para o céu e, com a luz falsa de todos aqueles rojões, ninguém viu o breve drama que ocorreu sob a copa das árvores.

É necessário uma surpreendente dose de habilidade para esfaquear alguém entre as costelas. Os músculos intercostais são a parte mais difícil. Eles se contraem, assim, mesmo que você não atinja uma costela por acidente, terá de passar por uma camada de músculo retesado para só depois provocar um dano real. Tentar o coração também é arriscado. O esterno fica no caminho. O método ideal é cortar a medula entre a terceira e a quarta vértebra, mas como faço para localizar o ponto exato, no escuro, se ele tem um grande casaco de náilon do Exército por cima?

É claro que eu poderia cortar a garganta dele, mas quem já tentou isso, como eu, em vez de apenas aprender com os filmes, sabe que não é tão fácil como parece. Escolhi uma estocada de baixo para cima, a partir do diafragma, logo abaixo da fúrcula esternal. Ele ficou lá caído embaixo das árvores, e qualquer um que o visse pensaria que estava bêbado, não mexeria nele. Não sou professora de biologia, por isso só posso imaginar – perda de sangue ou pneumotórax – a causa da morte, mas posso dizer que ele ficou muito surpreso.

♜

— Você o matou?
— Sim, senhor. Nada pessoal.
Passou pela minha cabeça que talvez eu estivesse realmente doente. Que tudo aquilo era uma espécie de alucinação que revelava mais do meu subconsciente do que eu gostaria de saber. Certamente eu já tinha me sentido melhor. Uma fisgada repentina doeu fundo na minha axila esquerda. O dedo invisível agora era a mão inteira. Uma pressão firme e constante no esterno que me deixava sem ar.
— Sr. Straitley? — Havia preocupação na voz da srta. Dare.
— Só uma fisgada — respondi e sentei abruptamente.
Apesar de macio, o chão cheio de lama estava frio demais. Um frio que pulsava pela grama como uma batida de coração que se apaga.
— Você o matou? — repeti.
— Ele era uma ponta sem nó, senhor. Como eu disse, ele teve de ir.
— E Knight?
Uma pausa.
— E Knight — disse a srta. Dare.
Por um segundo, um terrível segundo, fiquei sem ar. Eu não gostava do menino, mas era um dos meus e, apesar de tudo, acho que eu esperava...
— Sr. Straitley, por favor. Não invente isso agora. Vamos, levante-se...
Ela pôs o ombro embaixo do meu braço e me içou. Ela era mais forte do que parecia.
— Knight está morto? — perguntei, atordoado.
— Não se preocupe, senhor. Foi rápido. — Ela apoiou o quadril contra as minhas costelas e me pôs de pé. — Mas eu precisava de uma

vítima, e também não podia ser só um corpo. Eu precisava de uma *história*. Um estudante assassinado vai parar nas primeiras páginas dos jornais – num dia devagar –, mas um menino *desaparecido* continua rendendo notícias. Buscas, especulações, apelos lacrimosos da mãe desesperada, entrevistas com amigos, depois, quando a esperança míngua, a dragagem dos rios e reservatórios locais, a descoberta de uma peça de roupa e o inevitável teste de DNA dos pedófilos fichados da área. O senhor sabe como é. Eles sabem, só que *não sabem*. E até terem certeza...

A câimbra do lado voltou e soltei um grito abafado. A srta. Dare parou de falar na mesma hora.

– Sinto muito, senhor – disse ela com a voz mais suave. – Nada disso importa agora. Knight pode esperar. Ele não vai a lugar nenhum, não é? Respire devagar. Continue andando. E pelo amor de Deus, *olhe* para mim. Não temos muito tempo.

Então respirei, e olhei, e continuei andando, e fomos mancando devagar, eu pendurado como um albatroz no pescoço da srta. Dare, indo para o abrigo das árvores.

2

Sexta-feira, 5 de novembro
21:30

Tinha um banco embaixo das árvores. Chegamos aos trancos e barrancos juntos, pela grama cheia de lama, e despenquei nele com um baque que fez meu velho coração reverberar feito uma mola arrebentada. A srta. Dare estava tentando me dizer alguma coisa. Procurei explicar que tinha outras coisas em que pensar. Ah, isso sempre vem para nós todos no fim. Mas eu esperava algo mais do que aquela loucura num terreno enlameado. Mas Keane estava morto. Knight estava morto. A srta. Dare era outra pessoa, e agora eu não podia mais fingir para mim mesmo que a agonia que explodia e apertava o lado do meu corpo era qualquer coisa remotamente parecida com uma fisgada. A velhice é tão indigna, pensei. As glórias do Senado não são para nós, mas sim uma saída apressada na traseira de uma ambulância... ou pior, a decadência senil. Mesmo assim, eu lutava. Ouvi meu coração se esforçando para continuar batendo, para manter o velho corpo funcionando só um pouco mais, e pensei, será que algum dia estamos prontos? E será que algum dia realmente acreditamos?

– Por favor, sr. Straitley. Preciso que o senhor se concentre.

Concentrar uma ova!

– Eu estou muito preocupado no momento – respondi. – Aquele pequeno problema da minha iminente demissão. Talvez mais tarde...

Mas agora aquela lembrança estava voltando, mais perto, tão perto que quase dava para tocar nela. Um rosto, meio azul, meio vermelho, virando para mim, um rosto jovem cheio de angústia e duro de determinação, um rosto, visto de relance uma vez, quinze anos atrás...

– Psiu – disse a srta. Dare. – Está me vendo agora?

E então, de repente, eu vi.

Um raro momento de clareza absoluta. Dominós em fila, batendo furiosamente na direção do centro místico. Imagens em preto e branco que se sobressaem com relevo repentino. Um vaso se transforma em amantes. Um rosto familiar se desintegra e vira outra coisa.

Eu olhei e naquele momento vi Pinchbeck, com o rosto para cima, os óculos piscando com as luzes de emergência. E ao mesmo tempo vi Julia Snyde com a franja preta bem cortada. E os olhos cinzentos da srta. Dare por baixo do boné, as explosões dos fogos iluminando o rosto dela e de repente, sem mais nem menos, eu soube.

Está me vendo agora?

Sim, estou.

Vi o momento exato. O queixo caiu. O rosto todo afrouxou. Foi como assistir a uma decadência rápida com fotografias de diversas épocas. De repente, ele parecia muito mais velho do que os seus sessenta e cinco anos. Na verdade, naquele instante ele parecia mesmo um centurião.

Catarse. É o que minha analista sempre diz. Mas nunca experimentei nada assim até aquele momento. A cara do Straitley. A compreensão – o horror – e por trás disso, achei que talvez houvesse um pouco de pena.

– Julian Pinchbeck. Julia Snyde.

Sorri e senti os anos escapando de mim como peso morto.
— Estava na sua cara, senhor — afirmei. — E o senhor não viu, nesse tempo todo. Nem sequer imaginou.

Ele suspirou. Agora parecia cada minuto mais doente. O rosto coberto de suor. A respiração falhava e roncava. Torci para ele não morrer. Tinha esperado tempo demais para chegar aquele momento. Ah, ele teria de ir no final, sim. Com ou sem a minha faca, eu sabia que acabaria com ele facilmente. Antes disso, porém, queria que ele entendesse. Que visse e soubesse sem nenhuma dúvida.

— Entendo — disse.

(Eu sabia que ele não entendia.)

— Foi uma coisa horrível.

(Foi mesmo.)

— Mas por que se vingar da St. Oswald's? Por que culpar Pat Bishop, ou Grachvogel, ou Keane, ou Light... e por que matar Knight que era apenas um menino...

— Knight foi a isca — expliquei. — Triste, mas necessário. E quanto aos outros, não me faça rir. Bishop? Aquele hipócrita. Fugindo assustado ao primeiro sinal de escândalo. Grachvogel? Aconteceria mais cedo ou mais tarde, quer eu tivesse me metido, ou não. Light? Você está muito melhor sem ele. E quanto ao Devine... eu estava praticamente te fazendo um favor. O mais interessante é ver como a história se repete. Olhe só com que rapidez o diretor descartou Bishop quando achou que esse escândalo poderia prejudicar a escola. Agora ele sabe como meu pai se sentiu. Não importava se ele tinha culpa ou não. Nem importava se um aluno tinha morrido. O que importava acima de tudo... o que *ainda* importa acima de tudo... é proteger a escola. Os meninos vão e vêm. *Porteiros* vão e vêm. Mas que Deus nos livre de que qualquer coisa aconteça para manchar a St. Oswald's. Ignore, enterre e faça com que vá embora. Esse é o lema da escola. Não é? — Respirei fundo. — Mas não agora. Agora tenho a sua atenção, pelo menos.

Ele deu um ronco que poderia ser uma risada.

– Pode ser – disse ele. – Mas você não podia simplesmente ter nos mandado um cartão-postal? Querido velho Straitley. Sempre cômico.
– Ele gostava do senhor. Ele sempre gostou do senhor.
– Quem? Seu pai?
– Não, senhor. Leon.

Fez-se um longo e tenebroso silêncio. Eu sentia o coração dele batendo. A multidão já tinha se dispersado havia muito tempo e restavam apenas algumas pessoas espalhadas, silhuetas contra a fogueira ao longe e nas barracas quase desertas. Nós estávamos sozinhos... o mais sozinhos que podíamos ficar ali... e à nossa volta pude ouvir o barulho das árvores sem folhas, o estalo lento e quebradiço dos galhos, o movimento rápido de algum pequeno animal de vez em quando – rato ou camundongo – nas folhas caídas.

O silêncio durou tanto tempo que tive medo de que o velho tivesse dormido. Isso, ou escapado para algum lugar distante, onde eu não podia segui-lo. Então ele suspirou e estendeu a mão para mim no escuro. Encostados na palma da minha mão, os dedos dele estavam frios.

– Leon Mitchell – disse devagar. – É *disso* que se trata então?

3

♙

Noite da Fogueira
21:35

Leon Mitchell. Eu devia saber. Eu devia saber desde o início que Leon Mitchell estava na base disso tudo. Se existia um menino que era a encrenca encarnada, era ele. De todos os meus fantasmas, o dele nunca descansava. E de todos os meus meninos, é ele que me assombra mais.

Conversei sobre ele com Pat Bishop uma vez, procurando entender exatamente o que tinha acontecido e se havia mais alguma coisa que eu poderia ter feito. Pat me garantiu que não havia. Eu estava na minha varanda na hora. Os meninos abaixo de mim, no telhado da capela. O porteiro já tinha chegado. Sem ser *voar* até lá como o super-homem, o que mais eu poderia fazer para evitar aquela tragédia? Aconteceu muito rápido. Ninguém podia ter evitado. No entanto, essa análise a posteriori é uma ferramenta duvidosa, que transforma anjos em vilões, tigres em palhaços. Com o passar dos anos, as antigas certezas derretem como queijo. Nenhuma lembrança é segura.

Será que eu *poderia* ter impedido aquilo? Você nem imagina quantas vezes me fiz essa pergunta. Tarde da noite, sempre parece possível demais. Os acontecimentos se desenrolam com a clareza dos sonhos, e o menino cai milhares de vezes. Catorze anos, e dessa vez eu estava *lá*. Lá na minha varanda como uma Julieta obesa, e naquelas horas da madrugada vejo Leon Mitchell com toda clareza, agar-

rado à beirada enferrujada, as unhas quebradas enfiadas na pedra podre, os olhos cheios de terror.
– *Pinchbeck?*
Minha voz o assusta. A voz da autoridade, chegando de forma tão inesperada na noite. Ele olha para cima instintivamente. A borda que segurava se quebra. Talvez ele tenha gritado. Começa a estender a mão, o calcanhar raspa num apoio que já virou metade pó.
E então começa, tão lento no início, e tão incrivelmente rápido, e são segundos, *segundos* inteiros para ele pensar naquele vão do espaço, naquela terrível escuridão.
Culpa, como uma avalanche, ganhando velocidade.
Lembranças, retratos contra um cenário escuro.
Dominós em fila. E a convicção crescente de que talvez tenha sido eu, que se não chamasse o nome dele naquele exato momento, talvez... talvez...
Olhei para a srta. Dare e vi que ela estava me observando.
– Diga – disse. – Em quem você põe a culpa?
Dianne Dare não disse nada.
– Diga para mim.
A fisgada que não era fisgada apertou ferozmente o lado do meu peito. Mas, depois de todos aqueles anos, a necessidade de saber era mais dolorosa ainda. Olhei para ela, tão suave e serena... seu rosto na névoa como de uma Madona da Renascença.
– Você estava lá – afirmei, com esforço. – Foi por minha causa que Leon caiu?

♛

Ah, que esperto você é, pensei. *Minha analista poderia aprender uma coisinha ou outra. Jogar aquele sentimento de volta para mim... talvez com a esperança de ganhar um pouco mais de tempo...*

– Por favor – disse ele. – Eu preciso saber.
– Por quê? – perguntei.
– Ele era um dos meus meninos. Tão simples. Tão devastador. *Um dos meus meninos.* De repente desejei que ele não estivesse ali. Ou que eu pudesse dispor dele como dispus do Keane, com a mesma facilidade, sem sofrer. Ah, ele estava muito mal, mas agora era eu que me esforçava para respirar. Era eu que sentia a avalanche pronta para me soterrar. Eu queria rir, havia lágrimas nos meus olhos. Depois de todos aqueles anos, será que era possível que *Roy Straitley se culpasse por aquilo*? Era inusitado. Era terrível.

– Daqui a pouco vai me dizer que ele era como um filho para o senhor.

O tremor na minha voz lutou com o sorriso debochado. Eu estava mesmo abalada.

– Meus meninos perdidos – disse, ignorando o sorriso debochado. – Trinta e três anos e ainda me lembro de cada um deles. As fotos na parede da minha sala. Os nomes deles nas minhas chamadas. Hewitt, '72. Constable, '86. Jamestone, Deakin, Stanley, Poulson... Knight... – Parou. – E Mitchell, é claro. Como podia esquecêlo? O merdinha.

♙

Acontece, de tempos em tempos. Não é possível gostar de todos. Por mais que se faça o melhor possível para tratá-los da mesma maneira. Mas às vezes tem um menino – como Mitchell, como Knight – de quem, por mais que você se esforce, nunca consegue gostar. Expulso da última escola por seduzir um professor. Mimadíssimo pelos pais. Mentiroso, aproveitador, manipulador. Ah, ele era inteligente, podia até ser encantador. Mas eu sabia o que ele era e disse isso para ela. Veneno até a alma.

— Está enganado, senhor — disse ela. — Leon era meu amigo. O melhor amigo que já tive. Ele gostava de mim... ele me *amava*... e se o senhor não estivesse lá... se não tivesse gritado na hora que gritou...

Agora a voz dela estava falhando, pela primeira vez desde que a conhecia, ficando aguda e descontrolada. Só então me ocorreu que ela planejava me matar. Um absurdo, porque eu já devia saber desde o momento em que ela confessou. Suponho que eu devia estar com medo. Mas apesar disso, apesar da dor no lado do corpo, tudo que eu sentia era uma *irritação* imensa com aquela mulher, como se um aluno brilhante tivesse cometido um erro gramatical elementar.

— Amadureça — disse a ela. — Leon não gostava de ninguém, só dele mesmo. Ele gostava de explorar as pessoas. Era isso que ele fazia, punha umas contra as outras, dava corda em todas como brinquedos. Não ficaria surpreso se tivesse sido ideia dele subir no telhado, só para ver o que aconteceria.

Ela bufou como o silvo de um gato, e eu soube que tinha passado do ponto. Então ela riu, recuperou o controle, se é que o tinha perdido alguma vez.

— O senhor é bastante maquiavélico também.

Considerei isso um cumprimento e disse para ela.

— Mas é, senhor. Eu sempre o respeitei. Mesmo agora, penso no senhor como um *adversário*, não um inimigo.

— Tenha cuidado, srta. Dare, vai acabar virando a minha cabeça.

Ela riu de novo, um som entrecortado.

— Até naquela época — disse ela com os olhos brilhando —, eu queria que o senhor me visse. Queria que *soubesse*...

Ela contou como tinha ouvido todas as minhas aulas, visto meus arquivos, construído sua loja com os grãos descartados das generosas colheitas da St. Oswald's. Viajei um tempo enquanto ela falava — a dor do lado estava diminuindo —, relembrando aqueles dias preguiçosos. Livros emprestados, uniformes furtados, regras desobedecidas. Como os camundongos, ela fez um ninho na torre do sino e no telhado. Colecionou conhecimento, alimentava-se quando podia. Tinha fome de conhecimento, ela morria de fome. E sem saber eu fui seu *magister*. Escolhido desde aquele momento em que falei com ela, naquele dia no corredor do meio, e agora escolhido de novo para levar a culpa pela morte do amigo dela, pelo suicídio do pai e pelos muitos fracassos em sua vida.

Acontece, às vezes. Já aconteceu com a maioria dos meus colegas, uma vez ou outra. É uma consequência inevitável da profissão de professor, de ser o responsável por adolescentes suscetíveis. É claro que para as professoras mulheres acontecia diariamente. Para o resto de nós, graças a Deus, é só ocasional. Mas meninos são meninos. E eles às vezes se fixam em um membro da equipe (homem ou mulher). Às vezes até chamam de amor. Já aconteceu comigo. Com a Kitty. Até com o velho Uvazeda, que uma vez passou seis meses tentando se desfazer das atenções de um jovem aluno chamado Michael Smalls, que inventava todo tipo de desculpa para estar com ele, para monopolizar seu tempo e finalmente (quando seu herói cara de pau não conseguiu corresponder às suas expectativas impossíveis) para falar mal dele sempre que podia, para o sr. e a sra. Smalls, que acabaram tirando o filho da St. Oswald's (depois de um conjunto de desastrosas notas O) e o puseram numa escola alternativa, onde ele se acalmou e imediatamente se apaixonou pela jovem professora de espanhol.

Agora parecia que eu estava no mesmo barco. Não finjo ser nenhum Freud, ou qualquer outro, mas até para mim estava claro que aquela jovem infeliz tinha me *escolhido* da mesma forma que o jovem Smalls tinha escolhido Uvazeda, criando qualidades em mim – e agora responsabilidades – que não eram proporcionais ao meu verdadeiro papel. Pior, ela fizera a mesma coisa com Leon Mitchell que, como estava morto, adquirira um status e uma paixão que nenhum ser vivente, por mais santo que seja, pode aspirar a ter. Cá entre nós, não era possível competir. Afinal, que vitória pode existir numa batalha contra os mortos?

Mas aquela irritação continuava. Era o *desperdício* que me incomodava. O desperdício equivocado. A srta. Dare era jovem, inteligente, talentosa, teria uma bela e promissora vida diante dela. Em vez disso, ela escolheu se acorrentar, como um velho centurião, ao naufrágio da St. Oswald's, à dourada figura de proa de Leon Mitchell, logo quem, um menino que só era notável por uma mediocridade essencial e o estúpido desperdício da própria vida.

Tentei falar isso, mas ela não quis escutar.

– Ele teria sido alguém – disse ela num tom obstinado. – Leon era especial. Diferente. Inteligente. Ele era um espírito livre. Não vivia de acordo com as regras normais. As pessoas se lembrariam dele.

– *Lembrariam* dele? Talvez lembrassem. Eu certamente nunca conheci alguém que tenha deixado tanto sofrimento no seu rastro. Pobre Marlene. Ela conhecia a verdade, mas ele era filho dela, e ela o amava, não importa o que fizesse. E aquele professor na antiga escola dele. Professor de trabalho em metal, um homem casado, um tolo. Leon o destruiu. Egoísta, por um capricho, quando se cansou das suas atenções. E a mulher do homem? Ela era professora também, e nessa profissão somos culpados por associação. Duas carreiras jogadas no lixo. Um homem preso. Um casamento arruinado. E aquela menina, como era o nome dela? Não podia ter mais de catorze anos. Todos eles vítimas das brincadeirinhas de Leon Mitchell. E agora eu, Bishop, Grachvogel, Devine... e você, srta. Dare. Por que pensa que é diferente?

Parei para respirar, e ela não disse nada. De fato foi um silêncio tão completo que fiquei imaginando se ela não tinha ido embora. Então ela disse, em voz baixa e gelada.

– Que menina?

4

♛

Noite da Fogueira
21:45

Ele a tinha visto no hospital, onde eu não tive coragem de ir. Ah, eu queria, mas a mãe de Leon estava lá ao lado dele o tempo todo, e o risco era inaceitável. Mas Francesca foi, e os Tynan, e Bishop. E Straitley, é claro. Ele lembrava bem dela. Afinal, quem não lembraria? Quinze anos, com aquela beleza que os homens mais velhos acham tão inexplicavelmente comovente. Ela chamou sua atenção, primeiro foi o cabelo e como caía sobre o rosto dela, uma única mecha de seda pura. Perplexa, talvez, porém mais do que um pouco excitada por aquele drama todo. A tragédia da vida real na qual ela era participante. Escolheu roupa preta, como se fosse para um enterro, mas principalmente porque lhe caía bem, já que, afinal de contas, Leon não ia *morrer*. Ele tinha catorze anos, por caridade... Aos catorze anos, a morte é algo que só acontece na televisão.

Straitley não tinha falado com a menina. Ele foi até a cantina do hospital para pegar uma xícara de chá para Marlene, enquanto esperava as visitas de Leon saírem. Ele viu Francesca quando ela estava indo embora. Talvez ainda fascinado por aquele cabelo que se movia como um animal selvagem nas costas dela. E passou pela cabeça dele que a barriga arredondada parecia mais pronunciada do que a da maioria das adolescentes meio gordinhas. Na verdade, com aquelas

pernas elegantes e compridas, e os ombros estreitos, aquele peso na barriga dava a ela mais a aparência de...
 Respirei profundamente, usei o método que a minha analista tinha ensinado. Respirar contando até cinco. Soltar o ar contando até dez. O cheiro de fumaça e de vegetação úmida era muito forte. Na névoa, minha respiração formou uma nuvem de vapor como fogo de dragão.
Ele estava mentindo, claro. Leon teria contado para mim.
Disse isso em voz alta. O velho ficou muito quieto no banco, sem negar nada.
– É mentira, velho.
O filho devia ter catorze anos de idade agora, a mesma idade de Leon quando morreu. Menino ou menina? Menino, é claro. Da idade do Leon, com os olhos cinzentos de Leon e a pele de Francesca. Não existia, pensei... mas a imagem não queria desaparecer. Aquele menino... aquele menino imaginário... com algo de Leon nas maçãs do rosto, de Francesca no lábio superior carnudo... fiquei pensando... ele sabia? Será que ele podia não saber?
 Bem, e se soubesse? Francesca não era importante para ele. Ela era apenas uma menina, ele disse isso para mim. Só mais uma transa, não era a primeira nem a melhor. No entanto, ele guardou segredo disso para mim, para Pinchbeck, seu melhor amigo. Por quê? Será que foi de vergonha? Medo? Pensei que Leon estava acima dessas coisas. Leon, o espírito livre. No entanto...
– Diga que é mentira e deixo você viver.
 Nenhuma palavra de Straitley, apenas o som de um cachorro velho se mexendo, dormindo. Maldito, pensei. Nosso jogo estava praticamente acabado e lá estava ele tentando introduzir um elemento de dúvida. Isso me irritou. Como se meu negócio com a St. Oswald's não fosse apenas uma questão de pura vingança pelo estrago na minha vida, mas um caso menos nobre, mais complicado.
– Estou falando sério – afirmei. – Senão nosso jogo acaba agora.

A dor no meu peito tinha parado e foi substituída por um frio profundo e langoroso. Na escuridão em cima de mim, eu ouvia a respiração rápida da srta. Dare. Imaginei se ela planejava me matar agora, ou se simplesmente deixaria a natureza seguir seu curso. E descobri que não estava especialmente interessado em nenhuma das duas opções.

Ao mesmo tempo, até pensei por que ela se importava tanto. Minha avaliação de Leon não tinha mudado nada nela, mas a descrição da menina grávida a fez parar. Era evidente que a srta. Dare não sabia. Avaliei o que isso podia significar para mim.

– É mentira – repetiu ela.

Não havia mais o humor calmo na voz dela. Agora cada palavra estalava com uma estática letal.

– Leon teria contado para mim.

Balancei a cabeça.

– Não, não teria contado. Ele estava com medo. Apavorado de pensar que aquilo afetaria seus estudos na universidade. Negou tudo no início, mas a mãe dele arrancou a verdade no fim. Quanto a mim, eu nunca tinha visto a menina. Nunca ouvi falar dela nem da família. Mas eu era o tutor de Leon. Tiveram de me contar. Claro que ele e a menina eram menores de idade. Mas os Mitchell e os Tynan sempre foram amigos e com o apoio dos pais e da igreja, imagino que teriam conseguido.

– Você está inventando isso. – A voz dela não tinha entonação. – Leon não se importaria com nada disso. Ele teria dito que era uma coisa banal.

– É, ele gostava dessa palavra, não é? – perguntei. – Pretensioso como ele só. Gostava de pensar que as regras normais não se aplicavam a ele. Sim, era banal, e sim, ele ficou amedrontado. Afinal de contas, tinha apenas catorze anos.

Silêncio. A srta. Dare estava parada feito um monolito. Depois de um tempo, ela falou.

– Menino ou menina? – perguntou.

Então ela acreditou em mim. Respirei fundo, e a mão que apertava meu coração afrouxou, só um pouco.

– Eu não sei. Perdi o contato. Bem, é claro que perdi. Todos nós perdemos.

– Na época, chegaram a falar em adoção, mas Marlene nunca me contou, e nunca perguntei. Você, mais do que qualquer outra pessoa, devia entender por quê.

Outro silêncio, mais prolongado do que o anterior. Depois, ela começou a rir, uma risada baixa e desesperada.

Eu entendi. Era trágico. Era ridículo.

– Às vezes, é preciso coragem para encarar a verdade. Para ver nossos heróis... e nossos vilões... como realmente são. Para nos ver como os outros nos veem. Fiquei pensando, srta. Dare, se em todo aquele tempo que disse que era invisível, se *você* realmente se via?

– O que quer dizer?

– Você sabe o que eu quero dizer.

Ela quis a verdade. E lhe dei a verdade, ainda pensando qual era o objetivo de eu me fazer passar por tudo aquilo, e por quem. Por Marlene? Por Bishop? Por Knight? Ou simplesmente por Roy Straitley, bacharel, que um dia foi professor de um menino chamado Leon Mitchell, que não merecia mais ou menos privilégios ou preconceitos do que qualquer outro dos meus meninos... pelo menos era isso que eu esperava, fervorosamente, mesmo com o puxão da lembrança e aquele medo pequeno e persistente de que talvez uma parte de mim *soubesse* que o menino podia cair, soubesse mas inventasse uma equação elaborada e sinistra, numa tentativa de atrasar o *outro* menino, o menino que o empurrou.

— É isso, não é? – disse para ela baixinho. – Essa é a verdade. Você o empurrou, depois mudou de ideia e tentou ajudar. Mas eu estava lá, e você teve de fugir... Porque era *isso* que eu achava que tinha visto, quando espiei da varanda da torre do sino com meus graus de miopia. Dois meninos, um de frente para mim, o outro de costas, e entre mim e eles a figura do porteiro da escola, sua sombra trêmula se alongando no telhado. Ele gritou, e os meninos fugiram. O que estava de costas para mim saltou antes do outro e parou praticamente na minha frente, na sombra da torre do sino. O outro era Leon. Reconheci na mesma hora, com apenas um vislumbre do rosto nas luzes fortes antes de ele ir se juntar ao amigo na beirada da calha.

Devia ter sido um salto fácil. Menos de um metro, e eles chegariam ao parapeito, dali poderiam seguir direto e atravessar o telhado do prédio principal da escola. Um salto fácil para os meninos, talvez, mas dava para ver pelo progresso lento de John Snyde que ele não seria capaz de segui-los até lá.

Eu podia... eu *devia*... ter gritado naquela hora. Mas tinha de saber quem era o outro menino. Já sabia que não era um dos meus. Conheço os meus meninos, e mesmo no escuro tinha certeza de que o teria reconhecido. Eles estavam se equilibrando juntos na beira do vazio. Um longo facho de luz do pátio iluminou o cabelo de Leon em vermelho e azul. O outro menino ainda estava no escuro, com uma das mãos estendidas como se quisesse esconder o rosto do porteiro que se aproximava. E pareceu que os dois tiveram uma discussão em voz baixa, mas violenta.

Durou dez segundos, talvez até menos. Não pude ouvir o que diziam, mas entendi as palavras "saltar" e "porteiro", e uma risada raivosa e desagradável. Fiquei com raiva. Com a mesma raiva que tive dos invasores no meu jardim, com os vândalos na minha cerca. Não tanto pela invasão nem mesmo por ter sido chamado no meio da noite (na verdade, fui por vontade própria mesmo, quando soube do problema). Não, a minha raiva era mais profunda do que isso. Os meninos se comportam mal. É um fato da vida. Em trinta e três anos, tive amplas provas disso. Mas esse era um dos *meus* meninos. E senti tanto quanto imagino que o sr. Meek deve ter sentido aquele dia na torre do sino. Claro que não demonstraria. Ser professor é prioritariamente esconder a raiva quando a sentimos de verdade e fingir quando não é verdadeira. Mesmo assim, seria bom para mim ver a cara daqueles dois meninos quando eu gritasse os nomes deles no escuro. Mas para isso eu precisava dos nomes dos dois.

Eu já conhecia Leon, é claro. De manhã, eu sabia que ele identificaria o amigo. Mas a manhã estava longe ainda. Naquele momento, era claro para os meninos, como era para mim, que eu não podia fazer nada para impedi-los. Já imaginava a reação deles aos meus gritos. As risadas, o deboche, enquanto fugiam correndo. Mais tarde eu ia fazê-los pagar por isso. Mas a lenda viveria, e a escola lembraria, não as quatro semanas que teriam de recolher o lixo nem uma suspensão de cinco dias, mas o fato de que um menino tinha desafiado o velho Quasímodo em seu próprio território e que tinha escapado... mesmo que só por algumas horas.

Por isso esperei e semicerrei os olhos para ver se enxergava as feições do segundo menino. Vi os dois um instante, quando ele chegou para trás para dar o salto. Uma linha de luz vermelha e azul mostrou um rosto jovem desfigurado por alguma emoção muito forte, boca contraída, dentes cerrados, olhos como frestas. Ele ficou irreconhecível, mas eu o conhecia, tinha certeza disso. Um menino da St. Oswald's. E então ele correu e saltou. O porteiro se aproximava rapidamente. As costas largas dele cobriam parcialmente meu campo de visão onde o telhado se inclinava para o vão, e então, no súbito movimento embaçado e no piscar das luzes, tenho certeza de que vi a mão de Pinchbeck encostar no ombro de Leon, só por um segundo, antes de os dois pularem juntos no escuro.

Ora, claro que não foi *exatamente* assim. Não de onde eu estava, mas, de qualquer maneira, foi quase isso. Sim, velho, *eu* empurrei Leon, e quando você gritou meu nome tive certeza de que você tinha visto o que fiz. Talvez eu até *quisesse* que alguém visse, que alguém finalmente reconhecesse a minha presença. Mas fiquei confusa. Atordoada com o meu ato. Com a minha ousadia. Ardendo em culpa e fúria e terror e amor. Teria dado qualquer coisa para que tivesse acontecido do jeito que contei. Butch e Sundance no telhado da capela. A última parada. O último olhar de cumplicidade entre amigos quando demos nosso corajoso salto para a liberdade. Mas não foi assim. Não foi nada assim.

– Seu *pai*? – disse Leon.

– Pule! – respondi. – Ande logo, cara, pule!

Leon olhava espantado para mim, com o rosto listrado de azul do carro de bombeiro.

– Então é isso – disse ele. – Você é o filho do porteiro.

– Ande logo – sibilei. – Não temos mais tempo.

Mas Leon viu a verdade, finalmente. A expressão que eu detestava tanto tinha voltado para o rosto dele, os lábios curvados num sorriso cruel.

– Quase vale a pena ser pego por isso – sussurrou. – Só para ver a cara deles...

– Pare com isso, Leon.

– Senão o quê, bichinha? – Ele começou a rir. – O que você vai fazer, hein?

Senti um gosto horrível na boca. Era um gosto de metal e percebi que tinha mordido o lábio. O sangue escorria no meu queixo feito baba.

— Por favor, Leon...
Mas Leon continuou rindo daquele jeito afetado. E num momento terrível vi pelos olhos dele. Vi a gorda Peggy Johnsen, e Jeffrey Stuarts, e Harold Mann, e Lucy Robins, e todas as aberrações, e todos os perdedores da turma do sr. Bray, e os *sunnybankers* sem futuro fora do conjunto de Abbey Road, e as vadias, e os mendigos, e os proletários, e, pior de tudo, eu me vi, claramente, e pela primeira vez.
Foi então que o empurrei.
Não me lembro dessa parte muito bem. Às vezes me convenço de que foi um acidente. Às vezes quase acredito que foi. Talvez eu esperasse que ele saltasse. O Homem Aranha faz isso em uma distância duas vezes maior. Eu tinha feito muitas vezes e tinha certeza absoluta de que ele não cairia. Mas Leon caiu.
Minha mão no ombro dele.
Aquele barulho.
Meu Deus. *Aquele barulho.*

5

♛

Noite da Fogueira
21:55

Então, afinal, você ouviu tudo. Sinto que tivesse de ser aqui e agora. Eu estava querendo muito ver o Natal na St. Oswald's, para não falar da inspeção, é claro. Mas o nosso jogo acabou. O rei está sozinho. Todas as outras peças deixaram o tabuleiro e podemos nos enfrentar honestamente, pela primeira e última vez.

Acredito que você tenha gostado de mim. Acho que me respeitava. Agora você me conhece. Era isso que eu realmente queria de você, meu velho. Respeito. Consideração. Aquela curiosa *visibilidade* que é direito de nascença automático dos que vivem do outro lado da linha.

– Senhor? Senhor?

Ele abriu os olhos. Ótimo. Fiquei com medo de perdê-lo. Talvez fosse mais humano acabar logo com ele, mas descobri que não podia fazer isso. Ele tinha me visto. Ele conhecia a verdade. E se eu o matasse agora não teria a sensação de vitória.

Um empate, então, *magister*. Posso viver com isso.

E ainda havia uma coisa que me perturbava. Uma pergunta sem resposta antes que eu pudesse declarar o fim do jogo. Ocorreu-me que eu podia não gostar da resposta. Mesmo assim, precisava saber.

– Diga, senhor. Se me viu empurrar Leon, por que não disse isso na hora? Por que me protegeu, se sabia o que eu tinha feito?

É claro, eu sabia o que eu gostaria que ele dissesse. E encarei-o em silêncio, abaixando ao lado dele para ouvir até os sussurros mais baixos.

– Fale comigo, senhor. Por que não contou o que viu?

Por um tempo ele ficou em silêncio, a não ser pela respiração que rateava lenta e superficial na garganta. Imaginei se não era tarde demais, se ele estava planejando morrer por puro despeito. Então ele falou, com a voz fraca, mas ouvi muito bem. Ele disse.

– *St. Oswald's*.

♛

Ela disse, nada de *mentiras*. Bem, eu lhe dei a verdade. O máximo que pude, mas depois nunca tive certeza de quanto falei em voz alta.

Por isso guardei segredo todos aqueles anos, nunca contei para a polícia o que tinha visto no telhado, deixei o assunto morrer com John Snyde. Você precisa entender, a morte de Leon dentro da escola já era uma coisa terrível. O suicídio do porteiro só fez piorar. Mas envolver uma criança... *acusar* uma criança... isso teria catapultado aquele caso infeliz ao território dos tabloides para todo o sempre. A St. Oswald's não merecia isso. Meus colegas, meus meninos... o estrago para eles seria incalculável.

Além do mais, o que, exatamente, eu *tinha* testemunhado? Um rosto, visto numa fração de segundo, com luz traiçoeira. A mão no ombro de Leon. A silhueta do porteiro impedindo a visão. Não era suficiente.

Então deixei o assunto quieto. Foi só um pouco desonesto, pensei. Afinal, nem eu mesmo confiava no meu testemunho. Mas agora ali estava a verdade, finalmente, retornando feito um carro de Jagrená para me esmagar, meus amigos, tudo que eu desejei proteger, sob as próprias rodas gigantescas.

— St. Oswald's — repetiu ela com voz pensativa, que quase não dava para ouvir, do outro lado de uma cavernosa distância. Fiz que sim com a cabeça, satisfeito porque ela entendeu. Afinal, como podia não entender? Ela conhecia St. Oswald's tão bem quanto eu. Conhecia o funcionamento e os segredos, as comodidades e as pequenas vaidades. É difícil explicar um lugar como a St. Oswald's. Como ensinar, você nasce para isso, ou não. Uma vez lá dentro, muitos se veem incapazes de sair, pelo menos até o dia em que o velho prédio resolve cuspi-los (com ou sem um pequeno honorário tirado do fundo do comitê da sala comunitária). Fiquei tantos anos na St. Oswald's que nada mais existe. Não tenho amigos fora da sala comunitária. Nenhuma esperança além dos meus meninos, nenhuma vida além...

— St. Oswald's — repetiu. — Claro que foi. É engraçado, senhor. Pensei que talvez tivesse feito isso por mim.

— Por *você*? — perguntei. — Por quê?

Alguma coisa pingou na minha mão. Uma gota das árvores, ou alguma outra coisa, eu não sabia. De repente, senti uma onda de piedade, evidentemente inadequada, mas senti mesmo assim.

Será que ela podia ter realmente pensado que fiquei em silêncio aqueles anos todos por algum relacionamento inimaginável entre nós? Isso poderia explicar algumas coisas. O fato de ela me perseguir. A necessidade absurda de aprovação. Seu modo cada vez mais barroco de chamar minha atenção. Ah, ela era um monstro. Mas, naquele momento, senti por ela e lhe estendi minha mão velha e desajeitada na escuridão.

Ela a segurou.

— Maldita St. Oswald's. Maldita vampira.

Eu sabia o que ela queria dizer. Você dá, dá e dá, mas St. Oswald's está sempre faminta, devorando tudo — amor, vidas, lealdade —, sem jamais saciar o interminável apetite.

— Como é que aguenta, senhor? O que recebe em troca?

Bem observado, srta. Dare. O fato é que não tenho escolha. Sou como uma mãe pássaro diante de um filho de proporções monstruosas e ganância insaciável.

– A verdade é que muitos de nós, a velha guarda pelo menos, mentiríamos, ou até *morreríamos* pela St. Oswald's, se o dever chamasse.

Não acrescentei que tinha a impressão de que podia estar realmente morrendo ali, naquela hora, mas porque minha boca estava seca.

Ela deu uma risadinha inesperada.

– Sua velha rainha do drama. Sabe, estou quase inclinada a conceder seu desejo. Deixar que morra pela querida St. Oswald's e veja quanta gratidão recebe por isso.

– Gratidão nenhuma – respondi. – Mas os descontos de impostos são enormes.

Uma piada boba, pensando em últimas palavras, mas naquelas circunstâncias foi o melhor que pude fazer.

– Não seja burro, senhor. Não vai morrer.

– Acabei de completar sessenta e cinco, e posso fazer o que eu quiser.

– O quê? E perder o seu século?

– *É o jogo* – citei errado de algum lugar. – *Não quem joga*.

– *Isso* depende de que lado você está.

Dei uma risada. Ela era uma menina inteligente, pensei, mas desafio qualquer um a encontrar uma mulher que *realmente* entenda o críquete.

– Preciso dormir agora – disse para ela sonolento. – Está na hora de levantar acampamento. *Scis quid dicant...*

– Ainda não, senhor – disse. – Não pode dormir agora...

– Então fique olhando – respondi e fechei os olhos.

Longo silêncio. Então ouvi a voz dela, se afastando como seus passos, e o frio chegando.

– Feliz aniversário, *magister*.

As últimas palavras soaram muito longe, muito finais no escuro. O último véu, pensei taciturno. Agora, a qualquer momento, eu podia esperar ver o túnel de luz do qual Penny Nation está sempre falando, com a torcida celestial me chamando.

Para ser sincero, sempre achei que soava meio horroroso, mas agora achava que eu realmente podia *ver* a luz, um brilho esverdeado meio fantasmagórico, e ouvir as vozes de amigos que já tinham partido sussurrando o meu nome.

– *Sr. Straitley?*

Engraçado, pensei. Esperava que os seres celestiais fossem menos formais no tratamento. Mas podia ouvir claramente agora e no brilho verde vi que a srta. Dare não estava mais lá e que o que eu achava que era um galho caído na escuridão, na verdade, era uma figura encolhida, deitada no chão, a menos de três metros de mim.

– Sr. Straitley – sussurrou de novo, com uma voz tão enferrujada, e humana, quanto a minha.

Vi a mão estendida, o lado de um rosto atrás do capuz felpudo de um casaco de náilon. Depois uma pequena luz esverdeada que finalmente reconheci. Era a tela de um telefone celular, iluminando o rosto dele. A expressão desgastada mas calma quando ele começou, pacientemente, ainda segurando o telefone com um esforço que parecia lancinante, a se arrastar na grama na minha direção.

– *Keane?* – perguntei.

6

♜

Paris. Sième arrondissement
Sexta-feira, 12 de novembro

Chamei a ambulância. Tem sempre uma perto do parque na Noite da Fogueira para o caso de acidentes, brigas e problemas gerais, e tudo que precisei fazer foi telefonar (com o celular de Knight pela última vez), para avisar que um senhor idoso tinha caído e dar instruções que seriam ao mesmo tempo precisas para que eles o encontrassem e vagas para me dar uma chance de escapar com calma. Não demorou muito. Com o passar dos anos, acabei virando uma especialista em fugas rápidas. Estava de volta ao meu apartamento às dez. Às dez e quinze, tinha feito as malas e estava pronta. Deixei o carro alugado (com a chave na ignição) no conjunto da Abbey Road. Às dez e meia tinha quase certeza de que teria sido roubado e incinerado. Já tinha limpado o computador e tirado o disco rígido, e agora dispunha o que restava ao longo dos trilhos do trem a caminho da estação. Aí eu já estava só com uma pequena mala com as roupas da srta. Dare e deixei-a num recipiente para doações de caridade, para serem lavadas e enviadas para o Terceiro Mundo. Para terminar, joguei os poucos documentos que ainda pertenciam à minha antiga identidade numa caçamba, paguei uma noite num hotel barato e comprei uma passagem de trem só de ida para casa.

Tenho de admitir que senti saudade de Paris. Quinze anos atrás, não acreditaria que isso seria possível. Mas agora gosto muito desse lugar. Estou livre da minha mãe (uma história muito triste, os dois mortos num incêndio no apartamento), por isso sou a única beneficiária de uma herança bem substancial. Troquei meu nome como minha mãe tinha feito com o dela e dou aula de inglês nesses últimos dois anos, num *lycée* muito conveniente na periferia, do qual acabei de tirar uma breve licença para terminar a pesquisa que levará, tenho certeza, à minha rápida promoção. Espero. Na verdade, sei que um pequeno escândalo está prestes a explodir (sobre o problema que tem o meu superior imediato com jogos de azar on-line), que pode me dar uma vaga muito bem-vinda. Não é a St. Oswald's, claro. Mas serve. Pelo menos por enquanto.

Quanto ao Straitley, espero que sobreviva. Nenhum outro professor mereceu meu respeito, certamente não da equipe da Sunnybank Park nem do monótono *lycée* em Paris que veio depois. Ninguém mais – professor, pai, mãe, analista – me ensinou qualquer coisa que valesse a pena saber. Deve ser por isso que o deixei vivo. Ou então pode ter sido para provar para mim mesma que finalmente ultrapassei meu velho *magister*... só que, nesse caso, a sobrevivência traz as próprias responsabilidades de dois gumes, e é difícil saber o que o testemunho dele vai significar para a St. Oswald's. Claro que, se ele quiser salvar os colegas do escândalo atual, não vejo alternativa senão ressuscitar o espectro do caso Snyde. Coisas muito desagradáveis vão surgir. Meu nome será mencionado.

Mas não estou muito ansiosa com essa frente de batalha. Escondi muito bem os meus rastros e, ao contrário da St. Oswald's, sairei dessa mais uma vez sem ser vista e intacta. Mas a escola já superou escândalos antes. Apesar de este último ser desagradável demais para o seu perfil, imagino que sobreviverá. E de certa forma perversa, espero que sobreviva. Afinal de contas, grande parte de mim vem de lá.

Agora, sentada no meu café preferido (não, *não* vou dizer onde é), com um cafezinho e *croissants* na mesa de vinil à minha frente, e o vento de novembro estalando e soluçando na larga avenida, eu podia estar de férias. Há a mesma sensação de promessa no ar, de planos a serem feitos. Eu devia estar aproveitando, me divertindo. Só faltam mais dois meses de licença, o início de um novo e excitante projeto e, o melhor de tudo, o mais *estranho* de tudo, estou livre. Mas arrastei essa minha vingança nas costas por tanto tempo que quase sinto falta do peso. Da certeza de ter algo para perseguir. Tudo indica que agora meu ímpeto acabou. É uma sensação curiosa, que estraga o momento. Pela primeira vez em muitos anos, paro para pensar em Leon. Sei que isso parece estranho... ele não esteve comigo esse tempo todo? Mas estou falando do *verdadeiro* Leon, não da figura que o tempo e a distância criaram. Ele teria quase trinta anos agora. Lembro-me dele dizendo: *trinta anos, isso é velho. Pelo amor de Deus, mate-me antes de eu chegar lá.*

Nunca consegui antes, mas agora posso ver Leon aos trinta, Leon casado, barrigudo, Leon com um emprego, Leon com um filho. E agora, afinal, posso ver como ele parece *comum*, apagado pelo tempo. Reduzido a uma série de fotografias desbotadas, que agora não passam de imagens cômicas de modas que já morreram há muito – meu Deus, eles usavam isso? – e de repente, ridícula, começo a chorar. Não pelo Leon da minha imaginação, por mim mesma, a bichinha, agora com vinte e oito anos e caminhando determinada e para sempre para Deus sabe qual nova escuridão. Será que aguento?, pergunto. E será que vou parar um dia?

– *Hé, la Reinette. Ça vas pas?*

É André Joubert, o dono do café. Um homem com seus sessenta anos, muito magro e moreno. Ele me conhece, ou pensa que conhece, e seu rosto anguloso demonstra preocupação ao ver a minha expressão. Faço um gesto amplo.

– *Tout va bien.*

Deixo duas moedas na mesa e saio para a rua, onde o vento poeirento secará minhas lágrimas. Talvez mencione isso para a minha analista na próxima sessão. Ou talvez nem vá à próxima sessão.

Minha analista se chama Zara, usa suéteres de lã grossa tricotados à mão e o perfume *l'Air du Temps*. Não sabe nada de mim além das minhas invenções, me dá tinturas homeopáticas de sépia e iodo para acalmar os nervos. Tem muita simpatia pela minha infância problemática e pelas tragédias que me privaram, primeiro do meu pai, depois da minha mãe, do meu padrasto e irmãzinha, tão jovem.

Ela se preocupa com a minha timidez, com meu jeito de menino e com o fato de eu nunca ter tido uma relação mais íntima com homem nenhum. Ela culpa meu pai, que apresentei com as características de Roy Straitley, e insiste para que eu ponha um ponto final, faça uma catarse, tenha autodeterminação e força de vontade.

E pensando bem, talvez eu tenha.

Do outro lado da rua, Paris brilha com nitidez nas esquinas, desnudada pelo vento de novembro. Fico inquieta, me dá vontade de ver exatamente onde aquele vento está soprando, fico curiosa de saber como é a cor da luz logo depois do horizonte distante.

Meu *lycée* suburbano parece banal perto da St. Oswald's. Meu pequeno projeto já foi feito antes. E a ideia de me estabelecer, de aceitar a promoção, de me encaixar naquele nicho agora parece fácil demais. Depois da St. Oswald's quero mais. Ainda quero ousar, brigar, conquistar... agora até Paris parece pequena demais para conter a minha ambição.

Para onde vou, então? Os Estados Unidos talvez seja uma boa ideia, aquela terra de reinvenção, que só confere o status automático de cavalheiro aos britânicos. Um país com valores pretos ou brancos, os Estados Unidos. Que tem contradições interessantes. Acho que lá pode haver recompensas consideráveis para uma jogadora talentosa como eu conquistar. Sim, talvez eu curta os Estados Unidos.

Ou a Itália, onde cada catedral me faz lembrar da St. Oswald's e onde a luz é dourada na poeira e na esqualidez daquelas fabulosas cidades antigas. Ou Portugal, ou a Espanha, ou ainda mais longe, Índia e Japão... até o dia em que me verei de novo diante dos portões da St. Oswald's, como a serpente com o rabo na boca, cuja ambição rasteira envolve a terra.

Agora que penso nisso, parece inevitável. Não este ano, talvez nem nessa década, mas um dia estarei lá, olhando para o campo de críquete, para os campos de rúgbi e para as quadras, os arcos, as chaminés e as portas pantográficas da Escola para Meninos St. Oswald's. Acho essa ideia curiosamente reconfortante. Como a imagem de uma vela no parapeito de uma janela, acesa só para mim. Como se o passar do tempo, que está cada vez mais presente nos meus pensamentos nesses últimos anos, fosse apenas o passar das nuvens sobre aqueles telhados compridos e dourados. Ninguém saberá quem eu sou. Anos me reinventando me deram cores de proteção. Só uma pessoa me reconheceria e pretendo esperar um bom tempo depois que Roy Straitley se aposentar para então mostrar a cara, *qualquer* uma das minhas caras, em St. Oswald's de novo. De certa forma, é uma pena. Eu gostaria de uma última partida. Mas, quando voltar para a St. Oswald's, vou procurar o nome dele no Quadro de Honra, entre os velhos centuriões. Tenho a mais nítida sensação de que estará lá.

7

14 de novembro

Acho que é domingo, mas não tenho certeza. A enfermeira de cabelo cor-de-rosa está aqui de novo, arrumando a enfermaria, e lembro-me de Marlene aqui também, sentada na cadeira ao lado da minha cama, em silêncio, lendo. Mas hoje é o primeiro dia em que o tempo seguiu seu curso natural, e as marés de inconsciência que dominaram meus dias e noites na última semana começaram a retroceder.

Parece que a srta. Dare desapareceu sem deixar rastros. O apartamento dela está vazio. O carro foi encontrado incendiado. O último salário continua intocado. Marlene, que divide seu tempo entre o hospital e a administração da escola, me disse que os certificados e cartas apresentados na época em que ela se candidatou revelaram-se falsos, e que a "verdadeira" Dianne Dare, para quem o diploma de línguas de Cambridge foi oferecido cinco anos atrás, trabalha numa pequena editora em Londres nos últimos três anos e jamais ouviu falar da St. Oswald's.

Naturalmente a descrição dela circulou por aí. Mas aparências podem mudar, novas identidades podem ser forjadas, e o meu palpite é que a srta. Dare, ou a srta. Snyde, se esse ainda é seu nome, pode passar um bom tempo escapando de nós.

Temo que sobre esse assunto não pude ajudar a polícia como eles gostariam. A única coisa que sei é que ela chamou a ambulância e os paramédicos em serviço administraram, no local, o socorro que salvou minha vida. No dia seguinte, uma jovem dizendo que era minha filha deixou um embrulho para presente na enfermaria. Dentro encontraram um antigo relógio de bolso de prata, com uma bela gravação.

Ninguém se lembra do rosto da jovem, embora eu não tenha nenhuma filha nem qualquer parente que se encaixe naquela descrição. Em todo caso, a mulher nunca mais voltou, e o relógio é apenas um relógio comum, bem antigo e meio manchado, mas que marca as horas perfeitamente, apesar da idade, e o mostrador, se não é exatamente bonito, certamente tem muita personalidade.

Não foi o único presente que recebi esta semana. Nunca vi tantas flores. Dava para pensar que eu já era um cadáver. Mesmo assim, a intenção deles é boa. Tem um cacto espinhento aqui, dos meus Brodie Boys, com a leviana mensagem: *Pensando no senhor*. Uma violeta africana de Kitty Teague. Crisântemos amarelos de Pearman. Maria-sem-vergonha de Jimmy, um buquê misto da sala comunitária. Uma escada-de-jacó dos santarrões Liga das Nações, clorofito de Monument (talvez para substituir a que Devine tirou da sala das línguas clássicas) e, do próprio Devine, um enorme pé de mamona que fica ao lado da minha cama, brilhando sua desaprovação, como se perguntasse por que não morri ainda.

Foi quase, me disseram.

Quanto ao Keane, a cirurgia demorou horas e precisou de três litros de sangue. Ele veio me visitar outro dia e, apesar de a enfermeira insistir para que ele permanecesse na cadeira de rodas, parecia muito bem para um homem que tinha enganado a morte. Ele anda escrevendo sobre a estada no hospital, faz caricaturas das enfermeiras e anotações cáusticas sobre a vida por aqui na enfermaria. Diz que um dia aquilo talvez vire livro. Bem, estou contente que a criatividade dele não tenha sido afetada, pelo menos. Mas eu lhe disse que nada de bom pode sair de um professor que vira escrevinhador e que, se ele quer ter uma carreira decente, deve se limitar ao que realmente domina.

Pat Bishop saiu da ala cardíaca. A enfermeira de cabelo cor-derosa (cujo nome é Rosie) afirma que está muito aliviada.
– Três Ozzies ao mesmo tempo? Vão me deixar grisalha – geme ela.

Mas notei que ela me trata com mais suavidade (suponho que seja um efeito colateral do charme de Pat) e passa mais tempo comigo agora do que com qualquer um dos outros pacientes.

Diante das novas provas, as acusações contra Pat foram retiradas, mas ele continua suspenso por ordem do novo diretor. Meus outros colegas tiveram mais sorte. Nenhum deles foi acusado oficialmente, por isso podem voltar à ativa. Jimmy foi recontratado – oficialmente, pelo tempo que a escola levar para encontrar um substituto, mas desconfio de que ele continuará a ser um acessório permanente. O próprio Jimmy acredita que deve me agradecer por sua segunda chance, mas já lhe disse diversas vezes que não tive nada a ver com isso. Algumas palavras com o dr. Tidy, só isso. Quanto ao resto, a responsabilidade vai para a inspeção escolar e para o fato de que, sem nosso faz-tudo retardado e muito capaz, muitas porcas e parafusos pequenos mas necessários das engrenagens da St. Oswald's já teriam enguiçado há muito tempo.

Quanto aos meus outros colegas, soube que Isabelle foi embora de vez. Light também se demitiu (parece que vai fazer um curso de administração, porque achou o magistério pesado demais). Pearman está de volta, para decepção oculta de Eric Scoones, que esteve administrando o departamento na ausência dele, e Kitty Teague se candidatou ao cargo de diretor do ano na St. Henry's, e não tenho dúvida de que ela vai conseguir. Continuando, Bob Strange está administrando as coisas em caráter semipermanente, mas os boatos me dizem que teve de enfrentar muita indisciplina dos meninos, e há rumores de que estão preparando a proposta de dispensa (com uma soma considerável) para garantir que Pat não volte.

Marlene acha que Pat devia lutar, o sindicato certamente apoiaria o caso, mas escândalo é escândalo, independentemente do resultado, e haverá sempre aqueles que externam os clichês habituais. Pobre Pat. Imagino que ele ainda consiga uma chefia em algum lugar ou, melhor ainda, o cargo de inspetor-chefe. Mas o coração dele pertence à St. Oswald's e está partido. Não pela investigação da polícia, afinal estão apenas fazendo o trabalho deles, mas por milhares de golpes. Ligações que não foram respondidas. Os constrangedores encontros por acaso. Os amigos que mudaram de lado quando viram para onde o vento soprava.

– Eu poderia voltar – disse-me quando se preparava para sair.

– Mas não seria a mesma coisa.

Sei o que ele quer dizer. O círculo mágico, depois que quebra, nunca mais pode ser consertado.

– Além do mais – continuou –, eu não faria isso com a St. Oswald's.

– Não sei por quê – disse Marlene, que estava esperando. – Afinal, onde estava a St. Oswald's quando *você* precisou de ajuda?

Pat apenas sacudiu os ombros. Não há explicação para isso, não para uma mulher. Nem mesmo para uma em um milhão, como a Marlene. Espero que ela cuide do Pat. Espero que ela compreenda que algumas coisas não podem ser compreendidas, jamais.

Knight?

Colin Knight continua desaparecido, agora considerado morto por todos, menos pelos pais do menino. O sr. Knight planeja processar a escola e já se lançou em várias campanhas poderosas e bem divulgadas, pedindo uma Lei Colin, incluindo teste de DNA, avaliação psicológica e rígida verificação policial para qualquer um que pretenda trabalhar com crianças. Diz ele que é para garantir que o que aconteceu com seu filho nunca mais aconteça. A sra. Knight perdeu peso e ganhou joias. As fotos no jornal e nos noticiários na televisão mostram uma mulher frágil cujo pescoço e mãos mal são capazes de aguentar as inúmeras correntes, anéis e pulseiras que pendem dela como enfeites de Natal. Duvido que o corpo do filho dela seja encontrado algum dia. Poços e reservatórios não deram em meus colegas batucando seu caminho para alguma sala, alguma reunião, e o ar dourado e poeirento da torre do sino cintilando, cheio de ciscos.

Respirei fundo.

Ahhh.

Tenho a sensação de que passei anos longe dali, mas já posso sentir os acontecimentos das últimas semanas indo embora, como um sonho que alguém teve muito tempo atrás. Aqui na St. Oswald's ainda há batalhas a serem travadas. Lições para ensinar. Meninos para aprender as sutilezas de Horácio e os perigos do ablativo absoluto. Um trabalho de Sísifo, mas um trabalho que pretendo continuar fazendo, enquanto puder me manter de pé. Caneca de chá em uma das mãos, exemplar do *Times* (aberto na página das palavras cruzadas) enfiado embaixo do braço, a beca adejando sobre o piso polido, vou andando decidido para a torre do sino.

– Ah, Straitley.

É Devine. Não há como confundir aquela voz seca e desaprovadora, ou o fato de que ele nunca me chama pelo primeiro nome.

Lá estava ele, parado perto da escada. Terno cinza, beca passada e gravata de seda azul. Engomado não *chega* nem à metade da descrição daquela rigidez toda dele. A cara de pau como o índio da tabacaria ao sol da manhã. É claro que depois da história da Dare ele ficou me devendo, e isso, imagino, piora ainda mais as coisas.

Atrás dele, dois homens vestidos e calçados para ações administrativas, como sentinelas. Ah, é. Os inspetores. Eu tinha esquecido, com toda aquela animação, que eram esperados hoje, embora tenha notado um grau incomum de reserva e decoro entre os meninos quando chegaram, e também vi três vagas para deficientes no estacionamento dos visitantes, que tinha certeza de que não estavam lá na véspera.

– Ah. A inquisição – esbocei uma saudação vaga.

O velho Uvazeda lançou um dos seus olhares para mim.

– Este é o sr. Bramley – disse, apontando respeitosamente para um dos visitantes –, e este é o colega dele, sr. Flawn. Eles vão acompanhar as suas aulas esta manhã.

– Entendo – respondi.

Eu podia contar com Devine para arrumar *aquilo* no primeiro dia da minha volta. Mas é que um homem que se curva para a manobra de Saúde e Segurança não desiste diante de nada, além do mais, já estou na St. Oswald's tempo demais para ser intimidado por dois Ternos com pranchetas. Dei-lhes meu mais caloroso sorriso e retruquei na mesma hora:

– Bem, estou indo para a sala das clássicas – informei. – É muito importante ter um espaço só nosso, não acham? Ah, não se importem com ele – disse para os inspetores quando Devine saiu pelo corredor do meio como uma gazela mecânica. – Ele é um pouco impressionável.

Cinco minutos depois, chegamos à sala. Um espaço pequeno e agradável, devo dizer. Sempre gostei daquela sala e agora que a turma do Devine providenciou a pintura, está mais acolhedora ainda. Meus clorofitos voltaram da prateleira em que Devine os tinha posto, e meus livros estavam bem arrumados numa série de estantes atrás da minha mesa. O melhor de tudo foi que substituíram a placa que dizia "Sala de Alemão" por uma bela plaquinha que dizia simplesmente "Clássicas".

Bem, você sabe, um dia é da caça, o outro do caçador. E foi com uma certa sensação de vitória que entrei na sala 59 esta manhã, fiz o queixo de Meek cair e provoquei silêncio total na torre do sino.

Durou alguns segundos. Então um som começou a subir das tábuas do assoalho, um ruído trovejante como o de um foguete prestes a ser disparado, e todos se puseram de pé, todos eles, batendo palmas, gritando e rindo. Pink e Niu; Allen-Jones e McNair; Sutcliff e Brasenose, e Jackson, e Anderton-Pullitt, e Adamczyk, e Tayler, e Sykes.

Todos os meus meninos... bem, não *todos*... e quando ficaram lá rindo, aplaudindo e gritando o meu nome, vi Meek levantar também, seu rosto barbado se iluminar com um sorriso sincero.

– É o Quas!
– Ele está *vivo*!
– O senhor voltou!
– Quer dizer que ainda não teremos um professor de verdade este ano?

Olhei para o meu relógio de bolso. Fechei. Na tampa, o lema da escola:

Audere, agere, auferre.
Ousar, lutar, conquistar.

Claro que não tenho como saber com certeza se foi a srta. Dare que mandou para mim, mas tenho certeza de que foi. Onde será que ela está?, fico pensando. Quem ela é agora? Em todo caso, alguma coisa me diz que ainda vamos saber dela. Essa ideia não me incomoda mais como incomodava. Já encaramos desafios antes e os superamos. Guerras, mortes, escândalos. Meninos e professores podem chegar e partir. Mas a St. Oswald's permanece para sempre. Nossa pequena nesga de eternidade.

Foi por isso que ela fez tudo aquilo? Quase posso acreditar que sim. Ela cavou um lugar para ela no coração da St. Oswald's. Em três meses, tornou-se uma lenda. E agora? Será que vai voltar para a invisibilidade, uma vida pequena, um emprego simples, talvez até uma família? Não é isso que os monstros fazem quando os heróis envelhecem?

Deixei a barulheira crescer mais um segundo. Ficou tremendo. Como se não fossem trinta e sim trezentos meninos fazendo aquela balbúrdia na sala. A torre do sino balançou. Meek parecia preocupado. Até os pombos na varanda saíram voando, num aplauso de penas. Foi um momento que ficará comigo por muito tempo. A luz do inverno entrando enviesada pelas janelas, as cadeiras caídas, as carteiras rabiscadas, as pastas jogadas nas tábuas do piso, o cheiro de giz e de poeira, madeira e couro, ratos e homens. E os meninos, é claro. Meninos de cabelo comprido, olhar brilhante e sorrisos de orelha a orelha, testas lisas cintilando ao sol; saltadores exuberantes; depravados com dedos manchados de tinta; batedores de pé, e lançadores de boné, e estômagos roncadores de camisa para fora da calça, e meias subversivas a postos.

Há horas em que um sussurro forte funciona. Mas há outras, raras, quando realmente se tem de dizer alguma coisa, em que às vezes temos de recorrer ao grito.

Abri a boca e não saiu nada. Nada. Nem um chiado.

A campainha da aula tocou no corredor, senti mais que ouvi um zum-zum distante, atrás da barulheira da sala. Tive certeza de que era o fim. Que eu tinha perdido o jeito e minha voz também. Que os meninos, em vez de ficar em posição de alerta, simplesmente levantariam e sairiam em disparada ao som da campainha, deixando-me ali como o pobre Meek, fraco, resmungando no rastro deles. Por um instante, quase acreditei nisso ali parado na porta com minha caneca de café na mão e os meninos, feito bonecos de mola, pulando na maior felicidade.

Então dei dois passos no meu convés, pus as duas mãos na mesa e testei meus pulmões.

– Cavalheiros. *Silêncio!*

Como eu pensava.

Saudável como sempre.

Agradecimentos

Mais uma vez tenho um profundo débito de gratidão com todas as pessoas – agentes, editores, revisores, especialistas em marketing, tipógrafos, vendedores de livros e representantes – que trabalharam tanto para disponibilizar este livro nas estantes. Um lugar especial no quadro de honra vai para a capitã de hóquei Serafina Clarke. Menção honrosa também para a capitã de *netball* Brie Burkeman; para Jennifer Luithlen pelas partidas fora de casa; para Francesca Liversidge por sua contribuição editorial da School Magazine, e para Louise Page por promover a escola no mundo lá fora. Pontos da casa para a secretária escolar Anne Reeve e para o diretor de TI Mark Richards. A medalha de arte vai mais uma vez para Stuart Haygarth; o prêmio de francês (apesar de ser um ano decepcionante) para Patrick Janson-Smith. Broches de prefeitos vão para Kevin e Anouchka Harris, e o "prêmio da senhora alegria pelo trabalho em ráfia" vai (pelo terceiro ano consecutivo) para Christopher Fowler.

Para terminar, um agradecimento sincero e afetuoso aos meus Brodie Boys (eu disse que vocês iam longe), para a minha primeira turma 3H, para os membros do Roleplay Club e para todos os meus colegas da LGS, numerosos demais para mencioná-los aqui. E para qualquer um de vocês que possa temer se encontrar nas páginas deste livro, fiquem tranquilos: *vocês não estão aqui*.

O programa completo de eventos para este trimestre pode ser encontrado no site da escola em joanne-harris.co.uk

Este livro foi impresso na Editora JPA Ltda.,
Av. Brasil, 10.600 – Rio de Janeiro – RJ,
para a Editora Rocco Ltda.